U0669329

四世同堂 [三]

SI SHI TONG TANG

老舍 著

民主与建设出版社

·北京·

目录
contents

第二部 偷 生

五十八

招弟才只学会了两出戏，一出《汾河湾》，一出《红鸾禧》。她相当的聪明，但是心像一条小死鱼似的，有一阵风儿便顺流而下，跑出好远。她不肯死下工夫学习一样事。

她的总目的是享受。享受恰好是没有边际的：吃是享受，喝也是享受；恋爱是享受，唱几句戏，得点虚荣，也是享受。她要全享受一下。别人去溜冰，她没有去，她便觉得委屈了自己，而落几个小眼泪。可是，她又不能参加一切的热闹，她第一没有分身术，第二还没征服了时间，能教时间老等着她。于是，她只能尽可能的把自己分配在时间里，像钟表上的秒针似的一天到晚不闲着。

这样，她可又招来许多小小的烦恼。她去溜冰，便耽误了学戏。而且，若是在冰场上受了一点寒，嗓子就立刻发哑，无论胡琴怎么低，她也够不上调，急得遍体生津。同样的，假若三个男朋友一个约她看电影，一个约她看戏，一个约她逛公园吃饭，她就不能同时分身到三处去，而一定感到困难。若是辞谢两个吧，便得罪了两个朋友。若是只看半场电影，然后再看一出戏，最后去吃饭吧，便又须费许多唇舌，扯许多的谎，而且还许把三个朋友都得罪了。况且，这么匆匆的跑来跑去也太劳苦。爱的享受往往是要完全占有，而不是东扑一下，西扑一下呀。它有时候是要在僻静的地方，闭着眼欣赏，而不是锣鼓喧天的事呀。她有时候几乎想到断绝了看电影、听戏、逛公园、吃饭馆，而只专爱一个男友，把恋爱真做成个样子，不要那么摆成一座爱的八阵图。可是，她又舍不得那些热闹。那些热闹到底给她一些刺激。假若她被圈在西山碧云寺，没有电影、戏剧、锣鼓、叫嚣，尽管身边有个极可爱的爱人，恐怕她也会发疯的，她想。过多的享受会使享受变成刺激，而刺激是越来越粗暴的。以听戏说，她慢慢的能欣赏了小生，因为小生的尖嗓比青衣的更直硬一些，更刺耳一些。她也爱听了武戏，而且不是杨小楼的武戏文唱的那一种，她喜欢了《红门寺》《铁公鸡》《青石洞》一类的，毫无情节，而专表现武功的戏。锣鼓越响，她才感到一点愉快；遇到《彩楼配》与《祭塔》什么的唱功戏，她会打起瞌睡来。连电影也是如此，她爱看那些无情无理的、乱打乱闹的片子。只有乱打乱闹，才能给她一点印象，她需要强烈的刺激。

对于男朋友们，她也往往感到厌烦。他们总不约而同的要那套不疼不痒的小把戏。他们之中没有一个李空山。因为厌烦他们，她时时的想念李空山。李空山不会温柔体贴，可是给了她一些刺激。她可也不敢由他们之中，选择出一个，制造成个李空山。她须享受，可也得留神；一有了娃娃便万事皆休。再说，专爱一个男人，别的男人就一定不再送给她礼物，这也是损失。她只好昏昏糊糊的鬼混，她得到了一切，又似乎没得到一切，连她自己也弄不清到底怎回事。在迷迷糊糊之中，有时候很偶然的她看出来，她是理应如此，因为她是负着什么一种使命，一种从日本人占据了北平后所得来的使命。她自己愿意这样，朋友们愿意她这样，她的父母也愿意她这样；这不是使命还是什么呢？

在她的一些男友之中，较比的倒是新交的几个伶人还使她满意。他们的身体强，行动轻佻，言语粗俗。和他们在一处，她几乎可以忘了她是个女人，而谁也不脸红的把村话说出来。她觉得这颇健康。

男人捧女伶，女人捧男伶，已经成为风气，本来不足为奇。不过，她的朋友们往往指摘她不该结交男伶。这又给她不少的苦痛。凡是别人可以做的，她也都可以做，她是负有"使命"的人，不能甘居人后的落伍。她为什么不可以与男伶为友呢？同时，她又不敢公然的和朋友们开火，绝对不接受他们的批评。她是有"使命"的人，她须到处受人欢迎，好把自己老摆在社会的最前面。她不能随便得罪人，以至招出个倒彩来。

她忙碌，迷糊，劳累；又须算计，又不便多算计；既须大胆，又该留神；感到茫然，又似乎不完全茫然；有了刺激，又仍然空虚。她不知道怎样才好，又觉得怎样都好。她瘦了。在不搽粉的时候，她的脸上显着黄暗，眼睛四围有个黑圈儿。她有时候想休息休息，而又不能休息，事情逼着她去活动。她不知道自己有病没有，而只感到有时候是在雾里飘动。等到搽胭脂抹粉的打扮完了，她又有了自信，她还是很强壮、很漂亮，一点都不必顾虑什么健康不健康。她学会了吸香烟，也敢喝两杯强烈的酒。她已找不到了自己的青春，可也并不老苍。她正好是个有精力、有使命、有人缘、有福气的小妇人。

在这么奔忙、劳碌、迷惘、得意、痛苦、快乐之中，她只无意中的做了一件好事，她救了桐芳。

为避免，或延缓堕入烟花的危险，桐芳用尽心计抓住了二小姐。她并不十分的恨恶招弟，也不想因鼓励招弟去胡搞而毁灭了招弟。她是被人毁害过了的女人，她不忍看任何的青春女子变成她自己的样子。她只深恨大赤包与日本人。她不能坐候大赤包把她驱逐到妓院去，一入妓院，她便无法再报仇。所以，她抓住了招弟作为自己的掩蔽。在掩蔽的后面，她只能用力推着它，还给它时时的添加一点土，或几根木头，加强它的抵御力。她不能冷水浇头的劝告招弟，引起招弟的不快；招弟一讨厌了她，她便失去了掩蔽，而大赤包的枪弹随时可以打到她。

招弟年轻，喜欢人家服从她、谄媚她。在最初，她似乎也看出来，桐芳的亲善是一种政略。可是，过了几天，以桐芳的能说会道，多知多懂，善于察颜观色，她感到了舒服，也就相信桐芳是真心和她交好了。又过了些日子。她不知不觉的信任了桐芳，而对妈妈渐次冷淡起来。不错，她知道妈妈真的爱她；但是，她已经不是三岁的小娃子，她愿意自己也可以拿一个半个主意，不能诸事都由妈妈替她决定。她不愿永远做妈妈的附属物。拿件小事情来说：她与妈妈一同出去的时候，就是遇上她自己的青年朋友，他们也必先招呼妈妈，而后才招呼她。她在妈妈旁边，仿佛只是妈妈的成绩展览品；她的美丽恰好是妈妈的功劳，她自己好像没有独自应得的光荣。反之，她若跟桐芳在一起呢，她便是主，而桐芳是宾，她是太阳，而桐芳是月亮了。她觉得舒服。她的话，对桐芳，可以成为命令。她拿不定主意的时候，可以向桐芳商议，而这种商谈只显出亲密，与接受命令大不相同。和桐芳在一起，她的光荣确乎完全是她自己的了。而且，桐芳的年纪比妈妈小得多，相貌也还看得过去，所以跟桐芳一块儿出来进去，她就感到她是初月，而桐芳是月钩旁的一颗小星，更足以使画面美丽。跟妈妈在一道呢，人们看一眼老气横秋的妈妈，再看一眼美似春花的她，就难免不发笑，像看一张滑稽影片似的。这每每教她面红过耳。

大赤包的眼睛是不揉沙子的。她一眼便看明白桐芳的用意。可是眼睛不揉沙子的人，心里可未必不容纳几个沙子。她认准了招弟是异宝奇珍，将来一定可以变成杨贵妃或西太后。一方面她须控制住这个宝贝，一方面也得讨小姐的喜欢。假若母女之间为桐芳而发生了冲突，女儿一气而嫁个不三不四的，长相漂亮而家里没有一斗白米的兔蛋，岂不是自己打碎了自己的玛瑙盘子翡翠碗么？不，她不能不网开一面，教小姐在小处得到舒服，而后在大事上好不得不依从妈妈。再说，女儿花是开不久的，招弟必须在全盛时代出了嫁。女儿出嫁后，她再收拾桐芳。不管，不管怎样，不管到什么时候，她必须收拾了桐芳；就是到了七老八十，眼看要入墓了，她也得先收拾了桐芳，而后才能死得瞑目。

在这种新的形势下，却只苦了高第。她得不到妈妈的疼爱，看不上妹妹的行为，又失去了桐芳的友情。不错，她了解桐芳的故意冷淡她，但是理智并不能够完全战胜了感情。她是个女孩子，她需要恋爱或怜爱。她现在是住在冰窖里，到处都是凉的，她受不了。她有时候恨自己，为什么不放开胆子，闯出北平。有时候，她也想到用结婚结束了这冰窖里的生活。但是，嫁给谁呢？想到结婚，她便也想到危险，因为结婚并不永远像吃鱼肝油精那么有益无损。她在家，便感到冷气袭人；出去，又感到茫茫不知所归。浪漫吧，怕危险；老实吧，又无聊。她不知怎样才好。她时常发脾气，甚至于对桐芳发怒。但是，脾气越坏，大家就越不喜欢她，只落个自讨无趣。不发脾气吧，人们也并不就体贴她。她变成个有父母姐妹的孤女。有时候，她还到什么慈善团体去，听听说经，随缘礼拜。可是这也并没使她得到宁静与解脱。反之，在钟磬香烛的空气里冷静一会儿之后，她就更盼望得到点刺激，很像吃了冷酒之后想喝热茶那样。无可如何，她只能偷偷的落几个泪。

天冷起来。买不到煤。每天，街上总有许多冻死的人。日本人把煤都运了走，可是还要表示出他们的善心来。他们发动了冬季义赈游艺大会，以全部收入办理粥厂，好教该冻死的人在一息尚存的时节感激日本人。在这意义之外，他们也就手儿又教北平人多消遣一次；消遣便是麻醉。该冻死的总要冻死，他们可是愿意看那些还不至于被冻死的听到锣鼓，看到热闹，好把心灵冻上。对于这次义赈游艺，他们特别鼓励青年们加入，能唱的要出来唱，能耍的要出来耍；青年男女若注意到唱与耍，便自然的忘了什么民族与国家。

蓝东阳与胖菊子亲自来请招弟小姐参加游艺。冠家的人们马上感到兴奋，心都跳得很快。冠晓荷心跳着而故作镇定的说：

“小姐，小姐！时机到了，这回非唱它一两出不可！”

招弟立刻觉得嗓子有点发干，撒着娇儿说：“那不行啊！又有好几天没吊嗓子啦，词儿也不熟。上台？我不能丢那个人去！我还是溜冰吧！”

“丢人？什么话！咱们冠家永远不做丢人的事，我的小姐！谁的嗓子也不是铁的，都有个方便不方便。只要你肯上台，就是放个屁给他们听听，也得红！反正戏票是先派出去的，咱们唱好了，是他们的造化；唱不好，活该！”晓荷兴奋得几乎忘了文雅，目光四射的道出他的“不负责主义”的真理。

“是要唱一回！”大赤包气派极大的说，“学了这么多的日子，花了那么多的钱，不露一露算怎么回事呢？”然后转向东阳：“东阳，事情我们答应下了！不过，有一个条件：招弟必须唱压轴！不管有什么角色，都得让一步儿！我的女儿不能给别人垫戏！”

东阳对于办义务戏已经有了点经验。他知道招弟没有唱压轴的资格，但是也知道日本人喜欢约出新人物来。扯了扯绿脸，他答应了条件。虽然这里面有许多困难，他可是晓得在办不通的时候可以用势力——日本人的势力——去强迫参加的人。于是他也顺手儿露一露自己的威风：

"我教谁唱开场，谁就得唱开场；教谁压台谁就压台；不论什么资格、本事！不服？跟日本人说去呀！敢去才怪！"

"行头怎办呢？我反正不能随便从'箱'里提溜出一件就披在身上！要玩，就得玩出个样儿来！"招弟一边说，一边用手心轻轻的拍着脸蛋。

高亦陀从外面进来，正听到招弟的话，很自然的把话接过去："找行头，小姐？交给我好啦！要什么样的，全听小姐一声吩咐，保管满意！"他今天打扮得特别干净整齐，十分像个"跟包"的。

打量了亦陀一眼，招弟笑了笑："好啦，我派你做跟包的！"

"得令！"亦陀十分得意的答应了这个美差。

晓荷瞪了亦陀一眼。他自己本想给女儿跟包，好随着她在后台挤出挤进，能多看看女角儿们。在她上台的时节，他还可以弄个小茶壶伺候女儿饮场，以便教台下的人都能看到他。谁知道，这么好的差事又被亦陀抢了去！

"我看哪，"晓荷想减少一些亦陀报效的机会，"咱们愣自己做一身新的，不要去借。好财买脸的事，要做就做到了家！"

招弟拍开了手。她平日总以为爸爸不过是妈妈配角儿，平平稳稳的，没有什么大毛病，可也不会得个满堂好儿。今天，爸爸可是像忽然有了脑子，说出她自己要说的话来："爸爸！真的，自己做一身行头，够多么好玩呀！是的，那够多么好玩呀！"她一点也没想到一身行头要用多少钱。

大赤包也愿意女儿把风头得的十足，不过她知道一身行头要花许多钱，而且除了在台上穿，别无用处。眨一眨眼，她有了主意："招弟，你老夸嘴，说你的朋友多，现在到用着他们的时候了，看看他们有没有替你办点事儿的本事！"

招弟又得到了灵感："对！对！我告诉他们去，我要唱戏，做行头，看他们肯掏掏腰包不肯。他们要是不肯呀，从此我连用眼角都不再看他们一眼。我又不是他妈的野丫头、贱骨头，随便白陪着他们玩！"把村话说出来，她觉得怪痛快，而且仿佛有点正义感似的。

"小姐！小姐！"晓荷连连的叫，"你的字眼儿可不大文雅！"

"还有头面呢！"亦陀失去代借行头的机会，赶快想出补救的办法来，"要是一身新行头，配上旧头面，那才难看得要命。我去借，要点翠的，十成新的，准保配得上新行头！"

把行头与头面的问题都讨论得差不多了，大赤包主张马上叫来小文给招弟过一过戏："光有好行头，好头面，而一声唱不出来，也不行吧？小姐，你马上就得用功哟！"她派人去叫小文。

小文有小文的身分。你到他家去，他总很客气的招待；你叫他带着胡琴找你来，他伺候不着。

大赤包看叫不来小文，立刻变了脸。东阳的脸也扯得十分生动，很想用他的片子把小文"传"来。倒是招弟拦住了他们："别胡闹！人家小文是北平数一数二的琴师！你们杀了他，他也不会来！只要有他，我就砸不了；没他呀，我准玩完！算了吧，咱们先打几圈吧！"

东阳还有事，大赤包还有事，胖菊子也还有事。可是中国人的事一遇见麻雀也不怎么就变成了没事，大家很快的入了座。

亦陀在大赤包背后看了两把歪脖子和，轻轻的溜出去。他去找程长顺。

生活的困苦会强迫着人早熟。长顺儿长了一点身量，也增长了更多的老气，看着很像个成人了。自从小崔死后，他就跟丁约翰合作，做了个小生意。这个小生意很奇特而肮脏。丁约翰是发现者。在英国府，他常看到街上一大车一大车的往日本使馆和兵营拉旧布的军服。军服分明是棉的，因为上下身都那么厚墩墩的。可是，分量很轻，每一车都堆得很高，而拉车的人或马似乎并不很吃力。这引起他的好奇心。他找了个在日本军营做工友的打听打听。那个工友是他的朋友——在使馆区做工友的都自成一帮——可是不肯痛痛快快的告诉他那到底是怎回事。丁约翰，身为英国府的摆台的，当然有些看不起在日本军营做工友的朋友，本想扬着脸走开，不再探问。可是，福至心灵，他约那个朋友去喝两杯酒。以一个世袭基督教徒而言，他向来反对吃酒；但是，为了满足自己的好奇心，他只好对上帝告个便。

酒果然有灵验，三杯下去，那个朋友口吐了真言。那是这样一回事：日本在华北招收了许多伪军，到了冬天当然要给他们每人一身棉军衣。可是，华北的棉花已都被日本人运回国去，不能为伪军再运回来。于是日本的策士们埋头研究了许多日子，发明了一种代用品。这种代用品无须用机器造，也无须在上海或天津定做，而只需要一些破布与烂纸就能作成。这就是丁约翰所看到的一车一车的军衣。这种军衣一碰就破，一湿就瘫；就是在最完好的时候，穿上也不挡寒。虽然如此，伪军可是到底得着了军衣——日本人管它叫作军衣，它便是军衣。

这批军衣的承做者是个日本人。日本人使馆的工友们贿赂了这日本人，取得了特权去委托他们自己的亲友制作。那位朋友也便是得到特权的一个。

丁约翰向来看不起日本人，不为别的，而只为他自己是在英国府做事——他以为英国府的一个仆人也比日本使馆的参赞或秘书还要高贵的多。对于这件以烂纸破布做军服的事，从他的基督徒的立场来说，也是违反上帝的旨意的，因为这是欺骗。无论从哪方面看吧，他都应该对这件事不发生兴趣，而只付之一笑。但是，他到底是个人；人若见了钱而还不忘了英国府与上帝，还成为人么？他决定做个人，即便是把灵魂交给了魔鬼。况且他觉得这样赚几个钱，并不能算犯罪，因为他赚的是日本人的钱。至于由他手里制造出那种军服的代用品，是否对得起那些兵士们，他以为无须考虑，因为伪军都是中国人，而他是向来不把中国人放在心上的。

整花了十天的工夫，他和那个朋友变成了莫逆。凡是该往冠家送的黄油、罐头与白兰地，都送到那个朋友的家中去。这样，他分到了一小股特权，承办一千套军衣。得到这点特权之后，他十分虔敬的做了礼拜，领了圣餐，并且献了五角钱（平日做礼拜，他只献一角），感谢上帝。然后，他决定找长顺合作，因为在全胡同之中只有长顺最诚实，而且和他有来往。

约翰的办法是这样的：他先预支一点钱，作为资本。然后，他教长顺去收买破布、破衣服和烂纸。破衣服若是棉的，便将棉花抽出来，整理好再卖出去。卖旧棉花的利钱，他和长顺三七分帐；他七成，长顺三成。这不大公平，但是他以为长顺既是个孩子，当然不能和一个成人，况且是世袭基督徒，平分秋色。把破布破衣服买来，须由长顺洗刷干净，而后拼到一块——"你的外婆总会做这个的，找小崔寡妇帮帮忙也行；总之，这是你的事，你怎办怎好。"拼好了破布，把烂纸絮在里面——"纸不要弄平了，那既费料子，又显着单薄，顶好就那么团团着放进去，好显出很厚实；分量也轻，省脚力。"絮好，粗枝大叶的一缝，再横竖都"行"上几道，省得用手一提，纸就都往下面坠，变成了破纸口袋。

"这些，"约翰恳切的嘱咐，"都由你做。你跑路，用水，用针线，干活儿，我都不管；每套作成，我给你一块钱。一千套就是一千块呀！你可是得有账。我交给你多少钱，用了多少钱——只算买材料哟，车钱、水钱什么的，都不算哟！——你每天要报账；我不在家，你报给我太太听。账目清楚，军衣做得好，我才能每套给你一块钱；哪样有毛病，我都扣你的钱，听明白了没有？我是基督徒，做事最清楚公道，亲是亲，财是财，要分得明明白白！你懂？"这末两个字是用英文说的，以便增加言语的威力。

没详细考虑，程长顺一下子都答应了。他顾不得计算除了车钱、水钱、灯油钱、针线钱，一块钱还能剩下多少。他顾不得盘算，去收买，去整理，去洗刷，去拼凑，去缝起，去记账，要出多少劳力，费多少时间。他只看见了远远的那一千元。他只觉得这可以解决了他与外婆的生活问题。自从留声机没人再听，外婆的法币丢掉之后，他不单失了业，而且受到饥寒的威胁。他久想做个小生意，可是一来没有资本，二来对什么都外行，他不肯冒险去借钱做生意，万一舍了本儿，他怎么办呢？他是外婆养大的，知道谨慎小心。可是，闲着又没法儿得到吃食，他着急。半夜里听到外婆的长吁短叹，他往往蒙上头偷偷的落泪。他对不起外婆，外婆白养起他来，外婆只养大了一个废物！

他想不到去计算或探听，丁约翰空手抓饼，不跑一步路，不动一个手指，干赚多少钱。他只觉得应该感激约翰。约翰有个上帝，所以约翰应当发财。长顺也得到了个上帝，便是丁约翰！他须一秉忠心的去做，一个铜板的诡病不能有，一点也不偷懒，好对起外婆与新来的上帝！

长顺忙了起来。一黑早他便起来，到早市上去收买破布烂纸，把它们背了回来。那些破烂的本身虽然没有很大的分量，可是上面的泥污增加了它们的斤两，他咬着牙背负它们，非至万不得已，决不雇车，他的汗湿透了他的衣裤。他可是毫无怨言，这是求生之道，这也是孝敬外婆的最好的表示。

把东西死扯活掖的弄到家中，他须在地上蹲好大半天才能直起腰来。他本当到床上躺一会儿，可是他不肯，他不能教外婆看出他已筋疲力尽，而招她伤心。

这些破东西，每一片段都有它特立独行的味道；合在一起，那味道便无可形容，而永远使人恶心要吐。因此，长顺不许外婆动手，而由他自己做第一遍的整理。他晓得外婆爱干净。

第一，他须用根棍子敲打它们一遍，把浮土打起来。第二，他再逐一的捡起来，抖一抖，抖去沙土，也顺手儿看看，哪一块上的污垢是非过水不能去掉的。第三，他须把应洗刷的浸在头号的大瓦盆里。第四，把脏布都浸透，他再另用一大盆清水，刷洗它们。而后，第五，他把大块的小块的，长的短的，年龄可是都差不多的，搭在绳索上，把它们晒干。

这打土与抖土的工作，使四号的小院子马上变成一座沙阵，对面不见人，像有几匹野马同时在土窝里打滚似的。灰土遮住了一切，连屋脊上门楼上都沙雾迷茫，把檐下的麻雀都害得不住的咳嗽而搬了家。这沙阵不单浓厚，而且腥臭，连隔壁的李四大妈的鼻子都怀疑了自己，一劲儿往四处探索，而断定不了到底那是什么味道。打完一阵，细的灰沙极其逍遥自在的在空中摇荡，而后找好了地方，落在人的头发上、眉毛上、脖领里、饭碗上、衣缝中，使大家证明自己的确是"尘世间"的人物。等灰土全慢慢的落下去，长顺用棍子抽打抽打自己的身上，马上院中就又起了一座规模较小而照样恼人的灰阵。他的牙上都满是细——可是并非不臭——的沙子。

马老太太，因为喜欢干净，实在受不住外孙这样天天设摆迷魂阵。她把门窗都堵得严严的，可是臭灰依然落在她的头上、眉上、衣服上与一切家具上。可是，她不能拦阻外孙，更不肯责备他。他的确是要强，为养活她才起早睡晚的做这个脏臭的营生。她只好用手帕把头包起来，随手的擦抹桌凳。听着外孙抖完了那些脏布，她赶快扯下来头上的手帕，免得教外孙看见而多心。

小崔太太当然也躲不开这个灾难，她可是也一声不出。她这些日子的生活费是长顺给她弄来的。她只能感激他，不能因为一些臭灰沙而说闲话。金钱而外，她需要安慰与爱护，而马老太太与长顺是无微不至的体贴她、帮助她。她睁开眼，世上已没有一个亲人。她虽有个亲哥哥，可是他不大要强。他什么事都做，只是不做好事。假若他知道了她每月能由高亦陀那里领十块钱，他必会来挤去三四块；他只认识钱，不管什么叫同胞手足。近来，她听说，他已经给日本人作了事。她恨日本人，日本人无缘无故的砍去了她丈夫的头。因此，她更不愿意和给日本人做事的哥哥有什么来往。兄妹既断绝了往来，她的世界上只剩了她自己，假若没有马老太太与长顺，她实在不晓得自己怎么活下去。不，她决定不能嫌憎那些臭灰。反之，她须帮助长顺去工作。长顺给她工钱呢，她接着；不给呢，也没多大关系。

在小崔被李四爷抬埋了以后，她病了一大场。她不吃不喝，而只一天到晚的昏睡，有时候发高烧。在发烧的时节，她喊叫小崔，或破口骂日本人。烧过去了一阵，她老实了，鼻翅扇动着，昏昏的睡去。马老太太，在小崔活着的时候，并不和小崔太太怎样亲近，一来是因为小崔好骂人，她听不惯；二来是小崔夫妇总算是一家人，而她自己不过是个老寡妇，也不便多管闲事。及至小崔太太也忽然的变成寡妇，马老太太很自然的把同情心不折不扣的都拿出来。她时时的过来，给小崔太太倒碗开水，或端过一点粥来，在小崔太太乱嚷乱叫的时节，老太太必定过来拉着病人的手。赶到她闹得太凶了，老太太才把李四妈请过来商议办法。等她昏昏的睡去，老太太还不时的到窗外，听一听动静。此外，老太太还和李四妈把两个人所有的医药知识凑在一处，斟酌点草药或偏方，给小崔太太吃。

时间、偏方与情义，慢慢的把小崔太太治好。她还忘不了小崔，但是时间把小崔与她界划得十分清楚了，小崔已死，她还活着——而且还须活下去。

在她刚刚能走路的时候，她力逼着李四大爷带她去看看小崔的坟。穿上孝袍，拿着二角钱的烧纸，她滴着泪，像一头刚会走路的羊羔似的跟在四大爷的后边，泪由家中一直滴到先农坛的西边。在坟上，她哭得死去活来。

泪洒净了，她开始注意到吃饭喝水和其他的日常琐事。她的身体本来不坏，所以恢复得相当的快。由李四妈陪伴着，她穿着孝衣，在各家门口给帮过她忙与钱的邻居都道了谢。这使她又来到世界上，承认了自己是要继续活下去的。

李四爷和孙七、长顺，给募的那点钱，并没用完，老人对着孙七与长顺，把余款交给了她。长顺儿又每月由高亦陀那里给她领十元的"救济费"。她一时不至于挨饿受冻。

慢慢的，她把屋子整理得干干净净，不再像小崔活着的时候那么乱七八糟了。她开始明白马老太太为什么那样的喜清洁——马老太太是寡妇，喜清洁会使寡妇有点事做。把屋子收拾干净，她得到一点快乐，虽然死了丈夫，可是屋中倒有了秩序。不过，在这有秩序的屋子中坐定，她又感到空虚。不错，那点儿破桌子烂板凳确是被她擦洗得有了光泽，甚至于像有了生命；可是它们不会像小崔那样欢蹦乱跳，那样有火力。对着静静的破桌椅，她想起小崔的一切。小崔的爱，小崔的汗味，小崔的乱说，小崔的胡闹，都是好的；无论如何，小崔也比这些死的东西好。屋中越有秩序，屋子好像就越空阔，屋中的四角仿佛都加宽了许多，哪里都可以容她立一会儿，或坐一会儿，可是不论是立着还是坐着，她都觉得冷静寂寞，而没法子不想念小崔。小崔，在活着的时候，也许进门就跟她吵闹一阵，甚至于打她一顿。但是，那会使她心跳，使她忍受或反抗，那是生命。现在，她的心无须再跳了，可是她丧失了生命；小崔完全死了，她死了一半。

她的身上也比从前整齐了好多。她有工夫检点自己和照顾自己了。以前，她仿佛不知道有自己，而只知道小崔。她须做好了饭——假若有米的话——等着小崔，省得小崔进门就像饥狼似的喊饿。假若做好了饭，而他还没有回来，她得设法保持饭菜的热气，不能给他冷饭吃。他的衣服，当天换上，当天就被汗沤透，非马上洗涤不可，而他的衣服又是那么少，遇上阴天或落雨就须设法把它们烘干。他的鞋袜是那么容易穿坏，仿佛脚上有几个钢齿似的。一眨眼就会钻几个洞。她须马不停蹄的给他缝补，给他制做。她的工夫完全用在他的身上，顾不得照顾她自己。现在，她开始看她自己了，不再教裤子露着肉，或袜子带着窟窿。身上的整洁恢复了她的青春，她不再是个受气包儿与小泥鬼，而是个相当体面的小妇人了。可是，青春只回来一部分，她的心里并没感到温暖。她的脸上只是那么黄黄的很干净，而没有青春的血色。她不肯愁眉皱眼的，一天到晚的长吁短叹，可是有时候发呆，愣着看她自己的裤子或布鞋。她仿佛不认识了自己。这相当体面、洁净的她，倒好像是另一个人。她还是小崔太太，又不是小崔太太。她不知到底自己是谁。愣着，愣着，她会不知不觉的自言自语起来。及至意识到自己是在说话，她忽然的红了脸，闭紧了嘴，而想赶快找点事做。但是，干什么呢？她想不出。小崔若活着，她老有事做；现在，没有了小崔，她也就失去了生活的发动机。她还年轻，可是又仿佛已被黄土埋上了一半。

无论怎样无聊，她也不肯到街门口去站立一会儿。非至万不得已，她也不到街上去；买块豆腐，或打一两香油什么的，她会恳托长顺给捎来。她是寡妇，不能随便的出头露面，给小崔丢人。就是偶然的上一趟街，她也总是低着头，直来直去，不敢贪热闹。凭她的年龄，她应当蹦蹦跳跳的，但是，她必须低着头；她已不是她自己，而是小崔的寡妇。她的低头疾走是对死去的丈夫负责，不是心中有什么对不起人的事。一个寡妇的责任是自己要活着，还要老背着一块棺材板。这，她才明白了马老太太为什么那样的谨慎、沉稳。对她，小崔的死亡，差不多是一种新的教育与训练。她必须非常的警觉，把自己真变成个寡妇。以前，她几乎没有考虑过，她有什么人格和应当避讳什么。她就是她，她是小崔的老婆。小崔拉她出来，在门外打一顿，就打一顿；她能还手，就还给他几拳，或咬住他的一块肉；这都没有什么可耻的地方。小崔给她招来耻辱，也替她撑持耻辱。她的褂子露着一块肉，就露着一块肉，没关系；小崔会，仿佛是，遮住那块肉，不许别人多看她一眼。如今，她可须知道耻辱，须遮起她的身体。她是寡妇，也就必须觉到自己是个寡妇。寡妇的世界只是一间小小的黑暗的牢房，她须自动的把自己锁在那里面。

因此，她不单不敢抱怨长顺儿摆起灰沙阵，而且觉得从此可以不再寂寞。她愿意帮马老太太的忙。长顺儿自然不肯教她白帮忙，他愿出二角钱，作为缝好一身"军衣"的报酬；针线由他供给，小崔太太没有谢绝这点报酬，也没有嫌少；她一扑纳心的去操作。这样，她可以不出门，而有点收入与工作，恰好足以表示出她是安分守己的、不偷懒的寡妇。

孙七也是爱洁净的人，没法忍受这样的乌烟瘴气。他发了脾气。"我说长顺儿，这是怎回事？你老大不小的了，怎么才学会了撒土攘烟儿呀？这成什么话呢，你看看，"他由耳中掏出一小块泥饼来，"你看看，连耳朵里都可以种麦子啦！还腥臭啊！灰土散了之后，可倒好，你又开了小染房，花红柳绿的挂这么一院子破布条！我顶讨厌这湿漉漉的东西碰我的脑袋！"

长顺确是老练多了。搁在往日，他一定要和孙七辩论个水落石出；他一来看不起孙七，二来是年轻气壮，不惜为辩论而辩论的作一番舌战。今天，他可是闭住了嘴，决定一声不响。第一，他须保守秘密，不能山嚷鬼叫的宣布自己的"特权"；好家伙，要教别人都知道了，自己的一千元不就动摇了么？第二，他以为自己已是兴家创业的人，差不多可以与祁老人和李四爷立在一块儿了，怎好因并不住嘴而耽误了工夫呢？孙七说闲话，由他说去吧；挣钱是最要紧的事。是的，他近来连打日本人的事都不大关心了，何况是孙七这点闲话呢。他沉住了气，连着孙七一眼也没看。反正，他知道，自己卖力气挣钱，养活外婆，总不是丢脸的事；干吗辩论呢？可是，他越不出声，孙七就越没结没完。孙七喜欢拌嘴；假若长顺能和他粗着脖子红着筋的乱吵一阵，他或者可以把这场破布官司忘掉，而从争辩中得到点愉快。长顺的一语不发，对于他，是最惨酷的报复。

幸而，马老太太与小崔太太，一老一少两位寡妇，出来给他道歉，他才鸣金收兵。

这样对付了孙七，长顺暗中非常得意。他有了自信心。他不单已经不是个只会背着留声机在小胡同里乱转，时常被人取笑的孩子，而且变成个有办法、有心路、有志气的青年。什么孙七孙八的，他才不惹闲气。有一千元到手，他将是个……是个什么呢？他想不出。可是，他总会变成比今天更好的人是不会错的。

高亦陀找了他来。他完了。他对付不了高亦陀。他不单还是个孩子，而且是个傻蛋！他失去了自信。

五十九

天佑老头儿简直不知道怎么办好了。他是掌柜的，他有权调动、处理铺子中的一切。但是，现在他好像变成毫无作用、只会白吃三顿饭的人。冬天到了，正是大家添冬衣的时节，他却买不到棉花，买不到布匹。买不进来，自然就没有东西可卖，十个照顾主儿进来，倒有七八个空手出去的。当初，他是在北平学的徒；现在，他是在北平领着徒。他所学的，和所教给别人的，首要的是规矩客气，而规矩客气的目的是在使照顾主儿本想买一个，而买了两个或三个；本想买白的，而也将就了灰的。顾客若是空着手出去，便是铺子的失败。现在，天佑天天看见空手出去的人，而且不止一个。他没有多少东西可卖。即使人家想多买，他也拿不出来。即使店伙的规矩客气，可以使买主儿活了心，将就了颜色与花样，他也没有足以代替的东西；白布或者可以代替灰布，但是白布不能代替青缎。他的规矩客气已失去了作用。

铺中只有那么一些货，越卖越少，越少越显着寒伧。在往日，他的货架子上，一格一格的都摆着折得整整齐齐的各色的布，蓝的是蓝的，白的是白的，都那么厚厚的、崭新的、安静的、温暖的摆列着；有的发着点蓝靛的温和的味道，有的发着些悦目的光泽。天佑坐在靠进铺门的、覆着厚蓝布棉垫子的大凳上，看着格子中的货，闻着那点蓝靛的味道，不由的便觉到舒服、愉快。

那是货物，也便是资本；那能生利，但也包括着信用、经营、规矩，等等。即使在狂风暴雨的日子，一天不一定有一个买主，也没有多大关系。货物不会被狂风吹走，暴雨冲去；只要有货，迟早必遇见识货的人，用不着忧虑。在他的大凳子的尽头，总有两大席篓子棉花，雪白，柔软，暖和，使他心里发亮。

一斜眼，他可以看到内柜的一半。虽然他的主要的生意是布匹，他可是也有个看得过眼的内柜，陈列着绫罗绸缎。这些细货有的是用棉纸包着斜立在玻璃橱里，有的是折好平放在矮玻璃柜子里的。这里，不像外柜那样朴素，而另有一种情调，每一种货都有它的光泽与尊严，使他想象到苏杭的温柔华丽，想象到人生的最快乐的时刻——假若他的老父亲庆八十大寿，不是要做一件紫的或深蓝或古铜色的大缎子夹袍么？哪一对新婚夫妇不要穿上件丝织品的衣服呢？一看到内柜，他不单想到丰衣足食，而且也想到升平盛世，连乡下聘姑娘的也要用几匹绸缎。

一年三百六十五天，他几乎老在铺子里，从来也没讨厌过他的生活与那些货物。他没有野心，不会胡思乱想，他像一条小鱼，只要有清水与绿藻便高兴的游泳，不管那是一座小湖，还是一口磁缸子。

现在，两篓棉花早已不见了，只剩下空篓子在后院里扔着。外柜的格子，空了一大半。最初，天佑还叫伙计们把货匀一匀，尽管都摆不满，可也没有完全空着的。渐渐的，匀也匀不及了；空着的只好空着。在自己的铺子里，天佑几乎不敢抬头，那些空格子像些四方的、没有眼珠的眼睛，昼夜的瞪着他，嘲弄他。没法子，他只好把空格用花纸糊起来。但是，这分明是自欺；难道糊起来便算有货了么？

格子多一半糊起来，柜台里只坐着一个老伙计——其余的人都辞退了。老伙计没事可做，只好打盹儿。这不是生意，而是给做生意的丢人呢！内柜比较的好看一些，但是看着更伤心。绸缎，和妇女的头发一样，天天要有新的花样。搁过三个月，就没有再卖出的希望；半年就成了古董——最不值钱的古董。绸缎比布匹剩的多，也就是多剩了赔钱货。内柜也只剩下一个伙计，他更没事可做。无可如何，他只好勤擦橱子与柜子上的玻璃。玻璃越明，旧绸缎越显出暗淡，白的发了黄，黄的发了白。天佑是不爱多说话的人，看着那些要同归于尽的，用银子买来的细货，他更不肯张嘴了。他的口水都变成了苦的，一口一口的咽下去。他的体面、忠实、才能、经验、尊严，都忽然的一笔勾消。他变成了一筹莫展，和那些旧货一样的废物。

没有野心的人往往心路不宽。天佑便是这样。表面上，他还维持着镇定，心里可像有一群野蜂用毒刺蜇着他。

他偷偷的去看邻近的几家铺户。点心铺，因为缺乏面粉，也清锅子冷灶。茶叶铺因为交通不便，运不来货，也没有什么生意好做。猪肉铺里有时候连一块肉也没有。看见这种景况，他稍为松一点心：是的，大家都是如此，并不是他自己特别的没本领，没办法。这点安慰可仅是一会儿的。在他坐定细想想之后，他的心就重新缩紧，比以前更厉害，他想，这样下去，各种营业会一齐停顿，岂不是将要一齐冻死饿死么？那样，整个的北平将要没有布，没有茶叶，没有面粉，没有猪肉，他与所有的北平人将怎样活下去呢？想到这里，他不由的想到了国家。国亡了，大家全得死；千真万确，全得死！

想到国家，他也就想起来三儿子瑞全。老三走得对，对，对！他告诉自己。不用说老父亲，就是他自己也毫无办法，毫无用处了。哼，连长子瑞宣——那么有聪明、有人格的瑞宣——也没多大的办法与用处！北平完了，在北平的人当然也跟着完蛋。只有老三，只有老三，逃出去北平，也就有了希望。中国是不会亡的，因为瑞全还没投降。这样一想，天佑才又挺一挺腰板，从口中吐出一股很长的白气来。

不过，这也只是一点小小的安慰，并解救不了他目前的困难。不久，他连这点安慰也失去，因为他忙起来，没有工夫再想念儿子。他接到了清查货物的通知。他早已听说要这样办，现在它变成了事实。每家铺户都须把存货查清，极详细的填上表格。天佑明白了，这是"奉旨抄家"。等大家把表格都办好，日本人就清清楚楚的晓得北平还一共有多少物资，值多少钱。北平将不再是有湖山宫殿之美的，有悠久历史的、有花木鱼鸟的一座名城，而是有了一定价钱的一大块产业。这个产业的主人是日本人。

铺中的人手少，天佑须自己动手清点货物，填写表格。不错，货物是不多了，但是一清点起来，便并不十分简单。他知道日本人都心细如发，他若粗枝大叶的报告上去，必定会招出麻烦来。他须把每一块布头儿都重新用尺量好，一寸一分不差的记下来，而后一分一厘不差的算好它们的价钱。

这样的连夜查点清楚，计算清楚，他还不敢正式的往表上填写。他不晓得应当把货价定高，还是定低。他知道那些存货的一多半已经没有卖出去的希望，那么若是定价高了，货卖不出去，而日本人按他的定价抽税，怎样办呢？反之，他若把货价定低，卖出去一定赔钱，那不单他自己吃了亏，而且会招同业的指摘。他皱上了眉头。他只好到别家布商去讨教。他一向有自己的作风与办法，现在他须去向别人讨教。他还是掌柜的，可是失去了自主权。

同业们也都没有主意。日本人只发命令，不给谁详细的解说。命令是命令，以后的办法如何，日本人不预先告诉任何人。日本人征服了北平，北平的商人理当受尽折磨。

天佑想了个折衷的办法，把能卖的货定了高价，把没希望卖出的打了折扣，他觉得自己相当的聪明。把表格递上去以后，他一天到晚的猜测，到底第二步办法是什么。他猜不出，又不肯因猜不出而置之不理；他是放不下事的人。他烦闷，着急，而且感觉到这是一种污辱——他的生意，却须听别人的指挥。他的已添了几根白色的胡子常常的竖立起来。

等来等去，他把按照表格来查货的人等了来——有便衣的，也有武装的，有中国人，也有日本人。这声势，不像是查货，而倒像捉捕江洋大盗。日本人喜欢把一粒芝麻弄成地球那么大。天佑的体质相当的好，轻易不闹什么头疼脑热。今天，他的头疼起来。查货的人拿着表格，他拿着尺，每一块布都须重新量过，看是否与表格上填写的相合。老人几乎忘了规矩与客气，很想用木尺敲他们的嘴巴，把他们的牙敲掉几个。这不是办事，而是对口供；他一辈子公正，现在被他们看作了诡弊多端的惯贼。

这一关过去了，他们没有发现任何弊病。但是，他缺少了一段布。那是昨天卖出去的。他们不答应。老人的脸已气紫，可是还耐着性儿对付他们。他把流水账拿出来，请他们过目，甚至于把那点钱也拿出来："这不是？原封没动，五块一角钱！"不行，不行！他们不能承认这笔帐！

这一案还没了结，他们又发现了"弊病"。为什么有一些货物定价特别低呢？他们调出旧账来："是呀，你定的价钱，比收货时候的价钱还低呀！怎回事？"

天佑的胡子嘴颤动起来。嗓子里噎了好几下才说出话来："这是些旧货，不大能卖出去，所以……"不行，不行！这分明是有意捣乱，做生意还有愿意赔钱的么？

"可以不可以改一改呢？"老人强挤出一点笑来。

"改？那还算官事？"

"那怎么办呢？"老人的头疼得像要裂开。

"你看怎么办呢？"

老人像一条野狗，被人们堵在墙角上，乱棍齐下。

大伙计过来，向大家敬烟献茶，而后偷偷的扯了扯老人的袖子："递钱！"

老人含着泪，承认了自己的过错，自动的认罚，递过五十块钱去。他们无论如何不肯收钱，直到又添了十块，才停止了客气。

他们走后，天佑坐在椅子上，只剩了哆嗦。在军阀内战的时代，他经过许多不近情理的事。但是，那时候总是由商会出头，按户摊派，他既可以根据商会的通知报账，又不直接的受军人的辱骂。今天，他既被他们叫作奸商，而且拿出没法报账的钱。他一方面受了污辱与敲诈，还没脸对任何人说。没有生意，铺子本就赔钱，怎好再白白的丢六十块呢？

呆呆的坐了好久，他想回家去看看。心中的委屈不好对别人说，还不可以对自己的父亲、妻、儿子说么？他离开了铺子。可是，只走了几步，他又打了转身。算了吧，自己的委屈最好是存在自己心中，何必去教家里的人也跟着难过呢。回到铺中，他把没有上过几回身的、皮板并不十分整齐的狐皮袍找了出来。是的，这件袍子还没穿过多少次，一来因为他是做生意的，不能穿得太阔气了，二来因为上边还有老父亲，他不便自居年高，随便穿上狐皮——虽然这是件皮板并不十分整齐值钱的狐皮袍。拿出来，他交给了大伙计："你去给我卖了吧！皮子并不怎么出色，可还没上过几次身儿；面子是真正的大缎子。"

"眼看就很冷了，怎么倒卖皮的呢？"大伙计问。

"我不爱穿它！放着也是放着，何不换几个钱用？乘着正要冷，也许能多卖几个钱。"

"卖多少呢？"

"瞧着办，瞧着办！五六十块就行！一买一卖，出入很大；要卖东西就别想买的时候值多少钱，是不是？"天佑始终不告诉大伙计，他为什么要卖皮袍。

大伙计跑了半天，四十五块是他得到的最高价钱。

"就四十五吧，卖！"天佑非常的坚决。

四十五块而外，又东拼西凑的弄来十五块，他把六十元还给柜上。他可以不穿皮袍，而不能教柜上白赔六十块。他应当，他想，受这个惩罚；谁教自己没有时运，生在这个倒霉的时代呢。时运虽然不好，他可是必须保持住自己的人格，他不能毫不负责的给铺子乱赔钱。

又过了几天，他得到了日本人给他定的物价表。老人细心的、一款一款的慢慢的看。看完了，他一声没出，戴上帽头，走了出去，他出了平则门。城里仿佛已经没法呼吸，他必须找个空旷的地方去呼吸，去思索。日本人所定的物价都不到成本的三分之二，而且绝对不许更改；有擅自更改的，以抬高物价、扰乱治安论，枪毙！

护城河里新放的水，预备着西北风到了，冻成坚冰，好打冰储藏起来。水流得相当的快，可是在靠岸的地方已有一些冰凌。岸上与别处的树木已脱尽了叶子，所以一眼便能看出老远去。淡淡的西山，已不像夏天雨后那么深蓝，也不像春秋佳日那么爽朗，而是有点发白，好像怕冷似的。阳光很好，可是没有多少热力，连树影人影都那么淡淡的，枯小的，像是被月光照射出来的。老人看一眼远山，看一眼河水，深深的叹了口气。

买卖怎么账下去呢？货物来不了。报歇业，不准。税高。好，现在，又定了官价——不卖吧，人家来买呀；卖吧，卖多少赔多少。这是什么生意呢？

日本人是什么意思呢？是的，东西都有了一定的价钱，老百姓便可以不受剥削；可是做买卖的难道不是老百姓么？做买卖的要都赔得一塌糊涂，谁还添货呢？大家都不添货，北平不就成了空城了么？什么意思呢？老人想不清楚。

呆呆的立在河岸上，天佑忘了他是在什么地方了。他思索，思索，脑子里像有个乱转的陀螺。越想，心中越乱，他恨不能一头扎在水里去，结束了自己的与一切的苦恼。

一阵微风，把他吹醒。眼前的流水、枯柳、衰草，好像忽然更真切了一些。他无意的摸了摸自己的腮，腮很凉，可是手心上却出着汗，脑中的陀螺停止了乱转。他想出来了！很简单，很简单，其中并没有什么深意，没有！那只是教老百姓看看，日本人在这里，物价不会抬高。日本人有办法，有德政。至于商人们怎么活着，谁管呢！商人是中国人，饿死活该！商人们不再添货，也活该！百姓们买不到布，买不到棉花，买不到一切，活该！反正物价没有涨！日本人的德政便是杀人不见血。

想清楚了这一点，他又看了一眼河水，急快的打了转身。他须去向股东们说明他刚才所想到的，不能糊糊涂涂的就也用"活该"把生意垮完，他须交代明白了。他的厚墩墩的脚踵打得地皮出了响声，像奔命似的他进了城。他是心中放不住事的人，他必须马上把事情搞清楚了，不能这么半死不活的闭着眼混下去。

所有的股东都见到了，谁也没有主意。谁都愿意马上停止营业，可是谁也知道日本人不准报歇业。大家都只知道买卖已毫无希望，而没有一点挽救的办法。他们只能对天佑说："再说吧！你多为点难吧！谁教咱们赶上这个……"大家对他依旧很信任、很恭敬，可是任何办法也没有。他们只能教他去看守那个空的蛤壳，他也只好点了头。

　　无可如何的回到铺中，他只呆呆的坐着。又来了命令：每种布匹每次只许卖一丈，多卖一寸也得受罚。这不是命令，而是开玩笑。一丈布不够做一身男裤褂，也不够做一件男大衫的。日本人的身量矮，十尺布或者将就够做一件衣服的；中国人可并不都是矮子。天佑反倒笑了，矮子出的主意，高个子必须服从，没有别的话好讲。"这倒省事了！"他很难过，而假装作不在乎的说："价钱有一定，长短有一定，咱们满可以把算盘收起去了！"说完，他的老泪可是直在眼圈里转。这算哪道生意呢！经验，才力，规矩，计划，都丝毫没了用处。这不是生意，而是给日本人做装饰——没有生意的生意，却还天天挑出幌子去，天天开着门！

　　他一向是最安稳的人，现在他可是不愿再老这么呆呆的坐着。他已没了用处，若还像回事儿似的坐在那里，充掌柜的，他便是无聊，不知好歹。他想躲开铺子，永远不再回来。

　　第二天，他一清早就出去了。没有目的，他信马由缰的慢慢的走。经过一个小摊子，也立住看一会儿，不管值得看还是不值得看，他也要看，为是消磨几分钟的工夫。看见个熟人，他赶上去和人家谈几句话。他想说话，他闷得慌。这样走了一两个钟头，他打了转身。不行，这不像话。他不习惯这样的吊儿啷当。他必须回去。不管铺子变成什么样子，有生意没有，他到底是个守规矩的生意人，不能这样半疯子似的乱走。在铺子里呆坐着难过，这样的乱走也不受用；况且，无论怎样，到底是在铺子里较比的更像个生意人。

　　回到铺中，他看见柜台上堆着些胶皮鞋，和一些残旧的日本造的玩具。

　　"这是谁的？"天佑问。

　　"刚刚送来的。"大伙计惨笑了一下，"买一丈绸缎的，也要买一双胶皮鞋；买一丈布的也要买一个小玩艺儿；这是命令！"

　　看着那一堆单薄的、没后程的日本东西，天佑愣了半天才说出话来："胶皮鞋还可以说有点用处，这些玩艺儿算干什么的呢？况且还是这么残破，这不是硬敲买主儿的钱吗？"

大伙计看了外边一眼，才低声的说："日本的工厂大概只顾造枪炮，连玩艺儿都不造新的了，准的！"

"也许！"天佑不愿意多讨论日本的工业问题，而只觉得这些旧玩具给他带来更大的污辱与更多的嘲弄。他几乎要发脾气："把它们放在后柜去，快！多年的老字号了，带卖玩艺儿，还是破的！赶明儿还得带卖仁丹呢！哼！"

看着伙计把东西收到后柜去，他泡了一壶茶，一杯一杯又一杯的慢慢喝。这不像是吃茶，而倒像拿茶解气呢。看着杯里的茶，他想起昨天看见的河水。他觉得河水可爱，不单可爱，而且仿佛能解决一切问题。他是心路不甚宽的人，不能把无可奈何的事就看作无可奈何，而付之一笑。他把无可奈何的事看成了对自己的考验，若是他承认了无可奈何，便是承认了自己的无能、没用。他应付不了这个局面，他应当赶快结束了自己——随着河水顺流而下，漂，漂，漂，漂到大河大海里去，倒也不错。心路窄的人往往把死看作康庄大道，天佑便是这样。想到河、海，他反倒痛快一点，他看见了空旷、自由、无忧无虑，比这么揪心扒肝的活着要好的多。

刚刚过午，一部大卡车停在了铺子外边。

"他们又来了！"大伙计说。

"谁？"天佑问。

"送货的！"

"这回恐怕是仁丹了！"天佑想笑一笑，可是笑不出来。

车上跳下来一个日本人、三个中国人，如狼似虎的，他们闯进铺子来。虽然只是四个人，可是他们的声势倒好像是个机关枪连。

"货呢，刚才送来的货呢？"一个中国人非常着急的问。

大伙计急忙到后柜去拿。拿来，那个中国人劈手夺过去，像公鸡掘土似的，极快而有力的数："一双，两双……"数完了，他脸上的肌肉放松了一些，含笑对那个日本人说："多了十双！我说毛病在这里，一定是在这里！"

日本人打量了天佑掌柜一番，高傲而冷酷的问："你的掌柜？"

天佑点了点头。

"哈！你的收货？"

大伙计要说话，因为货是他收下的。天佑可是往前凑了一步，又向日本人点了点头。他是掌柜，他须负责，尽管是伙计办错了事。

"你的大大的坏蛋！"

天佑咽了一大口唾沫，把怒气，像吃丸药似的，冲了下去。依旧很规矩的、和缓的，他问：

"多收了十双，是不是？照数退回好了！"

"退回？你的大大的奸商！"冷不防，日本人一个嘴巴打上去。

天佑的眼中冒了金星。这一个嘴巴，把他打得什么全不知道了。忽然的他变成了一块不会思索、没有感觉、不会动作的肉，木在了那里。他一生没有打过架，撒过野。他万想不到有朝一日他也会挨打。他的诚实、守规矩、爱体面，他以为，就是他的钢盔铁甲，永远不会教污辱与手掌来到他的身上。现在，他挨了打，他什么也不是了，而只是那么立着的一块肉。

大伙计的脸白了，极勉强的笑着说："诸位老爷给我二十双，我收二十双，怎么，怎么……"他把下面的话咽了回去。

"我们给你二十双？"一个中国人问。他的威风仅次于那个日本人的。"谁不知道，每一家发十双！你乘着忙乱之中，多拿了十双，还怨我们，你真有胆子！"

事实上，的确是他们多给了十双。大伙计一点不晓得他多收了货。为这十双鞋，他们又跑了半座城。他们必须查出这十双鞋来，否则没法交差。查到了，他们不能承认自己的疏忽，而必把过错派在别人身上。

转了转眼珠，大伙计想好了主意："我们多收了货，受罚好啦！"

这回，他们可是不受贿赂。他们必须把掌柜带走。日本人为强迫实行"平价"和强迫接收他们派给的货物，要示一示威。他们把天佑掌柜拖出去。从车里，他们找出预备好了的一件白布坎肩，前后都写着极大的红字——奸商。他们把坎肩扔给天佑，教他自己穿上。这时候，铺子外边已围满了人。浑身都颤抖着，天佑把坎肩穿上。他好像已经半死，看看面前的人，他似乎认识几个，又似乎不认识。他似乎已忘了羞耻、气愤，而只那么颤抖着任人摆布。

日本人上了车。三个中国人随着天佑慢慢的走，车在后面跟着。上了马路，三个人教给他："你自己说：我是奸商！我是奸商！我多收了货物！我不按定价卖东西！我是奸商！说！"

天佑一声没哼。

三把手枪顶住他的背："说！"

"我是奸商！"天佑低声的说。平日，他的语声就不高，他不会粗着脖子红着筋的喊叫。

"大点声！"

"我是奸商！"天佑提高了点声音。

"再大一点！"

"我是奸商！"天佑喊起来。

行人都立住了，没有什么要事的便跟在后面与两旁。北平人是爱看热闹的。只要眼睛有东西可看，他们便看，跟着看，一点不觉得厌烦。他们只要看见了热闹，便忘了耻辱、是非，更提不到愤怒了。

天佑的眼被泪迷住。路是熟的，但是他好像完全不认识了。他只觉得路很宽，人很多，可是都像初次看见的。他也不知道自己是在做什么。他机械的一句一句的喊，只是喊，而不知道喊的什么。慢慢的，他头上的汗与眼中的泪联结在一处，他看不清了路、人与一切东西。他的头低下去，而仍不住的喊。

他用不着思索，那几句话像自己能由口中跳出来。猛一抬头，他又看见了马路、车辆、行人，他也更不认识了它们，好像大梦初醒，忽然看见日光与东西似的。他看见了一个完全新的世界，有各种颜色，各种声音，而一切都与他没有关系。一切都那么热闹而冷淡，美丽而惨酷，都静静的看着他。他离着他们很近，而又像很远。他又低下头去。

　　走了两条街，他的嗓子已喊哑。他感到疲乏、眩晕，可是他的腿还拖着他走。他不知道已走在哪里和往哪里走。低着头，他还喊叫那几句话。可是，嗓音已哑，倒仿佛是和自己叨唠呢。一抬头，他看见一座牌楼，有四根极红的柱子。那四根红柱子忽然变成极粗极大，晃晃悠悠的向他走来。四条扯天柱地的红腿向他走来，眼前都是红的，天地是红的，他的脑子也是红的。他闭上了眼。

　　过了多久，他不知道。睁开眼，他才晓得自己是躺在了东单牌楼的附近。卡车不见了，三个枪手也不见了，四围只围着一圈小孩子。他坐起来，愣着。愣了半天，他低头看见了自己的胸。坎肩已不见了，胸前全是白沫子与血，还湿着呢。他慢慢的立起来，又跌倒，他的腿已像两根木头。挣扎着，他再往起立；立定，他看见了牌楼的上边只有一抹阳光。他的身上没有一个地方不疼，他的喉中干得要裂开。

　　一步一停的，他往西走。他的心中完全是空的。他的老父亲，久病的妻，三个儿子，儿媳妇，孙男孙女，和他的铺子，似乎都已不存在。他只看见了护城河，与那可爱的水；水好像就在马路上流动呢，向他招手呢。他点了点头。他的世界已经灭亡，他须到另一个世界里去。在另一世界里，他的耻辱才可以洗净。活着，他只是耻辱的本身；他刚刚穿过的那件白布红字的坎肩永远挂在他身上，粘在身上，印在身上，他将永远是祁家与铺子的一个很大很大的一个黑点子，那黑点子会永远使阳光变黑，使鲜花变臭，使公正变成狡诈，使温和变成暴厉。

　　他雇了一辆车到平则门。扶着城墙，他蹭出去。太阳落了下去。河边上的树木静候着他呢。天上有一点点微红的霞，像向他发笑呢。河水流得很快，好像已等他等得不耐烦了。水发着一点点声音，仿佛向他低声的呼唤呢。

　　很快的，他想起一辈子的事情；很快的，他忘了一切。漂，漂，漂，他将漂到大海里去，自由，清凉，干净，快乐，而且洗净了他胸前的红字。

六十

天佑的尸身并没漂向大河大海里去，而是被冰、水藻与树根，给缠冻在河边儿上。

第二天一清早就有人发现了尸首，到午后消息才传至祁家。祁老人的悲痛是无法形容的。四世同堂中的最要紧、离他最近、最老成可靠的一层居然先被拆毁了！他想象得到自己的死，和儿媳妇的死——她老是那么病病歪歪的。他甚至于想象得到三孙子的死。他万想象不到天佑会死，而且死得这么惨！老天是无知、无情、无一点心肝的，会夺去这最要紧、最老成的人："我有什么用呢？老天爷，为什么不教我替了天佑呢？"老人跳着脚儿质问老天爷。然后，他诅咒日本人。他忘了规矩，忘了恐惧，而破口大骂起来。一边骂，一边哭，直哭得不能再出声儿。

天佑太太的泪一串串的往下流，全身颤抖着，可是始终没放声。一会儿，她的眼珠往上翻，闭过气去。

韵梅流着泪，一面劝解祖父，一面喊叫婆婆。两个孩子莫名其妙的，扯着她的衣襟，不肯放手。

瑞丰，平日对父亲没有尽过丝毫的孝心，也张着大嘴哭得哇哇的。

慢慢的，天佑太太醒了过来。她这才放的啼哭。韵梅也陪着婆母哭。

哭闹过了一大阵，院中忽然的没有了声音。泪还在落，鼻涕还在流，可是没了响声，像风雷过去，只落着小雨。悲愤，伤心，都吐了出去，大家的心里全变成了空的，不知道思索，想不起行动。他们似乎还活着，又像已经半死，都那么低头落泪，愣着。

愣了不知有多久，韵梅首先出了声："老二，找你哥哥去呀！"

这一点语声，像一个霹雷震动了浓厚的黑云，大雨马上降下来，大家又重新哭叫起来。韵梅劝告这个，安慰那个，完全没有用处，大家只顾倾泄悲伤，根本听不见她的声音。

天佑太太坐在炕沿上，已不能动，手脚像冰一样凉。祁老人的脸像忽然缩小了一圈。手按着膝盖，他已不会哭，而只颤抖着长嚎。瑞丰的哭声比别人的都壮烈，他不知道哭的是什么，而只觉得大声的哭喊使心中舒服。

韵梅抹着泪，扯住老二的肩摇了几下子："去找你大哥！"她的声音是那么尖锐，她的神情是那么急切，使瑞丰没法不收住悲音。连祁老人也感到一点什么震动，而忽然的清醒过来。老人也喊了声："找你哥哥去！"

这时候，小文和棚匠刘师傅的太太都跑进来。自从刘师傅走后，瑞宣到领薪的日子，必教韵梅给刘太太送过六元钱去。刘太太是个矮身量、非常结实的乡下人，很能吃苦。在祁家供给她的钱以外，她还到铺户去揽一些衣服，缝缝洗洗的，赚几文零用。她也时常的到祁家来，把韵梅手中的活计硬抢了去，抽着工夫把它们做好。她是乡下人，做的活计虽粗，可是非常的结实；给小顺儿们做的布鞋，帮子硬，底儿厚，一双真可以当两双穿。她不大爱说话，但是一开口也满有趣味与见解，所以和天佑太太与韵梅成了好朋友。对祁家的男人们，她可是不大招呼；她是乡下人，却有个心眼儿。

小文轻易不到祁家来。他知道祁家的人多数是老八板儿，或者不大喜欢他的职业与行动，不便多过来讨厌。他并不轻看自己，可也尊重别人，所以他须不即不离的保持住自己的身分。今天，他听祁家哭得太凶了，不能不过来看看。

迎着头，瑞丰给两位邻居磕了一个头。他们马上明白了祁家是落了白事。小文和刘太太都不敢问死的是谁，而只往四处打量。瑞丰说了声："老爷子……"小文和刘太太的泪立刻在眼中转。他们都没和天佑有过什么来往，可是都知道天佑是最规矩老实的人，所以觉得可惜。

刘太太立刻跑去伺候天佑太太和照应孩子。

小文马上问："有用我的地方没有？"

祁老人一向不大看得起小文，现在他可是拉住了小文的手："文爷，他死得惨！惨！"老人的眼本来就小，现在又红肿起来，差不多把眼珠完全掩藏起来。

韵梅又说了话："文爷，给瑞宣打个电话去吧！"

小文愿意做这点事。

祁老人拉着小文，立了起来："文爷，打电话去！教他到平则门外去，河边！河边！"说完，他放开了小文的手，对瑞丰说："走！出城！"

"爷爷，你不能去！"

老人怒吼起来："我怎么不能去？他是我的儿子，我怎么不能去？教我一下子也摔到河里去，跟他死在一块儿，我也甘心！走，瑞丰！"

小文一向不慌不忙，现在他小跑着跑出去。他先去看李四爷在家没有。在家。"四大爷，快到祁家去！天佑掌柜过去了！"

"谁？"李四爷不肯信任他的耳朵。

"天佑掌柜！快去！"小文跑出去，到街上去借电话。

四大妈刚一听明白，便跑向祁家来。一进门，不管三七二十一，就放声哭嚎起来。

李四爷拉住了祁老人的手，两位老人哆嗦成了一团。李老人办惯了丧事，轻易不动感情；今天，他真动了心。祁老人是他多年的好友，天佑又是那么规矩老实、不招灾不惹祸的人；当他初认识祁老人的时候，天佑还是个小孩子呢。

大家又乱哭了一场之后，心中开始稍觉得安定一些，因为大家都知道李四爷是有办法的人。李四爷擦了擦眼，对瑞丰说："老二，出城吧！"

"我也去！"祁老人说。

"有我去，你还不放心吗？大哥！"李四爷知道祁老人跟去，只是多添麻烦，所以拦阻他。

"我非去不可！"祁老人非常的坚决。为表示他能走路，无须别人招呼他，他想极快的走出去，教大家看一看。可是，刚一下屋外的台阶，他就几乎摔倒。挣扎着立稳，他再也迈不开步，只剩了哆嗦。

天佑太太也要去。天佑是她的丈夫，她知道他的一切，所以也必须看看丈夫是怎样死的。

李四爷把祁老人和天佑太太都拦住："我起誓，准教你们看看他的尸！现在，你们不要去！等我都打点好了，我来接你们，还不行吗？"

祁老人用力瞪着小眼，没用，他还是迈不开步。

"妈！"韵梅央告婆婆，"你就甭去了吧！你不去，也教爷爷好受点儿！"

天佑太太落着泪，点了头。祁老人被四大妈搀进屋里去。

李四爷和瑞丰走出去。他们刚出门，小文和孙七一块儿走了来。小文打通了电话。孙七是和小文在路上遇见的。平日，孙七虽然和小文并没什么恶感，可是也没有什么交情。专以头发来说，小文永远到最好的理发馆去理发刮脸，小文太太遇有堂会必到上海人开的美容室去烫发。这都给孙七一点刺激，而不大高兴多招呼文家夫妇。今天，他和小文仿佛忽然变成了好朋友，因为小文既肯帮祁家的忙，那就可以证明小文的心眼并不错。患难，使人的心容易碰到一处。

小文不会说什么，只一支跟着一支的吸烟。孙七的话来得很容易，而且很激烈，使祁老人感到一些安慰。老人已躺在炕上，一句话也说不出，可是他还听着孙七的乱说，时时的叹一口气。假若没有孙七在一旁拉不断扯不断的说，他知道他会再哭起来的。

职业的与生活的经验，使李四爷在心中极难过的时节，还会计划一切。到了街口，他便在一个小茶馆里叫了两个人，先去捞尸。然后，他到护国寺街一家寿衣铺，赊了两件必要的寿衣。他的计划是：把尸身打捞上来，先脱去被水泡过一夜的衣服，换上寿衣——假若这两件不好、不够，以后再由祁家添换。换上寿服，他想，便把尸首暂停在城外的三仙观里，等祁家的人来办理入殓开吊。日本人不许死尸入城，而且抬来抬去也太麻烦，不如就在庙里办事，而后抬埋。

这些计划，他一想到，便问瑞丰以为如何。瑞丰没有意见。他的心中完全是空的，而只觉得自己无忧无虑的做孝子，到处受别人的怜惜，颇舒服，而且不无自傲之感。

出了城，看见了尸身——已由那两位雇来的人捞了上来，放在河岸上——瑞丰可是真动了心。一下子，趴伏在地，搂着尸首，他大哭起来。这回，他的泪是真的，是由心的深处冒出来的。天佑的脸与身上都被泡肿，可是并不十分难看，还是那么安静温柔。他的手中握着一把河泥，脸上可相当的干净，只在胡子上有两根草棍儿。

李四爷也落了泪。这是他看着长大了的祁天佑——自幼儿就腼腆，一辈子没有做过错事，永远和平、老实、要强、稳重的祁天佑！老人没法不伤心，这不只是天佑的命该如此，而是世界已变了样了——老实人，好人，须死在河里！

瑞宣赶到。一接到电话，他的脸马上没有了血色。嘴唇颤着，他只告诉了富善先生一句话："家里出了丧事！"便飞跑出来。他几乎不知道怎样来到的平则门外。他没有哭，而眼睛已看不清面前的一切。假若祖父忽然的死去，他一定会很伤心的哭起来。但是，那只是伤心，而不能教他迷乱，因为祖父的寿数已到，死亡是必不可免的，他想不到父亲会忽然的死去。况且，他是父亲的长子：他的相貌、性格、态度、说话的样子，都像父亲，因为在他的幼时，只有父亲是他的模范，而父亲也只有他这么一个珍宝接受他全份的爱心。他第一次上大街，是由父亲抱去的。他初学走路，是由父亲拉着他的小手的。他上小学、中学、大学，是父亲的主张。他结了婚，做了事，有了自己的儿女，在多少事情上他都可以自主，不必再和父亲商议，可是他处理事情的动机与方法，还暗中与父亲不谋而合。他不一定对父亲谈论什么，可是父子之间有一种不必说而互相了解的亲密；一个眼神，一个微笑，便够了，用不着多费话。父亲看他，与他看父亲，都好像能由现在，看到二三十年前；在二三十年前，只要他把小手递给父亲，父亲就知道他要出去玩玩。他有他自己的事业与学问，与父亲的完全不同，可是除了这点外来的知识与工作而外，他觉得他是父亲的化身。他不完全是自己，父亲也不完全是父亲，只有把父子凑到一处，他仿佛才能感到安全，美满。他没有什么野心，他只求父亲活到祖父的年纪，而他也像父亲对祖父那样，虽然已留下胡子，可是还体贴父亲，教父亲享几年晚福。这不是虚假的孝顺，而是，他以为，最自然、最应该的事。

父亲会忽然的投了水！他自己好像也死去了一大半！

他甚至于没顾得想父亲死了的原因，而去诅咒日本人。他的眼中只有个活着的父亲，与一个死了的父亲；父亲，各种样子的父亲——有胡子的，没胡子的，笑的，哭的——出现在他眼前，一会儿又消灭。他顾不得再想别的。

看见了父亲，他没有放声的哭出来。他一向不会大哭大喊。放声的哭喊只是没有办法的办法，而他是好想办法的人，不惯于哭闹。他跪在了父亲的头前，隔着泪看着父亲。他的胸口发痒，喉中发甜，他啐出一口鲜红的血来。腿一软，他坐了在地上。天地都在旋转。他不晓得了一切，只是口中还低声的叫："爸爸！爸爸！"

好久，好久，他才又看见了眼前的一切，也发觉了李四爷用手在后面搀着他呢。

"别这么伤心哟！"四爷喊着说，"死了的不能再活，活着的还得活下去呀！"

瑞宣抹着泪立起来，用脚把那口鲜红的血擦去。他身上连一点力气也没有了，脸上白得可怕。可是，他还要办事。无论他怎么伤心，他到底是主持家务的人，他须把没有吐净的心血花费在操持一切上。

他同意李四爷的办法，把尸身停在三仙观里。

李四爷借来一块板子，瑞宣瑞丰和那两个帮忙的人，把天佑抬起来，往庙里走。太阳已偏西，不十分暖和的光射在天佑的脸上。瑞宣看着父亲的脸，泪又滴下来，滴在了父亲的脚上。他浑身酸软无力，可是还牢牢的抬着木板，一步一步的往前挪动。他觉得他也许会一跤跌下去，不能再起来，可是他挣扎着往前走，他必须把父亲抬到庙中去安息。

三仙观很小，院中的两株老柏把枝子伸到墙外，仿佛为是好多得一点日光与空气。进了门，天佑的脸上没有了阳光，而遮上了一层儿淡淡的绿影。"爸爸！"瑞宣低声的叫，"在这里睡吧！"

停灵的地方是在后院。院子更小，可是没有任何树木，天佑的脸上又亮起来。把灵安置好，瑞宣呆呆的看着父亲。父亲确是睡得很好，一动不动的，好像极舒服，自在，没有丝毫的忧虑。生活是梦，死倒更真实，更肯定，更自由！

"哥哥！"瑞丰的眼，鼻，连耳朵，都是红的，"怎么办事呀？"

"啊？"瑞宣像由梦中惊醒了似的。

"我说，咱们怎么办事？"老二的伤心似乎已消逝了十之八九，又想起凑热闹来。丧事，尽管是丧事，据他看，也是凑热闹的好机会。穿孝，唪经，焚纸，奠酒，磕头，摆饭，入殓，开吊，出殡……有多么热闹呀！他知道自己没有钱，可是大哥总该会设法弄钱去呀。人必须尽孝，父亲只会死一回，即使大哥为难，也得把事情办得热热闹闹的呀！只要大哥肯尽孝，他——老二——也就必定用尽心计，筹划一切，使这场事办得极风光，极体面，极火炽。比如说：接三那天还不糊些顶体面的纸人纸马，还不请十三位和尚念一夜经么？伴宿就更得漂亮一些，酒席至少是八大碗一个火锅，庙外要一份最齐全的鼓手；白天若还是和尚唪经，夜间理应换上喇嘛或道士。而后，出殡的时候，至少有七八十个穿孝的亲友，像一大片白鹅似的在棺材前面慢慢的走；棺材后面还有一二十辆轿车，白的，黄的，蓝的，里面坐着送殡的女客。还有执事，清音，闹丧鼓，纸人纸车金山银山呢！只有这样，他想，才足以对得起死去的父亲，而亲友们也必钦佩祁家——虽然人是投河死了的，事情可办得没有一点缺陷啊！

"四爷爷！"瑞宣没有搭理老二，而对李老人说，"咱们一块儿回去吧？怎么办事，我得跟祖父、母亲商议一下，有你老人家在一旁，或者……"

李老人一眼便看进瑞宣的心里去："我晓得！听老人们怎么说，再合计合计咱们的钱力，事情不能办得太寒伧，也不能太扎花；这个年月！"然后他告诉瑞丰："老二，你在这里看着；我们一会儿就回来。"同时，他把那两个帮忙的人也打发回去。

看见了家门，瑞宣简直迈不开步了。费了极大的力量，他才上了台阶。只是那么两三步，他可是已经筋疲力尽。他的眼前飞舞着几个小的金星，心跳得很快。他扶住了门框，不能再动。门框上，刚刚由小文贴上了白纸，浆糊还湿着呢。他不会，也不敢，进这贴了白纸的家门。见了祖父与母亲，他说什么呢？怎么安慰他们呢？

李四爷把他挽了进去。

家中的人一看瑞宣回来了，都又重新哭起来。他自己不愿再哭，可是泪已不受控制，一串串的往下流。

李四爷看他们已经哭得差不多了，拦住了大家："不哭喽！得商量商量怎么办事哟！"

听到这劝告，大家仿佛头一次想到死人是要埋起来的；然后都抹着泪坐在了一处。

祁老人还顾不得想实际的问题，拉着四爷的手说："天佑没给我送终，我倒要发送他啦；这由何处说起哟！"

"那有什么法子呢？大哥！"李四爷感叹着说，然后，他一语点到了题，"先看看咱们有多少钱吧！"

"我去支一个月的薪水！"瑞宣没有说别的，表示他除此而外，别无办法。

天佑太太还有二十多块现洋，祁老人也存着几十块现洋，与一些大铜板。

这都是他们的棺材本儿，可是都愿意拿出来，给天佑用。"四爷，给他买口好材，别的都是假的！谁知道，我死的时候是棺材装呢，还是用席头儿卷呢！"老人颤声的说。真的，老人的小眼睛已看不见明天。他的唯一的恐惧是死。不过，到时候非死不可呢，他愿意有一口好的棺材，和一群儿孙给他戴孝；这是他的最后的光荣！可是，儿子竟自死在他的前面，夺去了他的棺材，还有什么话可说呢。最后的光荣才是真的光荣，可是他已不敢希望那个。他的生活秩序完全被弄乱了，他不敢再希望什么，不敢再自信。他已不是什么老寿星，可能他将变成老乞丐，死后连棺材都找不到！

"好！我去给看口材，准保结实，体面！"李四爷把祁老人的提案很快的做了结束，"停几天呢？天佑太太！"

天佑太太很愿意丈夫的丧事办得像个样子。她知道的清楚：丈夫一辈子没有浪费过一个钱，永远省吃俭用的把钱交到家中。他应当得到个体面的发送，大家应当给他个最后的酬谢。可是，她也知道自己不定哪时就和丈夫并了骨，不为别人，她也得替瑞宣设想；假若再出一档子白事，瑞宣怎么办呢？想到这里，她马上决定了：

"爷爷，搁五天怎样？在庙里，多搁一天，多花一天的钱！"

五天太少了。可是祁老人忍痛的点了头。他这时候已看清了瑞宣的脸——灰渌渌的像一张风吹雨打过的纸。

"总得念一夜经吧？爷爷！"天佑太太低着头问。

大家也无异议。

瑞宣只迷迷糊糊的听着，不说什么。对这些什么念经、开吊的，在平日，他都不感觉兴趣，而且甚至以为都没用处，也就没有非此不可的必要。今天，他不便说什么。文化是文化，文化里含有许多不必要的繁文缛节，不必由他去维持，也不必由他去破坏。再说，在这样的一个四世同堂的家庭里，文化是有许多层次的，像一块千层糕。若专凭理智办事，他须削去几层，才能把事情办得合理；但是，若用智慧的眼来看呢，他实在不必因固执而伤了老人们的心。他是现代的人，但必须体贴过去的历史。只要祖父与妈妈不像瑞丰那样贪热闹，他便不必教他们难堪。他好像是新旧文化中的钟摆，他必须左右摆匀，才能使时刻进行得平稳准确。

李四爷做了总结束："好啦，祁大哥，我心里有了准数啦！棺材，我明天去看。瑞宣，你明天一早儿到坟地去打坑。孙七，你匀得出工夫来吗？好，你陪着瑞宣去。刘太太，你去扯布，扯回来，帮着祁大奶奶赶缝孝衣。念经，就用七众儿吧，我去请。鼓手，执事，也不必太讲究了，有个响动就行，是不是？都请谁呢？"

韵梅由箱子里找出行人情的礼金簿来。祁老人并没看簿子，就决定了："光请至亲至友，大概有二十多家子。"老人平日在睡不着的时候，常常掐指计算：假若在他死的时候，家道还好，而大办丧事呢，就应当请五十多家亲友，至少要摆十四五桌饭；若是简单的办呢，便可减少一半。

"那么，就预备二十多家的饭吧。"李四爷很快的想好了主意，"干脆就吃炒菜面，又省钱，又热乎；这年月，亲友不会耻笑咱们！大哥，你带着她们到庙里看看吧。到庙里，告诉老二，教他明天去报丧请人。好在只有二十多家，一天足以跑到了。大哥！到那里，可不准太伤心了，身体要紧！四妈，你同天佑太太去；到那儿，哭一场就回来！回头我去和老二守灵。"

李老人下完这些命令，刘太太赶快去扯布。祁老人带着李四妈，儿媳与小顺子，雇了车，到庙中去。

刘太太拿了钱，已快走出街门，李四爷向她喊："一个铺子只能扯一丈哟，多跑几家！"

韵梅也想到庙中去哭一场，可是看瑞宣的样子，她决定留在家里。

孙七的事情是在明天，他告辞回家去喝酒，他的心里堵得慌。

小文没得到任何命令，还继续的一支紧接着一支的吸烟。李老人看了小文一眼，向他点点手："文爷，你去弄几两白干吧，我心里难过！"

瑞宣走到自己的屋中去，躺在了床上。韵梅轻轻的进来，给他盖上了一床被子。他把头蒙上，反倒哭出了声儿。

泪洒净，他心中清楚了许多，也就想起日本人来。想到日本人，他承认了自己的错误：自己不肯离开北平，几乎纯粹是为家中老幼的安全与生活。可是，有什么用呢？自己下过狱，老二变成了最没出息的人；现在，连最老成、最谨慎的父亲，也投了河！在敌人手底下，而想保护一家人，哼，梦想！

他不哭了。他恨日本人与他自己。

六十一

似睡非睡的，瑞宣躺了一夜。迷迷糊糊的，他听到祖父与母亲回来。迷迷糊糊的，他听到韵梅与刘太太低声的说话，（她们缝孝衣呢。）他不知道时间，也摸不清大家都在做什么。他甚至于忘了家中落了白事。他的心仿佛是放在了梦与真实的交界处。

约摸有五点来钟吧，他像受了一惊似的，完全醒过来。他忽然的看见了父亲，不是那温和的老人，而是躺在河边上的死尸。他急忙的坐起来。随便的用冷水擦了一把脸，漱了漱口，他走出去找孙七。

极冷的小风吹着他的脸，并且轻轻的吹进他的衣服，使他的没有什么东西的胃，与吐过血的心，一齐感到寒冷，浑身都颤起来。扶着街门，他定了定神。不管，不管，不管他怎样不舒服，他必须给父亲去打坑。这是他无可推卸的责任。他拉开了街门。天还不很亮，星星可是已都看不真了，这是夜与昼的交替时间，既不像夜，也不像昼，一切都渺茫不定。

他去叫孙七。

程长顺天天起来得很早，好去收买破布烂纸。听出来瑞宣的语声，他去轻轻的把孙七唤醒，而没敢出来和瑞宣打招呼。他忙，他有他的心事，他没工夫去帮祁家的忙，所以他觉得怪不好意思的来见瑞宣。

孙七，昨天晚上喝了一肚子闷酒，一直到上床还嘱咐自己：明天早早的起！可是，酒与梦联结到一处，使他的呼声只惊醒了别人，而没招呼他自己。听到长顺的声音，他极快的坐起来，穿上衣服，而后匆忙的走出来。口中还有酒味，他迷迷糊糊的跟着瑞宣走，想不出一句话来。一边走，他一边又打堵得慌又有点痛快的长嗝儿。打了几个这样的嗝儿以后，他开始觉得舒服了一点。他立刻想说话："咱们出德胜门，还是出西直门呢？"

"都差不多。"瑞宣心中还发噎，实在不想说话。

"出德胜门吧！"孙七没有什么特殊的理由，而只为显出自己会判断，会选择，这样决定。看瑞宣没说什么，他到前面去领路，为是显出热心与勇敢。

到了德胜门门脸儿，晨光才照亮了城楼。这里，是北平的最不体面的地方：没有光亮的柏油路，没有金匾、大玻璃窗的铺户，没有汽车。它的马路上的石子都七上八下的露着尖儿，一疙瘩一块的好像长了冻疮。石子尖角上往往顶着一点冰，或一点白霜。这些寒冷的棱角，教人觉得连马路仿佛都削瘦了好些。它的车辆，只有笨重的、破旧的、由乡下人赶着的大敞车，走得不快，而西嗵哗啷的乱响。就是这里的洋车也没有什么漂亮的，它们都是些破旧的，一阵风似乎能吹散的，只为拉东西，而不大拉人的老古董。在大车与洋车之间，走着身子瘦而鸣声还有相当声势的驴，与仿佛久已讨厌了生命，而还不能不勉强，于是也就只好极慢极慢的，走着路的骆驼。这些风光，凑在一处，便把那伟大的城楼也连累得失去了尊严壮丽，而显得衰老，荒凉，甚至于有点悲苦。在这里，人们不会想起这是能培养得出梅兰芳博士，发动了"五四"运动，产生能在冬天还喁喁的鸣叫的翠绿的蝈蝈的地方，而是一眼就看到了那荒凉的、贫窭的、铺满黄土的乡间。这是城市与乡间紧紧相连的地区；假若北平是一匹骏马，这却是它的一条又长又寒伧的尾巴。

虽然如此，阳光一射到城楼上，一切的东西仿佛都有了精神。驴扬起脖子鸣唤，骆驼脖子上的白霜发出了光，连那路上的带着冰的石子都亮了些。一切还都破旧衰老，可是一切都被阳光照得有了力量，有了显明的轮廓、色彩、作用与生命。北平像无论怎么衰老多病，可也不会死去似的。

孙七把瑞宣领到一个豆浆摊子前面。瑞宣的口中发苦，实在不想吃什么，可是也没拒绝那碗滚热的豆浆。抱着碗，他手上感到暖和；热气升上来，碰到他的脸上，也很舒服。特别是他哭肿了的、干巴巴的眼睛，一碰到热气，好像点了眼药那么好受。嘘了半天，他不由的把唇送到了碗边上，一口口的吸着那洁白的、滚热的浆汁。热气一直走到他的全身。这不是豆浆，而是新的血液，使他浑身暖和，不再发噤。喝完了一碗，他又把碗递过去。

孙七只喝了一碗浆，可是吃了无数的油条。仿佛是为主持公道似的，他一定教卖浆的给瑞宣的第二碗里打上两个鸡蛋。

吃完，他们走出了城门。孙七的肚子有了食，忘了悲哀与寒冷。他愿一气走到坟地去——在城里住的人很不易得到在郊外走一走的机会，况且今天的天气是这么好，而他的肚子里又有了那么多的油条。可是，今天他是瑞宣的保护者，他既知道瑞宣是读书人，不惯走路，又晓得他吐过血，更不可过度的劳动，所以不能信着自己的意儿就这么走下去。

"咱们雇辆轿车吧？"他问。

瑞宣摇了摇头。他知道坐轿车的罪孽有多么大。他还记得幼时和母亲坐轿车上坟烧纸，怎样把他的头碰出多少棱角与疙瘩来。

"雇洋车呢？"

"都是土路，拉不动！"

"骑驴怎样？"即使孙七的近视眼没看见街口上的小驴，他可也听见了它们的铃声。

瑞宣摇了摇头。都市的人怕牲口，连个毛驴都怕降服不住。

"走着好！又暖和，又自由！"孙七这才说出了真意，"可是，你能走那么远吗？累着了可不是玩的！"

"慢慢的走，行！"虽然这么说，瑞宣可并没故意的慢走。事实上，他心中非常的着急，恨不能一步就迈到了坟地上。

出了关厢，他们走上了大土道。太阳已经上来。这里的太阳不像在城里那样要拐过多少房檐，转过多少墙角，才能照在一切的东西上，而是刚一出来就由最近照到最远的地方。低头，他们在黄土上看到自己的淡淡的影子；抬头，他们看到无边无际的黄地，都被日光照亮。那点晓风已经停止，太阳很红很低，像要把冬天很快的变为春天。空气还是很凉，可是干燥，清净，使人觉得痛快。瑞宣不由的抬起头来。这空旷、清凉、明亮，好像把他的心打开，使他无法不兴奋。

路上差不多没有行人，只偶尔的遇到一辆大车和一两个拾粪的小孩或老翁。往哪边看，哪边是黄的田地，没有一棵绿草，没有一株小树，只是那么平平的，黄黄的，像个旱海。远处有几株没有叶子的树，树后必有个小村，也许只有三五户人家；炊烟直直的、圆圆的、在树旁慢慢的往上升。鸡鸣和犬吠来自村间，隐隐的、又似乎很清楚的送到行人的耳中。离大道近的小村里还发出叱呼牛马或孩子的尖锐的人声，多半是妇女的，尖锐得好像要把青天划开一条缝子。在那里，还有穿着红袄的姑娘或归人在篱笆外推磨。哪里都没有一点水，到处都是干的，远处来的大车，从老远就踢起一股黄烟。地上是干的，天上没有一点云，空气中没有一点水分，连那远近的小村都仿佛没有一点湿的或暖的气儿，黄的土墙，或黄的篱笆，与灰的树干，都是干的，像用彩粉笔刚刚画上的。

看着看着，瑞宣的眼有点发花了。那些单调的色彩，在极亮的日光下，像硬刺入他的眼中，使他觉得难过。他低下头去。可是脚底下的硬而仍能飞腾的黄土也照样的刺目，而且道路两旁的翻过土的田地，一垄一垄的，一疙瘩一块的，又使他发晕。那不是一垄一垄的田地，而是什么一种荒寒的、单调的土浪。他不像刚才那么痛快了。他半闭着眼，不看远处，也不看脚下，就那么深一脚浅一脚的走。他是走入了单调的华北荒野，虽然离北平几步，却仿佛已到了荒沙大漠。

越走，脚下越沉。那些软的黄土，像要抓住他的鞋底，非用很大的力气不能拔出来。他出了汗。

孙七也出了汗。他本想和瑞宣有一搭无一搭的乱说，好使瑞宣心中不专想着丧事。可是，他不敢多说，他须保存着口中的津液。什么地方都是干的，而且远近都没有小茶馆。他后悔没有强迫瑞宣雇车或骑驴。

默默无语的，他们往前走。带着马尿味儿的细黄土落在他们的鞋上，钻入袜子中，塞满了他们的衣褶、鼻孔与耳朵眼儿，甚至于走进他们的喉中。天更蓝了，阳光更明暖了，可是他们觉得是被放进一个极大又极小的，极亮又极迷糊的，土窝窝里。

好容易，他们看见了土城——那在鞑子统辖中国时代的，现在已被人遗忘了的，只剩下几处小土山的，北平。看见了土城，瑞宣加快了脚步。在土城的那边，他会看见那最可爱的老人——常二爷。他将含着泪告诉常二爷，他的父亲怎样死去，死得有多么惨。对别人，他不高兴随便的诉委屈，但是常二爷既不是泛泛的朋友，又不是没有心肝的人。常二爷是，据他看，与他的父亲可以放在同一类中的好人。他应当，必须，告诉常二爷一切，还没有转过土城，他的心中已看见了常二爷的住处：门前有一个小小的、长长的、亮亮的场院；

左边有两棵柳树，树下有一盘石磨；短短的篱笆只有一人来高，所以从远处就可以看到屋顶上晒着的金黄色的玉米和几串红艳艳辣椒。他也想象到常二爷屋中的样子，不单是样子，而且闻到那无所不在的柴烟味道，不十分好闻，可是令人感到温暖。在那屋中，最温暖的当然是常二爷的语声与笑声。

"快到了！一转过土城就是！"他告诉孙七。

转过了土城，他揉了揉眼。嗯？只有那两棵柳树还在，其余的全不见了！他不能信任他的眼睛，忘了疲乏，他开始往前跑。离柳树还有几丈远，他立定，看明白了：那里只有一堆灰烬，连磨盘也不见了。

他愣着，像钉在了那里。

"怎么啦？怎么啦？"孙七莫名其妙的问。

瑞宣回答不出来。又愣了好久，他回头看了看坟地，然后慢慢的走过去。自从日本人占据了北平，他就没上过坟。虽然如此，他可是很放心，他知道常二爷会永远把坟头拍得圆圆的，不会因没人来烧纸而偷懒。今天，那几个坟头既不像往日那么高，也不那么整齐。衰草在坟头上爬爬着，土落下来许多。他呆呆的看着那几个不体面的、东缺一块西缺一块的、可能的渐渐被风雨消灭了的土堆堆儿。看了半天，他坐在了那干松的土地上。

"怎么回事？"孙七也坐了下去。

瑞宣手里不知不觉的揉着一点黄土，简单的告诉明白了孙七。

"糟啦！"孙七着了急，"没有常二爷给打坑，咱们找谁去呢？"

沉默了好大半天，瑞宣立了起来，再看常家的两棵柳树。离柳树还有好几箭远的地方，他看见马家的房子，也很小，但是树木较多，而且有一棵是松树。他记得常二爷那次进城，在城门口罚跪，就是为给马家大少爷去买六神丸。"试试马家吧！"他向松树旁边，指了指。

走到柳树旁边，孙七拾了一条柳棍儿："乡下的狗可厉害！拿着点东西吧！"

说着，他们已听见犬吠——乡间地广人稀，狗们是看见远处一个影子都要叫半天的。瑞宣仿佛没理会,仍然慢慢的往前走。两条皮毛模样都不体面,而自以为很勇敢、伟大的、黄不黄、灰不灰的狗迎上前来。瑞宣还不慌不忙的走,对着狗走。狗们让过去瑞宣,直扑了孙七来,因为他手中有柳棍。

孙七施展出他的武艺,把棍子耍得十分伶俐,可是不单没打退了狗,而且把自己的膝磕碰得生疼。他喊叫起来:"啾!打!看狗啊!有人没有?看狗!"

由马家跑出一群小娃娃来,有男有女,都一样的肮脏,小衣服上的污垢被日光照得发亮,倒好像穿着铁甲似的。

小孩子嚷了一阵,把一位年轻的妇人嚷出来——大概是马大少爷的太太。她的一声尖锐而细长的呼叱,把狗们的狂吠阻止住。狗们躲开了一些,伏在地上,看着孙七的腿腕,低声的呜——呜——呜的示威。

瑞宣跟少妇说了几句话,她已把事听明白。她晓得祁家,因为常常听常二爷说起。她一定请客人到屋里坐,她有办法,打坑不成问题。她在前面引路,瑞宣、孙七、孩子和两条狗,全在后面跟着。屋里很黑、很脏、很乱、很臭,但是少妇的诚恳与客气,把这些缺点全都补救过来。她道歉,她东一把西一把的扫除障碍物,给客人们找座位。然后,她命令身量高的男娃娃去烧柴煮水,教最大的女孩子去洗几块白薯,给客人充饥:"唉,来到我们这里,就受了罪啦!没得吃,没得喝!"她的北平话说得地道而嘹亮,比城里人的言语更纯朴悦耳。然后,她命令小一点的,不会操作而会跑路的孩子们,分头去找家中的男人——他们有的出去拾粪,有的是在邻家闲说话儿。最后,她把两条狗踢出屋门外,使孙七心中太平了一点。

男孩子很快的把柴燃起,屋中立刻装满了烟。孙七不住的打喷嚏。烟还未退,茶已煮熟。两个大黄沙碗,盛着满满的淡黄的汤——茶是嫩枣树叶做的。而后女孩子用衣襟兜着好几大块,刚刚洗净的红皮子的白薯,不敢直接的递给客人,而在屋中打转。

瑞宣没有闲心去想什么,可是他的泪不由的来到眼中。这是中国人,中国文化!这整个的屋子里的东西,大概一共不值几十块钱。这些孩子与大人大概随时可以饿死冻死，或被日本人杀死。可是，他们还有礼貌，还有热心肠，还肯帮别人的忙，还不垂头丧气。他们什么也没有，连件干净的衣服与茶叶末子都没有，可是他们又仿佛有了一切。他们有自己的生命与几千年的历史！他们好像不是活着呢，而是为什么一种他们所不了解的责任与使命挣扎着呢。剥去他们的那些破烂污浊的衣服，他们会和尧舜一样圣洁、伟大、坚强！

五十多岁的马老人先回来了，紧跟着又回来两个年轻的男人。马老人一口答应下来，他和儿子们马上去打坑。

瑞宣把一碗黄汤喝净。而后拿了一块生的白薯，他并不想吃，而是为使少妇与孩子们安心。

老人和青年们找到一切开坑的工具，瑞宣、孙七跟着他们又到了坟地上。后边，男孩子提着大的沙壶，拿着两个沙碗，小姑娘还兜着白薯，也都跟上来。

瑞宣刚把开坑的地点指定了，就问马老人："常二爷呢？"

马老人愣了会儿，指了指西边。那里有一个新的坟头儿。

"死——"瑞宣只说出这么一个字，他的胸口又有些发痒发辣。

马老人叹了口气。挂着铁锹的把子，眼看着常二爷的坟头，愣了半天。

"怎么死的？"瑞宣揉着胸口问。

老人一边铲着土，一边回答：

"好人哪！好人哪！好人可死得惨！那回，他替我的大小子去买药，不是——"

"我晓得！"瑞宣愿教老人说得简单一些。

"对呀，你晓得。回家以后，他躺了三天三夜，茶也不思，饭也不想！他的这里，"老人指了指自己的心窝，"这里受了伤！我们就劝哪，劝哪，可是解不开他心里的那个扣儿，他老问我一句话：我有什么错儿？日本人会罚我跪？慢慢的，他起来了，可还不大吃东西。我们都劝他找点药吃，他说他没有病，一点病没有。你知道，他的脾气多硬。慢慢的，他又躺下了，便血，便血！我们可是不知道，他不肯告诉我们。一来二去，他——多么硬朗的人——

成了骨头架子。到他快断气的时候，他把我们都叫了去，当着大家，他问他的儿子，大牛儿，你有骨头没有？有骨头没有？给我报仇！报仇！一直到他死，他的嘴老说，有时候有声儿，有时候没声儿，那两个字——报仇！"老人直了直腰，又看了常二爷的坟头一眼，"大牛儿比他的爸爸脾气更硬，记住报仇两个字。他一天到晚在坟前嘀咕。我们都害了怕。什么话呢，他要是真去杀一个日本人，哼，这五里以内的人家全得教日本人烧光。我们掰开揉碎的劝他，差不多要给他跪下了，他不听；他说他是有骨头的人。等到收庄稼的时候，日本人派来了人看着我们，连收了多少斤麦秆儿都记下来。然后，他们赶来了大车，把麦子，连麦秆儿，都拉了走。他们告诉我们：拉走以后，再发还我们，不必着急。我们怎能不着急呢？谁信他们的话呢？大牛儿不慌不忙的老问那些人：日本人来不来呢！日本人来不来呢？我们知道，他是等着日本人来到，好动手。人哪，祁大爷，是奇怪的东西！我们明知道，粮食教他们拉走，早晚是饿死，可是我们还怕大牛儿惹祸，倒仿佛大牛儿一老实，我们就可以活了命！"老人惨笑了一下，喝了一大碗枣叶的茶。用手背擦了擦嘴，他接着说：

"大牛儿把老婆孩子送到她娘家去，然后打了点酒，把那些抢粮的人请到家中去。我们猜得出：他是不想等日本人了，先收拾几个帮日本人忙的人，解解气。他们一直喝到太阳落了山。在刚交头更的时候，我们看见了火光。火，很快的烧起来，很快的灭下去；烧得一干二净，光剩下那两棵柳树。气味很臭，我们知道那几个人必是烧在了里面。大牛儿是死在了里面呢，还是逃了出去，不知道！我们的心就揪成了一团儿，怕日本人来屠村子。可是，他们到今天，也没来。我猜呀，大概死的那几个都是中国人，所以日本人没把这件事放在心上。多么好的一家人哪，就这么完了，完了，像个梦似的完了！"

老人说完，直起腰来，看了看两棵柳树，看了看两边的坟头儿。瑞宣的眼睛随着老人的向左右看，可是好像没看到什么；一切，一切都要变成空的，都要死去，整个的大地将要变成一张纸，连棵草都没有！一切都是空的，他自己也是空的，没有作用，没有办法，只等寂寂的死去，和一切同归于尽！

快到晌午，坑已打好，瑞宣给马老人一点钱，老人一定不肯收，直到孙七起了誓："你要不收，我是条小狗子！"老人才收了一半。瑞宣把其余的一半，塞在提茶壶的男孩儿手中。

瑞宣没再回到马家，虽然老人极诚恳的劝让。他到常二爷的坟前，含泪磕了三个头，口中嘟囔着："二爷爷，等着吧，我爸爸就快来和你做伴儿了！"

孙七灵机一动，主张改走西边的大道，因为他们好顺脚到三仙观看看。马老人送出他们老远，才转身回家。

三仙观里已经有几位祁家的至亲陪着瑞丰，等候祁家的人到齐好入殓。瑞丰已穿上孝衣，红着眼圈跟大家闲扯，他口口声声抱怨父亲死得冤枉，委屈——不是为父亲死在日本人手里，而是为丧事办得简陋，不大体面。他言来语去的，也表示出他并不负责，因为瑞宣既主持家务，又是洋鬼子脾气，不懂得争体面，而只懂把钱穿在肋条骨上。看见大哥和孙七进来，他嚷嚷得更厉害了些，生怕大哥听不懂他的意思。看瑞宣不理会他，他便特意又痛哭了一场，而后张罗着给亲友们买好烟好茶好酒，好像他跟钱有仇似的。

四点半钟，天佑入了殓。

六十二

程长顺忙得很，不单手脚忙，心里也忙。所以，他没能到祁家来帮忙。这使他很难过，可是无可如何。

高亦陀把长顺约到茶馆里去谈一谈。亦陀很客气，坐下就先付了茶钱。然后，真照着朋友在一块儿吃茶谈天的样子，他扯了些闲篇儿。他问马老太太近来可硬朗？他们的生活怎样，还过得去？他也问到孙七和丁约翰。程长顺虽然颇以成人自居，可是到底年轻，心眼简单，所以一五一十的回答，并没觉出亦陀只是没话找话的闲扯。

说来说去，亦陀提到了小崔太太。长顺回答得更加详细，而且有点兴奋，因为小崔太太的命实在是他与他的外婆给救下来的，他没法不觉得骄傲。他并且代她感谢亦陀：

"每月那十块钱，实在太有用了，救了她的命！"

亦陀仿佛完全因为长顺提醒，才想起那点钱来："噢，你要不说，我还忘了呢！既说到这儿，我倒要跟你谈一谈！"他轻轻的挽起袍袖，露出雪白的衬衫袖口来。然后，他慢慢的把手伸进怀里，半天才掏出那个小本子来——长顺认识那个小本子。掏出来，他吸着气儿，一页一页的翻。翻到了一个地方，他细细的看，而后眼往上看，捏着手指算了一会儿。算完，他噗哧一笑："正好！正好！五百块了！"

"什么？"程长顺的眼睁得很大，"五百？"

"那还有错？咱们这是公道玩艺儿！你有账没有？"亦陀还微笑着，可是眼神不那么柔和了。

长顺摇了摇大脑袋。

"你该记着点账！无论做什么事，请你记住，总要细心，不可马马虎虎！"

"我知道，那不是'给'她的钱吗？何必记账呢？"长顺的鼻音加重了一些。

"给——她的？"亦陀非常的惊异，眨巴了好大半天的眼，"这个年月，你想想，谁肯白给谁一个钱呢？"

"你不是说……"长顺嗅出怪味道。

"我说？我说她借的钱，你担的保；这里有你的签字！连本带利，五百块！"

"我，我，我……"长顺说不上话来了。

"可不是你！不是你，难道还是我？"亦陀的眼整个的盯在长顺的脸上，长顺连一动也不敢动了。

眼往下看着，长顺嘟囔出一句："这是什么意思呢？"

"来，来，来！别跟我装傻充愣，我的小兄弟！"亦陀充分的施展出他的言语的天才来："当初，你看她可怜；谁能不可怜她呢？人同此心，心同此理，我不能怪你！你有个好心肠！所以，你来跟我借钱。"

"我没有！"

"唉，唉，年轻轻的，可不能不讲信义！"亦陀差不多是苦口婆心的讲道了，"处世为人，信义为本！人而无信，不知其可也！"

"我没跟你借钱！你给我的！"长顺的鼻子上出了汗。

亦陀的眼眯成一道缝儿，脖子伸出多长，口中的热气吹到长顺的脑门上："那么，是谁，是谁，我问你，是谁签的字呢？"

"我！我不知道……"

"签字有自己不知道的？胡说！乱说！我要不看在你心眼还不错的话，马上给你两个嘴巴子！不要胡说，咱们得商议个办法。这笔账谁负责还？怎么还？"

"我没办法，要命有命！"长顺的泪已在眼圈中转。

"不准耍无赖！要命有命，像什么话呢？要往真理说，要你这条命，还真一点不费事！告诉你吧，这笔钱是冠所长的。她托我给放放账，吃点利。你想想，即使我是好说话的人——我本是好说话的人——我可也不能给冠所长丢了钱，放了秃尾巴鹰啊！我惹不起她，不用说，你更惹不起她。好，她跺一跺脚就震动了大半个北京城，咱们，就凭咱们，敢在老虎嘴里掏肉吃？她有势力，有本领，有胆量，有日本人帮助她，咱们，在她的眼里，还算得了什么呢？不用说你，就是我要交不上这五百元去，哼，她准会给我三年徒刑，一天也不会少！你想想看！"

长顺的眼中要冒出火来："教她给我三年监禁好了。我没钱！小崔太太也没钱！"

"话不是这样讲！"亦陀简直是享受这种谈话呢，他的话一擒一纵，有钩有刺，伸缩自如。"你下了狱，马老太太，你的外婆，怎么办呢？她把你拉扯到这么大，容易吗？"他居然揉了一下眼，好像很动心似的，"想法子慢慢的还债吧，你说个办法，我去向冠所长求情。就比如说一月还五十，十个月不就还清了吗？"

"我还不起！"

"这可就难办了！"亦陀把袖口又放下来，揣着手，拧着眉，替长顺想办法。想了好大半天，他的灵机一动："你还不起，教小崔太太想办法呀！钱是她用了的，不是吗？"

"她有什么办法呢？"长顺抹着鼻子上的汗说。

亦陀把声音放低，亲切诚恳的问："她是你的亲戚？"

长顺摇了摇头。

"你欠她什么情？"

长顺又摇了摇头。

"完啦！既不沾亲，又不欠情，你何苦替她背着黑锅呢？"

长顺没有说什么。

"女人呀，"亦陀仿佛想起个哲学上的问题似的，有腔有调的说，"女人呀，比咱们男人更有办法，我们男人干什么都得要资本，女人方便，她们可以赤手空拳就能谋生挣钱。女人们，噢，我羡慕她们！她们的脸、手、身体，都是天然的资本。只要她们肯放松自己一步，她们马上就有金钱、吃穿和享受！就拿小崔太太说吧，她年轻，长得满过得去，她为什么不设法找些快乐与金钱呢？我简直不能明白！"

"你什么意思？"长顺有点不耐烦了。

"没有别的意思，除了我要提醒她，帮助她，把这笔债还上！"

"怎么还？"

"小兄弟，别怪我说，你的脑子实在不大灵活；读书太少的关系！是的，读书太少！"

"你说干脆的好不好？"长顺含着怒央告。

"好，我们说干脆的！"亦陀用茶漱了漱口，喷在了地上，"她或你，要是有法子马上还钱，再好没有。要是不能的话，你去告诉她，我可以帮她的忙。我可以再借给她五十元钱，教她做两件花哨的衣服，烫烫头发。然后，我会给她找朋友，陪着她玩耍。我跟她对半分账。这笔钱可并不归我，我是替冠所长收账，巡警不会来麻烦她，我去给她打点好。只要她好好的干，她的生意必定错不了。那么以后我就专去和她分账，这五百元就不再提了！"

"你是教她卖……"长顺儿的喉中噎了一下，不能说下去。

"这时兴的很！一点儿也不丢人！你看，"亦陀指着那个小本子，"这里有多少登记过的吧！还有女学生呢！好啦，你回去告诉她，再给我个回话儿。是这么办呢，咱们大家都是朋友；不是呢，你们俩马上拿出五百元来。你要犯牛脖子不服气呢——不，我想你不能，你知道冠所长有多么厉害！好啦，小兄弟，等你的回话儿！麻烦你呀，对不起！你是不是要吃点什么再回去呢？"亦陀立起来。

长顺莫名其妙的也立起来。

亦陀到茶馆门口拍了拍长顺的肩头，"等你的回话儿！慢走！慢走！"说完，他好像怪舍不得离开似的，向南走去。

长顺儿的大头里像有一对大牛蜂似的嗡嗡的乱响。在茶馆外愣了好久，他才迈开步儿，两只脚像有一百多斤沉。走了几步，他又立住。不，他不能回家，他没脸见外婆和小崔太太。又愣了半天，他想起孙七来。他并不佩服孙七，但孙七到底比他岁数大，而且是同院的老邻居，说不定他会有个好主意。

在街上找了半天，他把孙七找到。两个人进了茶馆，长顺会了茶资。

"喝！了不得，你连这一套全学会了！"孙七笑着说。

长顺顾不得闲扯。他低声的、着急的、开门见山的把事情一五一十的告诉了孙七。

"哼！我还没想到冠家会这么坏，妈的，狗日的！怪不的到处都是暗门子呢，敢情有人包办！妹妹的！告诉你，日本人要老在咱们这儿住下去，谁家的寡妇、姑娘，都不敢说不当暗门子！"

"先别骂街，想主意哟！"长顺央告着。

"我要有主意才怪！"孙七很着急，很气愤，但是没有主意。

"没主意也得想！想！想！快着！"

孙七闭上了近视眼，认真的去思索。想了不知有多久。他忽然的睁开了眼："长顺！长顺！你娶了她，不就行了吗？"

"我？"长顺的脸忽然的红了，"我娶了她？"

"一点不错！娶了她！她成了你的老婆，看他们还有什么办法呢！"

"那五百块钱呢？"

"那！"孙七又闭上了眼。半天，他才又说话："你的生意怎样？"

长顺的确是气糊涂了，竟自忘了自己的生意。经孙七这一提示，他想起那一千元钱来。不过，那一千元，除去一切开销，也只许剩五六百元，或更少一点。假若都拿去还债，他指仗着什么过日子呢？况且，冠家分明是敲诈；他怎能把那千辛万苦挣来的钱白送给冠家呢？思索了半天，他对孙七说："你去和我外婆商议商议，好不好？"他没脸见外婆，更没法开口对外婆讲婚姻的事。

"连婚事也说了？"孙七问。

长顺不知怎么回答好。他不反对娶了小崔太太。即使他还不十分明白婚姻的意义与责任，可是为了搭救小崔太太，他仿佛应当去冒险。他傻子似的点了头。

孙七觉出来自己的重要。他今天不单没被长顺儿驳倒，而且为长顺做了媒。这是不可多得的事。

孙七回了家。

长顺儿可不敢回去。他须找个清静地方，去凉一凉自己的大脑袋。慢慢的他走向北城根去。坐在城根下，他翻来覆去的想，越想越生气。但是，生气是没有用的，他得想好主意，那足以一下子把大赤包和高亦陀打到地狱里去的主意。好容易，他把气沉下去。又待了好大半天，他想起来了：去告，去告他们！

到哪里去告状呢？他不知道。

怎么写状纸呢？他不会。

告状有用没有呢？他不晓得。

假若告了状，日本人不单不惩罚大赤包与高亦陀，而反治他的罪呢？他的脑门上又出了汗。

不过，不能管那么多，不能！当他小的时候，对得罪了他的孩子们，即使他不敢去打架，他也要在墙上用炭或石灰写上，某某是个大王八，好出一口恶气，并不管大王八对他的敌人有什么实际的损害与挫折。今天，他还须那么办，不管结果如何，他必须去告状；不然，他没法出这口恶气。

糊里糊涂的，他立起来，向南走。在新街口，他找到一位测字的先生。花了五毛钱，他求那位先生给他写了状子。那位先生晓得状纸内容的厉害，也许不利于告状人。但是，为了五毛钱的收入，他并没有警告长顺。状纸写完，先生问："递到什么地方去呢？"

"你说呢？"长顺和测字先生要主意。

"市政府吧？"先生建议。

"就好！"长顺没特别的用心去考虑。

拿起状纸，他用最快的脚步，直奔市政府去。他拼了命。是福是祸，都不管了。他当初没听瑞宣的话，去加入抗日的军队，满以为就可以老老实实的奉养着外婆。谁知道，闭门家中坐，祸从天上来。大赤包会要教他破产，或小崔太太做暗娼。好吧，干干看吧！反正他只有一条命，拼吧！他想起来钱家的、祁家的、崔家的不幸与祸患，他不再想当个安分守己的小老人了，他须把青春的热血找回来，不能傻蛋似的等着钢刀放在脖子上。他必须马上把状纸递上去，一犹疑就会失去勇气。

把状子递好，他往回走。走得很慢了，他开始怀疑自己的智慧，有点后悔。但是，后悔已太迟了，他须挺起胸膛，等着结果，即使是最坏的结果。

孙七把事情办得很快。在长顺还没回来的时候，他已经教老少两个寡妇都为上了难。马老太太对小崔太太并没有什么挑剔，但是，给外孙娶个小寡妇未免太不合理。再说，即使她肯将就了这门亲事，事情也并不就这么简单的可以结束，而还得设法还债呀。她没了主意。

小崔太太呢，听明白孙七的话，就只剩了落泪。还没工夫去细想，她该再嫁不该，和假若愿再嫁应该嫁给谁。她只觉得自己的命太苦，太苦，做了寡妇还不够，还须去做娼！落着泪，她立了起来。她要到冠家去拼命。她是小崔的老婆，到被逼得无路可走的时候，她会撒野，会拼命！"好，我欠他们五百元哪，我还给他们这条命还不行吗？我什么也没有，除了这条命！"她的眉毛立起来，说着就往外跑。她忘了她是寡妇，而要痛痛快快的在冠家门外骂一场，然后在门上碰死。她愿意死，而不能做暗娼。

孙七吓慌了，一面拦着她，一面叫马老太太："马老太太，过来呀！我是好心好意，我要有一点坏心，教我不得好死！快来！"

马老太太过来了，可是无话可说。两个寡妇对愣起来。愣着愣着，她们都落了泪，她们的委屈都没法说，因为那些委屈不是由她们自己的行为招来的，而是由一种莫名其妙的、无可抵御的什么，硬压在她们的背上的。她们已不是两条可以自由活着的性命，而是被狂风卷起的两片落叶；风把她们刮到什么地方去，她们就得到什么地方去，不管那是一汪臭水，还是一个粪坑。

在这种心情下，马老太太忘了什么叫谨慎小心。她拉住了小崔太太的手。她只觉得大家能在一块儿活着，关系更亲密一点，仿佛就是一种抵御"外侮"的力量。

正在这时候，长顺儿走进来。看了她们一眼，他走到自己屋中去。他不敢表示什么，也顾不得表示什么。他非常的怕那个状子会惹下极大的祸来！

六十三

把父亲安葬了以后，瑞宣病了好几十天。

天佑这一死，祁家可不像样子了。虽然在他活着的时候，他并不住在家里，可是大家总仿佛觉得他老和他们在一处呢。家里每逢得到一点好的茶叶，或做了一点迎时当令的食品，大家不是马上给他送去，便是留出一点，等他回来享用。他也是这样，哪怕他买到一些樱桃或几块点心，他也必抓工夫跑回家一会儿，把那点东西献给老父亲，而后由老父亲再分给大家。

特别是因为他不在家里住，所以大家才分外关心他。虽然他离他们不过三四里地，可是这点距离使大家心中仿佛有了一小块空隙，时时想念他，说叨他。这样，每逢他回来，他与大家就特别显出亲热，每每使大家转怒为喜，改沉默为欢笑，假若大家正在犯一点小别扭或吵了几句嘴的话。

他没有派头，不会吹胡子瞪眼睛。进了家门，他一点也不使大家感到"父亲"回来了。他只是那么不声不响的，像一股温暖的微风，使大家感到点柔软的兴奋。同时，大家也都知道他对这一家的功绩与重要，而且知道除了祁老人就得算他的地位与辈数最高，因为知道这些，大家对他才特别的敬爱。他们晓得，一旦祁老人去世，这一家的代表便当然是他了，而他是这么容易伺候，永远不闹脾气，岂不是大家的福气么？没有人盼望祁老人快死，但是不幸老人一旦去世，而由天佑补充上去，祁家或者就更和睦光明了。他是祁家的和风与阳光，他会给祁家的后辈照亮了好几代。祁老人只得到了四世同堂的荣誉，天佑，说不定，还许有五世同堂的造化呢！

这样的一个人却死去了，而且死得那么惨！

在祁老人、天佑太太、瑞丰与韵梅心里，都多少有点迷信。假若不是天佑，而是别人，投了河，他们一定会感到不安，怕屈死鬼来为厉作祟。但是，投河的是天佑。大家一追想他的温柔老实，就只能想起他的慈祥的面容，而想象不到他可能变为厉鬼。大家只感到家中少了一个人，一个最可爱的人，而想不到别的。

因此，在丧事办完之后，祁家每天都安静得可怕。瑞宣病倒，祁老人也时常卧在炕上，不说什么，而胡子嘴轻轻的动。天佑太太瘦得已不像样子，穿着件又肥又大的孝袍，一声不出，而出来进去的帮助儿媳操作。她早就该躺下去休养，可是她不肯。她知道自己已活不很久，可是她必须教瑞宣看看，她还能做事，一时不会死去，好教他放心。她知道，假若家里马上再落了白事，瑞宣就毫无办法了。她有病，她有一肚子的委屈，但是她既不落泪，也不肯躺下。她须代丈夫支持这个家，使它不会马上垮台。

瑞丰一天到晚还照旧和一群无赖子去鬼混。没人敢劝告他。"死"的空气封住了大家的嘴，谁都不想出声，更不要说拌几句嘴了。

苦了韵梅，她须设法博得大家的欢心，同时还不要显出过度的活跃，省得惹人家说她没心没肺。她最关切丈夫的病，但是还要使爷爷与婆母不感到冷淡。她看不上瑞丰的行动，可是不敢开口说他；大家还都穿着热孝，不能由她挑着头儿吵架拌嘴。

丧事办得很简单。可是，几乎多花去一倍钱。婚丧事的预算永远是靠不住的。零钱好像没有限制，而瑞丰的给大家买好烟、好酒、好茶，给大家雇车、添菜，教这无限制的零用变成随意的挥霍。瑞宣负了债。祁家一向没有多少积蓄，可是向来不负债。祁老人永远不准大家赊一斤炭，或欠人家一块钱。瑞宣不敢告诉祖父，到底一共花了多少钱。天佑太太知道，可也不敢在长子病着的时候多说多问。韵梅知道一切，而且觉得责无旁贷的须由她马上紧缩，虽然多从油盐酱醋里节省一文半文的，并无济于事，可是那到底表现了她的责任心。但是，手一紧，就容易招大家不满，特别是瑞丰，他的烟酒零用是不能减少的，减少了他会吵闹，使老人们焦心。她的大眼睛已不那么水灵了，而是离离光光的，像走迷了路那样。

韵梅和婆母商议，好不好她老人家搬到老三的屋里来，而把南屋租出去，月间好收入两个租钱。房子现在不好找，即使南屋又暗又冷，也会马上租出去，而且租价不会很低。

天佑太太愿意这么办。瑞宣也不反对。这可伤了祁老人的心。在当初，他置买这所房子的时候，因为人口少，本来是有邻居的。但是，那时候他的眼是看着将来，他准知道一旦人口添加了，他便会把邻居撵了走，而由自己的儿孙完全占满了全院的房屋。那时候，他是一棵正往高大里生长的树，他算得到，不久他的枝叶就会铺展开。现在，儿子死了，马上又要往外租房，他看明白这是自己的枝叶凋落。怎么不死了呢？他问自己。为什么不乘着全须全尾的时候死去，而必等着自己的屋子招租别人呢？

虽然这么难过，他可是没有坚决的反对。在这荒乱的年月，个人的意见有什么用处呢？他含着泪去告诉了李四爷："有合适的人家，你分心给招呼一下，那两间南屋……"

李老人答应给帮忙，并且嘱咐老友千万不要声张，因为消息一传出去，马上会有日本人搬来，北平已增多了二十万日本人，他们见缝子就钻，说不定不久会把北平人挤走一大半！是的，日本人已开始在平则门外八里庄建设新北平，好教北平人去住，而把城里的房子匀给日本人。日本人似乎拿定了北平，永远不再放手。

当天，李四爷就给了回话，有一家刚由城外迁来的人，一对中年夫妇，带着两个孩子，愿意来住。

祁老人要先看一看租客。他小心，不肯把屋子随便租给不三不四的人。李四爷很快的把他们带了来。这一家姓孟。从西苑到西山，他们有不少的田地。日本人在西苑修飞机场，占去他们许多亩地，而在靠近西山的那些田产，既找不到人去耕种，又要照常纳税完粮，所以他们决定放弃了土地，而到城里躲一躲。孟先生人很老成，也相当的精明，举止动作很有点像常二爷。孟太太是掉了一个门牙的、相当结实的中年妇人，看样子也不会不老实。两个孩子都是男的，一个十五岁，一个十二岁，长得虎头虎脑的怪足壮。

祁老人一见孟先生有点像常二爷，马上点了头，并且拉不断扯不断的对客人讲说常二爷的一切。孟先生虽然不晓得常二爷是谁，可也顺口答音的述说自己的委屈。患难使人心容易碰在一处，发出同情来，祁老人很快的和孟先生成为朋友。虽然如此，他可是没忘了嘱告孟先生，他是爱体面爱清洁的人。孟先生听出来老人的弦外之音，立刻保证他必不许孩子们糟蹋院子，而且他们全家都老实勤俭，连一个不三不四的朋友也没有。

第二天，孟家搬进来。祁老人虽然相当满意他的房客，可是不由的就更思念去世了的儿子。在院中看着孟家出来进去的搬东西，老人低声的说："天佑！天佑！你回来可别走错了屋子呀！你的南屋租出去了！"

马老太太穿着干净的衣服，很腼腆的来看祁老人。她不是喜欢串门子的人，老人猜到她必定有要事相商。天佑太太也赶紧过来陪着说话。虽然都是近邻，可是一来彼此不大常来往，二来因日本人闹的每家都有一本难念的经，所以偶尔相见，话就特别的多。大家谈了好大半天，把心中的委屈都多少倾倒出一些，马老太太才说到正题。她来征求祁老人的意见，假若长顺真和小崔太太结婚，招大家耻笑不招？祁老人是全胡同里最年高有德的人，假若他对这件事没有什么指摘，马老太太便敢放胆去办了。

祁老人遇见了难题。他几乎无从开口了。假若他表示反对，那就是破坏人家的婚姻——俗语说得好，硬拆十座庙，不破一门婚呀！反之，他若表示同意吧，谁知道这门婚事是吉是凶呢？第一，小崔太太是个寡妇，这就不很吉祥。第二，她比长顺的岁数大，也似乎不尽妥当。第三，即使他们决定结婚，也并不能解决了一切呀；大赤包的那笔钱怎办呢？

他的小眼睛几乎闭严了，也决定不了什么。说话就要负责，他不能乱说。想来想去，他只想起来："这年月，这年月，什么都没法办！"

天佑太太也想不出主意来，她把瑞宣叫了过来。瑞宣的病好了一点，可是脸色还很不好看。把事情听明白了，他马上想到："一个炸弹，把大赤包、高亦陀那群狗男女全炸得粉碎！"但是，他截住了这句最痛快、最简捷、最有实效的话。假若他自己不敢去扔炸弹，他就不能希望马老太太或长顺去那么办。他知道只有炸弹可以解决一切，可也知道即使炸弹就在手边，他、马老太太、长顺，都不敢去扔！他自己下过狱，他的父亲被日本人给逼得投了河，他可表示了什么？他只吐了血，给父亲打了坑，和借了钱给父亲办了丧事，而没敢去动仇人的一根汗毛！他只知道照着传统的办法，尽了做儿子的责任，而不敢正眼看那祸患的根源。他的教育、历史、文化，只教他去敷衍，去低头，去毫无用处的牺牲自己，而把报仇雪恨当作太冒险、过分激烈的事。

沉默了好久，他极勉强的把难堪与羞愧像压抑一口要喷出的热血似的压下去，而后用他惯用的柔和的语调说：

"据我看，马老太太，这件婚事倒许没有人耻笑。你、长顺、小崔太太，都是正经人，不会招出闲言闲语来。难处全在他们俩结了婚，就给冠家很大很大的刺激。说不定他们会用尽心机来捣乱！"

"对！对！冠家什么屎都拉，就是不拉人屎！"祁老人叹着气说。

"可是，要不这么办吧，小崔太太马上就要变成，变成……"马老太太的嘴和她的衣服一样干净，不肯说一个不好听的字。看看这个，看看那个，她失去平日的安静与沉稳。

屋里没有了声音，好像死亡的影子轻轻的走进来。

刚交过五点。天短，已经有点像黄昏时候了。

马老太太正要告辞，瑞丰满头大汗，像被鬼追着似的跑进来。顾不得招呼任何人，他一下子坐在椅子上，张着嘴急急的喘气。

"怎么啦？"大家不约而同的问。他只摆了摆手，说不上话来。大家这才看明白：他的小干脸上碰青了好几块，袍子的后襟扯了一尺多长的大口子。

今天是义赈游艺会的第一天，西单牌楼的一家剧场演义务戏。戏码相当的硬，倒第三是文若霞的《奇双会》，压轴是招弟的《红鸾禧》，大轴是名角会串《大溪皇庄》。只有《红鸾禧》软一点，可是招弟既长得美，又是第一次登台，而且戏不很长，大家也就不十分苛求。

冠家忙得天翻地覆。行头是招弟的男朋友们"孝敬"给她的，她试了五次，改了五次，叫来一位裁缝在家中专伺候着她。亦陀忙着借头面，忙着找来梳头与化妆的专家。大赤包忙着给女儿"征集"鲜花篮，她必须要八对花篮在女儿将要出台帘的时候，一齐献上去。晓荷更忙，忙着给女儿找北平城内最好的打鼓佬，大锣与小锣；又忙着叫来新闻记者给招弟照化妆的与便衣的相片，以便事前和当日登露在报纸上与杂志上。此外，他还得写诗与散文，好交给蓝东阳分派到各报纸去，出招弟女士特刊。他自己觉得很有些天才，可是喝了多少杯浓茶与咖啡，还是一字写不出。他只好请了一桌客，把他认为有文艺天才的人们约来，代他写文章。他们的确有文才，当席就写出了有"娇小玲珑"、"小鸟依人"和"歌喉清啭"、"一串骊珠"、"作工不瘟不火"这样句子的文字。蓝东阳是义赈游艺会的总干事，所以忙得很，只能抽空儿跑来，向大家咧一咧嘴。胖菊子倒常在这里，可是胖得懒的动一动，只在大家忙得稍好一点的时节，提议打几圈牌。桐芳紧跟着招弟，老给小姐拿着大衣，生怕她受了凉，丢了嗓音。桐芳还抓着了空儿出去，和钱先生碰头，商议。

戏票在前三天已经卖光。池子第四、五排全留给日本人。一、二、三排与小池子全被招弟的与若霞的朋友们定去。黑票的价钱已比原价高了三倍至五倍。若霞的朋友们看她在招弟前面出台，心中不平，打算在招弟一出来便都退席，给她个难堪。招弟的那一群油头滑面的小鬼听到这消息，也准备拼命给若霞喊倒好儿，作为抵抗。幸而晓荷得到了风声，赶快约了双方的头脑，由若霞与招弟亲自出来招待，还请了一位日本无赖出席镇压，才算把事情说妥，大家握了手，停止战争。

瑞丰无论怎样也要看上这个热闹。他有当特务的朋友，而特务必在开戏以前布满了剧场，因为有许多日本要人来看戏。他在午前十点便到戏园外去等，他的嘴张着，心跳的很快，两眼东张西望，见一个朋友便三步改作两步的迎上去："老姚！带我进去哟！"待一会儿，又迎上另一个人："老陈，别忘了我哟！"这样对十来个人打过招呼，他还不放心，还东瞧瞧西看看预备再多托咐几位。离开锣还早，他可是不肯离开那里，倒仿佛怕戏园会忽然搬开似的。慢慢的，他看到检票的与军警，和戏箱来到，他的心跳得更快了，嘴张得更大些。他又去托咐朋友，朋友们没好气的说："放心，落不下你！早得很呢，你忙什么？"他张着嘴，嘻嘻两声，觉得自己有进去的把握，又怕朋友是敷衍他。他几乎想要求他们马上带他进去，就是看一两个钟头光板凳也无所不可；进去了才是进去了。在门外到底不保险！可是，他没好意思开口，怕逼急了他们反为不美。他买了块烤白薯，面对戏园嚼着，看一眼白薯，看一眼戏园，恨不能一口也把戏园吞了下去。

按规矩说，他还在孝期里，不应当来看戏。但是，为了看戏，他连命也肯牺牲了，何况那点老规矩呢。

到了十一点多钟，他差不多要急疯了。拉住一位朋友，央告着非马上进去不可。他已说不上整句的话来，而只由嘴中蹦出一两个字。他的额上的青筋都鼓起来，鼻子上出着汗，手心发凉。朋友告诉他："可没有座儿！"他啊啊了两声，表示愿意立着。

他进去了，坐在了顶好的座位上，看着空的台，空的园子，心中非常的舒服。他并上了嘴，口中有一股甜水，老催促着他微笑。他笑了。

好容易，好容易，台上才打通，他随着第一声的鼓，又张开了嘴，而且把脖子伸出去，聚精会神的看台上怎么打鼓，怎么敲锣。他的身子随着锣鼓点子动，心中浪荡着一点甜美的、有节奏的愉快。

又待了半天，《天官赐福》上了场。他的脖子更伸得长了些。正看得入神，他被人家叫起来，"票"到了。他眼睛还看着戏台，改换了座位。待了一会儿，"票"又到了，他又换了座位。他丝毫没觉到难堪，因为全副的注意都在台上，仿佛已经沉醉。改换了不知多少座位，到了《奇双会》快上场，他稍微觉出来，他是站着呢。他不怕站着，他已忘了吃力的是他自己的腿。他的嘴张得更大了些，往往被烟呛得咳嗽一下，他才用口液润色它一下。

日本人到了，他欠着脚往台上看，顾不得看看日本人中有哪几个要人。在换锣鼓的当儿，他似乎看见了钱先生由他身旁走过去。他顾不得打招呼。小文出来，坐下，试笛音。他更高了兴。他喜欢小文，佩服小文，小文天天在戏园里，多么美！他也看见了蓝东阳在台上转了一下。他应当恨蓝东阳。可是，他并没动心；看戏要紧。胖菊子和一位漂亮的小姐捧着花篮，放在了台口。他心中微微一动，只咽了一口唾沫，便把她打发开了。晓荷在台帘缝中，往外探了探头，他羡慕晓荷！

虽然捧场的不少，若霞可是有真本事，并不专靠着捧场的人给她喝彩。

反之，一个碰头好儿过后，戏园里反倒非常的静了。她的秀丽、端庄、沉稳与适当的一举一动，都使人没法不沉下气去。她的眼仿佛看到了台下的每一个人，教大家心中舒服，又使大家敬爱她。即使是特来捧场的也不敢随便叫好了，因为那与其说是讨好，还不如说是不敬。她是那么瘦弱苗条，她又是那么活力焕发，倒仿佛她身上有一种什么魔力，使大家看见她的青春与美丽，同时也都感到自己心中有了青春的热力与愉快。她控制住了整个的戏园，虽然她好像并没分外的用力，特别的卖弄。

小文似乎已经忘了自己。探着点身子，横着笛，他的眼盯住了若霞，把每一音都吹得圆，送到家。他不仅是伴奏，而是用着全份的精神把自己的生命化在音乐之中，每一个声音都像带着感情、电力与光浪，好把若霞的身子与喉音都提起来，使她不费力而能够飘飘欲仙。

在那两排日本人中，有一个日本军官喝多了酒，已经昏昏的睡去。在他的偶尔睁开的眼中，他似乎看到面前有个美女子来回的闪动。他又闭上了眼，可是也把那个美女子关闭在眼中。一个日本军人见了女的，当然想不起别的，而只能想到女人的"用处"。他又睁开了眼，并且用力揉了揉它们。他看明白了若霞。他的醉眼随着她走，而老遇不上她的眼。他生了气。他是大日本帝国的军人，中国人的征服者，他理当可以蹂躏任何一个中国女子。而且，他应当随时随地发泄他的兽欲，尽管是在戏园里。他想马上由台上把个女的拖下来，扯下衣裤，表演表演日本军人特有的本事，为日本人增加一点光荣。可是，若霞老不看他。他半立起来，向她"嘻"了一声。她还没理会。很快的，他掏出枪来。枪响了，若霞晃了两晃，要用手遮一遮胸口，手还没到胸前，她倒在了台上。

楼上楼下马上哭喊，奔跑，跌倒，乱滚，像一股人潮，一齐往外跑。瑞丰的嘴还没并好，就被碰倒。他滚，他爬，他的头上手上身上都是鞋与靴；他立起来，再跌倒，再滚，再喊，再乱抢拳头。他的眼一会儿被衣服遮住，一会儿挡上一条腿，一会儿又看到一根柱子。他迷失了方向，分不清哪是自己的腿，哪是别人的腿。乱滚，乱爬，乱碰，乱打，他随着人潮滚了出来。

日本军人都立起来，都掏出来枪，枪口对着楼上楼下的每一角落。

桐芳由后台钻出来。她本预备在招弟上场的时候，扔出她的手榴弹。现在，计划被破坏了，她忘了一切，而只顾去保护若霞。钻出来，一个枪弹从她的耳旁打过去。她趴下，用手用膝往前走，走到若霞的身旁。

小文扔下了笛子，顺手抄起一把椅子来。像有什么魔鬼附了他的体，他一跃，跃到台下，连人带椅子都砸在行凶的醉鬼头上，醉鬼还没清醒过来的脑浆溅出来，溅到小文的大襟上。

小文不能再动，几只手枪杆在他的身上。他笑了笑。他回头看了看若霞："霞！死吧，没关系！"他自动的把手放在背后，任凭他们捆绑。

后台的特务特别的多。上了妆的，正在上妆的，还没有上妆的，票友与伶人；龙套，跟包的，文场，一个没能跑脱。招弟已上了妆，一手拉着亦陀，一手拉着晓荷，颤成一团。

楼上的人还没跑净。只有一个老人，坐定了不动，他的没有牙的胡子嘴动了动，像是咬牙床，又像是要笑。他的眼发着光，仿佛得到了一些诗的灵感。他知道桐芳还在台上，小文还在台下，但是他顾不了许多。他的眼中只有那一群日本人，他们应当死。他扔下他的手榴弹去。

第二天，瘸着点腿的诗人买了一份小报，在西安市场的一家小茶馆里，细细的看本市新闻：

"女伶之死：本市名票与名琴手文若霞夫妇，勾通奸党，暗藏武器，于义赈游艺会中，拟行刺皇军武官。当场，文氏夫妇均被击毙。文若霞之女友一名，亦受误伤身死。"老人眼盯着报纸，而看见的却是活生生的小文、若霞与尤桐芳。对小文夫妇，老人并不怎么认识，也就不敢批评他们。但是，他觉得他们很可爱，因为他们是死了；他们和他的妻与子一样的死了，也就一样的可爱。他特别的爱小文，小文并不只是个有天才的琴手，也是个烈士——敢用椅子砸出仇人的脑浆！对桐芳，他不单爱惜，而且觉得对不起她！她！多么聪明、勇敢的一个小妇人——必是死在了他的手中，炸弹的一个小碎片就会杀死她。假若她还活着，她必能成为他的助手，帮助他做出更大的事来。她的姓名也许可以流传千古。现在，她只落了个"误伤身死"！想到这里，老人几乎出了声音："桐芳！我的心，永远记着你，就是你的碑记！"他的眼往下面看，又看到了新闻："皇军武官无一受伤者。"老人把这句又看了一遍，微微的一笑。哼，无一受伤者，真的！他再往下看："行刺之时，观众秩序尚佳，只有二三老弱略受损伤。"老人点了点头，赞许记者的"创造"天才。"所有后台人员均解往司令部审询，无嫌疑者日内可被释放云。"老人愣了一会儿，哼，他知道，十个八个，也许一二十个，将永远出不来狱门！他心中极难过，但是他不能不告诉自己："就是这样吧！这才是斗争！只有死，死，才能产生仇恨；知道恨才会报仇！"

老人喝了口白开水，离开茶馆，慢慢的往东城走，打算到坟地上，去告诉亡妻与亡子一声："安睡吧，我已给你们报了一点点仇！"

六十四

小羊圈里乱了营，每个人的眼都发了光，每个人的心都开了花，每个人的脸上都带着笑；嘴，耳，心，都在动。他们想狂呼，想乱跳，想喝酒，想开一个庆祝会。黑毛儿方六成了最重要的人物，大家围着他，扯他的衣襟与袖子要求他述说，述说戏园中的奇双会，枪声，死亡，椅子，脑浆，炸弹，混乱，伤亡……听明白了的，要求他再说，没听见的，舍不得离开他，仿佛只看一看他也很过瘾；他是英雄、天使——给大家带来了福音。

方六，在这以前，已经成了"要人"。论本事，他不过是第二三流的说相声的，除了大茶馆与书场的相声艺员被天津上海约去，他临时给搭一搭桌，他总是在天桥、东安市场、隆福寺或护国寺去撂地摊。他很少有参加堂会的机会。

可是，北平的沦陷教他转了运气。他的一个朋友，在新民会里得了个地位。由这个朋友，他得到去广播的机会。由这个朋友，他知道应当怎样用功——"你赶快背熟了四书！"朋友告诉他，"日本人相信四书，因为那是老东西。只要你每段相声里都有四书句子，日本人就必永远雇用你广播！你要时常广播，你就会也到大茶楼和大书场去做生意，你就成了头路角儿！"

方六开始背四书。他明知道引用四书句子并不能受听众的欢迎，因为现在的大学生、中学生，和由大学生、中学生变成的公务员，甚至于教员，都没念过四书。在他所会的段子里原有用四书取笑的地方，像："君不君，程咬金；臣不臣，大火轮；父不父，冥衣铺；子不子，大茄子"；和"冠者五六人，童子六七人"，是说七十二贤人里有三十个结了婚的，四十二个没有结婚的，等等。每逢他应用这些"典故"，台下——除了几个老人——都愣着，不知道这有什么可笑之处。但是，他相信了朋友的话。他知道这是日本人的天下，只要日本人肯因他会运用四书而长期的雇用他去广播，他便有了饭碗。他把四书背得飞熟。当他讲解的时候，有的相当的可笑，有的毫无趣味。可是，他不管听众，他的眼只看着日本人。在每次广播的时候，他必递上去讲题："子曰学而"，"曾子曰，吾日三省吾身"，或"父母在不远游，游必有方"……日本人很满意，他拿稳饭碗。同时，他不再去撂地摊，而大馆子争着来约他——不为他的本事，而为他与日本人的关系。同时，福至心灵的他也热心的参加文艺协会和其他一切有关文化的集会。他变成了文化人。

在义赈游艺会里，他是招待员。他都看见了，而且没有受伤。他的嘴会说，也爱说。他不便给日本人隐瞒着什么。虽然他吃着日本人的饭，他可是并没有把灵魂也卖给日本人。特别是，死的是小文夫妇，使他动了心。他虽和他们小夫妇不同行，也没有什么来往，可是到底他们与他都是卖艺的，兔死狐悲，他不能不难受。

大家对小文夫妇一致的表示惋惜，他们甚至于到六号院中，扒着东屋的窗子往里看一看，觉得屋里的桌椅摆设都很神圣。可是，最教他们兴奋的倒是招弟穿着戏行头就被军警带走，而冠晓荷与高亦陀也被拿去。

他们还看见了大赤包呀。她的插野鸡毛的帽子在头上歪歪着，鸡毛只剩下了半根。她的狐皮皮袍上面湿了半边襟，像是浇过了一壶茶。她光着袜底，左手提着"一"只高跟鞋。她脸上的粉已完全落下去，露着一堆堆的雀斑。她的气派还很大，于是也就更可笑。她没有高亦陀搀着，也没有招弟跟着，也没有晓荷在后面给拿着风衣与皮包。只是她一个人，光着袜底儿，像刚被魔王给赶出来的女怪似的，一瘸一拐的走进了三号。

程长顺顾不得操作了。他也挤在人群里，听方六有声有色的述说。听完了，他马上报告了外婆。孙七的近视眼仿佛不单不近视，而且能够透视了；听完了方六的话，他似乎已能远远的看到晓荷和亦陀在狱中正被日本人灌煤油，压棍子，打掉了牙齿。他高兴，他非请长顺喝酒不可。长顺还没学会喝酒，孙七可是非常的坚决："我是喝你的喜酒！你敢说不喝！"他去告诉马老太太，"老太太，你说，教长顺儿喝一杯酒，喜酒！"

"什么喜酒啊？"老太太莫名其妙的问。

孙七哈哈的笑起来。"老太太，他们——"他往三号那边指了指，"都被宪兵锁了走，咱们还不赶快办咱们的事？"

马老太太听明白了孙七的话，可是还有点不放心："他们有势力，万一圈两天就放出来呢？"

"那，他们也不敢马上再欺侮咱们！"

马老太太不再说什么。她心中盘算：外孙理当娶亲，早晚必须办这件事，何不现在就办呢？小崔太太虽是个寡妇，可是她能洗能作能吃苦，而且脾气模样都说得下去。再说，小崔太太已经知道了这回事，而且并没表示坚决的反对，若是从此又一字不提了，岂不教她很难堪，大家还怎么在一个院子里住下去呢？别别的办法，事情只好怎么来怎么走吧。她向孙七点了点头。

第二天下午，小文的一个胯骨上的远亲，把文家的东西都搬了走。这引起大家的不平。第一，他们想问问，小文夫妇的尸首可曾埋葬了没有？第二，根据了谁的和什么遗言，就来搬东西？这些心中的话渐渐的由大家的口中说出来，然后慢慢的表现在行动上。李四爷、方六、孙七，都不约而同的出来，把那个远亲拦住。他没了办法，只好答应去买棺材。

但是，小文夫妇的尸首已经找不到了。日本人已把他们扔到城外，喂了野狗。日本人的报复是对死人也毫不留情的。李四爷没的话可说，只好愤愤的看着文家的东西被搬运了走。

瑞丰见黑毛儿方六出了风头，也不甘寂寞，要把自己的所闻所见也去报告大家。可是，祁老人拦住了他："你少出去！脸上青一块紫一块的，万一教侦探看见，说你是囚犯呢？你好好的在家里坐着！"瑞丰无可如何，只好蹲在家里，把在戏园中的见闻都说与大嫂与孩子们听，觉得自己是个敢冒险、见过大阵式的英雄好汉。

大赤包对桐芳的死，觉得满意。桐芳的尸身已同小文夫妇的一齐被抛弃在城外。大赤包以为这是桐芳的最合适的归宿。她决定不许任何人给桐芳办丧事，一来为是解恨，二来是避免嫌疑——好家伙，要教日本人知道了桐芳是冠家的人，那还得了！她嘱咐了高第与男女仆人，绝对不许到外边去说死在文若霞身旁的是桐芳，而只准说桐芳拐去了金银首饰，偷跑了出去。她并且到白巡长那里报了案。

这样把桐芳结束了，她开始到处去奔走，好把招弟、亦陀、晓荷赶快营救出来。

她找了蓝东阳去。东阳，因为办事不力，已受了申斥，记了一大过。由记过与受申斥，他想象到撤职丢差。他怕，他恐慌，他忧虑，他恨不能咬掉谁一块肉！他的眼珠经常的往上翻，大有永远不再落下来的趋势。他必须设法破获凶手，以便将功赎罪，仍然做红人。看大赤包来到，他马上想起，好，就拿冠家开刀吧！桐芳有诡病，无疑的；他须也把招弟、亦陀、晓荷咬住，硬说冠家吃里爬外，要刺杀皇军的武官。

大赤包的确动了心，招弟是她的掌上明珠，高亦陀是她的"一种"爱人。她必须马上把他们救了出来。她并没十分关切晓荷，因为晓荷到如今还没弄上一官半职，差不多是个废物。真要是不幸而晓荷死在狱中，她也不会十分伤心。说不定，她还许，在他死后，改嫁给亦陀呢！她的心路宽，眼光远，一眼便看出老远老远去。不过，现在她既奔走营救招弟与亦陀，也就不好意思不顺手把晓荷牵出来罢了。

虽然心中很不好受，见了东阳，她可是还大摇大摆的。她不是轻易皱上眉头的人。

"东阳！"她大模大样的、好像心中连豆儿大的事也没有的，喊叫，"东阳！有什么消息没有？"

东阳的脸上一劲儿抽动，身子也不住的扭，很像吃过烟油子的壁虎。他决定不回答什么。他的眼看着自己的心，他的心变成一剂毒药。

见东阳不出一声，大赤包和胖菊子闲扯了几句。胖菊子的身体面积大，容易被碰着，所以受了不少的伤，虽然都不怎样重，可是她已和东阳发了好几次脾气——以一个处长太太而随便被人家给碰伤，她的精神上的损失比肉体上要大着许多。自从做了处长太太以来，有意的无意的，她摹仿大赤包颇有成绩。她骄傲，狂妄，目中无人，到处要摆出架子。她讨厌东阳的肮脏、吝啬与无尽无休的性欲要求。但是，她又不肯轻易放弃了"处长太太"。因此，她只能对东阳和别人时常发威，闹脾气，以便发泄心中的怨气。

她喜欢和大赤包闲扯。她本是大赤包的"门徒"，现在她可是和大赤包能平起平坐了，所以感到自傲。同时，在经验上、年纪上、排场上，她到底须让大赤包一步，所以不能不向大赤包讨教。虽然有时候，她深盼大赤包死掉，好使她独霸北平，但是一见了大赤包的面，她仿佛又不忍去诅咒老朋友，而觉得她们两个拼在一处，也许势力要更大一些。

大赤包今天可不预备多和菊子闲谈，她还须去奔走。胖菊子愿意随她一同出去。她不高兴蹲在家里，接受或发作脾气——东阳这两天老一脑门子官司，她要是不发气，他就必横着来。大赤包也愿意有菊子陪着她去奔走，因为两个面子凑在一处，效力当然大了一倍。菊子开始忙着往身上擦抹驰名药膏和万金油，预备陪着大赤包出征。

东阳拦住了菊子。没有解释，他干脆不准她出去。菊子胖脸红得像个海螃蟹。"为什么？为什么？"她含着怒问。

东阳不哼一声，只一劲儿啃手指甲。被菊子问急了，他才说了句："我不准你出去！"

大赤包看出来，东阳是不准菊子陪她出去。她很不高兴，可是仍然保持着外场劲儿，勉强的笑着说："算了吧！我一个人也会走！"

菊子转过脸来，一定要跟着客人走。东阳，不懂什么叫作礼貌，哪叫规矩，把实话说了出来："我不准你同她出去！"

大赤包的脸红了，雀斑变成了一些小葡萄，灰中带紫："怎么着，东阳？看我有点不顺序的事，马上就要躲着我吗？告诉你，老太太还不会教这点事给难住！哼，我瞎了眼，拿你当作了朋友！你要知道，招弟出头露面的登台，原是为捧你！别忘恩负义！你掰开手指头算算，吃过我多少顿饭，喝过我多少酒、咖啡？说句不好听的话，我要把那些东西喂了狗，它见着我都得摇摇尾巴！"大赤包本来觉得自己很伟大，可是一骂起人来，也不是怎的她找不到了伟大的言语，而只把饭食与咖啡想起来。这使她自己也感到点有失体统，而又不能不顺着语气儿骂下去。

东阳自信有丰富的想象力，一定能想起些光伟的言语来反攻。可是，他也只想起："我还给你们买过东西呢！"

"你买过！不错！一包花生豆，两个凉柿子！告诉你，你小子别太目中无人，老太太知道是什么东西！"说完，大赤包抓起提包，冷笑了两声，大摇大摆的走了出去。

胖菊子反倒不知道怎么办好啦。以交情说，她实在不高兴东阳那么对待大赤包。她觉得大赤包总多少比东阳更像个人，更可爱一点。可是，大赤包的责骂，也多少把她包括在里面，她到底是东阳的太太，为什么不教东阳大方一点，而老白吃白喝冠家呢？大赤包虽骂的是东阳，可是也把她——胖菊子——连累在里面。她是个妇人，她看一杯咖啡的价值，在彼此争吵的时候，比什么友谊友情更重要。为了这个，她不愿和东阳开火。可是，不和他开火，又减了自己的威风。她只好板着胖脸发愣。

东阳的心里善于藏话，他不愿告诉个中的真意。可是，为了避免太太的发威，他决定吐露一点消息："告诉你！我要斗一斗她。打倒了她，我有好处！"然后，他用诗的语言说出点他的心意。

菊子起初不十分赞同他的计划。不错，大赤包有时候确是盛气凌人，使人难堪。但是，她们到底是朋友，怎好翻脸为仇作对呢？她想了一会儿，拿不定主意。想到最后，她同意了东阳的意见。好吧，把大赤包打下去，而使自己成为北平天字第一号的女霸，也不见得不是件好事。在这混乱的年月与局面中，她想，只有狠心才是成功的诀窍。假若当初她不狠心甩了瑞丰，她能变成处长太太吗？不能！好啦，她与大赤包既同是"新时代"的有头有脸的人，她何必一定非捧着大赤包，而使自己坐第二把交椅呢？她笑了，她接受了东阳的意见，并且愿意帮助他。

东阳的绿脸上也有了一点点笑意。夫妇靠近了嘀咕了半天。他们必须去报告桐芳是冠家的人，教日本人怀疑冠家。然后他们再从多少方面设法栽赃、造证据，把大赤包置之死地。即使她死不了，他们也必弄掉她的所长，使她不再扬眉吐气。

"是的！只要把她咬住，这案子就有了交代。我的地位可也就稳当了。你呢，你该去运动，把那个所长地位拿过来！"

胖菊子的眼亮了起来。她没想到东阳会有这么多心路，竟自想起教她去做所长！从她一认识东阳，一直到嫁给他，她没有真的喜爱过他一回。今天，她感到他的确是个可爱的人，他不但给了她处长太太，还会教她做上所长！除了声势地位，她还看见了整堆的钞票像被狂风吹着走动的黄沙似的，朝着她飞了来。只要做一二年妓女检查所的所长，她的后半世的生活就不成问题了。一旦有了那个把握，她将是最自由的女人，蓝东阳没法再干涉她的行动，她可以放胆的任意而为，不再受丝毫的拘束！她吻了东阳的绿脸。她今天真喜爱了他。等事情成功之后，她再把他踩在脚底下，像踩一个虫子似的收拾他。

她马上穿上最好的衣服，准备出去活动，她不能再偷懒，而必须挺起一身的胖肉，去找那个肥差事。等差事到手，她再加倍的偷懒，连洗脸都可以找女仆替她动手，那才是福气。

瑞宣听到了戏园中的"暴动"，和小文夫妇与桐芳的死亡。他觉得对不起桐芳。钱先生曾经嘱咐过他，照应着她。他可是丝毫没有尽力。除了这点惭愧，他对这件事并没感到什么兴奋。不错，他知道小文夫妇死得冤枉；但是，他自己的父亲难道死得不冤枉么？假若他不能去为父报仇，他就用不着再替别人的冤枉表示愤慨。从一种意义来说，他以为小文夫妇都可以算作艺术家，都死得可惜。但是，假若艺术家只是听天由命的苟安于乱世，不会反抗，不会自卫，那么惨死便是他们必然的归宿。

有这些念头在他心中，他几乎打不起精神去注意那件值得兴奋的事。假若小文夫妇与桐芳的惨死只在他心中飘过，对于冠家那些狗男女的遭遇，他就根本没有理会。一天到晚，自从办过了丧事之后，他总是那么安安静静的、不言不语的做着他的事。从表面上看他好像是抱定逆来顺受的道理，不声不响的度着苦难的日子。在他心里，他却没有一刻的宁静。他忘不了父亲的惨死，于是也就把自己看成最没出息的人。他觉得自己的生命已完全没有作用。除非他能替父亲报了仇。这个，他知道，可绝不是专为尽孝。他是新时代的中国人，绝不甘心把自己只看成父母的一部分，而去为父母丧掉了自己的生命。他知道父子的关系是生命的延续关系，最合理的孝道恐怕是继承父辈的成就，把它发扬光大，好教下一辈得到更好的精神的与物质的遗产。生命是延续，是进步，是活在今天而关切着明天的人类福利。新的生命不能拦阻，也不能代替老的生命的死亡。假若他的父亲是老死的或病死的，他一定一方面很悲痛，一方面也要打起精神，勇敢的面向明天的责任走下去。但是，父亲是被日本人杀害了的。假若他不敢去用自己的血去雪耻报仇，他自己的子孙将也永远沉沦在地狱中。日本人会杀他的父亲，也会杀他的子孙。今天他若想偷生，他便只给儿孙留下耻辱。耻辱的延续还不如一齐死亡。

可是，有一件事使他稍微的高了兴。当邻居们都正注意冠家与文家的事的时候，一号的两个日本男人都被征调了走。瑞宣觉得这比晓荷与招弟的被捕更有意义。冠家父女的下狱，在他看，不过是动乱时代的一种必然发生的丑剧。而一号的男人被调去当炮灰却说明了侵略者也须大量的、不断的投资——把百姓的血泼在战场上。随着士兵的伤亡，便来了家庭的毁灭，生产的人力缺乏，与抚恤经费的增加。侵略只便宜了将官与资本家，而民众须去卖命。

　　在平日，他本讨厌那两个男人。今天，他反倒有点可怜他们了。他们把家眷与财产都带到中国来，而他自己却要死在异域，教女人们抱一小罐儿骨灰回去。可是，这点惋惜并没压倒他的高兴。不，不，不，他不能还按照着平时的、爱好和平的想法去惋惜他们；不能！他们，不管他们是受了有毒的教育与宣传，还是受了军阀与资本家的欺骗，既然肯扛起枪去作战，他们便会杀戮中国人，也就是中国人的仇敌。枪弹，不管是怎样打出去的，总不会有善心！是的，他们必须死在战场上；他们不死，便会多杀中国人。是的，他必须狠心的诅咒他们，教他们死，教他们家破人亡，教他们和他们的弟兄、子侄、朋友、亲戚全变成了骨灰。他们是臭虫、老鼠与毒蛇，必须死灭，而后中国与世界才得到太平与安全！

　　他看见了那两个像磁娃娃的女人，带着那两个淘气的孩子，去送那两个出征的人。她们的眼是干的，她们的脸上没有任何表情，她们的全身上都表示出服从与由服从中产生的骄傲。是的，这些女人也该死。她们服从，为是由服从而得到光荣。她们不言不语的向那毒恶的战神深深的鞠躬，鼓励她们的男人去横杀乱砍。瑞宣知道，这也许是错怪了那两个女人：她们不过是日本的教育与文化制成的磁娃娃，不能不服从、不忍受。她们自幼吃了教育的哑药，不会出声，而只会微笑。虽然如此，瑞宣还是不肯原谅她们。正因为她们吃了那种哑药，所以她们才正好与日本的全盘机构相配备。她们的沉默与服从恰好完成了她们男人的狂吼与乱杀。从这个事实——这的确是事实——来看，她们是她们男人的帮凶。假若他不能原谅日本男人，他也不便轻易的饶恕她们。即使这都不对，他也不能改变念头，因为孟石、仲石、钱太太、小崔、小文夫妇、桐芳和他的父亲都千真万确的死在日本人手里。绕着弯子过分的去原谅仇敌便是无耻！

立在槐树下，他注视着那出征人、磁娃娃与两个淘气鬼。他的心中不由的想起些残破不全的、中国的外国的诗句："一将功成万骨枯；可怜无定河边骨；谁没有父母，谁没有兄弟？……"可是，他挺着脖子，看着他们与她们，把那些人道的、崇高的句子，硬放在了一边，换上些"仇恨，死亡，杀戮，报复"等字样。"这是战争，不敢杀人的便被杀！"他对自己说。

一号的老婆婆是最后出来的。她深深的向两个年轻的鞠躬，一直等到他们拐过弯去才直起身来。她抬起头，看见了瑞宣。她又鞠了一躬。直起身，她向瑞宣这边走过来，走得很快。她的走路的样子改了，不像个日本妇人了。她挺着身，扬着脸，不再像平日那么团团着了。她好像一个刚醒来的螃蟹，把脚都伸展出来，不是那么圆圆的一团了。她的脸上有了笑容，好像那两个年轻人走后，她得到了自由，可以随便笑了似的。

"早安！"她用英语说，"我可以跟你说两句话吗？"她的英语很流利正确，不像是由一个日本人口中说出来。

瑞宣愣住了。

"我久想和你谈一谈，老没有机会。今天，"她向胡同的出口指了指，"他们和她们都走了，所以……"她的口气与动作都像个西洋人，特别是她的指法，不用食指，而用大指。

瑞宣一想便想到：日本人都是侦探，老妇人知道他会英文，便是很好的证据。因此，他想敷衍一下，躲开她。

老妇人仿佛猜到了他的心意，又很大方的一笑："不必怀疑我！我不是平常的日本人。我生在加拿大，长在美国，后来随着我的父亲在伦敦为商。我看见过世界，知道日本人的错误。那俩年轻的是我的侄子，他们的生意、资本都是我的。我可是他们的奴隶。我既没有儿子，又不会经营——我的青春是在弹琴、跳舞、看戏、滑冰、骑马、游泳……中度过去的——我只好用我的钱买来深鞠躬，跪着给他们献茶端饭！"

瑞宣还是不敢说话。他知道日本人会用各种不同的方法侦探消息。

老婆婆凑近了他，把声音放低了些："我早就想和你谈谈。这一条胡同里的人，算你最有品格，最有思想，我看得出来。我知道你会小心，不愿意和我谈心。但是，我把心中的话，能对一个明白人说出来，也就够了。我是日本人，可是当我用日本语讲话的时候，我永远不能说我的心腹话。我的话，一千个日本人里大概只有一个能听得懂。"她的话说得非常的快，好像已经背诵熟了似的。

"你们的事，"她指了三号、五号、六号、四号，眼随着手指转了个半圆，"我都知道。我们日本人在北平所做的一切，当然你也知道。我只须告诉你一句老实话：日本人必败！没有另一个日本人敢说这句话。我——从一个意义来说——并不是日本人。我不能因为我的国籍，而忘了人类与世界。自然，我凭良心说，我也不能希望日本人因为他们的罪恶而被别人杀尽。杀戮与横暴是日本人的罪恶，我不愿别人以杀戮惩罚杀戮。对于你，我只愿说出：日本必败。对于日本人，我只愿他们因失败而悔悟，把他们的聪明与努力都换个方向，用到造福于人类的事情上去。我不是对你说预言，我的判断是由我对世界的认识与日本的认识提取出来的。我看你一天到晚老不愉快，我愿意使你乐观一点。不要忧虑，不要悲观；你的敌人早晚必失败！不要说别的，我的一家人已经失败了：已经死了两个，现在又添上两个——他们出征，他们毁灭！我知道你不肯轻易相信我，那没关系。不过，你也请想想，假若你肯去给我报告，我一样的得丢了脑袋，像那个拉车的似的！"她指了指四号，"不要以为我有神经病，也不要以为我是特意讨你的欢心，找好听的话对你说。不，我是日本人，永远是日本人，我并不希望谁格外的原谅我。我只愿极客观的把我的判断说出来，去了我的一块心病！真话不说出来，的确像一块心病！好吧，你要不怀疑我呢，让我们做做朋友，超出中日的关系的朋友。你不高兴这么做呢，也没关系；今天你能给我机会，教我说出心中的话来，我已经应当感谢你！"说完，她并没等着瑞宣回答什么，便慢慢的走开。把手揣在袖里，背弯了下去，她又恢复了原态——一个老准备着鞠躬的日本老妇人。

瑞宣呆呆的愣了半天，不知怎样才好。他不肯信老婆婆的话，又似乎没法不信她的话。不论怎样吧，他可是止不住的笑了一下。他有好些天没笑过一回了。

六十五

快到阴历年，长顺和小崔太太结了婚。婚礼很简单。孙七拉上了刘棚匠太太同做大媒，为是教小崔太太到刘太太那里去上轿。一乘半旧的喜轿，四五个鼓手；喜轿绕道护国寺，再由小羊圈的正口进来。洞房是马老太太的房子，她自己搬到小崔太太屋里去。按照老年的规矩，婆再醮的妇人应当在半夜里，因为寡妇再嫁是不体面的，见不到青天白日的。娶到家门，须放一挂火炮，在门坎里还要放个火盆，教她迈过去；火炮若是能把她前夫的阴魂吓走，火盆便正好能补充一下，烧去一切的厉气。

按着马老太太的心意，这些规矩都须遵守，一方面是为辟邪，一方面也表示出改嫁的寡妇是不值钱的——她自己可是堂堂正正，没有改嫁过。

不过，现在的夜里老在半戒严的状态中，夜间实在不好办事。火炮呢，久已不准燃放——日本人心虚，怕听那远听颇似机关枪的响声。火炮既不能放，火盆自然也就免了吧。这是孙七的主意："马老太太，就不用摆火盆了吧！何必叫小崔太太更难过呢！"

连这样，小崔太太还哭了个泪人似的。她想起来小崔，想起来自己一切的委屈。她已失去了自主，而任凭一个比孙七、长顺、马老太太都更厉害的什么东西，随便的摆布她，把她抬来抬去，教她换了姓，换了丈夫，换了一切。她只有哭，别无办法。

长顺儿的大脑袋里嗡嗡的直响。他不晓得应当哭好，还是笑好。穿着新蓝布袍罩，和由祁家借来的一件缎子马褂，他坐着不安，立着发僵，来回的乱走又无聊。在他的心里，他却一会儿一算计：一千套军衣已经完全交了活，除了本钱和丁约翰的七折八扣，只落下四百多块钱。这是他全部的财产。他可是又添了一口吃饭的人。结了婚，他便是成人了。他必须养活着外婆与老婆，没有别的话好说。四百多块钱，能花多少日子呢？尽管婚礼很简单，可是鼓手、花轿不要钱吗？自己的新大衫是白拣来的吗？街坊四邻来道贺，难道不预备点水酒和饭食吗？这都要花钱。结过婚，他应当干什么去呢？想不出。不错，他为承作那些骗人的军衣，已学会了收买破烂。可是，难道他就老去弄那些肮脏东西，过一辈子吗？为钱家、祁家、崔家，他都曾表示过气愤，都自动的帮过忙。他还记得祁瑞宣对他的期望与劝告，而且他曾经有过扛枪上阵去杀日本人的决心。可是，今天他却糊糊涂涂的结了婚，把自己永远拴在了家中。他皱上了眉。

但是贺喜的人——李四老人、四妈、祁瑞丰、孙七、刘太太，还有七号的一两家人——都向他道喜。他又不能不把眉头放开。他有点害羞，又不能大模大样的假充不在乎。人们的吉利话儿像是出于诚心，又似乎像讽刺与嘲弄，使他不敢不接受，而接受了又不大好过。他不知怎样才好，而只能硬着头皮去敷衍。他的脸上红一阵白一阵，他的鼻音呜嚷的特别的难听，连自己听着都不够味儿。

贺客之中，最活跃的，也最讨厌的，是祁瑞丰。长顺永远忘不了在教育局的那一幕。况且，今天他是和小崔太太结婚，他万想不到瑞丰还有脸来道喜。瑞丰可是满不在乎，他准知道只要打着贺客的招牌，他就不会被人家撵出来，所以他要来吃一顿喝一顿。而且，既无被驱逐出来的危险，他就必须像一个贺客的样子，他得对大家开玩笑，尽情的嘲弄新郎，板着面孔跟主人索要香烟、茶水，而且准备恶作剧的闹洞房。本来，他还穿着孝，家里的人都不许他来道贺。他答应了母亲，只把礼金在门外交给长顺或马老太太就赶快回家，可是，他把孝衣脱下来，偷偷的溜出去，满面春风的进了马家的门。他自居为交际家，觉得自己若不到场，不单自己丢了吃喝的机会，也必教马家的喜事减色。一进门，他便张罗着和长顺开玩笑，而他的嘴又没有分寸，时时弄得长顺面红过耳。长顺很想翻脸辱骂他一顿，可是他知道今天他不该吵架拌嘴，所以只好远远的躲开他。长顺的退让，恰好教瑞丰以为自己确有口才，于是赶上前去施展嘲弄与开玩笑。贺客们都晓得长顺老实，也都晓得瑞丰讨厌，大家都怕他把长顺逼急了，弄得不好看。同时，大家看在祁老人与瑞宣的面上，又不肯去劝告瑞丰。于是，大家不约而同的都躲着他，并且对他说的笑话都故意的不笑。他们以为这样就可以使他知难而退了，谁知道他却觉得他们的不言不笑是有点怕他，于是他的话就更多了。最后，李四爷看不过了，把他扯到一边："老二，我说句真话，你可不要怪我呀！开玩笑要有个分寸。长顺儿脸皮子薄，别惹急了他！"

瑞丰没敢和四爷驳辩，而心中很不高兴。他可是也不想马上告辞回家，他舍不得那顿酒饭。在摆饭之前，他一支跟着一支的吸香烟。他不乱说了，看到香烟快吸完了，便板起脸来告诉长顺：再去买两包烟！赶到摆饭的时候，他大模大样的坐了首座，他以为客人中只有他做过科长，理应坐首座。他拿出喝酒的本领，一扬脖一个，喝干了自己的杯；别人稍一谦让，他便把人家的杯子拿过来："好，我替你喝！"喝了几杯之后，他的嘴没法再并上。他又开始嘲弄长顺，并且说到小崔太太是寡妇。不单这样耍嘴皮子，他还要立起来讲演一番。他看不起那些贺客，所以他要尽兴的发泄自己的无聊与讨厌。

孙七早就不高兴了。他是大媒，理当坐首座。多亏李四爷镇压着他，他才忍着气没有发作。等到他也喝了几杯之后，他不再看李四爷的眼神，而把酒壶抄了起来。

"祁科长！"他故意的这么叫，"咱们对喝六杯！"

李四爷伸出手来要抢酒壶。孙七不再听话："四大爷，你别管！我跟祁科长比比酒量！"

瑞丰的脸上发了光。他以为孙七很看得起他："牛饮没意思，咱们划拳吧！一拳一个，六个！告诉你，我不教你喝六个，也得喝五个，信不信！来，伸手！"

"我不划拳！你是英雄，我是好汉，对喝六杯！"孙七说着，已斟满了三杯。

瑞丰知道，六杯一气灌下去，他准得到桌子底下去："那，我不来，没意思！喜酒，要喝得热闹一点！你要不划拳，咱们来包袱、剪子、布的？"

孙七没出声，端起杯来，连灌了三杯，然后，又斟满："喝！喝完这三个，还有三个！"

"那，我才不喝呢！"瑞丰嘿嘿的笑着，觉得自己非常的精明、有趣。

"喝吧，祁科长！"孙七的头上的青筋已跳起来，可是故作镇定的说："这是喜酒，你不是把太太丢了吗？多喝两杯喜酒，你好再娶上一个！"

李四爷赶快拦住了孙七："你坐下！不准再乱说！"然后对瑞丰说，"老二，吃菜！不用理他，他喝醉了！"

大家都以为瑞丰必定一摔袖子走出去，而且希望他走出去。虽然他一走总算美中不足，可是大家必会在他走后一团和气的吃几杯酒。

可是，他坐着不动，他必须讨厌到底，必须把酒饭吃完，不能因为一两句极难听的话而牺牲了酒饭。

正在这个难堪的时节，高亦陀走了进来。长顺的嘴唇开始颤动。

大赤包有点本事。奔走了一两天，该送礼的送礼，该托情的托情，该说十分客气话的，说十分，该说五分好话的，说五分，她把晓荷、亦陀、招弟，全救了出来。他们都没受什么委屈，只是挨了几天的饿。他们的嘴不惯于吃窝窝头与白水。最初，他们不肯吃。后来，没法不吃了，可是吃了还不饱。招弟在这几天里，始终穿着行头，没有别的衣服替换。她几天没有洗脸、洗脚，她的身上发痒，以为是长了虱子。她对每个人都送个媚眼，希望能给她一点水，可是始终无效。她着急，急得不住的哭泣。最使她难过的是那么一身漂亮的行头，不单没摸着在台上露一露，反穿到狱中来。她已不是摩登的姑娘，而是玉堂春与窦娥，被圈在狱中。她切盼她的男友们会来探视她，营救她。可是，他们一个也没有来。由失望而幻想，她盼着什么剑侠或什么圣母会在半夜中把她背了走。她想起许多电影片子上的故事，而希望那些故事能成为事实，使她逃出监狱。

晓荷真害了怕。自从一出戏园的后台，他已经不会说话了。他平日最关心的人，像钱先生与小崔，忽然的出现在眼前。他是不是也要丢了脑袋呢？

他开始认真的祷告玉皇大帝、吕祖、关夫子与王母娘娘。他觉得这些位神仙必能保佑他，不至于教他受一刀之苦。坐在潮湿的小牢房里，他检讨自己的过去。他找不出自己的错误来。他低声的告诉玉皇大帝："该送礼的，我没落过后；该应酬的，我永远用最好的烟酒茶饭；我没错待过人哪！对太太，对姨太太，我是好的丈夫；对女儿，我是好的父亲；对朋友，我最讲义气；末了，对日本人，我五体投地的崇拜、巴结；老天爷，怎么还这样对待我呢？"他诚恳的祷告，觉得十分冤枉。越祷告，他可是越心慌，因为他弄不清哪位神仙势力最大，最有灵应。万一祷告错了，那才糟糕！

他怕死，怕受刑。他夜里只能打盹，而不能安睡。无论哪里有一点响动，他都吓一跳，以为是有人要绑出他去斩首。他死不得，他告诉自己，因为还没有在日本人手下得到个官职，死了未免太冤枉。

受罪最大的是高亦陀，他有烟瘾，而找不到烟吃。被捕后两三个钟头，他已支持不住了，鼻涕流下多长，连打哈欠都打不上来。他什么也顾不得想，而只耷拉着脑袋等死。

大赤包去接他们。招弟见了妈，哭出了声音。冠晓荷也落了泪。他故意的哼哼着，为是增加自己的身分："所长！这简直是死里逃生啊！"他心中赶快的撰制一篇受难记，好逢人便讲，表示自己下过狱，不失为英雄好汉。高亦陀是被两个人抬出来的，他已瘾得像一团泥。

回到家中，招弟第一件事是洗个澡。洗完了澡，她一气吃了五六块点心。吃完，她摸着胸口，告诉高第："得了，这回可把我管教得够瞧的！从此我不再唱戏，也不溜冰！好家伙，再招出一场是非来，我非死在狱里不可！"她要开始和高第学一学怎么织毛线帽子："你教给我，姐！从此我再也不淘气了！"她把"姐"叫得挺亲热，好像真有点要改过自新似的。可是，没有过了一刻钟，她又坐不住了："妈！咱们打八圈吧！我仿佛有一辈子没打过牌了！"

晓荷需要睡觉："二小姐，你等我睡一觉，我准陪你打八圈。死里逃生，咱们得庆贺一下。所长，待会儿咱们弄几斤精致的羊肉，涮涮吧？"

大赤包没回答他们，气派极大的坐在沙发上，吸着一支香烟。把香烟吸完，她才开口："哼！你们倒仿佛都受了委屈！要不是我，你们也会出得来，那才怪呢！我的腿，为你们，都跑细了，你们好像连个谢字都不会说！"

"真的！"晓荷赶快把话接下去，"要不是所长，我们至少也还得圈半个月！甭打我，只要再圈半个月，我准死无疑！下狱，不是好玩的！"

"哼，你才知道！"大赤包要把这几天的奔走托情说好话的劳苦与委屈都一总由晓荷身上取得赔偿，"平日，你招猫逗狗，偏向着小老婆子，到下了狱你才想起老太太来。你算哪道玩艺儿！"

"哟！"招弟忽然想起来，"桐芳呢？"

晓荷也要问，可是张开口又赶紧并上了。

"她呀？"大赤包冷笑了一下，"对不起，死啦！"

"什么？"晓荷不困了。他动了心。

"死啦？"招弟也动了心。

"她、文若霞、小文，都炸死啦！我告诉你，招弟，晓荷，桐芳这一死，咱们的日子就可以过得更整齐一点。你们可是得听我的，我一心秉正，起早睡晚，劳心淘神，都是为了你们。你们有我，听从我，咱们就有好日子过。你们不听我的，好，随你们的便，你们有朝一日再死在狱里可别怨我！"

晓荷没听见这一套话。坐在椅子上，他捧着脸低声的哭起来。

招弟也落了泪。

他们这一哭，更招起大赤包的火儿来："住声！我看谁敢再哭那个臭娘们！哭？她早就该死！我还告诉你们，谁也不准到外面去说，她是咱们家里的人！万幸，报纸上没提她的姓名；咱们自己可就别往头上揽狗屎！我已经报了案，说她拐走了金银首饰，偷跑了出去。你们听见没有？大家都得说一样的话，别你说东，他说西，打自己的嘴巴！"

晓荷慢慢的把手从脸上放下来，咽了许多眼泪，对大赤包说："这不行！"他的声音发颤，可是很坚决。

"不行？什么不行？"大赤包挺起身来问。

"她好歹是咱们家的人。无论怎说，我也得给她个好发送。她跟了我这么多年！"晓荷决定宣战。桐芳是他的姨太太，他不能随便的丢弃了她，像丢一个死猫或死狗那样。在这一家里，没有第二个人能替桐芳，他不能在她丧了命的时候反倒赖她拐款潜逃。死了不能再活，真的；但是他必须至少给她买口好棺材，相当体面的把她埋葬了。她与高第、招弟都不同，假若她们姐妹不幸而死去一个，他，或者不至于像这么伤心；她们是女儿，即使不死，早晚也要出嫁；桐芳是姨太太，永远是他的，她死不得。再说，虽然他的白发是有一根拔一根，可是他到底慢慢的老起来；他也许不会再有机会另娶一房姨太太。那么，桐芳一死，他便永远要过着凄凉的日子——没有了知心的人，而且要老受大赤包的气！不行，说什么也不行，他必须好好的发送发送她。他没有别的可以答报她，他只知道买好棺材，念上一两台经，给她穿上几件好衣服，是唯一的安慰他自己与亡魂的办法。假若连这点也做不到，他便没脸再活下去。

大赤包站起来，眼里打着闪，口中响了雷："你要怎着呢？说！成心捣蛋哪？好！咱们捣捣看！"

冠晓荷决定迎战。他也立起来，也大声的喊："我告诉你，这样对待桐芳不行！不行！打，骂，拼命，我今儿个都奉陪！你说吧！"

大赤包的手开始颤动。晓荷这分明是叛逆！她不能忍受！这次要容让了他，他会大胆再弄个野娘儿们来："你敢跟我瞪眼哪，可以的！我混了心，瞎了眼，把你也救出来！死在狱里有多么干脆呢！"

"好，咒我，咒吧！"晓荷咬上了牙，"你咒不死我，我就给桐芳办丧事！谁也拦不住我！"

"我就拦得住你！"大赤包拍着胸口说。

"妈！"招弟看不过去了，"妈，桐芳已经死了，何必还忌恨她呢？"

"噢！你也向着她？你个吃里爬外的小妖精！在这儿有你说话的份儿？你是穿着行头教人家拿进去的，还在这儿充千金小姐呀！好体面！我知道，你们吃着我，喝着我，惹出祸来，得我救你们，可齐了心来气我！对，把我气死，气死，你们好胡反：那个老不要脸的好娶姨太太，你，小姐，好去乱搭妍头！你们好，我不是东西！"大赤包打了自己一个嘴巴，打得不很疼，可是相当的响。

"好吧，不许我开口呀，我出去逛逛横是可以吧？"招弟忘了改过自新，想出去疯跑一天。说着，她便往外走。

"你回来！"大赤包跺着脚。

"再见，爸！"招弟跑了出去。

见没有拦住招弟，大赤包的气更大了，转身对晓荷说："你怎样？"

"我？我去找尸首！"

"你也配！她的尸首早就教野狗嚼完了！你去，去！只要你敢出去，我要再教你进这个门，我是兔子养的！"

这时节，亦陀在里间已一气吸了六七个烟泡儿。他本想忍一个盹儿，可是听外面吵得太凶了，只好勉强的走出来。一掀帘，他知道事情有点不对，因为晓荷夫妇隔着一张桌子对立着，眼睛都瞪圆，像两只决斗的公鸡似的，彼此对看着。亦陀把头伸在他们的中间："老夫老妻的，有话慢慢的说！都坐下！怎么回事？"

大赤包坐下，泪忽然的流下来。她觉得委屈。好容易盼来盼去把桐芳盼死了，她以为从此就可以和晓荷相安无事，过太平日子了。哪知道晓荷竟自跟她瞪了眼，敢公然的背叛她，她没法不伤心。

晓荷还立着。他决定打战到底。他的眼中冒着火，使他自己都有点害怕，不知道自己从哪儿来的这么多的怒气。

大赤包把事情对亦陀说明白。亦陀先把晓荷扶在一张椅子上坐好，而后笑着说："所长的顾虑是对的！这件事绝对不可声张。咱们都掉下去，受了审问，幸而咱们没有破绽，又加上所长的奔走运动，所以能够平安的出来。别以为这是件小事！要是赶上'点儿低'，咱们还许把脑袋耍掉了呢！桐芳与咱们不同，她为什么死在那里？没有人晓得！好家伙，万一日本人一定追究，而知道了她和咱们是一伙，咱们吃得消吃不消？算了吧，冠先生！死了的不能再活，咱们活着的可别再找死；我永远说实话！"

冠家夫妇全不出声。沉默了半天，晓荷立了起来，要往外走。

"干什么去？"亦陀问。

"出去走走！一会儿就回来！"晓荷的怒气并没妨碍他找到帽子，怕脑袋受了风。

大赤包深深的叹了口气。亦陀想追出去，被她拦住。"不用管他，他没有多大胆子。他只是为故意的气我！"

亦陀喝了碗热茶，吃了几块点心，把心中的话说出来："所长！也许是我的迷信，我觉得事情不大对！"

"怎么？"大赤包还有气，可是不便对亦陀发作，所以口气相当的柔和。

"凭咱们的地位、名誉，也下了两天狱，我看有点不大对！不大对！"他揣上手，眼往远处看着。

"怎么？"大赤包又问了声。

"伴君如伴虎啊！人家一翻脸，功臣也保不住脑袋！"

"嗯！有你这么一想！"

"我看哪，所长，赶快弄咱们的旅馆，赶快加紧的弄俩钱。有了底子，咱们就什么也不怕了。人家要咱们呢，咱们就照旧做官；人家不要咱们呢，咱们就专心去做生意。所长，看是也不是？"

大赤包点了点头。

"小崔太太打算扯咱们的烂污，那不行，我马上过去，给她点颜色看看！"

"对！"

"办完这件事，我赶紧就认真的去筹备那个旅馆。希望一开春就能开张。开了张，生意绝不会很坏。烟，赌，娼，舞，集聚一堂，还是个创举！创举！生意好，咱们日进斗金，可就什么也不怕了！"

大赤包又点了点头。

"所长，好不好先支给我一点资本呢？假若手里方便的话。现在买什么都得现款，要不然的话，咱们满可以专凭两片子嘴皮就都置备齐全了。"

"要多少呢？"

亦陀假装了的想了想，才说："总得先拿十万八万的吧？先别多给我，万一有个失闪，我对不起人！亲是亲，财是财！"

"先拿八万吧？"大赤包信任高亦陀，但是也多少留了点神。她不能不给他钱，她不是摸摸屁股、咂咂手指头的人。再说，亦陀是她的功臣。专以制造暗娼一项事业来说，他给她就弄来不止八万。对功臣不放心，显然不是做大事业、发大财的道理与气派。可是，她也不敢一下子就交给他十万二十万。她须在大方之中还留个心眼。她给了他一张支票。

亦陀把支票带好，奔了四号来。

孙七喝了酒，看明白了进来的是亦陀，他马上冒了火。他本是嘴强身子弱、敢拌嘴不敢打架的人；今天他可是要动手。他带了酒，他是大媒，而亦陀又是像个瘦小鸡子似的烟鬼，所以他不再考虑什么，而只想砸亦陀一顿拳头。

李四爷一把抓住了孙七，"等等，看他说什么！"

亦陀向长顺与马老太太道了喜，而后凑过李四爷这边来，低声的对老人说：

"都放心！一点事没有！我是你们的朋友。她，那个大娘儿们，"他向三号指了指，"才是你们的仇人。我不再吃她的饭，也犯不上再替她挨骂！这不是？"他掏出那个小本子来，"当着大家，看！"他三把两把将小本子撕了个粉碎，扔在地上。撕完，他对大家普遍的笑了笑。而后，他拿起一杯酒，一扬脖灌了下去："长顺，恭贺白头到老！别再恨我，我不过给人家跑跑腿；坏心眼，我连一点也没有！请坐了，诸位！咱们再会！"说完，他扬着绿脸，摔着长袖口，大模大样的走出去。

他一直奔了前门去，在西交民巷兑了支票，然后到车站买了一张二等的天津车票。"在天津先玩几天，然后到南京去卖卖草药也好！在北平恐怕吃不住了！"他对自己说。

六十六

冠晓荷，都市的虫子，轻易不肯出城。从城内看城楼，他感到安全；反之，从城外看它，他便微微有些惧意，生怕那巨大的城门把他关在外边。他的土色是黑的，一看见城外的黄土，他便茫然若失。他的空气是暖的、臭的、带着香粉或油条味儿的；城外的清凉使他的感官与肺部都觉得难过、倦怠。他是温室里的花，见不得真的阳光与雨露。

今天，他居然出了平则门。他听说，在城内冻死的饿死的，都被巡警用卡车拉到城外，像倾倒垃圾似的扔在城外。他希望能在城外找到桐芳的尸身。即使不幸她真的被野狗咬烂，他能得到她的一块骨头或一些头发也是好的。这可真的难为他；他须出城，而且须向有死尸的地方走去！

一看见城门，他的身上就出了汗，冷汗。他怕离开热闹的街道，而走入空旷无人的地方。他放慢了脚步，迟疑了一下。不，他不能就这么打了转身。他须坚决！他低声的叫着桐芳："桐芳！桐芳！保护我呀！我是冒着险来找你呀！"

走进城门洞，他差不多不敢睁开眼。他是惯于在戏园子电影院里与那些穿着绸缎衣服，脸上擦着香粉的人们挤来挤去的。这里，洋车、粪车、土车、骡车、大车和各色的破破烂烂的人，背着筐的，挑着担子的，提着一挂猪大肠的，都挤在一处，谁都想快走，而谁也走不快。他简直不敢睁开眼看，而且捂上了鼻子。

好像挤了一年半载似的，他才出了城门。出了城，按说他应当痛快一些；他可是更害怕了。他好像是住惯了笼子的鸟儿，一旦看见空旷，反倒不知如何是好了。极勉强的，他往前走。走出关厢，看一看护城河，看一看城墙，他像走迷了的一个小儿，不敢再向任何方向迈步。立了好久，他决定不了是前进还是后退。他几乎忘了桐芳，而觉得有一些声音在呼唤他："回来吧！回到城中来吧！"城中，只有城中，才是他的家，他的一切。他应当像一块果皮或一些鸡肠，腐烂在那大垃圾堆——都市——上。他是都市文化的一个蛔虫，只能在那热的、臭的肠胃里找营养与生活。他禁不得一点风，一点冷；空旷静寂便是他的坟墓。

他应当回去，尽管桐芳是他心爱的人，他也不便为她而使自己在这可怕的地方受罪。再说，他已经冒险出了城，心到神知，桐芳若有灵，一定会明白他，感谢他，原谅他！

他也想到，即使找到桐芳的一块骨头或一些头发，又怎样呢？那不过是小说与戏剧中的一种痴情，对实际上并无任何用处。他精明，不便做蠢事。再说，最要紧的事恐怕还是他须去做官，做了官他会好好的给桐芳念几台经，给她修个很体面的衣冠冢。作了官，他就可以不再受大赤包的气。做了官，而且，他就可以再娶一个或两个姨太太。不，这未免有点对不起桐芳！不过，人是须随着官运而发展自己的。假若真做了官，到时候必须再娶姨太太呢，恐怕桐芳也不会不原谅他的。想清楚了这些，他心中舒服了好多。算了，回家吧！回到家中，他不应再和太太闹气。为人处世，他告诉自己，必须顾到实际，不可太痴情，太玄虚。

他开始往回走。刚一迈步，他的臂被人抓住。他吓了一大跳。一想，他便想到强盗；这是城外，城外是野地方，白天也会有人抢劫。他用眼偷偷的往旁边预备看明白了再决定喊救命呢，还是乖乖的把钱包交出去。交出钱包是不上算的，但是性命比钱包更可宝贵。

他看明白了，身旁是个瘪嘴乱胡子老头儿。老头儿身上的衣服很不体面。晓荷马上勇敢起来。他轻看穷人，讨厌穷人；对穷人，他一点也不客气。他把抓着他的手打下去，像打下一个脏臭的虫子："要钱吗，开口呀！动手动脚的，算什么规矩？不看你有胡子，扯你两个嘴巴子！"

"你已经打过我！"老头儿往前赶了一步，两个人打了对脸。

晓荷这才看明白，面前是钱默吟先生："哟！钱先生！"他叫的怪亲热。他忘了他曾出卖过钱诗人。他以为钱先生早已死去。钱先生既没死，而落得一贫如洗，像个叫花子，他看在老邻居的情面上，理应不以一般的乞丐相待；他想给老人一两毛钱，表示自己的慈善厚道。

"你已经打过我！"钱先生光亮的眼睛盯着晓荷的脸。

"我打过你？"晓荷惊异的问。他想老头儿必定是因为穷困而有点神经病。他赶快在口袋里去摸，先摸到一张票子，大概是一元钱，他把它放下了。他犯不上一给老人就给一块。他慈善，但善心须有个限度。他又摸，摸到两个五分的，日本人铸造的，很小的小角子。两个角子不过才是一毛钱，少了一点。不过白给人家钱，总是少一点的好。他把它掏出来："老先生拿去！下不为例哟！"

钱先生没有去接那点赒济："你忘了。你没打过我，你可教日本人打过我！你我是仇人！想起来了吧？"

晓荷想了起来。他的脸立刻白了。

"跟我走！"老人极坚决的说。

"上，上哪儿？"晓荷咽了口唾沫，"我很忙，还要赶快进城呢！"

"甭废话，走！"

晓荷的眼惊鸡似的往四处看，预备着逃走，或喊救命。

"走！"老人把右手伸在棉袄里边去。那里鼓鼓囊囊的像有"家伙"。

"你一出声，我就开枪。"

晓荷的唇开始颤动。其实老人身上并没有武器，晓荷可是觉得已看见了枪似的。他想起当初他怎么陷害，怎么带着日本宪兵去捉捕钱先生。他们俩的确是仇人，所以，他想象到仇人必带着枪。他的磕膝软起来，只要再稍一松劲儿，就会跪下去。枪，仇人，城外，凑在一处，他非死不可，他想。

"钱先生！"他颤抖着央告，"饶了我吧！我无知，我没安心害你！大人不见小人过，饶我这回，我下次不敢！你没钱，我供给！我会拿你当我的爸爸似的那么永远孝敬你！"

"跟我走！"钱先生用手杖了他一下子。

晓荷的泪开始在眼眶里转。他后悔，甚至诅咒桐芳；为了她，他却来到了"行刑场"！他的腿已不能动，像插在了地上。钱先生扯住他的胳臂，拉着他走。晓荷不敢抬头，怕看见远处的山，那可怕的山。他知道，他将永远进不了城，他的鬼魂会被关在城外，只能在高山与田野之间游荡。可怕！他也不敢夺出胳臂逃跑，他晓得枪弹比腿走的快。他只能再央告，可是嘴唇一劲儿颤，说不出话来。

他们走过了祁天佑投河的地方，钱先生指给了晓荷看，"祁天佑死在了这里！"

那里除了冻得很结实的冰，什么也没有。晓荷可是不敢看，他把头扭开。当天佑死的时候，他丝毫没感觉到什么，并且也没到祁家去吊唁。他以为天佑不过是个小商人，死或活都与他没有什么关系。现在，他可是动了心；他想他也许在十分钟之内便和天佑做了地下的邻居。

再往前走，他们过了瑞丰发现帽子盖着人头的地方。帽子没有了，人头也不见了，可是东一块西一块的扔着人骨头。他们还往前走。晓荷有点不耐烦了。他想问一声："到底上哪儿去？"可是又不敢开口。他不敢说："别折磨我啦，杀剐给我个干脆的！"不单不敢开口，他几乎也不敢睁眼看四外了。他觉得，不用杀他，只须在这种地方走一整天，他也会吓死。他知道，这里与城里，不过只隔着一道小河与一堵厚的城墙，但是，他也知道，城墙里才算北平，才有安全，才有东安市场与糖葫芦，涮羊肉！

穿过一个小松林，他们斜奔西南。又走了一里地左右，他们来到一个乱尸岗子。在一群小小的坟头里，有两个新的。那简直不是坟头，而只是很少的一点土，上面盖着一些破瓦烂砖头。

钱先生立住了。

晓荷的嘴开始扯动，鼻子不住的吸气："钱先生！你真要枪毙我吗？我，我一辈子没做过错事！我不过好应酬，讲究吃穿，我并没有坏心眼！你就不能饶恕我吗？钱先生！钱伯伯！"

"跪下！"钱先生命令他。

没费事，晓荷跪在了坟头前，用手捂着后脑瓢儿，好像他的手可以挡得住枪弹似的。

等他跪了一会儿，钱先生转到他的前面，低声的说："这个是桐芳的坟，那个是小文夫妇的。我把他们的尸身由河边搬到这里来，埋了他们。你说你没做过错事，请你看看这俩坟！亡了国，你不单不以为耻，反倒兴高采烈。为了你的女儿出风头唱戏，白白的牺牲了小文夫妇。你还说没做过错事！至于桐芳，她有心肝，有胆量，有见识，你却拿她当作玩物，她恨日本人，也恨你们巴结日本人。若不是你们一家子寡廉鲜耻，她或者还不至于去冒险。她恨你们。你们欺侮她，玩弄她，你们看她只是个小猫小狗，或者还不如个小猫小狗。她恨你们，她恨不能喝你们的血，剥你们的皮！你以为你是她最亲近的人，但是事实上，你连一丝一毫也不了解她。你无聊，无耻，你的眼你的心永远在吃喝穿戴与升官发财上。你放纵你的老婆，你的女儿，教她们信意的胡为。你还没有做过错事！"老先生缓了一口气，把声音放高了些，"你给他们磕头！磕！他们未必知道你给他们行礼。即使知道，他们或者还不屑于接受。我教你给他们磕头，为是教你明白一点，你是罪人，卖国贼，无耻的混蛋！"

晓荷糊糊涂涂的磕了几个头。

"你看看我的腿！你教日本人把我打伤的！你敢说，你没做过错事，没有坏心眼？你再看看这个，"老人三下两下解开棉袄，露出一部分脊背来，"抬头，看！这每一块疤，每一条伤，都与你有关系！它们永远在我的背上，每到变天的时候，它们会用疼痛告诉我不要忘了报仇！它们告诉我，仇人是日本人和你！和你！"老人三下两下的把棉袄穿好，"你知道你的罪过了吧？"

"知道了！知道了！只求饶命！"晓荷又磕了两个头。

"对我个人这点伤害还是小事。我要问你，你到底是中国人呢？还是日本人呢？这个事大！"

"中国人！我是中国人！"

"噢，你晓得你是中国人，那么为什么中国的城教日本人霸占了，你会那么高兴呢？为什么钻天觅缝的去巴结日本人，仿佛他们是你的亲爸爸呢？"

"我混蛋！"

"你不止是混蛋！你受过点教育，你有点聪明，你也五十来岁的了！一个无知的小娃子都晓得恨日本人，你偏不知道，故意的不知道。你是个没有骨头的汉奸！我可以原谅混蛋，而不能原谅你这样的汉奸！"

"我从此不敢了！"

"不敢了？我问你明白了没有？明白了一个人必须爱他的国家，恨他的仇敌没有？你应当明白，你没看见小崔无缘无故的被砍了头？没看见祁天佑跳了河？现在，你没有看见桐芳和小文夫妇都埋在了这里？日本人杀了咱们千千万万的人，也杀了桐芳。即使你不关心别人，还不关心她吗？日本人能杀桐芳，就也能杀你，你知道不知道？"

"知道！知道！"

"那么，你怎么办呢？"

"只要你放了我，我改过！"

"怎么改过呢？"

"我也恨日本人！"

"怎么恨日本人？"

晓荷回答不出。

"你说不出！你的心里没有是非，没有善恶；没有别人，只有你自己！你不懂什么是爱，哪是恨！告诉你，你要是还有点人心，你就会第一，去拦住你的老婆，别再教她任意胡为。她不听，杀了她！她比你的罪恶更大，杀了她，你可以赎去自己一点罪！你明白？"

晓荷没哼声。

"说话！"

"我怕她！"

钱先生笑了一下："你没有骨头！"

"只要你放了我，我回家去劝劝她！"

"她要是不听呢？"

"我没办法！"

"你会不会跑出北平去，替国家做点事呢？"

"我不敢离开北平！我的胆子小！"

钱先生哈哈的笑起来："论你的心术、罪恶，我应当杀了你！我杀你，和捻一个臭虫一样的容易！你记住这个！我随时随地都可以结果你的性命！论你的胆量、骨头，我又不屑于杀你！我不愿教你的血脏了我的手！你我是仇人，这永远解不开，除非你横一下心，像个人样儿似的，去做点对得起国家的事。起来！今天我放了你！明天，后天，我看你还不改过，我还会跟你算账！你听明白了？"

晓荷老老实实的立了起来。一起来，他就看了城墙一眼，他恨不能一伸胳臂就飞起来，飞到城墙那边。

"滚！"钱先生搡了他一把。

晓荷几乎跌倒，因为磕膝跪得有一点发麻。揉了揉磕膝，他屁滚尿流的往城里跑。钱先生看着晓荷的背影，叹了一口气。低头，他对着两个坟头儿说："对不起你们，我的心还是太软！桐芳！文先生！若霞！你们安睡吧！有什么好消息，我必来告诉你们！"说完，他蹲下去，又给坟头上添了几块破瓦烂砖。

晓荷看见了城门洞，赶快把衣服上的尘土拍打了去。他复活了，看见了北平城，也找回来自己的体面的姿态。只向洋车夫一眨眼，便把车叫过来，坐上去。进了城，看见了大街，他是多么高兴啊！他忘了钱先生的话，连一句也不记得。他心中只盘算两件事：他后悔冒险出城找桐芳的尸身；第二，他起誓，从此不再独自出城。至于对钱先生，他还想不起什么办法，只好走着瞧。有朝一日，钱老头子落在他手里，他一定不能善罢甘休。在西四牌楼，他教车子停住，到干果店里买了两罐儿榅桲，一些焙杏仁儿。他须回家烫一壶竹叶青，清淡的用榅桲汤儿拌一点大白菜心，嚼几个杏仁，赶一赶寒。买完了这点东西，他又到洋货店选了两瓶日本制的化妆品，预备送给所长太太。从此，他不能再和太太闹气。好家伙，要不是跟她犯别扭，哪能有城外那一场？祸由自取，真他妈的！至于杀了太太，或劝告太太，简直是疯话，可笑得很！

含着笑，他回了家。

六十七

晓荷见了家门，好像快渴死的人见着了一口井。想一想城外的光景，再想一想屋中的温暖与安全，他几乎要喊出来："我回来喽！"这时候已是下午四点多钟，快压了山的太阳给他的里长办公处的木牌照上一点金红的光，像刚刚又上了一道油。他向木牌点了点头。在城外，他跪在坟前，任凭人家辱骂；在这里，他是家长、里长，他可以发号施令。他高兴，他轻轻的推开了门。

一迈门坎，他看见一堆东西，离他也就只有五尺远。嗯了一声，他看明白：那不是什么东西，而是个人；不是别人，而是他的大女儿高第！她倒剪着双臂，在墙根上窝着呢。

"怎么回事？"他差一点失手，摔了那两罐儿榅桲，"怎么回事？"

高第扭了扭身子，抬起一点头来，弩着双睛，鼻中出了一点声音。她的嘴里堵着东西呢。

"见鬼！这是怎回事？"他一边说一边轻轻的放下手中的两个小罐儿。

高第的眼要弩出来。她又扭了扭身子，用力的点了点头。

晓荷掏出口中的东西。她长吸了一口气，而后干呕了好几下。

"怎回事？"

"快解开我的绳子！"她发着怒说。

晓荷挽了挽袖口，要表示自己的迅速麻利，而反倒更慢的，过去解绳扣。扣系得很紧，他又怕伤了自己的指甲，所以抓挠了半天，并无任何效果。

"拿刀子去！"高第急得要哭。

他身上有一把小刀。把刀掏出来，他慢慢的锯绳子。

"快着点！我的腕子快掉下来了！"

"别忙！别忙！我怕伤了你的肉！"他继续的锯绳子。高第一劲儿的替他用力，鼻子里哼哼的响。

好容易把绳子割断，晓荷吐了口气，擦了擦头上的汗。他的确出了汗。他是横草不动、竖草不拿的人，用一点力气就要出汗。

高第用左右手交互的揉着双腕，腕子已被绳子磨破，可是因为麻木，还不觉得疼。揉了半天手腕之后，她猛的往起立。她的腿也麻了，没立好就又坐下去，把头碰到了墙上："搀着我！"

晓荷赶快搀起她来，慢慢的往院里走。

北屋的门开着呢。晓荷一眼便看到里面：桌凳歪着的歪着，倒着的倒着；磁器摔了满地，花瓶和痰盂在一处躺着；很像刚经过一次地震。他放开高第，一跳，跳到屋里。他的最心爱的沙发上张着大嘴，像被刺刀给划破的。他的腿不能再动，他的嘴张着。这是他一二十年的心血所造成的堡垒，居然会变成了垃圾堆。他的泪整串的流下来。

高第扶着门框，活动她的腿："我们遭了报！"

"什么？"晓荷问了一声。随着这么一出声，他的腿会活动了。他踩着地上的东西，跳进卧室去。床上，连他的绣花被子与鸭绒的枕头都不见了。木器，和外间屋一样，都横七竖八的倒在地上。"这是怎回事？"他狂叫起来。

高第一瘸一点的蹭进来："咱们遭了报！"

"说！说这是怎回事！什么遭报不遭报？我为什么遭报？我没做过伤天害理的事！"

"爸爸！"高第坐在倒在地上的一张小凳子上，"你陷害过钱伯伯；你任着妈妈的性儿教好人家的妇女变成妓女，敲诈妓女们的钱；你放纵招弟，教她随便玩弄男人，也教男人随便玩弄她；你任着妈妈的性儿欺侮桐芳；你一天到晚吃喝玩乐，交些个狐朋狗友，一点也不问那些钱是怎么来的！"

"我问你这是怎回事，没教你教训我！"晓荷跺着脚嚷。

"你最不该拿日本人当作宝贝，巴结他们，谄媚他们，好像他们并没杀咱们的人，抢咱们的土地！"

"你要把我急死！我问你，这——是——怎——回——事！"

"是，我这就告诉你！日本人干的！"

"什么？"他不肯相信自己的耳朵。

"日本人干的！"她重说了一遍，比第一遍更清楚。

他没法不再信任自己的耳朵。可是，他心里还疑惑不定。腿似乎立不住了，他蹲在了地上，用手捧着脸。"不能！"他心里说，"不能是日本人干的！从日本人那方面说，他们给他的太太带来官职、地位、金钱、势力，给招弟带来风头荣誉。从他自己这方面说，他对日本人可以说是仁至义尽：他租下来的房子，转租给日本人；他对日本小娃娃都要见面就打招呼；他对日本军人，老远的就鞠躬，而且度数是那么深；对于恨恶日本人的中国人，他要去报告；对日本人发起的游行与聚会，他永远热心的去参加；对日本人所发明的中国话，他首先放在自己的唇舌上；对日本官员，识与不识，他都去送礼……"想到这里，他出了声音："不能！不能是日本人！我没有对不起日本人的地方！高第，你说真话！"

"我没说一句假话！"

"真有日本人进来把……"

"妈妈吃过午饭就办公去了。"高第的手腕开始疼痛，她可是忍着痛，一心想把父亲劝明白了，"招弟始终没有回来。家里只有我一个人。"

"仆人们呢？"

"他们呀，妈妈在家，他们是机器；妈妈一出去，他们便自己放了假！他们怕妈妈，而不喜爱她！"

"你似乎也不爱你的妈妈！"晓荷立起来，坐在了床上。

"她的行为、心术，教我没法爱她！"高第把凳子拉近了他一点。

"好吧，先甭提你爱她不爱吧；说，这是怎回事！"

"也就有两点半钟吧，一共来了十个人。其中有两个日本人。一进门，他们一声不出，就搬东西。"

"搬东西？"

"你看哪！妈妈的箱子哪儿去了？"高第指了指平日放箱子的地方。

晓荷往那里看了一眼，空的。不单箱子，连箱子上装首饰的盒子也不见了。他的手颤起来。

"这屋里的，桐芳和我与招弟屋里的，箱子匣子，一律搬净！我急了，过去质问他们。他们把我用绳子捆上。我要喊叫，他们堵上了我的嘴。我只能瞪着眼看他们往外搬运，他们必是有一部卡车，在胡同口上停着呢。出来进去搬东西的都是中国人，那两个日本人大概只管挑选，不管搬运。有时候，院里只剩下我自己和他们两个！我打好了主意，只要他们俩敢过来强行无礼，我就一头碰死在墙上！我决定碰死，一方面是要保全我的清白，一方面也是为妈妈赎一点罪——她害了那么多的女人，她的女儿应当死！可是，他们没来找我，或者也许太注意抢东西了。搬得差不多了，他们找到了酒。我开始往外滚。我知道，他们喝了酒必不肯放过我去。我滚到了门坎那里，没有办法。无论如何使劲，我没法越过门坎去。他们喝完了酒，开始摔东西。我听得见各屋里砰砰的响。摔完了东西，他们出来，把我由门坎里提到墙根去。他们走了，把街门关好。我们遭了报。我们巴结、逢迎、诌媚他们，为了得一点钱。现在，我们赔了老本，连衣服和被子都丢光了！"

晓荷听完，半天没有出声。愣了好大一会儿之后，他低声的问："高第，你准知道那两个是真日本人吗？你怎么知道他们不是假扮的呢？"

高第压不住了怒气："是！他们是假扮的！日本人都是你的亲戚朋友，绝不会来伤害你！"

"别生气！别生气！我想，凭我与日本人的关系，他们不至于这么不客气！"

"他们一定对你很客气，要不然怎么来侵占了你的城抢去你的地，盗去你的国家呢？"

"别生气！生气办不了事！我有办法！你先好歹的收拾收拾屋子，我找你妈去。只要她一见日本的要人，咱们必能把东西都找回来！你收拾一下，等仆人们回来，教他们帮助你。"

"他们都不会回来！"

"怎么？"

"日本人走后，他们回来过了。拿了他们自己的东西，也顺手拿了咱们一些东西，又都走啦。"

"都是混蛋！"

"没有人看得起我们的生活，他们并不混蛋！"

"别说了！我找你妈去！"

晓荷还没走出屋门，招弟跑进来："爸爸！爸爸！"她慌慌张张的，几乎被地上的东西绊倒。

"怎么啦？又是什么事？"

"妈，妈教人家拿了去啦！"招弟说完，一下子坐在了地上。

"你妈——"晓荷说不上话来了。

"我找她去要点钱，正赶上，她教人家给绑了出来！"

"绑——"晓荷的泪整串的流下来，"咱们完了！完了！我做了什么错事？教我受这样的报应呢？家产完了，你妈妈再有个好歹，剩下咱们三个怎么活着呢？"

父女三个全都闭上了嘴。

愣了半天，招弟立起来，说："爸爸！去救妈妈呀！妈妈一完，咱们全完，我简直的不敢想：好吗，真要是没漂亮的衣服，头发一个月不烫一次，我怎么活下去呢？"

晓荷的想法和招弟的一样。他知道没有了所长太太，便没了一切。他须赶快去营救她。可是，他胆子小，他怕，怕出去一奔走，把自己也饶在了里面。他是大赤包的丈夫，大赤包要是真犯了罪，日本人也许不会不想到了他。他不住的搓手，想不出任何主意。

"走！"招弟挺着小胸脯，说，"走！我跟你去！"

"上哪儿呢？"晓荷低着头问。

"找日本人去！"

"找哪个日本人去？"晓荷的心中像刀刺着的那么疼。平日，他以为所有的日本人都是他的朋友；今天，他才看清，他连一个日本人也不认识！

招弟偏倾着头，想了一会："有啦！咱们先到一号去看看那个老太婆吧！有用没用的，反正她是日本人！"

晓荷的脸上立刻好看了许多。"对的！"他心里说，"反正她是日本人，任何一个日本人也比中国人强！""可是，"他问招弟，"咱们不带点礼物去吗？空着手，怎好意思去呢？"

高第冷笑了一声。

"你笑什么？"招弟美丽的眼睛里带着微怒，"平日，你什么都不管！现在，妈妈教人家抓了去，你还看哈哈笑！你愿意妈妈死在狱里，好教咱们也都饿死，是不是？"

高第也立起来："你们只看见了妈妈，可是没有看见妈妈的罪恶！我决不能盼望她死，她是我的母亲！我可是也决不能因为她是我的妈妈，就说她的行为都对！我们哪，据我想，得先认清了妈妈罪有应得，然后我们大家都改过自新，为咱们自己和妈妈，赎点罪！妈妈能出来呢，更好；不能呢，咱们也不至于因为她的罪过就一齐饿死！我没有多少本事，可是我愿意去找个小事情，清清白白的挣一碗饭吃。爸爸也不是废物，只要他不一定想去做官，他也会找到个小事做做。凭本事挣饭吃，总比教人家的妇女做暗娼体面的多！我们肯改过，不见得就赎了罪；我们不肯改过，我们就必定死。"

"嗯——"招弟撇着嘴说，"我反正不会做事！我只知道要我的妈妈！"

"招弟！"晓荷亲热的叫，"你说的对！就凭咱们，作点小事，混饭吃，那教人耻笑！把咱们的绸缎衣服换成粗布的，把咱们的酒饭换上粗饽饽辣饼子，咱们还见人不见了呢？"他转向大女儿，"高第，你一向就别扭，到如今大祸临头还是这么别扭！好啦，你看家，我和招弟出去，这总行了吧？"

高第还想说话，可是只叹了一口气。

招弟开始抹口红，和往脸上加香粉。整妆完毕，她拉着晓荷走出去。刚到一号门口，晓荷必恭必敬的把脚并齐，预备门一开便深深的鞠躬。招弟叩门。

老太婆来开门。刚一看清楚门外的人，她把门又关上了。

冠家父女愣住了。

"事情严重了！严重！"晓荷告诉招弟，"你看，你妈妈刚刚出了事，立竿见影，人家马上不搭理咱们了！这，这怎么办呢？"

招弟挂了火："爸爸你回家，我跑一跑去！我有朋友！我必能把妈妈救出来！"说完，她跑出胡同去。

晓荷独自回了家。他的心中极乱。他不会反省，而只管眼前。眼前，又恰好是一片盆儿朝天碗儿朝地的景象。他不肯下手去整理它们，不整理吧，又没地方坐一坐，放一放脚。他急得老想落泪。

更迫切的是天已黑上来，他的腹中已开始咕噜咕噜的响，而没人给他做饭。他到厨房看看，火已经灭了。他叹了一口气。这已不像个家，虽然他的确是在家里！家，可是没有一点火亮，一口开水，更不要提香片茶与酒饭了。

高第正收拾屋子。她的做事的方法显着很笨，可是她的确愿意做，高兴作。在家里，她一向受大家的冷淡，对什么事她都没有发言权，不能插手帮忙。今天，她仿佛变成了主人，不必问谁，不必看谁的眼色，而只凭着自己的心意与判断，愿意怎么做去怎么做。她不是不知道家庭前途的暗淡，可是她也觉得只有暗淡与困苦才能改变一切；假使能慢慢的变好，那就先吃一点苦头也值得。她也知道自己没有多大的本事，假若妈妈真的一去不回头，她是否能养活着自己与爸爸，颇成问题。但是，她决定不教那个问题给吓倒。她须努力，挣扎，奋斗；她想，只要自己有用武之地，她一定不会走到绝路。她的短鼻子上出了汗，眼中发着光，一种准知道事情不妙而毫不惧怕的光。听见爸爸回来，她做得更起劲了。她要教爸爸看一看，她是沉得住气、能做事的人。

晓荷看着女儿操作，心中非常的难过，不是为心疼女儿，而是为他的女儿居然亲自动手收拾屋子，实在有失体统。扫地擦桌子，在他想，是仆人的事，与"小姐"理应永远不发生关系。他故意的轻咳，暗示给她：可以休息一会儿吧？高第没有接受他的暗示。最后，他说了话：

"高第！晚饭怎么办呢？"

高第还继续的工作，只回答了声："你去买几个烧饼，我把火升上，烧点开水，对付对付吧！"

晓荷不能出去买烧饼，那太丢人！他可是没敢出声。他开始看见了真的困苦。他的眼前是黑暗与最大的耻辱——得自己去买烧饼！他轻轻的走出去，在院子里来回的转。这是他自己的院子，可是他丢失了安全与舒适。走了一会儿，他感到寒冷，肚子也越来越饿。他想出去买烧饼——肚子是不大管脸面与耻辱的。几次，他走到街门，又折了回来。不，他宁可挨一夜的饥饿，也不能丧失自己的体面！好吗，今天他要是肯打破了自己的脸去买烧饼，明天他大概就甘心作个"无耻之徒"了！

他又进到屋中。

"爸爸，你不是饿了吗？怎么不去买烧饼呢？"高第问。

晓荷不肯开腔。他觉得高第绝不会了解他，所以用不着多费话。他似乎是要用沉默充饥。但是，不行，沉默到底不能代替烧饼！他忘了大赤包，忘了一切，只觉得他马上有饿死的危险。他向来没挨过饿。平日，只要胃中稍微有点空儿，他必赶紧把它填满；他以为能多吃而不闹胃病是他的一种天才与福气。现在，晚饭毫无消息！他发了慌！"吃"是中国文化里的，也就是他的，主要的成分与最高的造诣。饿一顿便等于人生与文化的灭亡！他没法不着急。他巴结，谄媚日本人，不是为得到好吃好喝么？哼，现在居然落了个前功尽弃！他悲观，他觉得自己的一只脚已临在地狱里。

"高第！"他凄声惨气的叫，"高第！"

"干什么？"高第问。

"啊——"他揉着胸口说，"没事！没事！"他把话收了回去。他不肯说"饿"。那是个可耻的字。

"饿了吧？好，我买烧饼去，就手儿捎一壶开水来省得再升火！"高第拍了拍身上的灰土，要往外走。

"你——"晓荷要阻拦她。他的女儿去买烧饼，打开水，与他自己去，是一样的丢人！可是，烧饼到底是可以充饥的东西，他又不便过度的和肚子闹别扭。在以吃为最主要的成分的文化里，人是要有"理想"，而同时又须顾及实际的。

高第跑出去。

剩下他自己，他觉得凄凉黯淡。他很想悬梁自尽，假若不是可能在五分钟内就吃上烧饼的话。

高第买回了烧饼来。晓荷含着泪吃了三个。

吃完。他马上想起睡的问题来——没有被子！他不敢向高第要主意，高第不了解他。他又没法不向她要主意，他自己想不出办法。他的文化使他生下来便包在绣花被子里，凡事都由别人给他预备得妥妥当当的，用不着他费心费力。赶到长大成人，他唯一的才智便是怎么去役使别人，利用别人，把别人用血汗做成的东西供他享受。

"爸爸！盖上我的褥子和大衣，先睡吧！我等着招弟！"高弟把自己的褥子取过来。

晓荷躺在了床上。他以为一定睡不着。可是，过了一会儿，他打开了呼

第三部 饥 荒

六十八

恰巧丁约翰在家。要不然，冠晓荷和高第就得在大槐树下面过夜。

晓荷，盖着一床褥子与高第的大衣，正睡得香甜，日本人又回来了。

"醒醒，爸！他们又来了！"高第低声的叫。

"谁？"晓荷困眼朦胧的问。

"日本人！"

晓荷一下子跳下床来，赶紧披上大衣："好！好得很！"他一点也不困了。日本人来到，他见到了光明。他忙着用手指拢了拢头发，抠了抠眼角；然后，似笑非笑，而比笑与非笑都更好看的，迎着日本人走。他以为凭这点体面与客气，只需三言五语便能把日本人说服，而拿回他的一切东西来。他深信只有日本人是天底下最讲情理的，而且是最喜欢他的。

见到他们，（三个：一个便衣，两个宪兵）晓荷把脸上的笑意一直运送到脚指头尖上，全身像刚发青的春柳似的，柔媚的给他们鞠躬。

便衣指了指门。晓荷笑着想了想。没能想明白，他过去看了看门，以为屋门必有什么缺欠，惹起日本人的不满。看不出门上有什么不对，他立在那里不住的眨巴眼；眼皮一动便增多一点笑意，像刚睡醒就发笑的乖娃娃似的。

便衣看他不动，向宪兵们一努嘴。一边一个，两个宪兵夹住他，往外拖。他依然很乖，脚不着地的随着他们往外飘动。到了街门，他们把他扔出去；他的笑脸碰在地上。

高第早已跑了出来，背倚影壁立着呢。

慢慢的爬起来，他看见了女儿："怎回事？怎么啦？高第！"

"抄家！连一张床也拿不出来了！"高第想哭，可是硬把泪截住，"想办法！想办法！咱们上哪儿去！"

晓荷不再笑，可也没特别的着急："不会！不会！东洋人对咱们不能那么狠心！"

"日本人是你什么？会不狠心！"高第搓着手问。假若不是几千年的礼教控制着她，她真想打他几个嘴巴！

"等一等，等着瞧！等他们出来，咱们再进去！我没得罪过东洋人，他们不会对我无情无理！"

高第躲开了他，去立在槐树下面。

晓荷必恭必敬的朝家门立着。等了半个多钟头，日本人从里面走出来。便衣拿着手电筒，宪兵借着那点光亮，给街门上贴了封条。

晓荷的心仿佛停止了跳动。可是，像最有经验的演员，能抱着病把戏演到完场，他还向三个人的背影深深的鞠了躬。鞠完躬，他似乎已筋疲力尽，一下子坐在台阶上，手捧着脸哭起来。他的历史、文化、财产、享受、哲学、虚伪、办法，好像忽然都走到尽头。

高第轻轻的走过来："想办法！哭有什么用？"

"我完啦！完啦！"他说不下去了，因为心中太难受。用力横了一下心，才又找到他的声音："我去报告，报告！"他猛的立起来。"那三个必不是真正东洋人，冒充！冒充！真东洋人决不会办这样的事！我去报告！"

"你混蛋！"高第向来没有辱骂过父亲，现在她实在控制不住自己了，"日本人抄了你的家，你怎么还念叨他们呢？难道这个封条能是假的？要是假的，你把它撕下来！"她的喉中噎了一下，说不上话来。用力嗽了几下，她才又说，"上哪儿去？不能在这儿冻一夜！"

晓荷想不出主意。因人成事的人禁不住狂风暴雨。

高第去叫祁家的门。

祁家的大小，因天寒，没有煤，都已睡下。韵梅听见拍门，不由的打了个冷战。瑞宣也听见了，马上要往起爬。"不是又拿人呀？"韵梅拦住了他，而自己披衣下了床。她轻轻的往外走；走到街门，她想从门缝先往外看看。可是，天黑，她看不见任何东西；大着胆，她低声问了声："谁？"

"我，高第，开开门！"高第的声音也不大，可是十分的急切。

韵梅开了门。高第没等门开利落便挤了进来，猛的抓住韵梅的手："祁大嫂，我们遭了报！抄了家！"

韵梅与高第一齐哆嗦起来。

瑞宣不放心，披着大衣赶了出来，"怎回事？怎回事？"他本想镇定，可是不由的有点慌张。

"大哥！抄了家！给我们想想办法！"高第的截堵住许久的泪落了下来。

瑞宣又问了几句，把事情大致的搞清楚。他愿意帮忙高第，他晓得她是好人。可是，为帮忙她，也就得帮忙冠晓荷；他迟疑起来。他的善心，不管有多么大，也不高兴援助出卖钱默吟的、无耻的冠晓荷。

韵梅不高兴给冠家做什么，不是出于狠心，而是怕受连累。在这年月，她晓得，小心谨慎是最要紧的事。

高第看出瑞宣夫妇的迟疑，话中加多了央告的成分："大哥！大嫂！帮我个忙，不用管别人！冬寒时冷的，真教我在槐树底下冻一夜吗？"

瑞宣的心软起来，开始忘了晓荷，而想怎么教高第有个去处："大小姐，小文的房子不是还空着吗？问问丁约翰去！"

韵梅也忘了小心谨慎："你自己去一趟，他看得起你，不至于碰了钉子！好吗，真要在树底下蹲一夜，还了得！"

约翰恰巧在家。这整个的院子是由他包租的，他给了瑞宣个面子："可是，屋子里什么也没有啊！"

"先对付一夜再说吧！"瑞宣说。

韵梅给高第找来一条破被子。

大家都没理会晓荷，除了丁约翰给了他两句："日本人跟英国人不同，你老没弄清楚。日本人翻脸不认人，英国人老是一个劲儿。不信，你问问祁先生！"

　　晓荷没敢还言。可是，也并没感激瑞宣与约翰，因为他只懂得人与人之间的互相利用，而不懂得什么叫善心与友情。他以为他们的帮忙是一种投资：虽然他今天丢失了一切，可是必能重整旗鼓（只要东洋人老不离开北平！），再跳动起来，所以他们才肯巴结他。再说，大赤包不久，在他想，必会出狱；只要她一出来，她便能向东洋人索回一切。

　　坐着约翰给拿来的小板凳，腿上盖着祁家的破被子，晓荷感到寒冷、痛苦，可是心中还没完全失望。每一想到大赤包，他就减少一点悲观，也就不由得说出来："高第，不用发愁！只要你妈妈一出来，什么都好办！"

　　"你怎么知道她可以出来？"高第没有好气的问。

　　"你还能咒她永远不出来？"

　　"我不能咒她，可是我也知道她都做了什么事！"

　　"什么事？难道她给我们挣来金钱、势力、酒饭、热闹，都不对吗？"

　　高第不愿再跟他费话。

　　第二天，全胡同的人都看见了冠家大门上的封条，也就都感到高兴。大家都明白日本人的狠毒——放任汉奸作恶，而后假充好人把汉奸收拾了；不但拿去他们刮来的地皮，而且没收了他们原有的财产。虽然如此，大家，看见那封条，还是高兴；只要他们不再看见冠家的人，他们便情愿烧一炷高香！

　　他们没想到，晓荷会搬到六号院子去。不过，这点失望并没发展成仇视与报复；他们都是中国人，谁也不好意思去打落水狗。他们都不约而同的不再向晓荷打招呼——这点冷酷的冷淡，在他们想，也满够冠晓荷受的了！

　　可是瑞丰是个例外。他看，这是和冠家恢复友好的好机会。他必须去跟晓荷聊天扯淡。而且，假若乘冠家正倒霉的时节去献殷勤，说不定可以把高第弄到手。尽管高第不及招弟貌美，可是有个老婆总比打光棍儿强。这是他的机会，万不可失的机会。

"干什么去？老二！"瑞宣吃过早饭，见瑞丰匆匆忙忙的往外走，这样问。

"看看冠先生去。"老二颇高兴的回答。

"干吗？"

"干吗？喊！大哥你不是还帮忙给他找住处吗？"

瑞宣在昨天夜里，就迟疑不定，是否应当帮这点忙。他最怕因善心而招出误解——像老二的这种误解。这种误解至少会使他得到不明是非、不辨善恶的罪名。听到老二的话，他的脸马上变了颜色。几乎是怒叱着，他告诉老二："我不准你去！"

"怎么？"老二也不带好气的问。

"不怎么！我不准你去！"瑞宣不愿解释什么，只这样怒气冲冲的喊。

天佑太太明白老大的心意——他的善心是有分寸的，虽然帮了冠家一点忙，而仍不愿与晓荷为友。她说了话："听你哥哥的话，老二！"

瑞丰非常的不高兴，扬着小干脸说："好，好，我不去了还不行吗？哼！这儿没有一丁点自由，我知道！"说完，他气哼哼的走进屋里去。

瑞宣真愿意大吵大闹一顿，好出出心中的恶气，可是看了看妈妈，他把话都封锁在心里。匆忙的戴上帽子，他走了出去。

刚一出门，他遇上了冠晓荷！

晓荷向来不这么早起来；今天，因为屋中冷得要命，他只好早早的出来活动活动半僵了的腿。小羊圈的人们多数是起床很早的，他遇见了好几位邻居。他不知道怎么办好：对他们递个和气吗，未免有失身分；虽然他目前的时运不太好，可是冠晓荷到底是冠晓荷，死了的骆驼总比驴大！要是不招呼他们吧，似乎又有点别扭；他觉得自己现在是"公子落难"，理应受到大家的体贴与安慰；大家一定很爱听一听他的遭遇，而他有对他们讲一讲的责任。

可是大家谁也没招呼他。他们只看他一眼，而后把眼移到那张封条上去，而后淡然的走过去，好像他与封条是属于同一类的东西。这使他非常的难堪，而感到一个人必须有房产，有金钱，有势力，有日本人做靠山，有像大赤包那样的太太！没有这些，你便是丧家之犬，大家不单不招呼你，高了兴还许踢你两脚呢！想到这里，他动了气。他很想跑到日本宪兵营去，报告全胡同的人都"反动"，一下子把他们全送进监狱里去！

一眼看到瑞宣，他以为得到了发发牢骚的机会。平日，他总以为瑞宣高傲、冷酷、不和群儿；现在，他看瑞宣是比全胡同的男女老少都更精明，因为瑞宣看出来死骆驼比驴大的意思。

"瑞宣！"晓荷叫得亲切而凄凉，"瑞宣！"他的脸上挂着三分笑意，七分忧惨，很巧妙的表示出既不完全悲观，而又颇可怜来。

瑞宣连点头也没有点，昂然的走开。一边走，一边他恨自己：为什么自己会把不打落水狗的道理应用到冠晓荷的身上呢？晓荷不止是狗，而是疯狗；疯狗落了水，谁都有责任给它几砖头，把它打下去，打下去！

晓荷倒没怎么难过，他原谅了瑞宣："这并不是瑞宣敢对我摆架子，而是英国府的关系！"正在这么自言自语的，高第半掩着门叫他："你进来，爸！"

进到屋中，晓荷看了看四角皆空的屋子，又看了看没有梳妆洗脸的女儿，他干咽了几口。

"爸！你有主意没有？"高第干脆的问。

"啊——"他想了一想，"咱们银行里还有钱！看，"他由怀里掏出支票本子来，"我老把这个宝贝本子揣在怀里！哪时用钱，哪时刷刷的一写，方便！你妈妈的那本，我可不知道放在哪儿了！"

"日本人抄了咱们的家，还给咱们留下钱？倒想得如意！"

"怎么？怎么？钱也抄了去？"晓荷着了急，"不能！不能！"

"你不记得李空山的事？"

"嗯——"他答不出话来，头上忽然出了汗。

"不要再做梦！"

"我走，到银行看看去！"

"爸，你听着！我手里还有一点点钱。我去托李四爷先给咱们买两张破床，跟一些零碎东西。我呢，赶紧出去找事。找到了事，我养活你！可有一样，不准你再提日本人，再想帮助日本人；是这样，我马上出去找事；不是这样，我走！"

"上哪儿？"

"哪儿不可以去？"

"你看你妈妈出不来了？"

"不知道！"

"你去找什么事？"

"能干的就干！"

"我先上银行去，咱们回头再商量好不好？"

"也好！"

晓荷没雇车，居然也走到了银行。银行拒绝兑他的支票。

他生平第一次，走得这么快，几乎是小跑着，跑回家来。

"怎样？"高第问。

他说不出话来。他仿佛已经死了一大半。他一个钱也没有了——而且是被日本人抢了去！

好久好久，他才张开口："高第，咱们赶紧去救你妈妈，没有第二句话！她出来，咱们还有办法；不然……"

"她要真出不来呢？"

"托人，运动，没有不成功的！"

"又去托蓝东阳、胖菊子？"

晓荷的眼瞪圆。"不要管我！我有我的办法！"

高第没再说什么。她找到李四爷，托他给买些破旧的东西。然后，她自己到街上买了一个小瓦盆、一把沙壶，并且打了一壶开水，买了几个烧饼。

吃过了烧饼，喝了口开水，晓荷到处去找他的狐朋狗友。这些朋友，有的根本拒绝见他，有的只对他扯几句淡。

连着十几天，他连大赤包的下落也没打听出来。他可是还不死心。他以为自己虽然不行，招弟可一定有些办法。她在哪儿呢？他开始到处打听招弟的下落。招弟仿佛像一块石头沉入了大海。

晓荷没有了办法，只好答应高第："你找事去好啦！"

又过了几天，大赤包与招弟还是全无消息，他故意想讨高第的喜欢："要这样下去呀，我想我得走，上重庆！"

"好！我跟你走！"

晓荷吓了一大跳，赶紧改嘴："可千万别到处这么乱说去呀！好家伙，走不成，先掉了脑袋！我看哪，我还是修道去好！白云观哪，碧云寺哪，我那么一住，天天吃点罗汉斋，烧烧香，念念经，倒满好的！"

高第决定不再跟他多费话。她看明白，他已无可救药了；至死，他也还是这么无聊！她很想一横心，独自逃出北平去。但是她又不忍。没有她，她想，他必会闹到有那么一天，连一条狗都不会向他摇摇尾巴。到他走投无路的时候，他还会找日本人去；日本人给他一个烧饼，他便肯安心的做汉奸！不，她不能走！她须养着他，看着他，当作一个只会吃饭的废物那么养着他；废物总比汉奸好一点！

六十九

大赤包下狱。

她以为这一定，一定，是个什么误会。

凭她，一位女光棍，而且是给日本人做事的女光棍，绝对不会下狱。误会，除了误会，她想不出任何别的解释。

"误会，那就好办！"她告诉自己。只要一见到日本人，凭她的口才、气派、精明和过去的劳绩，三言两语她就会把事情撕�撕撕，理清头绪，排解纷难。清楚，而后大摇大摆的回家去。"哼！"她的脑子翻了个斤斗，"说不定，也许因为这点小误会与委屈，日本人还再给她加升一级呢！这不过是月令中的一点小磕绊，经常碰到的小挫折，算不了什么！"

可是三天，五天，甚至于十天，都过去了，她并没有看见一个日本人。一天两次，只有一个中国人扔给她一块黑饼子和一点凉水。她问这个人许多问题，他好像是哑巴，一语不发。她没法换一换衣裳，没地方去洗澡，甚至于摸不着一点水洗洗手。不久，她闻见了自己身上的臭味儿。她着了慌。她开始怀疑这到底是不是个误会！

她切盼有个亲人来看看她。只要，在她想，有个人来，她便会把一切计划说明白，传出去，而后不久她便可以恢复自由。可是，一个人影儿也没来过，仿佛是大家全忘记了她，要不然就是谁也不晓得她被囚在何处。假若是前者，她不由的咬上了牙：啊哈——！大家平日吃着我，喝着我，到我有了困难，连来看我一眼都不肯，一群狗娘养的！假若是后者——没人知道她囚在哪里——那可就严重了，她出了凉汗！

她盘算，昼夜的盘算：中国人方面应当去运动谁，日本人方面应该走哪个门路，连对哪个人应当说什么话，送什么礼物，都盘算得有条有理。盘算完一阵，她的眼发了亮；是的，只要有个人进来，把她的话带出去，照计而行，准保成功。是的，她虽然在进狱的时候有点狼狈，可是在出狱的时候必要风风光光的，她须大红大紫的打扮起来，回到家要摆宴为自己压惊。

她特别盼望招弟能来。招弟漂亮，有人缘儿，到处一奔走，必能旗开得胜。可是，谁也没来！她的眼前变成一片乌黑。"难道我英雄了一世，就这么完了吗？"她问自己，问墙壁，问幻想中的过往神灵。白问，丝毫没有用处。她的自信开始动摇，她想到了死！

不，不，不，她不会死！她还没被审问过，怎会就定案，就会死？绝对不会！再说，她也没犯死罪呀！难道她包庇暗娼，和敲妓女们的一点钱，就是死罪？笑话！哪个做官的不搂钱呢？不为搂钱，还不做官呢，真！

她想起来：自己的脾气太暴，太急，所以就这么快的想到了死！忍着点，忍着点，她劝慰自己，只要一过堂，见到日本法官，几句话她便能解释清楚一切，而后安然无事的回家。这么一想，她得到暂时的安慰与镇定。她整一整襟，拍拍头发，耐心的等着过堂受审；什么话呢，光棍还能怕吃官司？她抿着嘴笑起来。

一天天的过去了，没有人来传她过堂。她的脸上似乎只剩了雀斑与松皮，而没了肉。她的飞机头，又干，又乱，像拧在一处的乱麻，里边长了又黑又胖的虱子。她的眼睛像两个小火山口儿，四圈儿都是红的。两手老在抓挠，抓完了一阵，看看手，她发现指甲上有一堆儿灰白的鳞片，有时候还有一些血。她的脚踵已冻成像紫里蒿青的两个芥菜疙瘩。她不能再忍。抓住狱房的铁栏杆，她拼命的摇晃，像一个发了狂的大母猩猩。她想出去，去看看北海、中山公园、东安市场和别的地方。她想喝丁约翰由英国府拿来的洋酒，想吃一顿由冠晓荷监造的饭食。至少，她要得到一点热水，烫一烫她的冻疮！

把手摇酸，铁栏杆依然挡着她的去路。她只好狂叫。也没用。慢慢的，她坐下，把下巴顶在胸上，听着自己咬牙。

除了日本人，她怀恨一切她所认识的老幼男女。她以为她的下狱一定和日本人无关，而必是由于她的亲友，因为嫉妒她，给她在日本人面前说了坏话。咬过半天牙以后，她用手托住脑门，怀着怒祷告："东洋爸爸们，不要听那些坏蛋们的乱造谣言！你们来看看我，问问我，我冤枉，我是你们的忠臣！"

这样祷告过一番，她稍微感到一些安恬。她相信她的忠诚必能像孝子节妇那样感动天地的感动了东洋爸爸们，很快的他们会询问她，释放她。她昏昏的睡去。

并没有十分睡熟，只是那么似睡非睡的昏迷：一会儿她看见自己，带着招弟，在北海溜冰大会上，给日本人鞠躬；一会儿她是在什么日本人召集的大会上，向日本人献花；一会儿她是数着妓女们献给她的钞票。这些好梦使她得到些甜美的昏迷，像吃了一口鸦片烟那样。她觉得自己是在往上飞腾，带着她的臭味、虱子与冻疮，而气派依然像西太后似的，往起飞，一位肉体升天的女光棍！

忽然的一股冷气使她全身收缩，很快的往下降落，像一块脏臭的泥巴，落在地上。她睁开了眼，四围只有黑暗、污浊、恶味、冷气，包围着她，一个囚犯。她不由的又狂叫起来。怒火燃烧着她的心，她的喉咙，她的全身。她忘记了冷，解开衣上的纽扣，露出那松而长的双乳，教墙壁看："你看，你看，我是女的，女光棍！为什么把我圈在这里？放我出去！"她要哭，可是哈哈的狂笑起来。三把两把的把衣服脱掉，歪着头，斜着眼，扭着腰，她来回的走。"你看，看！"她命令着墙壁："看我像妓女不像？妓女，窑子，干女儿，钞票，哈哈！"

由栏杆的隙缝中，扔进来一块黑的饼子和一小铁筒水。她赤着身，抓住铁栏杆，喊："嗨！就他妈的这么对待我吗？连所长都不叫一声？我是所长，冠所长！"而后，像条疯狗似的，爬在地上，喝了那点水。舐着嘴唇，她拾起那块黑饼，闻了闻，用力摔在墙上。

在她这样一半像人，一半像走兽，又像西太后，又像母夜叉，在狱中忽啼忽笑的时节，有多少多少封无名信，投递到日本人手里控告她。程长顺的那个状子居然也引起了日本人的注意。同时，颇有几位女的，因想拿大赤包的地位，不惜有枝添叶的攻击她，甚至于把她的罪状在报纸上宣布出来，把她造成的暗娼都做了统计表揭露在报纸上。

冬天过去了。春把北平的冰都慢慢的化开，小溪小湖像刚刚睡醒，一睁眼便看见了一点绿色。小院的墙角有了发青的小草，猫儿在墙头屋脊上叫着春。

大赤包的小屋里可没有绿草与香花。她只看见了火光，红的热辣辣的火光，由她的心中烧到她的口，她的眼，她的解了冻的脚踵。她自己是红的，小屋中也到处是红的。她热，她暴躁，她狂喊。她的声音里带着火苗，烧焦了她的喉舌。她用力喊，可是已没有了声音；嗓子被烧哑。她只能哼吃哼吃的出气，像要断气的母猪。

她把已长满了虱子的衣服，一条条的扯碎。没有可撕拉的了，她开始扯自己的头发，那不知曾经费过多少时间与金钱烫卷的头发。她握着拳头打尤桐芳，可是打在墙上，手上出了血。她扯着自己的头发叫骂："臭娘儿们，撕碎你！"她撕扯，撕扯，已分不清撕扯的是臭娘儿们，还是她自己。虽然没有了声音，她却依然喊叫。她喊叫汽车夫，怒叱着男女仆人与小崔，高叫着"皇军胜利！"虽然只有她自己知道她喊叫的是什么，可是她以为全世界都听见了她。疲乏了，停止喊叫，她却还嘟囔着：打！打！打！她的脑中一会儿出现了一群妓女，一会儿出现了几个亲友；打，打，打，她把那些影子都一一的打倒，堆在一块，像一座人山，她站在山巅上；她是女英雄，女光棍，所长！

慢慢的，她忘了自己。一会儿她变成招弟，打扮得花枝招展的，拉着一个漂亮的男子，在公园调情散步；一会儿她变成个妓女，疯狂的享受着爱的游戏。忽然的，她立起来，像公鸡搔土似的，四处搜寻，把身子、头、手脚，碰在门上、墙上。"我的钞票呢？钞票呢？谁把我的钱藏起来？谁？藏在哪儿？"碰得浑身是血，她立定了不动。歪着头，她用心的听着，而后媚笑："来了！来了！你们传冠所长过堂吧？"

可是，连个人影也没有。她的怒火从新由心中燃起，烧穿了屋顶，一直烧到天空，半空中有红光结成的两个极亮的大字：所长！

看着那两个大的红字，她感到安慰与自傲，慢慢的坐下去。用手把自己的粪捧起来，揉成一个小饼，作为粉扑，她轻轻的，柔媚的，拍她的脸："打扮起来，打扮起来！"而后，拾起几条布条，系在头发上："怪年轻呀，所长！"

她已不辨白天与黑夜，不晓得时间。她的梦与现实已没有了界线。她哭、笑、打、骂，毫无冲突的可以同时并举。她是一团怒火，她的世界在火光中旋舞。

最后，她看见了晓荷、招弟、高亦陀、桐芳、小崔，还有无数的日本人，来接她。她穿起大红的呢子春大衣，金的高跟鞋，戴上插着野鸡毛的帽子，大摇大摆的走出去。日本人的军乐队奏起欢迎曲。招弟献给她一个鲜花篮。一群"干女儿"都必恭必敬的向她敬礼，每人都递上来一卷钞票。她，像西太后似的，微微含笑，上了汽车："开北海。"她下了命令！

汽车开了，开入一片黑暗。她永远没再看见北海。

当大赤包在狱里的时候，运动妓女检查所所长这个地位最用力的是她的

"门徒"胖菊子。

蓝东阳有了丰富的诗料。他无所不用其极的嘲弄、笑骂、攻击大赤包，而每一段这样的嘲骂都分行写下来，寄到报馆去，在文艺栏里登载出来。读着自己的诗，他的脸上的筋肉全体动员，激烈的扯动着，像抽羊癫疯。

胖菊子决定把自己由门徒提升为大师。她开始大胆地创造自己的衣服鞋帽，完全运用自己的天才，不再模仿大赤包。她更胖了，可是偏偏把衣服做得又紧又瘦，于是她的肥肉都好像要由衣服里钻了出来。蓝东阳很喜爱她的新装束，而且作了他自认为最得意的一首诗："从衣裳外面，我看到你的肉；肉感的一大堆灌肠！"她不喜爱他，更不喜爱他的诗。可是，她的胖脸上，为他，画出几根笑纹来。她必须敷衍他，好能得到他的协助，而把"所长"弄到她的胖手里。一旦她做了所长，她盘算，她就有了自己的收入、地位、权柄和——自由！到那时候，她可以拒绝他的臭嘴、绿脸和一块大排骨似的身体。他若是反抗，她满可以和他翻脸。当初，她跟从了他，是为了他的地位；现在，假若她有了自己的地位，她可以毫不留情的一脚踹开他。

穿着她的紧贴身的衣裳，她终日到处去奔走。凡是大赤包的朋友，胖菊子都去访问，表示出："从今以后，我是你们的领袖了。你们必须帮助我，而打倒大赤包！"

等到晚间回来，她的腰、胳臂与脖子已被新衣服箍得发木，她的胖脚被小新鞋啃得落了好几块皮。她感到疲乏、痛苦，可是在精神上觉出高兴，有希望。三把五把的将那些"捆仙绳"脱掉，她松了一口气。可是，三把五把的又将它们穿上。不，她不能懈怠，而必须为自己的前途多吃点苦。好吗，万一在这时节，来个贵客，她怎能就衣冠不整的去接待呢？她必须用大赤包的办法打败了大赤包；大赤包不是无论在什么时节都打扮得花里狐哨的吗？好，她也得这么办！

虽然在服装穿戴上她力求独创，不再模仿大赤包，可是在举止动作上她不知不觉的承袭了大赤包一部分的气派。当她叫人的时候，她也故意老气老声的；走路也挺起脖子；转身要大转大抹。虽然这些作派使她的胖身子不大好受，使她的短粗脖子发酸，可是她不敢偷懒，她必须变成大赤包，而把真的大赤包消灭了！

奔走了几天，事情还没有一点眉目。胖菊子着了急。越着急，她的胖喉咙里越爱生痰。见到了要人，她往往被一口痰堵住，说不出话来。她本来没有什么口才，再加上这么一堵，她便变成一条登了陆的鱼，只张嘴，而没有声音。闹过一阵哑戏以后，她慌张得手足失措，把新添的气派一齐忘掉。她开始害怕，怕在她还没有运动成功之际，而大赤包也许被释放出来。她要顶大赤包，不错；可是她总有点怕那个老东西。因为急与怕，她想马上去用毒药谋害了大赤包！

她和东阳商议，怎样去毒死那个老东西。

东阳在这几天，差不多是背生芒刺，坐卧不安。一想到若能把大赤包的地位、收入拿到自己家中来，他的浑身就都立刻发痒；于是，他就拼命去奔走，去写诗，去组织"讨赤团"。这末一项是他独自发动，独自写文章，攻击大赤包，而假造出一些人名，共同声讨，故名曰"团"。他的第一篇文章里有这样的句子："夫大赤包者，绰号也。何必曰赤？红也！红者，共产党也！有血气者，皆曰红者可死，故大赤包必死！"他非常满意这几句文章，因为他知道，在今天，只要一说"红"，日本人就忘了黑白。这比给大赤包造任何别的罪名都狠毒。

可是，一看胖菊子的过度的热烈奔走，他又不大放心。他还没忘记胖菊子是怎么嫁了他的。她要是肯放弃了祁瑞丰，谁敢保她，若有了她自己的地位与收入，不也放弃了他自己呢？他的浑身又痒起来。

在另一方面，他又不肯因噎废食，大睁白眼的看着别人把"所长"搬了去。

还有，招弟曾经找过他，托他营救大赤包。他不能不满口答应帮忙，因为这不单是能接触她的好机会，也是最便宜的机会——他知道招弟是费钱的点心，可是招弟既来央求他，他便可以白揩一点油，用不着请她吃饭、看戏，而可以拉住她的手。为这个，他应当停止在报纸上攻击大赤包，以便多得到和招弟会面的机会。可是，要是一懈劲，停止攻击，他又怕所长的地位被别人抢了去。

这些矛盾在他心中乱碰，使他一天到晚的五脊六兽的不大好过。一会儿，他想到胖菊子已做了所长，心中一热；一会儿，他想到菊子离弃了他，心中又一冷；一会儿，他想到招弟的俊美，浑身都发痒；一会儿，他想到因取悦招弟，而耽误了大事，浑身又都起了鸡皮疙瘩。

可是，这些矛盾与心理上的疢疾，并没使他停止活动。他还作诗写短文攻击大赤包；还接见招弟，并且拉住她的手；还到处去奔走；还鼓励胖菊子去竭力运动。这样，他的矛盾与难过渐渐的变成一种痛苦的享受。他觉得自己能这样一手拉着八匹马，是一种天才。

他赞同菊子的建议，去毒死大赤包。可是，他不知道大赤包被囚在哪里。他把绿脸偎在她的胖脸上，而心中想着招弟，对她说："快快的去打听大赤包的下落，好毒死她！毒死她！"这样说完，他感到他是掌握着生杀之权。于是，把眼珠吊起，许久不放下来，施展自己的威风。

他们俩把什么都计议到，只是没思虑到大赤包为什么下了狱，和胖菊子若是做了所长，是不是也有下狱的危险。他们只在讨论如何攻击大赤包的时候，谈到她的贪污，而彼此看那么一眼，似乎是说："大赤包贪污必定下狱，咱们比她高明，一定没有危险！"

七十

招弟，自从家中被抄，就没再回家。她怕家中再出了什么意外，而碰到像什么把她也绑了走的事。她可是一心一意的要救出妈妈。没有妈妈，她看出来，她便丢失了一切。

在她学戏的时候，她曾经捧过一位由票友而下海的女伶——粉妆楼。她找了这位粉妆楼去，三言两语的就住在了那里。

粉妆楼有许多朋友，一天到晚门庭若市。招弟便和这些人打成一气，托他们营救大赤包。

在旧日的亲友中，她也去找过几位，大家对她可是都很冷淡。有的甚至当面告诉她："我们怕连累，请你不要再来！"

在这些人里，只有蓝东阳没有拒绝她的请求。她知道东阳是至多只给女人买一个凉柿子或几粒花生米的人，所以坐窝坐窝，根本的意思。就不敢希望他能请她吃顿饭或玩一玩。反之，她是来求他，所以她倒须下点资本贿赂他。她的资本便是她的身体；为营救妈妈，没办法，她只好任凭他拉着她的手，或摸摸她的脸。她须忍耐；等到救出妈妈来，她再给东阳一点颜色看看。

至于东阳怎样在报纸上攻击大赤包，招弟并没有看到。她没有看报的习惯。即使偶尔拿起张报纸来，她也只看戏剧新闻、电影消息与恋爱小说，而不看到别的事情。

她渴想看到妈妈，可是无论怎么打听，也不晓得妈妈是在哪里圈着。招弟落了泪。她猜到事情一定是非常严重了。假若妈妈真有个不幸，她想，她自己可怎么办呢？她没有本事，没有存款，没有……不错，她有美丽与青春，不至于没人要她。可是，她的美丽与青春，在这混乱的年月，是为玩一玩的。她不愿老老实实的嫁个人，一天到晚去做饭抱娃娃。即使能嫁个阔人，用不着做饭抱娃娃，她的自由也要打个很大的折扣呀；那不行，她要的是无忧无虑无拘无束、尽情享受，而毫无责任、说干什么就干什么的生活。这样的生活只有妈妈能给她。她真的哭了，想起妈妈的一切好处，也想起妈妈若有危险，她自己可怎样活下去！

在粉妆楼的许多男友中，有一个是给日本人做特务的。他，黄醒，是个漂亮的青年。他的长相好，装束好，老带着手枪。他知道自己体面，所以无论在什么时候，他老把一点不必需的媚笑放在脸上，以便加多他的体面。他知道自己的装束好，所以一天到晚老在扯扯领子，提提裤子，或正正衣襟。在手枪而外，他还老带着一面小镜子，时时的掏出来照照自己的脸，有时候连牙床儿都照到。

跟招弟谈了一会儿，黄醒明白了她的困难。他愿意帮她的忙，而且极有把握；只要她跟他走一趟，去见一个人，大赤包就能马上出狱！

招弟喜出望外的愿意跟他去。

他把招弟带到东城，离城根不远的孤零零的一所房子里。进去，他把她介绍给一个日本人。转眼之间，黄醒不见了，招弟开始怀疑这是怎回事。日本人详细的问了她的履历，她一边回答，一边把大赤包的事提出来。他把她的履历都记录下来，对大赤包的事没说什么。然后，他领她到一间小屋，很小，只有一床一椅。

"这是你的屋子。记清楚，一〇九号。以后，你就是一〇九号，没人再叫你的姓名。"说完，日本人向外面喊了声：

"一〇四号！"

不大的工夫，进来个与招弟年纪相仿佛的女子。极恭敬的向日本人敬礼，而后她笔直的立定。

"告诉她这里的规矩！"日本人走了出去。

招弟的心要跳出来，想赶快逃跑。一〇四号拦住了她："别动！这里，进来的就出不去！"

"怎回事？怎回事？"招弟急切的问。

"待下去自然就明白了，用不着大惊小怪的！"

"放我出去！放我走！我还有要紧的事呢！"

"放了你？这里还没放过一个人！"一〇四号毫不动感情的说。

"我必得出去，得去救我的妈妈！"

"在这里待下去，将来立了功就能救你的妈妈！"一〇四号笑了笑，笑得极短，极冷，极硬。

"真的？"招弟不相信一〇四号的话。

"信不信由你！"一〇四号又那么笑了一下，而后开始告诉招弟此处的规矩。

招弟的心凉了半截。她一向没受过任何拘束，根本不懂得规矩两个字怎么讲。可是，这里一切都有规矩，仿佛要把活人变成机器！她哭了半夜。

好容易才睡着了，可是不久她被铃声吵醒，天还不十分亮呢。一〇四号在门外低声的说："快起，你！迟到一会儿，打个半死！"

招弟颤抖着爬了起来，迷迷糊糊的往外跑。天很冷，冷气猛的打在她的脸上，她似乎才醒利落。马上，泪又迷住她的眼。跑到盥洗处，她只含了口水漱漱嘴，捧了一把水抹抹脸，就赶紧离开，恐怕迟到挨打。手揉着眼，她随着大家——一共有四十多个青年男女——跑进后院的一块空地去集合。

空地的三面是高墙，墙头上密扎铁网；另一面是房子，山墙上有几个方方的洞儿。院子的东墙外，不远，便是城墙；那灰黑的、高大的城墙，不声不响的看着院内。

地是光光的，冰硬的，灰黄的。城墙是灰黑的，坚硬的，光光的。天是灰碌碌的，阴寒的，光光的。招弟由地看到城墙，再看到天，做梦她也没梦过这么可怕的地方。一切是灰的、冷的、静的、光光的，她不敢再看。即使不看，她还觉得到那冷气和灰暗，像要把她冻僵，凝结在灰暗里。她想抓住谁的胳臂，好使自己立稳。她浑身都发颤，能听到自己的牙响。

男的在前，女的在后，大家站成一排，面对着有方孔的山墙。由一○五号到一○九号立在最后，大概都是新进来的，神情上都显出特别的不自然与不安。

大家站好了一会了，四位教官，三个日本人，一个中国人，才全副武装的、极庄严的由前院走来。队长喊了敬礼。三个日本教官还礼，眼珠由排头看到排尾，全身都往外漾溢杀气、严肃与得意。

中国教官向日本人们敬过礼，而后大转大抹的，像个木头人似的，转向了队伍，把鞋跟磕得像小爆竹那么响。他开始训话。说了几句关于全体学员的话，他叫新来的几个号数："向前五步——走！"

招弟看了看左右的同伴，而后随着他们向前走。

中国教官嗽了一声，相当亲热的说："你们已经知道了这里的规矩，不必我再重复。现在是你们最后的机会，来决定你们到底愿意在这里不愿意。有不愿意的，请再向前走五步！"

没有人敢动。后面的老学员们似乎已都停止了呼吸。招弟想往前走，可是她的脚已不会迈动。她向左右看，左右的人也正看她。

"没有？"教官催问了一声。

在招弟左边的一个小姑娘，看样子不过十六七岁，扁扁的脸，红红的腮，身体不高，而颇粗壮，模样不俊，而颇浑厚可爱，猛的向前走去。

"好！"教官笑了笑，"还有没有？"

招弟要迈步，可是被身旁的一个女的拉住。她晃了晃，又立定。

"好，你过来！"教官向扁脸红腮的小姑娘说。她迟疑了一下，而后很勇敢的往前走；口中冒着些白气。

"这边！"教官把她领到房子的山墙下，叫她背倚着墙上的一个小方洞。这时候，太阳上来了，把灰碌碌的天空忽然照红，多半个天全是灰红的，像淤住了血。城墙更黑了，而院中的墙与人都更清楚了点儿。扁脸姑娘的身上都发了红，口中的白气更白了。一个日本教官跳起来，手一扬，喊了声："好的！"屋里边开了枪，小姑娘，口中还冒着点白气，像块木板似的，往前栽倒。天上更红了，地上流着血。

"归队！"中国教官向招弟们说。

招弟不晓得怎么退回去的。她的眼前已没有了别的东西与颜色，只有一片红光由地上通到天空，红光里有些金星在飞动。

"向左转！跑步！"教官发了命令。

招弟跑不动。可是，有那具死尸躺在那里，她不敢不跑。每逢跑到死尸附近，她就想闭上眼。可是，不知怎么的，她偏偏看见了它，与地上的血。她透不过气来，又不敢站住。她张着口，双手捧着小肚子，肠子仿佛要扯断了似的。忍着疼，她东一脚西一脚的乱晃，仿佛是个醉鬼。不久，她的眼前遮上了一块红幕，与红的天、红的血联接到一处。她忘了自己，忘了一切，只觉得天地，红的天地，在旋舞转动。

她不晓得什么时候，和怎么进到屋中。睁开眼，她是在床上躺着呢，已经正午。

她没再落泪。不敢想什么。她惜命，决定不去靠一靠墙上的方洞儿。

青春是铁，环境是火炉。过了一个月，她又"活"了。她不再怕血与死，她的心已变成了石头的。她忘了以前小姐的生活，不再往手指甲上涂上蔻丹，而变成了个新的招弟。这个新招弟，她自己盘算，将要比她的妈妈更厉害，更毒辣。以前，她只知道利用花般的容貌，去浪漫，去冒险；现在，她将把花容月貌加上一颗铁石的心，变成比妈妈还伟大许多的女光棍。不错，她的妈妈是还在狱里，可是她不能不感谢日本人给了她个机会，使她有了前途。她想：只要她立点功，她一定能把妈妈救出来。等妈妈恢复了自由，她们俩并肩立在一处，必能教全北平城都发抖！

春天过去了，招弟受完了训。

她希望得一支手枪。没有得到。

她希望得到一些足以使她兴奋的工作。可是她被派到火车站上，查看来往的旅客。她得到一本子照片，须一一的记住在心里，而后在车站上看有没有与像片相符的人。这点事不易做，而且毫无趣味。她须时刻的留着神，而不见得能发现一个"奸细"。她须每天改变她的化装，今天扮作乡下丫头，明天变作中年的妇人；可是老不能擦胭脂抹粉的扮成摩登小姐。她不高兴这个差遣，更不喜欢她的化装。可是，命令是命令，无法反抗。她知道反抗命令的结果是什么，她还没忘了那个扁脸的女郎。她渴望再穿上漂亮的衣服与高跟鞋，像好莱坞影片中的女间谍，来往在华丽的大旅馆与阔人之间。可是，她必须去做乡下丫头！

她渴想去看看父亲，不为别的，只为教他知道她已变成个有本事的人。可是，命令禁止她回家，禁止她与家里的人来往。

她切盼能见到妈妈。她以为自己既做了日本人的特务，就一定有会到妈妈的机会与权益。可是，她依旧打听不到妈妈在何处。

头一天到前门车站去值班，她感到高兴。她又有了自由，又看见春暖花开的北平。及至走到了车站，她又有些害怕。不错，她是特务，有捉拿人的权柄。可是，捉拿人是不是也有危险呢？是的，她的身上有个证章；可是，它并没显露在外面，而是藏在衣裳里边；她露不出自己的威风，而只缩头缩脑的站在那里，像个乡下来的傻丫头。她感到寂寞、无聊与寒伧。

过了一会儿，她拾起一张报纸。头一眼，她看见了妈妈的像片！大赤包已死在狱中！像片的上下左右都说明着她的贪污、罪状，与如何在狱里发狂！

看完，她的泪整串的落下来。她白受了苦。白当了特务，永远不能再看见妈妈！

隔着泪，她看见车站上来来往往的人；那么多人，可是她只剩了自己。她已没有了那爱她的、供给她一切的妈妈！

愣了半天之后，第一个来到她心中的念头是——逃走！做了特务既没能救出妈妈来，还有什么意义呢？日本人是骗了她的妈妈，骗了她自己；她应当逃走，不再给骗她的人做爪牙！

可是，她知道自己逃不了。看着车站上来往的人，以及脚行、巡警、车站上的职员，她不知道他们之中有多少是特务，哪几个是特务。她可是准知道其中必有特务，而且不止一个。他们之中，也许有专负责监视着她的。她又看见了那个扁脸的女郎，在方洞儿前面一声没出的就栽倒在地，流尽了鲜血！

她抬头看见了城墙的垛口，觉得那些豁口儿正像些巨大的眼睛，只要她一动，就会有一粒枪弹穿入她的胸口！她颤抖了一下。她忘了做特务的兴奋与威风，而只感到多少只枪在她背后！

"好吧，"过了好大半天，她告诉自己，"混下去吧！顶毒辣的混下去吧！能杀谁就杀谁，能陷害谁就陷害谁！杀害谁也是解恨的事！"

她丢失了家，丢失了妈妈，丢失了自由，只剩下了杀，害，恨！她并不想去杀害日本人，因为日本人的枪多，眼目多，手快！

同时，高第天天出去找事，但是找不到。北平已经半死，凡是中国人的生意，都和祁天佑的布铺差不多，开着门而没有买卖；因此，到处裁人，哪儿也不肯多添吃饭的。大一点的生意，即使是饭馆子，已都不能不接受日本人的"股子"，和日本人合作。高第不高兴到这种"合作"的地方去做事，即使她能得到机会。至于官方的机关，那就更不用说，通通被日本人一手拿住，不走日本人的或汉奸的门路，不用打算得到个地位。这样，北平的躯壳虽然仍是高大宽厚的城墙，与那曾经住过多少位皇帝的亭园殿宇，可是它的心肺已完全是日本人；凡想呼吸一点空气的，得到一点血液的，都必须到日本人那里摇尾乞怜。高第不肯这么做。她亲眼看见她的母亲做了些什么，和怎样被抄家。

即使她肯去卖苦力挣饭吃，她的机会也还是不多。在太平年月，一个女人给铺户里的人们洗洗缝缝的，也能吃上三顿饭。现在铺户的人已裁减去一大半，她抢不到活计。在人家里，只有"红"汉奸才用得起仆人，高第既不愿做女仆，更不高兴做奴隶的奴隶。

她后悔以前没能够学得挣饭吃的本事，可是后悔已迟。她的确有些勇气，可是没有任何资格与资本。假若她能逃出北平，她必能找到做事的机会，一边做事，一边学习，慢慢的她必能得到点知识与技巧。可是，她要清白的在北平挣饭吃，她是走入了一条死巷子！

她忙：她须作饭，洗衣服，买东西，和到处去找事。她急：她憋着一口气，非要教爸爸看看不可，不作汉奸也还能活动。但是，她找不到事，而且手中眼看着就没了钱。她慌：她本不会作饭，洗衣服；现在，初学乍练，越要讨好，越容易把饭煮糊，把衣服洗得像狗舐的。她气：晓荷不帮忙，也不给她一点鼓励。他认为高第是没认清大势所趋，而只从枝节问题下手，显然是自讨无趣。虽然没有明说，他的神气却表示出来："在东洋人脚下，可想不吃日本饭，道地的糊涂蛋！"因此，他想看高第的笑话。无论她怎忙，他依然横草不动，竖草不拿。到了高第发脾气的时候，他会冷隽的说："要我调动十桌八桌酒席吗，嗯，我含糊不了！教我刷家伙洗碗哪，对不起，自幼儿没学过！"

许多天，他还没打听到大赤包与招弟的下落，他爽性不再去白跑腿。遇到丁约翰回来，他能跟他穷嚼①几个钟头。他详细的问英国府的一切，而后表示出惊异与羡慕，"嗯！嗯！"他眯着眼有滋有味的赞叹："这玩艺儿，是得托生个外国人！这个天下是洋人的！"

丁约翰，现在，已不大看得起晓荷，本不大愿招呼他。可是，晓荷既对

————————————
① 穷嚼：形容人爱说话，没话找话，没完没了。

英国府称赞不止，他觉得若冷淡了晓荷便几乎等于不忠于英国府，所以便降格相从的和他一扯就是几个钟头。

除了丁约翰，瑞丰是他的密友。两个人都不走时运，所以自然的同病相怜。一谈起他们的怀才不遇，他们便感到一种辛酸的甜美与苦痛的伟大。瑞丰总是说他的特务朋友。谈起他们，他就觉得自己有希望，有作为，而提出这样的结论："冠大哥，你等着看，我非来个特务长做做不可！"

"是的！是的！"晓荷把眼眯成两道细缝，"那才是发财的事！是的！"

两个人的口袋里，有时候，连一个铜板也没有，可是他们的没出息的幻想使他们越谈越高兴。他们的肚子没有好的吃食，说到口干舌燥的时候又只好喝口凉茶或冷水，所以说着说着，他们的脸上往往发绿，头上出了盗汗，甚至于一阵恶心，吐出些酸水来。可是，他们还不住口，必须谈下去；在谈话中他们看见了一些虚渺的希望与幸福。

假若是刚吃过饭后，瑞丰必张罗着帮忙，替高第刷洗刷洗家伙，以便得到她的欢心。虽然高第并没给他点好颜色看，他可是觉得很开心，并且时常暗示给她："别发愁，大小姐！多咱我有了好事，大家就都跟着好起来！咱们是知己的朋友啊！"

在实在没有什么可谈的时候，他们俩会运用他们所知道的一点相术，彼此相面看气色。"瑞丰！"晓荷用食指或无名指在瑞丰脸上轻轻划动，"别看你的脸发干，颜色可是很正，很正！你的眼运鼻运都好！"然后，瑞丰也拣着好听的夸赞晓荷一番；彼此的心中都宽了好多，都相信自己至少也是什么星宿下界！

已到春天，高第还没找到事。她，因心中发慌，开始觉得这是大赤包为非作恶的报应，不单她自己下了狱，而且她的女儿也得饿死！她的，和晓荷的冬衣，刚一脱下来，便卖了出去。她不能不和父亲商议一下了："我尽到我的力量，可是没有用；怎么办呢？"

晓荷的答话倒很现成："我看哪，只有出嫁是个好办法！嫁个有钱的人，你我就都有了饭吃！"真的，这是他由一部历史提出的一个最妥当的结论：幼年吃父母；壮年，假若能做了官，吃老百姓；老年吃儿女。高第是他的女儿，她应当为养活着他而卖了自己的肉体。

"没有别的办法？"高第又问了一声。

"没有！"

高第偷偷的找了瑞宣去，详详细细的把一切告诉了他，并且向他要主意。

"恐怕你得走吧？此地已经死了，在死地方找不到生活！"瑞宣告诉她。

"怎么走呢？"

"当然有困难！第一是路费，第二是办出境的手续，第三是吃苦冒险。不过，走总比蹲在这里有希望！"

"爸爸呢？"

"也许我太不客气，他值不得一管！这，你比我知道的更清楚一点！"

高第点了点头。

瑞宣，仿佛是由骨头上刮下二十块钱来，给了她："这太少点！可是至少能教你出了北平城；走出去再说吧！"

拿着二十块钱和一个很小的包裹，她没敢向父亲告别，也没敢去办离境的手续，便上了前门车站。她打听明白：若是去办离境手续，她必须说明到哪里去，去多少日子；假若到期不回来，日本人会向她家中要人；所以她宁可冒点险，而不愿给别人找麻烦。再说，她根本不知道她自己到哪里去。她大致的想了想，以为自己须先到天津，走一站说一站；就凭那二十块钱，是不会给她个详细的旅行计划的。她很坚决。她总以为她是在妈妈的黑影下面，所以必须离开北平，躲开那个黑影。

上了到前门去的电车，她的心跳得极快。低着头，紧握着那个小包，她觉得多少只眼都盯着她呢！过了几站，人们上来下去，似乎并没有注意她。她这才敢抬一抬眼皮。可是，正看见一个巡警与两个日本人上车。她的心又跳起来。她以为他们必定是来捉她的。不久，他们都下了车。她咽了一口唾沫，松了口气。她想起桐芳来。闭着口，在喉中叫："桐芳！桐芳！早知道，咱们俩要是一块逃出去，多么好！请你保佑我！教我能平安的出去！"

这是北平的一个和暖的春天，高第可没感到温暖。没了家，没了一切，她现在是独自走向不可知的地方去！看见了前门，她的心中更慌了。高大的前门，在她心中，就好像是阴阳分界的标记。下了车，她慢慢的往车站上走，她的腿似如已完全没有了力气。

开往天津的快车还有二十多分钟才开车。她低着头，立在相当长的一队旅客的后边。她的脊背上时时爬动着一股凉气，手心上出了凉汗。她不敢想别的，只盼身后赶快来人，好把她挤在中间，有点掩饰。

正在这么半清醒、半迷糊的当儿，有人轻轻的拍了拍她的肩。她本能的要跑。可是，她的腿并没动。她只想起两个字来："完啦！"

"姐！"招弟声音极低的叫了一声。

高第全身都软了，泪忽然的落下来。好几个月了，她已没听见过这个亲密的字——姐！尽管她平日跟招弟并没有极厚的感情，可是骨肉到底是骨肉。这一声"姐"，把她几个月来的坚决与挣扎仿佛都叫散了！

没敢看招弟，她只任凭招弟拉着她的手，往人少的地方走。她忘了桐芳，忘了一切，像个迷了路的小娃娃似的，紧紧的握着妹妹的手，那小的、热乎乎的手。

出了车站，在一排洋车的后边，姐妹打了对脸。姐姐变了样子，妹妹也变了样子，彼此呆呆的看着。

对看了许久，招弟低声的问："姐，你上哪儿？"

高第没哼声。

"爸呢？"

高第不知怎么回答好。

"说话呀，姐！"

高第又愣了一会儿，才问出来："妈呢？"

招弟低下头去。"你还不知道？"

"不知道！"

"完啦！"招弟猛的抬起头来，眼盯着姐姐。

"完啦？"高第低下头去。她的手轻颤起来。

"告诉我，你上哪儿去？"

"上天津！"

"干吗？"

"找到了事！"高第握紧了小包，为是掩饰手颤。

"什么事？"

"你不用管！我得赶快买票去！"

"不告诉我，你走不了！我是管这个的！"

"什吗？"

"我管这个！"

"你？"高第的腿也颤起来，"妈妈怎么死的？现在，你又……难道你一点好歹也不懂？"

"我没办法！"招弟惨笑了一下，而后把语气改硬，"你好好的回家！我要是放了你，我就得受罚！"

"我是你的姐姐！"

"那也是一样！即使我放了你，别人也不会愣着不动手！走，回家！"招弟掏出一点钱来，塞在姐姐的手中，而后扯着姐姐往洋车前面走，"雇洋车，还是坐电车？"

高第回不出话来。她的手脚都不再颤，她的脸红起来，翻来覆去的，她的脑中只折腾着这一句话："报应！报应！拦阻你走的是你的亲妹妹！"

"姐，好好的回家！"招弟一边走一边说，"你敢再想跑，我可就不再客气！再说，这个车站是天罗地网，没有证据，谁也出不去！"她给高第叫了一部洋车。

高第已往车上迈腿，招弟又拉住她，向她耳语："你等着，我会给你找事做！"

高第瞪着妹妹，字从牙齿间挤出来："我？我饿死也不吃你的饭！"她把手中的一点钱扔给了妹妹。

"好，再见！"招弟笑了一下。

七十一

进了前门不远，高第停住了车，抱歉的对车夫说："对不住，我不坐了！"给了车夫几个钱，她向西走去。她不知向哪里走呢，也不知要向哪里走；她只知道须走一走，好散散胸中的怒气。

迷迷糊糊的走了半天，她才知道她是顺着顺城街往西走呢。又走了一会儿，她看见路北的一座小庙，她不由的立住了。庙门，已经年久失修，开着一扇，她走了进去。她不一定要拜佛烧香，而只觉得这是个可以静静的坐一会儿，想一想前前后后的好地方。山门里一个人也没有。三面的佛殿都和庙门一样的寒，可是到处都很干净。这，使她心里舒服了一点。正在这么东张西望的时节，由西殿里出来一个人，钱默吟先生。他穿着一件旧棉道袍，短撅撅的只达到膝部。手中，他提着一个大粗布口袋，上面写着很大很黑的"敬惜字纸"。

高第说不上来话，而一直的扑奔过去，又要笑，又要哭，像无意中遇到多年未见的亲人似的。

老人的脸很黑很瘦，头发已花白。看见高第，他愣住了。眨了眨眼，他想了起来，极温柔的笑了笑。"高第！"紧跟着，他停止了笑，几乎有点不安的问，"你怎么知道我在这里？谁告诉你的？"

高第也笑了："没人告诉我，我误投误撞的走了进来。"

老人仿佛是放了心，低声的说："别对任何人说，我在这里。这里也不是我的住处。不过有时候来，来……"老人又笑了一下，"告诉我，你干什么呢？"老人一边说，一边往正殿那边走。高第在后边跟着。他们都坐在石阶上。

高第的话开了闸，把过去几个月的遭遇都倾倒出来。老人一声不响的听着。最后，高第又提出"报应"作为结论。

老人听完，愣了一会儿，才说："没有报应，高第！事在人为，不要信报应！"

"我怎么办呢？"

"等我想一想看！"老人闭上了眼。

高第似乎等不及了，紧跟着问："招弟要是也教我当特务去，我怎么办？"

"我正想这个问题！你有胆子去没有？"老人睁开眼，注视着她。

"我，有胆子也不能去，我不能给……"

"你只想了一面，没看另一面。假若你有胆子进去，把你的一切都时时的告诉我，不是极有用吗？"

"那么，我得等着她，她教我进去，我就进去？"

"一点不错！可是，"老人的眼还注视着高第的脸，"可是被他们知道了，你马上没了命，所以我问你有胆子没有！"

高第迟疑了一下："钱伯伯，你不能给我点事做？我愿意跟着您。"

"哼，我一时还不敢用小姐们！你看，日本人喜欢造就女间谍，一来是因为他们看不起女人，以为女人们胆子小，容易管束；二来是因为中国人对女的客气，女间谍容易混进内地去。至于他们自己，可不大容易受女子的骗，他们到处都给军官们、兵们，安置好妓女，伺候着他们；咱们的女间谍即使肯牺牲色相，也无从接近他们。因此，我只在万不得已的时候，男人活动不开的时候，才求女人帮帮忙。你到底敢去不敢，假若招弟找了你来？"

"我去！可是她要不找我来呢？"

"等着她！同时，我有用着你的地方，必通知你！"

"可是，我没有收入，怎么活着呢？"

"嗯，慢慢的想办法！先别愁，别急，一个人还不那么容易饿死！"

"我相信你的话，钱伯伯！回到家里，我把招弟的事告诉爸爸不告诉呢？"

"告诉他！一告诉他，他必马上找招弟去，必定到处去吹嘘他的女儿当了特务。这么一来，招弟必吃亏，而无从红起来。她红不起来，咱们就减少了一个祸害星！"

"可是她要是红不起来，也许她就不来找我，教我也去当……"

"人是活的，高第！要见机而作，不能先给自己画好了白线，顺着它走！"老人立了起来，"还有，随时跟瑞宣商议，他没胆子，可有个细心！"

高第也立起来："钱伯伯，我以后上哪儿找你去呢？"

"这里，我要不在这里，告诉后院的明月和尚，他是咱们的人。见到他，先要说'敬惜字纸'①，要不然他不相信你！"

高第随着老人，慢慢的往庙外走，看着老人手中的口袋，她好奇的问出来："钱伯伯，口袋里有什么？"

老人立住，看着她，笑了笑，没说什么。快到庙门口，老人教高第先出去："高第，记住了！别对任何人说我的事！好好的回家，等着招弟，或我的消息。别着急，发愁！见机而作！你是个好孩子，我早就知道！走吧！"

高第先独自走出来。她不敢回头再看一看，知道老人不愿和她一同出来必有用意，她不便再东瞧西望的，惹老人不高兴。可是，老人的黑瘦的脸与温和的笑容，还都非常清晰的在她心中。那个形影，像发着光与热力，使她看见春天，全身都温暖起来。那个形影，像个最美丽的菩萨似的，教她感到安全，给了她无限的希望。她想到，即使马上再遇到招弟，马上去当特务，她也会连眼也不眨一下，便去冒险、牺牲；有钱先生的话在她心中，即使她马上掉了脑袋，也是舒服的！

最使她高兴的是钱先生说没有报应。这几个字揭去了她心上的一片黑云。她是她，大赤包是大赤包，她并不须替妈妈负责，承受惩罚。只要她大起胆来，敢去作钱先生教她做的事，她便能对得起自己的良心，也对得起一切的人。想

———————————
① 敬惜字纸：以前寺庙里都有"敬惜字纸"的篓子，叫人爱惜物品，不要任意糟蹋东西。这里指与人接头的暗号。

明白了这一点，她的全身都感到轻松，腿上有了力气。她一气走回家来。

冠晓荷和祁瑞丰正在屋中闲扯淡。一看见他们俩，高第马上皱上了眉。刚才，在小庙里，她见到一位活的菩萨；现在她看见一对小鬼。他们俩，这一对活鬼，特别的丑恶、讨厌，因为她刚刚看见了那慈祥的、勇敢的、有智慧的菩萨。她下了决心，不再对他们客气、敷衍。瞪了他们一眼，像凭空响了一声雷似的，告诉他们："妈妈死啦！"

晓荷不相信自己的耳朵："什吗！"

"妈妈死啦！"高第还瞪他们。

晓荷用手捂上了眼。瑞丰看了看他们父女，张着嘴，说不出话来。他居然动了心，倒仿佛大赤包是万万死不得的。

"大哥！大哥！"瑞丰含着泪劝慰，"别太伤心！别……"他的话噎在了喉中，眼泪流了下来。

晓荷把手放下来："我并没哭！哭不得！现在哭不得！想想看，自从她下狱，街坊四邻就都对我翻白眼；他们要是知道了冠所长死了，不就更小看我，说不定还许啐我两口吗？我不哭，我伤心我知道，可是不能教街坊们听见、得意！"

"大哥！"瑞丰急忙把落错了的泪擦去，而改为含笑，"大哥，你见得对，高明！"

晓荷长叹了一声，凄婉的问高第："你怎么知道的呢？"

"招弟告诉我的！"

两个人一齐跳起来，一齐问："招弟？招弟？"

高第真想扯他们一顿嘴巴子，但是她必须按照钱先生的嘱咐行事，她纳住了气："她当了特务！"

"真的？"瑞丰狂喜的说："喝！谢天谢地！二小姐是真有两下子，真有两下子，我佩服，五体投地的佩服！"

"高第！"晓荷高声的叫，"我们可以放声的哭了！教街坊们听一听！

哼，我死了做所长的太太，可又有了做特务的女儿！他们敢再向我翻白眼，我教招弟马上抓他们下狱！来，我们哭！"说罢，他高声的哭叫起来。

高第气得又颤抖起来，独自坐在外间屋里。瑞丰不好意思也放声哭大赤包，只好落着泪用手轻轻捶晓荷的背，一边捶一边劝慰："大哥！大哥！少恼吧！按说，二小姐既做了特务，我们应当庆贺一番；这么哭天恸地的，万一冲了喜反倒不美！"

晓荷好容易才止住悲声，大口的啐着粘水，而后告诉高第："找点黑布，咱们得给她挂孝！"

高第没有动，依然坐在那里生气。晓荷自己在屋中搜寻了一回，找不到任何布条。这使他有点挂气："混得连块黑布也没有了！他妈的！"

"别忙呀，二小姐一立了功，大捧的钞票不是又塞鼓了你的口袋？"瑞丰眉飞色舞的说。

晓荷走到外间屋来，问高第："你在哪里看见她的？"

"前门车站！"

"前门车站！"瑞丰也跟出来，点头赞叹。

"她穿着什么？"

"像个乡下丫头。"

"化装！化装！"瑞丰给下了注解。

"瑞丰，"晓荷拉住瑞丰的胳臂，"走，跟我找她去！"

"走！见着二小姐，咱们先要过点钱来，痛痛快快的喝两杯，庆贺她的成功！有这么一说没有？"瑞丰不愿白跑一趟，所以先用话扣住晓荷。

"有这么一说，走！"

到了车站，二人扑了个空。招弟已离开了那里。

"大哥，交给我好啦，我去打听她在哪里。我有特务上的朋友，一定能打听得到！你先回家，咱们家里见！"瑞丰横打鼻梁的说。

"好，就那么办！我再在这儿等一会儿，家里见！"

在车站上又等了一个多钟头，晓荷还是没遇见招弟。他回了家。

一进小羊圈，迎头他碰见了李四爷。他赶紧纵上鼻，湿着眼，报告大赤包"过去了"。而后，他起誓，必须找到她的尸身，给她个全份执事、六十四人杠的发送："好啦，四爷，听我的招呼，领杠是你的事！这一定能做到，你看，招弟又在日本人手下成了个人物！"

李四爷只随便的哼了两声，便搭讪着走开。

走到大槐树下面，晓荷又遇了孙七，他扬眉吐气的告诉孙七："来，给我刮刮脸！你的别的手艺不行，刮脸总可以对付了！"

孙七毫不客气的说："忙，没有工夫！"

"喝，好大的架子！"晓荷撇着嘴说，"赶早儿别跟我这么劲儿味儿的[①]！告诉你，招弟，二小姐，做了特务！"

孙七没再出声，眨巴着近视眼走开。

晓荷多走出几步路，去访问白巡长，告诉他："里长还得由我担任哟！招弟，我们的二小姐，现在做了官，比你的官职还大那么一点！"

在过去的几个月里，因为高第的关系，大家似乎已忘了晓荷的讨厌与可恶。大家，一方面看在高第的面上，一方面看晓荷缺衣缺食的，都不便死打落水狗。这点成绩，一天的工夫被晓荷破坏无遗。

第二天，冠家门上的封条被扯掉，搬来七八口子日本人。全胡同的人都把头低下去。这么小的一条胡同，倒有两个院子被日本人占据住，大家感到精神上的负担实在太重。因为讨厌日本人，他们也就更恨冠晓荷：假若，他们想，不是冠晓荷出卖了钱先生，假若大赤包没有做出抄家的事情来，日本人怎会想起这条不起眼的小胡同呢？

晓荷可是另有一个看法，他对邻居们解释："咱们必要看清楚，东洋人跟咱们是一家人。那是我的房子，我能不心疼吗？当然心疼！可是，话得从两面说，招弟现在做着他们的事，而他们又住着我的房子，这不是越来越亲热、

————————
① 劲儿味儿的：故意作态，端起架子。

越有交情吗？一定！"

除了这样声明，他还每见到新搬来的日本男女，都深深的鞠躬，赶上去搭讪着说几句话，并且报告一点房子的历史："这所房子是我——等我想一想啊——前六年翻修过的，砖瓦木料全骨力硬棒！下多大的雨，绝对绝对不漏！就是呀，夏天稍微热一点，必须吗，请记住，搭个凉棚！搭上棚，地上再洒点水，我告诉您，就甭提多么舒服啦！"

瑞丰跑了一天，没打听到招弟的下落。他非常的着急。见到晓荷，他保证第二天再去打听，必定能打听出她的下落。晓荷拿出老太爷的劲儿来："好啦，瑞丰，你就多偏劳吧！你去跑跑，就省得我奔驰了！"在他想：招弟反正是他的女儿，早找到一天呢更好，迟两天呢也没多大关系；她还不会因为延迟两天而另找个爸爸。他沉住了气，感到万分的得意，好像女儿被选作皇后，而自己可以不费任何事的做了宰相。他不愿再去跑腿，而要静候圣旨来到。他得意，越细咂摸，他越相信自己以前的所作所为都完全顺情合理，所以老天有眼，才使他绝处逢生，生生不已！

瑞丰可是比晓荷还更急切。他有他的盘算：假若他能找到招弟，说不定她也能把他介绍进去，他确信做特务是发财的最好的捷径。即使他进不去，那么，凭他为冠家奔走的功劳，大概也可受之无愧的白吃白喝冠家一些日子；他是冠家的"患难朋友"啊！

招弟很得意。能毫不留情的截阻回姐姐，她相信了自己的本领。她决定要在车站上做出几件出手的事来，以便快快的高升一步，好能穿上漂亮的衣服，抹上口红，把浪漫与杀人联系到一处。随着这个决定，她在两个星期里拿了八个青年。在这几个人中，只有一个确有间谍的嫌疑，其余的都是老实规矩的旅客。她不管什么间谍，还是旅客，她只求立功。她知道，日本人并不因为她错拿了人而见怪她，因为他们喜欢多有些青年来尝试他们的毒刑与残暴。

她的眼还是那么美，可是增加了一点光儿，一种浮动的、厉害的光儿。带着这点光儿去看人，她好像看见谁都要马上爱上他；同时，又好似并没十分看清楚他，即使他马上掉了脑袋，她也毫不关心。这点光儿像是一片蛛网，要捉住一切蜂蝶，而后把它们杀掉！

她的笑已失去从前的天真，而变成忽发忽止的一点"作派"。她忽然的笑了，从唇上，脸上，以及身上，发出一股春风，使人心荡漾；忽然的，她停止了笑，全身像电流忽然停顿，使人们失去灯光，而看到黑暗与恐怖。

她的身体虽然还是那么小，而失去了以前的玲珑。她还时时刻刻的意识到自己的美丽，即使在扮作乡下丫头的时候，也还一会儿看看自己的脚，一会儿用手掌轻轻拍一拍头发。可是，有时候她似乎忘了自己的娇美，而把腿伸出去老远，或忘了系一两个钮扣，好像要把肉体施舍给全世界似的。

在捉过八个人以后，她已获得日本人的欢心。她觉得自己的确有本领，有胆气，真不愧为大赤包的女儿！

过了几天，她那个受训的地方开庆祝成立三周年纪念会。招弟得到个好机会。在游艺会上，她扮唱了前次未能唱成，而且惹起祸来的《红鸾禧》。她的嗓子并不比以前好，可是作派十分的老到。她已不怯场，而且深知道必须捉到这个机会，出一出风头。她把那浮动的眼光由心里加劲的提出来，扫射着台下的日本人。她把已不甚玲珑的肢体调动得极肉感、丑恶。她没按着规矩去做戏，而是尽量施展肉感。台下的日本人都发了狂。

这一场戏，使她压倒了一切的女同事。她希望不久便可以得到好的遣派，能穿上好衣服与高跟鞋。她希望一〇九号不久便变成日本人心中的一个有强烈色彩的数字。

可是她的住处被瑞丰设尽了方法打听到。瑞丰和晓荷像一对探险家似的，兴高采烈的来到东城根。门儿关得严严的，他们俩不敢去叫门，而恭恭敬敬的立候招弟出来。守门的在门内，早已由门缝看清楚他们。他们等了有二十多分钟，没有一个人出来。晓荷决定去叫门。他以为自己既是招弟的父亲，他必能受一番招待，不管招弟现在在这里与否。他还没把手放在门上，门开了一点。守门的，一个中国青年，低声的问："干什么？"

"找小女招弟！"晓荷装出极文雅的样子说。

"赶紧走！别惹麻烦！"守门的青年说，"我看你岁数不小了，不便去报告；你知道，在这里东张西望都有罪过！"

"行个方便，给我通报一声；冠招弟，她是我的女儿，我来看看她！"

守门的青年急了，"我是好意，告诉你赶紧走开？你要不信，我就进去报告，起码他们圈禁你半年！谁告诉你的，她在这里！"

晓荷赶紧指了指瑞丰："他！"

"走！走！"青年急切的说。

晓荷和瑞丰不肯走，他们既找对了地方，怎能不见到招弟就轻易的走开呢！？

正在这个时候由里面出来一个日本人。晓荷急忙调动两脚，要给日本人行九十度的鞠躬礼，守门的青年已经把手枪掏出来："别动！"

瑞丰要跑，青年又喊了声："别动！"

日本人一点头，青年用枪比着他们俩，教他们进去。晓荷在迈步之前，到底给日本人鞠了一个深躬。瑞丰的小干脸上已吓得没了血色。

到了里边，日本人问了守门的青年几句话，一转眼珠，马上看到一个极大的阴谋。他是征服者，征服者的神经不安使他见神见鬼。他首先追究，他们怎么知道招弟在这里。晓荷把这个完全推到瑞丰的身上。瑞丰很想掩护告诉他招弟的地址的那位特务，可是两个嘴巴打在他的干脸上，他吐了实话。日本人听到瑞丰的话，马上推想到："中国的特务已经不十分可靠，应当马上大检举，否则日本特务机关将要崩溃！"

瑞丰怕再挨打，不等问便连忙把他平日所认识的特务都说了出来。日本人的心中看见了：里应外合，中国的地下工作者与在日本特务机关做事的中国人，将要有个极大的暴动！

他追问瑞丰为什么交结特务？瑞丰回答："我愿意当特务！"这是个很好的回答，可是并没有能减少日本人的疑心。

为报复晓荷把狗屎堆在他的身上，教他挨了嘴巴，他告诉日本人："是他先知道招弟做了特务，所以我才去打听她的下落。"

日本人问晓荷怎么知道招弟做了特务，晓荷决定不等掌嘴，马上把高第攀扯出来。

日本人忙起来，把晓荷与瑞丰囚起之后，马上把瑞丰提到的那些特务，一齐圈入暗室，听候审讯。

七十二

到晚间十点钟了，晓荷还没有回来，高第心中打开了鼓。最初，她感到欢喜，假若晓荷和瑞丰都被日本人扣下，招弟也就得受惩戒。那么，钱先生的妙计岂不是成了功？可是再一想，假若他们真被扣下，日本人也一定不会轻易放过祁家和她自己；她有点发慌。她决定先去警告祁家一下。

韵梅也正在等着瑞丰。

高第把来意说明，韵梅把瑞宣叫了起来。瑞宣听罢高第的话，马上去把祖父与母亲都叫了起来；他知道，假使日本人真来调查，他们必分别的审问祁家的每一个人，大家的话若是说得不一致，就必有危险。

高第把话又说了一遍，祁老人与天佑太太都一声没出。

瑞宣首先提议："我们就是受刑，也不能说出钱先生来！是不是？"

祁老人点了点头。

"日本人问到老二，我们怎么回答呢？"瑞宣问。

"实话实说！"天佑太太低声而坚决的说。

"对！实话实说！"祁老人的小眼睛盯住了自己的磕膝说。"他的年纪，他的为人，他的履历，跟他愿意去当特务，都照实的说，不必造假！我们说实话，信不信全在日本人！杀剐存留，任凭他们，反正我们说的是真话！"老人把头抬起来，小眼睛看着大家，"实话，还要硬说！我活了快八十岁了，永远屈己下人，先磕头，后张嘴；现在，我明白了，磕头说好话并不见得准有好处！硬着点！"说完，老人的手可是颤起来。

"我呢？大哥！也实话实说？"高第问瑞宣。

"除了遇见钱先生的那一点，都有什么说什么！他会教招弟跟你对证！"瑞宣告诉她。

"那么，我大概得下狱！"

"怎么？"韵梅问了一声。

"我为什么要离开北平？我不能自圆其说！"

"还是实话实说！"祁老人像发了怒，声音相当的大，"咱们的命都在人家手里攥着呢，干吗再多饶一面，说假话呢！"

高第沉默了半天，才说："好吧，我等着他们就是了！"

瑞宣把她送回去。他还要嘱咐她许多话，可是一句也没说出来。

一夜，祁家的人谁也没睡好。不错，几年的苦难把他们都熬炼得坚硬了一些，可是他们到底是北平人，没法子不顾虑、恐慌。

果然不出高第所料，约摸着大概刚刚五点钟吧，小羊圈来了一卡车日本人。胡同口，大槐树下，都设了临时的岗位，倒仿佛胡同里有一连游击队似的。

三个进了六号，五个进了祁家。

祁老人有了双重的准备——几年的折磨与昨晚的会商——决定硬碰硬的对付日本人。他的眼直看着他们，语声相当的高，表示出他已不再客气谦恭；客气谦恭并没救了天佑、小文、小崔们的命。

四个人在四处分头审问瑞宣、韵梅、天佑太太和祁老人。这样审问后，他们比较了一下他们的纪录，而后把大家集合在一处，从头儿考问。祁老人的眼神告诉了瑞宣们，他自己愿意做代言人。日本人问一句，老人毫不迟疑的回答一句。日本人问道："你们知道他愿意做特务？"

"知道！"祁老人回答。

"为什么他要去当特务？"

"因为他没出息！"

"怎么？"

"甘心去做伤天害理的事，还不是没出息？"

天佑太太和韵梅听老人这样回答，都攥着一把汗。可是，日本人的态度仿佛倒软和了一点。他们都看着祁老人，半天没再问什么。老人的白发、高身量与铁硬的言语，好像一种不可侵犯的尊严，使他们不好再开口。

两个日本人嘀咕了几句，其中的一个匆忙的走出去。不大的工夫，他走回来，带着一号的日本老太婆。瑞宣心里亮了一下，他就疑心她，所以每次她用话探他，他老留着神，不肯向她多说多道。可是，不久，他发现了自己的错误。

日本人逐一的指着祁家的人，问老太婆几句话，老太婆必恭必敬的做简单的回答。虽然他们说的是日本话，瑞宣听不懂，可是由老太婆的神气，与他们的反应，他看清楚，她是给祁家的人说好话呢。

问完了老太婆，他们又盘问了瑞宣几句。他回答的和他们已记录下的完全一致。他们无可奈何的往外走。老太婆极恭敬的跟在他们的后面，仅在到了院中，她才抓着机会看了瑞宣一眼，微微的一点头。瑞宣明白她的意思，也只微一点头，而没敢说什么。

日本人走后，祁老人仿佛后怕起来，坐在炕沿上，两手发颤。

韵梅为安慰老人，勉强笑着说："这大概就没事了吧？"

老人愣了半天才说出来："让他们再来！反正我已经活够了，干吗还怕死呢！教他们再来，我等着他们的！"又愣了一会儿，他摇着头说："一个人没出息呀，能闹得鸡犬不安！我，你，大家，都错了，都不该那么善待老二！"

"虽然这么说呀，一家人到底是一家人，难道因为他没出息，就不要他了吗？"韵梅还勉强笑着说，"不信，他明天出了狱，回来，咱们还不是得给他饭吃！"

老人没再说什么，歪在了炕上。

高第被日本人带走。她回答不出为什么要离开北平，为什么要走而不办出境的手续。

　　跟着他们走，她的心反倒安静下来。她对自己说："既逃不出北平去，不下狱也等于下狱；那么，到狱里去仿佛倒更妥当一点。假若日本人强迫我做特务，我，我便点头——给钱先生做点事！他们要杀我呢，也好；反正活着也是受罪！"这么想好，她不单镇定，而且几乎有点快活。

　　来到狱中，日本人马上教她和招弟对质，她们所说的完全与以前的口供相合。而后，他们把姊妹俩带到前门车站去表演上次相遇的情形，她们几乎连一步都没走错，通通与口供相符。车站相遇这一场算是毫无破绽。

　　可是，他们不能释放了高第，因为她还没解释清楚她为什么要逃出北平，他们以为那绝对不能出于她的自动，而一定有什么背景——比如：城外有什么秘密的机关，专招收北平的青年。他们，所以，必须关起她来。慢慢的，细细的，把那个背景审问出来。

　　假若因为一两个人的无聊，也能造成一段杀人流血的历史，这回事便是个好的例证。北平的日本特务机关举行了整饬风纪运动，要彻底肃清不可靠的中国人。晓荷与瑞丰一点也不知道他们的无聊无耻会发生这么大的作用，可是多少个青年的鲜血都因此而流在暗室里！凡是瑞丰所供出的特务，都人不知鬼不觉的丧了命。而后，特务与特务之间又乘此机会互相检举、倾轧，于是有一大批人被囚在暗室里。

　　招弟，在和姐姐对质后，仍然被禁在暗室。她解释得很好："我教高第回家，不是私自放了她，而是想也把她介绍进来，做特务。"可是，日本人不接受这个解释。他们以为她应当马上向上方报告，不应私自拿主意，放高第回家。假若高第没有回家，而从别处跑出北平去呢，怎么办？招弟无言答对。

　　最难以处置的倒是晓荷与瑞丰。日本人调查他们俩的过去经历，他们俩，一点不错，是百分之百的顺民。日本人特由天津调来两位有权威的"支那通"，教他们鉴定这两个活宝。结果是：在相貌，言谈举止，嗜好，志愿，心理，各项中，晓荷的平均分数是九十八；瑞丰稍差一点，九十二！据两位支那通说：能得到平均分数八十分的就可以做第一等的顺民；晓荷与瑞丰应当是超等！

日本人是崇拜权威的，按照两位支那通的报告，他们理应马上重用晓荷与瑞丰。可是，他们到底还有点不放心，只好再细细的调查。他们每天要审问晓荷与瑞丰三次；越审问，他们越觉得他们俩可爱，可也越有点摸不清头脑。

晓荷的鞠躬，说话（模仿着日本人说中国话的语调与用字），与种种小身段，使日本人惊异：他们占领了北平才这么三四年，会居然产生了这样的中日合璧的人物。他们问他："大赤包死在狱里，你有没有一点反感？"他的回答是那么自然、天真，使日本人不知怎办才好。他深深鞠了一躬说："你们给我个官儿做呢，就是把大赤包的骨头挖出来，再鞭打一顿，我也不动心；有了官儿做，我会再娶个顶漂亮的、年轻的太太！你们要是不给我事情做呢，没办法，我总得想念大赤包！"

"你要做什么官呢？"他们问。

"越大越好，不管什么官！"

他们彼此相视，谁也没办法。他们喜欢汉奸，也卑视汉奸，他们可是不知是喜爱晓荷好，还是卑视他好！他几乎是个超人，弄得日本人没了办法。他们提审瑞丰："你愿意干什么？"

"我？"瑞丰摸着小干脸，说，"愿意当特务。"

"为什么？"

"好弄钱！"

是的，瑞丰的言谈、风度，的确没有晓荷的那么成熟，得体。可是，他的天真与爽直，也使日本人受了感动。说真的，日本人来侵略中国，哪一个不是为弄钱呢？他们没法再抬起手来掌瑞丰的嘴！他也是一个什么超人！

为试探他，他们答应下教他做特务。他噎了好几口气才说出来："那好极了！"

回到狱室，他欢喜得似乎发了狂。见着给他送饭的，和从门外走过的，他都眉飞色舞的告诉他们："看见过这种事儿没有？我进来坐狱，一共只挨过两个嘴巴，猛孤丁的，大变戏法，我当上了特务！我，喊，嗯，有点福分！等着瞧吧，从这儿一出去，腰里掖着手枪，喝，钞票塞满了口袋哟！"

日本人们只能干咽唾沫，想不出主意，如何处置他。他们不能再给他施刑，那对不起两位支那通的报告。他们不能真用他做特务，因为他的嘴是一座小广播电台。他们囚着他，光多费一些饭食；放了他，又不大妥当。

于是，晓荷与瑞丰便平安无事的在狱里度着他们的无聊的生活。山洪巨浪冲破了石堤，毁灭了村庄，淹死了牛马，拔出了老树，而不能打碎了一点渣滓！

七十三

当大赤包入狱的时候，欧洲的大战已经开始。北平的报纸，都显出啼笑皆非，不知怎样报导西方的血光炮影才好。看到德军的所向无敌，日本人与汉奸们都感到狂喜，愿意用最大的铅字，替战魔宣传。可是，德军的闪电袭击与胜利，又恰好使日本人自愧无能，没有一下子灭亡了中国的本事。他们不能不替德国做宣传，又似乎不好意思给别人摇旗呐喊，而减低了自家的威风。

北平的一般人，可是并没怎么十分注意这些事。他们听惯了谣言，所以不轻易相信伪报纸的消息。再说，假若他们相信了那些消息，他们便没有了希望：德国征服了欧洲，日本人征服了亚洲，他们自然就永远为奴，没有翻身之日。为给自己一点希望，他们把那些消息当作了谣言。这就是说，他们不相信德国能征服欧洲，也不相信日本人能灭亡了中国。

还有，他们的切身的问题，也使他们无暇去高瞻远瞩的去关心与分析世界问题。他们须活着。可是，他们没有了煤，没有了粮。他们自己的肚子的饥鸣，与儿女们的悲啼，比一切都更重要，都须最先解决。饥与寒是世界上最大的事，因为它们的后面紧随着死亡。

德军攻下华沙，德军占领丹麦，英法军失败……消息一串串的传来，仿佛战神，和大赤包一样，已经发了疯。但是，北平人们的眼却看着四处的麦秋。他们切盼有个好的收成，可以吃到新的面粉。

华北的新麦收下来了，可是北平人不单没见到新麦，也看不见了一切杂粮。

日本人一道命令，北平所有的面粉厂与米厂都停了工，大小的粮店都停止交易。存粮一律交出，新粮候命领取。面粉厂的机器停止了活动，粮店的大椭圆形的笸箩都底儿朝天放起来。北平变成了无粮的城。

天津，石家庄，保定，却建立了极大的粮库，囤积起粮食，做长期战争的准备。

小羊圈里最有办法的人，李四大爷，竟自没有了办法。在几十年的忧患中，不管是总统代替了皇帝，还是由洋人或军阀占领了北平，他始终能由一个什么隙缝中找到粮食；不单为自己充饥，也尽可能的帮助别人。今天，他没有了办法。他亲自去看过了：面粉厂里已鸦雀无声，粮店的大笸箩底子朝天，打烧饼的熄了灶，卖馄饨与面条的歇了工。平日，他老把坏消息报告给邻居们，不是要使大家心中不安，而是为教大家有个准备。今天，他低着头回了家，没敢警告街坊四邻，因为他只看到了患难，而毫无帮助大家的办法。日本人使老者的智慧与善心都化为无用。

祁老人发了脾气。听到断粮的消息，他亲自去检看米缸与面坛子。他希望看到有三个月的存粮——他的一成不变的预防危急的办法。可是，他发现坛子与缸中的东西只够再吃十来天的。他冒了火，责备韵梅为什么不遵行他的老规矩。

韵梅有可以为自己辩护的理由：粮食早已一天比一天贵，一天比一天更难买到，她没有那么多的钱，也没有那么大的本事，去购买存粮。可是，她不便向老人声辩。她是旧式的贤妇，不肯为洗刷自己，而招老人更生气。

天佑太太知道其中的底细，知道老人冤屈了韵梅。可是她也没敢出声。她只想起丈夫的惨死，而咒诅自己："我没有一点用处，为什么不教我死了呢，也好给大家省一口粮啊！"

连小顺儿和妞子似乎都感到了大难临头。他们随着老人去看坛子与缸，而后跑到枣树下低声的嘀咕："没了粮！没了粮！"

孙七因在粮店做活，打听到更多的消息，也就更恐慌。他打听明白：以后每家粮店都没有了自由交易，而改为向日本人领取杂粮，领到多少，便磨多少面粉，而后以一定的价钱，与规定的时间，凭粮证卖给住户们。这样，粮店已不是做生意，而是替日本人做分配粮食的义务机关。这样，除了领到粮的时候，粮店的人们便没有任何事可做，所以每家都须裁人；有十个伙计的，只留下一两个便够用了。听到这个，孙七的心凉了半截！别的铺户已经都裁过人了，现在又添上了粮店。他怎么活下去呢？铺户越多裁人，他的生意就越少啊！

回到家中，他想痛痛快快的对程长顺发发牢骚，大骂日本人一顿。可是，他没敢扯着嗓子乱骂，他晓得对门有两家日本人。他挤咕着近视眼，低声的咒诅，希望既不至于被日本人们听见，又能得到长顺的同情。

可是，长顺已结了婚，而且不久就可以做父亲（太太已有了孕），已经不像先前那么爱生气、爱管闲事和爱说话了。他还是恨日本人，真的；但是不像从前那样一提日本人便咬牙，便想逃出北平去当兵了。现在，他似乎把养活外婆与妻子当作第一件事，而把国家大事放在其次了。有时候，他甚至须故意忘记了日本人，才好婆婆妈妈的由日常生活中找到一点生趣。

在做完了那一批烂纸破布的军服以后，他摸清了点"小市"上的规矩与情形，于是就拿丁约翰分给他的一点钱做资本，置办了一副挑担，变成个"打鼓儿的"。

这个生意不大好做。第一，打鼓儿的必须有眼睛；看见一件东西，要马上能断定它的好坏，与有没有出路。有眼睛的，能买到"俏"——也许用烂纸的价钱买到善本的图书，或用破铜的价钱买到个古铜器。反之，没眼睛的，便只能买到目所共睹的东西，当然也就没有俏头。第二，必须极留神。万一因贪利而买到贼赃，就马上有吃官司的可能；巡警与侦探专会由打鼓儿的手中起赃，而法律上并不保护他们——拿不到犯人，便扣起打鼓儿的来。这在以前是如此，在日本人的统治下更是如此。第三，必须心狠。打鼓儿的与放账的一样，都是吃穷人的。卖东西的越急于用钱，打鼓儿的便越咬牙出价。用最低的价钱买入，以最高的价钱卖出，是每个打鼓儿的所必遵行的；没有狠心趁早儿不用干这一行。第四，必须吃苦受累。每天，要很早的起来，去赶早市。然后，挑着担子去串小胡同，敲打着小鼓唤醒穷人的注意。走许多条胡同，也许只做一号生意，也许完全落了空；但是，腿脚不动，买卖不来，绝对不能偷懒。

在选择这个营业的时候，外婆与长顺很费了一番思索与计议。长顺知道自己没有什么眼力。他只认识破布烂纸，而打鼓儿的须能鉴定一切。其次，他晓得自己的心不狠毒；他自己是穷人，不能去实行"不杀穷人没饭吃"的理论。可是，他也看出来，经验不是由一天得来的，老不敢去试一试，他便永远得不到它。

况且，他的确知道自己不怕跑腿受累。过去的沿街叫唱留声机，与赶早市收买破烂，都是跑腿的事情，他愿继续这么办。再说，尽管天天要跑路，可是游游荡荡的，也自有它的自由。腿是自己的，愿往哪里去，便往哪里去；愿几时出发或停止，便几时出发或停止。他有完全的自由。这个，恐怕就是这营业的最大的诱惑力。

至于自己的心不毒辣，他以为，倒不算一件要紧的事。他愿意公平交易。能公平，生意必多，他还能挣上饭吃。

外婆最不放心的是怕长顺买了贼赃，吃上里误官司。长顺立誓不贪便宜，一定极留神——他会把卖东西的人的相貌、年纪、地点，都用个小纸本记下来，以便有根可寻；即使不幸真买到赃物，也不至于吃官司。

他置备了挑担与小鼓。

最初，他只买旧报纸与旧瓶子什么的，这些几乎都有一定的价钱，他不会吃亏。拿到市上去卖，这些东西也有定价；赚的不多，可是有一定的赚头。他须卖相当大的力气，挑来挑去这些破烂而沉重的东西，他可是不敢惜力：他已是个有了家室的人，必须负责养活他的老婆。

小崔太太（现在是小程太太了），在马老太太的手下，比从前干净利落了许多。她好像说不上来，喜欢长顺不喜欢，而只觉得应当尽力讨马外婆的欢心，好好的过日子。她现在有了吃穿，有了住处。无论她喜欢长顺与否，她也得打起精神去操作。没有这次再嫁，她知道，她会流落成乞丐或妓女。自然，她还没忘了再嫁的难堪与惭愧，特别是她天天须看到一位守节多年的马外婆；可是，"不得已"能原谅一切，她有什么更好的办法呢？她也没能忘了小崔，到了他的生日、祭日，或他们结婚的日子，她不敢明言，却暗中落泪。她特别怕听"日本人"三个字，每逢听到，她的眼就发直，忽然的愣起来！

程长顺看出来这些，而决定一言不发。他知道他必须卖力气，多挣钱，能使她吃得好一点，穿得好一点，她就必能满意，渐渐的忘了小崔。同时，他不敢再当着她讲论日本人，甚至于连"东洋"两个字也不提。

由买卖旧纸破瓶子，他慢慢的放胆收买旧衣服破鞋。他看见了别人用极低的价钱能买到一套沙发，或一套讲究的桌椅。他可不敢去买，即使他得到机会。他知道现在的北平，能穿能用的旧东西比沙发和好木器更有用处与出路。

可是，他所知道的，别人也知道。自从他做了打鼓儿的，这一行人忽然增加了一两倍。大家都看出来：北平是越来越穷了，人们也越会卖东西，和买东西——卖了顶好的，买次好的；卖了次好的，买不甚好的；卖了不甚好的，买坏的……同行的一多，势必发生竞争。他所愿买入的，也是别人愿弄到手的。他不得不多出价钱，多出便少赚。他又想出办法来。他请求外婆与太太帮他的忙，把收进的东西该洗刷的由她们加以洗刷，该缝补的缝补齐整。虽然她们不能整旧如新，可究竟能使破烂的东西稍微改观，也就可以多卖几个钱。这样，外婆与太太也就有了事做。

在破旧的衣裳鞋帽而外，铜铁铅锡都最值钱。日本人除了教北平人按月献铜献铁之外，还到处去收买它们；只要能买到，就不怕没有出路。长顺可是不肯买卖铜铁。他知道他自己不买，别人还是照样的收进来，而后转卖给日本人。但是，他下了决心不动铜铁，为是证明自己还有点良心，不肯替日本人搜集做炮弹——打中国人的炮弹——的原料。

自从他选取了这行营业，他就有心闭上眼瞎混，不关心别的，而只求使一家三口冻不着，饿不着。可是，一天到晚穿大街过小巷，他好像不知不觉的把手指按在了北平的腕脉上。他看出来：破衣服值钱，因为日本人统制了棉纱；一块破铁也有价值，因为日本人搜刮废铁。同时，他也看出：北平的中等人家已多数保持不住"中等"，因为他们已开始卖东西；而穷苦人家已降落到无衣无食。有时候，他接过来一件女短袄或小衣服，还滚热的呢——刚刚由女人或小儿身上脱下来！他还咬着牙问价还价，可是心中真想哭。他不由的多添了钱，忘了他是做生意呢！买成或没买成这样的一件衣服之后，他会挑着担子走出老远，迷迷糊糊的忘记敲打手中的小鼓！他知道北平是"完"了！

从一个老人手中，他买了一根乌木杆、白铜嘴的长烟管。过了好几天没能把它卖出去，他留着自用了。他是要强的，不肯染上任何嗜好。可是，他需要吸口烟。在街上看见伤心的事，他便找个树荫或僻静的地方，放下担子，装上一袋烟，轻轻的吧唧着。看着蓝烟在面前旋动，他心中安恬了一些。

回来家中，他不是忙着帮助外婆与妻子洗刷修整那些破东西，便是坐在屋外台阶上吸一两袋烟。从眼角偷偷的看一看她们，他心里说："我心中有许多事，可是不便告诉你们！"

他把自己的破留声机与古老的唱片挑出去不知多少次，始终没卖出去。他可也不再去上弦，唱给自己听，偶尔的，因为买到一点俏货，心中一高兴，他不知不觉的哼出一两句二簧来。可是，一听到自己的声音，马上就闭上嘴。他喜欢唱戏，但是嗓子一动，他就不由的想起小文夫妇来！是的，他想一心一意的做生意，忘了国事，忘了日本人；可是，日本人，像些鬼似的，老跟随着他！

孙七的爱说爱道，已引不起长顺的高兴答辩。孙七拉不断扯不断的说，长顺只缩着脖子吸叶子烟，一语不发。等到孙七问急了他，他才呜囔着鼻子说："谁知道！"

今天，他又用这三个字答了孙七对绝粮的忧虑。孙七几乎要发脾气了："你简直变成了小老人啦！"

长顺没心思拌嘴，轻轻在阶石上磕了磕烟锅子，走进屋中去。

自从他做了买卖破烂的，长顺就不再找瑞宣去谈天。见到瑞宣，他总搭讪着呜嚷两声，便很快的躲开。他，在瑞宣面前，总想起二三年前的自己。那时候，他有勇气与热心，虽然没有做出什么惊人的事，可是到底有点人味儿。他没脸再和瑞宣谈话。

瑞宣，自从父亲被逼死，便已想到迟早北平会有人造的饥荒；日本人既施行棉纱与许多别的物品的统制，就一定不会单单忘记了统制粮食。虽然有这点先见之明，他可是毫无准备。一来是他没有富余的钱去存粮，二来是他和多数的文人相似，只会忧虑，而不大会想实际的办法。

由日本人在天津与英国人的捣乱，由欧洲大战的爆发，他也看出来日本人可能突击英国在东方的军事据点与要塞。假若这将成为事实，日本人就必须拼命的搜刮物资与食粮，准备扩大战争。

他屡次想和富善先生说这件事，可是老人总设法闪躲着他。老人知道瑞宣所知道的一切，明知情形不妙，可是还强要相信日本人不敢向英帝国挑战。他最高兴和人家辩论，现在却缄默无言了。他为中国人着急，也为英国人着急。但是，他又以为英国到底是英国，不能与中国相提并论，不肯承认中国与英国一同立在危险的地位。

见老人不高兴谈话，瑞宣想专心的做事，好截住心中的忧虑。可是，他的注意力不能集中。一会儿，他想起欧洲的战事，而推测到慢慢的全世界会分为两大营阵，中国就有了助援与胜利的希望。一会儿，他想象到祖父、母亲、与儿女，将要挨饿的惨状。这样的一忧一喜，使他感到焦躁。

长顺不敢招呼他，他也不敢招呼长顺。他觉得自己一点也不比长顺高明。他们俩似乎都已变为老人，身体还未衰老，而心已不会发出青春之花的香味。

小顺儿已到了上学的年岁。瑞宣决定不教他去入学——他的儿子不能去受奴隶教育。天佑太太与韵梅都反对这个办法，瑞宣可是很坚决，倒好像不教儿子去受奴化教育是他的抗日最后的一道防线！

不久，他开始笑自己："要用个小娃娃去挡住侵略吗？去洗刷一家人的苟延残喘的耻辱吗？"可是，他依然不肯改变主张。每天一得空，他便亲自教小顺儿识字，认数目。在这以外，他还对孩子详细的讲述中国的历史与文化。他明知道，这不大合教育原理，可是，这似乎是他最高兴做的事。在这么讲论的时候，他能暂时忘了眼前的危亡与耻辱，而看见个光华灿烂，到处是周铜汉瓦、唐诗晋字与梅岭荷塘的中华。同时，他也忘了自己的因循苟安，而想到小顺儿的将来——一个最有希望与光明的将来！

为省灯油，韵梅总在白天抓着工夫做活，晚上很早的就睡，不必点灯。就是点上灯，灯头也捻得很小。为教小顺儿读书，瑞宣狠心的把灯头捻大！不，他不能为省一点油而耽误了孩子的教育！屋中的这点灯光，仿佛是亡城中的唯一的光明，是风暴里的灯塔！

冷天，他把小顺儿的小手放在自己的袖口里，面对面的给他讲古说今。讲着讲着，小顺儿打了盹。他无可如何的把孩子放到床上去。热天，父子会坐在院中用功。这时候，小妞子也往往装模作样的坐下听讲。小顺儿若提出抗议："妞妞，你听不懂！"瑞宣便温和的说："教她听听，她会懂的！"

在最近两天，正在这么讲说，忽然想起目前的人造饥荒，瑞宣浑身忽然的一冷。他看见了个将要饿死的小儿，样子还像小顺儿，可是瘦得只剩了一层皮！他讲不下去了，"小顺儿，睡觉去吧！"他知道，这点教育救不了小顺儿，而更恨自己的无能与可笑。

因此，他可也就更爱小顺儿。小顺儿是他的希望，小顺儿将要做出他所未能做到的一切，小顺儿万不可饿死！

但是，谁能保证，在无粮的城中，儿女不饿死呢？

七十四

李四爷的生意还是很不错。北平，虽然穷，虽然没有粮，可是人口越来越多。不错，铺户家家裁人；可是四乡八镇的人民，因为丢失了家产，或被敌人烧毁了村庄，或因躲避刀兵，像赶集似的一群群的往这座死城里走。"北平"这两个字，好像就教他们感到安全。街上，十家铺子倒有九家只剩了一两个老弱残兵，而胡同里，哪一家院子都挤满了人。李四爷给活人搬家，给死人领杠，几乎天天都有事做。

虽然这样不得闲，老人可是并不很高兴。他纳闷人们为什么都往这座死城里来受罪。北平城里并不是出粮的地方啊！有时候，他领着棺材出城，听见了远处传来的炮声。他心中马上想明白：怪不得人们往城里逃，四处还都在打仗啊！不过，过一会儿他又想到：躲开枪炮，逃到城里，可躲不开饥寒哪！想到这里，他几乎要立在城门口大声的去喊叫："朋友们，不要进这个城门，进去必死！"可是，他不敢去喊，城门上有日本兵。

"哼！"他揣摸着对自己说，"都怕死！城里的人不敢逃出去，怕死！城外的人，往城里走，怕死！连你，李四，你不敢在城门口喊叫，也怕死！"他看不起了大家，也看不起他自己！

更让他伤心的，是看见城外各处都只种着白薯。没有玉米、高粱、谷子；一望无际，都是爬在地上的绿的白薯秧子。他打听明白，凡是日本人占领的地方，铁路公路两旁二十里以内，都只准种白薯。日本人怕游击队，所以不给他们留起青纱帐。白薯秧子只能爬伏在地上；中国人，仿佛是，也得爬伏在地上，永远不能立起来，向敌人开几枪！

这一岗一岗的、毫无变化的绿秧子，使老人头晕。在往年，每一出城，看见各种的农作物，他便感到高兴。那高高的高粱与玉米，那矮的小米子，那黑绿的毛豆，都发着甜味，给他一些希望——这是给他与大家吃的粮食。特别是在下过大雨以后，在两旁都是青苗的大道中，他不单闻见香甜的青气，而且听到高粱玉米狂喜的往上拔节子，咯吱咯吱的轻响。这使他感到生趣，觉得年轻了几岁。

现在，他只好半闭着眼走。那些白薯秧子没有香味，没有红的缨，没有由白而黄而红的穗子，而只那么一行行的爬伏在地上，使他头晕心焦。有时候，他几乎忘了方向。

而且，看到那些绿而不美的秧蔓，他马上便想到白薯是怎样的不磁实：

吃少了，一会儿就饿；吃多了，胃中就冒酸水。他是七十多岁的人了，白薯不能给他饱暖与康健之感。

在这些零七八碎的杂感而外，他还有更痛心的事呢。自从他做了副里长，随着白巡长挨家按户的收取铜铁，他的美誉便降落了许多。谁都知道他是好人，可是又有一种不合逻辑的逻辑——不敢反抗日本人，又不甘毫无表示，所以只好拿李老人杀气！

现在就更好了，他须挨着家去通告："喝过了的茶叶可别扔了，每家得按月献茶叶！"

"干什么用呢？"人家问他。

"我知道才怪！"老人急扯白脸的说。

"噢，"白巡长上来敷衍，"听说，旧茶叶拌在草料里，给日本的马吃；败火！败火！又听说，在茶叶里可以榨出油来。噢，我也说不十分清楚！"

"我们已经喝不起茶，没有茶叶！"有人这样说。

"那，也得想法子去弄点来！"白巡长的笑意僵在了脸上，变成要哭的样子。

过了几天，他又须去告诉大家："按月还得献包香烟的锡纸啊！"老人急了，对白巡长没有好气的说，"我不能再去！我没工夫再去跑腿，还得挨骂！你饶了我好不好？我不再做这个破里长！"

无论他怎说，白巡长不点头："老爷子！谁当里长谁挨骂，只有你老人家挨得起骂！捧我这一场，他们骂什么都算在我的身上，还不行吗？"

除了央告，白巡长还出了主意：冠晓荷既已下了狱，李四爷理应升为正里长，而请孙七做副。不久，他约同副里长，从新调查户口，以便发给领粮证。

李老人不高兴当这个差事，可是听到发给大家领粮证，心中稍觉安顿一点。他对自己说："好喽，只要发给大家粮食，不管什么粮食，就不至于挨饿喽！"一来二去的，他把这心中的话说了出来，为是使大家安点心。大家听了，果然面上都有了笑容，彼此安慰："四爷说的不错，只要还发粮，不管是什么粮，就好歹的能够活下去了！"这"好歹的能活下去"倒好像是什么最理想的办法！

及至户口调查过了，大家才知道六十岁以上的、六岁以下的，没有领粮的资格！

这不是任何中国人所能受的！什么，没有老人和小孩子的粮？这简直的是教中国历史整翻个筋斗，头朝下立着！中国人最大的责任是养老抚幼；好，现在日本人要饿死他们的老幼；那么，中年人还活着干什么呢？小羊圈的人一致以为这是混蛋到底的"革命"，要把他们的历史、伦理、道德、责任一股脑儿推翻。他们要是接受了这个"革命"的办法，便是变成不慈不孝的野人！

可是，怎么办呢？

孙七虽然刚刚做了副里长，可是决定表示不偏向着日本人。他主张抢粮造反！"他妈的，不给老人们粮食，咱们的孝道到哪儿去呢？不给孩子们粮食，教咱们断子绝孙！这是绝户主意，除非没有屁眼儿的人，谁也不会这么狠！他妈的，仓里，大汉奸们家里，有的是粮，抢啊！事到如今，谁还能顾什么体面吗？"

这套话，说得是那么强硬、干脆，而且有道理，使大家的腮上都发了红，眼睛都亮起来。可是，他刚刚说完，连他带他们便似乎已经看见了机关枪。大家都咽了口唾沫，没有一个人敢抬起臂来，喊一声："抢啊！"他们是中国人，北平的中国人，相信慢慢的饿死，总会，若与因抢粮而被杀头比起来，还落个全尸首！他们宁可饿死，也不敢造反！

他们只好退一步想："好啦，老的小的没有粮食，就大家分匀一下吧；谁也吃不饱，可是谁也不至于马上就饿死；不也是个办法吗？"

这个"分而食之"的办法，大家都看得出，比孙七的主张松软的多，松软得几乎不像话。但是，在小羊圈的人们心中，这却也含有不少的人情与智慧。

在他们这样纷纷议论之际，他们接到了传单："马上决定吧，同胞们，是甘心饿死，还是起来应战！活路须用我们的热血冲开；死路是缩起脖子，闭上眼，等，等——饿死！"

大家都猜得到，十之八九这是他们的老邻居钱默吟给他们送来的。他们一致的同意钱先生的话，而又兴奋起来。可是，不久，他们的"智慧"又占了上风。那"智慧"正像北平的古老的、无用的城墙，虽然无用，而能使他们觉出点安全之感。

假若孙七与钱先生都不能刺激起人们的反抗的勇气，人们可会另外去找发泄怨气的路儿。他们以为李四爷有意欺骗他们："他告诉了咱们，又有了粮，可是不提并没有老人和小孩子的份儿！再说，他是里长，大概不管他是六十岁，还是七十岁，他总能得到一份粮！年月是变了，连李四爷也会骗人！"

这些背后的攻击虽然无补于事，可是能这么唧唧咕咕的到底似乎解一点气，倒好像一切毛病都在李四爷的身上，而攻击了他也就足够解恨的了。

祁老人居然直接的找了李四爷去。

祁老人，这全胡同的最老的居民，大家的精神上的代表，福寿双全的象征，现在被列为没有资格领粮的老乞丐、老饿死鬼！他不能忍受！

"我说四爷！"祁老人的小眼睛没敢正视李四爷；他知道一正看他的几十年的老友，他便会泄了气。"这是怎么弄的？怎么会没有我的粮呢？"

"大哥！那能是我的主意吗？"

李老人这一声"大哥"已使祁老人的心软下来一半儿。几十年的老友，难道谁还不知道谁吗！可是，他还不敢正视李四爷，以便硬着心肠继续质问；事情太大了，不能随便的马虎过去。他狠了心，唇发着颤："四爷，你可是有一份儿！"

四爷是都市中的虫子，轻易不动气；听到祁大哥的毒狠的质问，他可是不由的面红过耳，半天也没回出话来。

祁老人的小眼睛找到了李四爷的脸，赶紧又转开，他也说不出话来了。

"大哥！"四爷很难堪的笑了笑："各处的里长都有一份儿，也不是我的主意！告诉你，大哥，我的腿脚还利落，还能挣钱，我不要那份儿粮，省得大家伙儿说闲话！"

祁老人的头慢慢的低下去，一颗老泪镶在眼角上。愣了半天，他才低声的说："四爷，我是真着急，真着急！要不然……！我说，你不能不要那份粮！你不要，可上哪儿找粮食去呢？"

四爷往前凑了一步，拉住祁大哥的手。四只一共有一百五十多年的手接触到一块儿，两个人了解、原谅了彼此，不由的都落下泪来。

落了几点泪之后，两位老人都消了气，而只剩了难过。他们想亲热的谈谈心中的积闷，谈几个钟头。可是，谁也没开口。他们都是寒苦出身，空手打下天下的人，可是现在他们有饿死的可能！他们已不是成家立业的老英雄，而是没有人喂养的两条老狗。他们一向规规矩矩，也把儿女们调教的规规矩矩，这是他们引以为荣的事；可是，他们错了，他们的与他们儿女的规矩老实，恰好教他们在敌人手底下，都敢怒而不敢言；活活的被饿死，而不敢出一声！

平日，一想到自己的年纪，他们便觉得应当自傲。现在，他们看出来，在一条猛虎面前，年纪越大才越糟糕！四只老眼对视了半天，他们决定不必再扯那些陈谷子烂芝麻了！以往的光荣只能增加今日的难堪与辛酸！

回到家中，祁老人越想越难过，越不是滋味。想了许久，他决定必须做点什么，不能坐在屋里等死！他回忆起从前所遇见过的危难，和克服危难的经过。是的，他必须去做点什么，因为哪一次闯过难关不是仗着自己的勇敢与勤劳呢？他摸了摸自己的四肢；不错，他是老了；可是，老了也得去做事，也不能坐以待毙！

他脱了大衫，轻手蹑脚的到厨房去，找他旧日谋生活的工具：筐子，绳子，扁担。他不知道，能否找到它们，因为他已不记得它们是早已被扔出去，或是被韵梅给烧了火。

韵梅轻轻的走进来："哟！爷爷在这儿干什么呢？"

"啊——"被这么忽然的一问，老人仿佛忘了自己是在干什么呢。假装的笑了笑，才想起来："我的筐子扁担呢？"

"什么筐子扁担？"韵梅根本不记得这里有过那些东西。

"哼！我什么小生意都做过！庚子那年，我还卖过枣儿呢！我要我做生意用的筐子扁担！"

"干什么呢？爷爷！"韵梅的大眼睛睁得很大，半天也没眨巴一下。

"我做小买卖去！不能走远了，我在近处磨蹭；不能挑沉重的，我弄点糖儿豆儿的；一天赚三毛也好，五毛也好；反正我要卖点力气，不能等着饿死，也不能光分吃你们的粮！"

"爷爷！"韵梅一时想不出话来，只这么叫了一声，声音相当的大而尖锐。

听了这声音喊叫，小顺儿、妞子和天佑太太全跑了来。

被大家围住，老人把话又说了一遍，说得很客观，故意的不带感情，为是使大家明白：事情是事情，不必张牙舞爪。

听罢，大家都默默相视，小妞子过去拉住老人的手。

天佑太太知道她必须先发言："我们不能教您老人家去！事情不好办是真的，可是无论怎说，我们得想法子孝顺您！还说您的筐子扁担呢，横是搁也搁烂了！"

小顺儿与妞子一齐响应："太爷爷，不去！"

韵梅也赶紧说："等等瑞宣，等他回来，大家伙商议商议。"她回头叫小顺儿："小顺儿，搀着他老人家！"

这样捧着哄着的，大家把老人送到他的屋中去。

躺在炕上，老人把自己从前的奋斗史一五一十的说给孩子们听，而没敢提到现在与将来，因为对现在与将来他已毫无办法。

晚上瑞宣回来，韵梅和婆婆赶紧把老人的事告诉了他。他愣了半天，然后干笑了一下，没法说出任何话来。

祁老人，说也奇怪，并没向长孙再说那件事。祖孙的眼光碰到了一处，就赶紧移开；唇刚要动，就又停住。结果，大家都很早的就睡下，把委屈、难堪、困难，都交给了梦！

七十五

李四爷和邻居们都以为粮证是一发下来，便可以永远适用的。李老人特别希望如此，因为他已经挨了不少冤枉骂，所以切盼把一劳永逸的粮证发给大家，结束了这一桩事，不再多受攻击。

谁知道，粮证是只作一次用的，过期无效。大家立刻想到：天天，或每三两天，他们须等着发给粮证；得到粮证，须马上设法弄到钱，好赶快去取粮——过期无效！假若北平人也有什么理想的话，那便是自自由由的、客客气气的、舒舒服服的过日子。这假使做不到，求其次者，便是虽然有人剥夺了他们的自由，而仍然客客气气的不多给他们添麻烦——比如粮证可以用一年或二年，凭证能随时取到粮食。哼！日本人却教他们三天两头的等候粮证，而后赶紧弄钱，马上须去领粮！麻烦，麻烦，无穷无尽的麻烦！他们像吃下去一个苍蝇，马上想呕吐！

最使他们心寒胆颤的是：假若发了一次粮证以后，而不再发，可怎么好呢？就是再发而相隔十天半月，中间空起一块来，又怎么办呢？难道肚子可以休息几天，而不饿么？这样一揣测，他们看见了死亡线，像足球场上刚画好的白道儿那么清楚，而且就在他们眼前！他们慌了神，看到了死；于是，也就更加劲的咒骂李四爷。他们不敢公开的骂日本人，连白巡长也不敢骂，因为他到底是个官儿。他们也不便骂孙七，他不过是副里长。李四爷既非官儿，又恰好是正里长，便成了天造地设的"骂档子"[①]！

李老人时时的发愣：发气，没有用；忍受，不甘心。他也看到死亡，而且死了还负着一身的辱骂！拿出他的心来，他觉得，他可以对得起天地日月与一切神灵；可是，他须挨骂！

或者只有北平，才会有这样的夏天的早晨：清凉的空气里斜射着亮而喜

———

① 骂档子：整天挨骂受气的人。

悦的阳光，到处黑白分明的光是光，影是影。空气凉，阳光热，接触到一处，凉的刚刚要暖，热的刚换上一点凉；在凉暖未调匀净之中，花儿吐出蕊，叶儿上闪着露光。

就连小羊圈这块不很体面的小地方，也有它美好的画面：两株老槐的下半还遮在影子里，叶子是暗绿的；树的梢头已见到阳光，那些浅黄的花朵变为金黄的。嫩绿的槐虫，在细白的一根丝上悬着，丝的上半截发着白亮的光。晓风吹动，丝也左右颤动，像是晨光曲的一根琴弦。阳光先照到李四爷的门上。那矮矮的门楼已不甚整齐，砖瓦的缝隙中长出细长的几根青草；一有了阳光，这破门楼上也有了光明，那发亮的青草居然也有点生意。

几只燕子在树梢上翻来覆去的飞，像黑的电光那么一闪一闪的。蜻蜓们也飞得相当的高：忽然一只血红的，看一眼树头的槐花便钻入蓝的天空；忽然一只背负一块翡翠的，只在李四爷的门楼上的青草一逗便掉头而去。

放在太平年月，这样的天光，必使北平的老人们，在梳洗之后，提着装有"靛颏"或"自自黑"①的鸟笼，到城外去，沿着柳岸或苇塘，找个野茶馆喝茶解闷。它会使爱鸽子的人们，放起几十只花鸽，在蓝天上旋舞。它也会使钓者很早的便出了城，找个僻静地方消遣一天。就是不出城远行的，也会租一只小船，在北海去摇桨，或到中山公园的老柏下散步。

今天，北平人可已顾不得扬头看一看天，那飞舞着小燕与蜻蜓的天；饥饿的黑影遮住了人们的眼。天上已没有了白鸽，老人们已失去他们的心爱的鸟；人们还没有粮，谁还养得起鸟与鸽子。是的，有水的地方，还有垂钓与荡桨的；可是，他们是日本人；空着肚子的中国人已没有了消遣的闲心。北平像半瘫在晴美的夏晨中。

韵梅，就是在这样的一个早晨，决定自己去领粮。她知道从此以后，她须把过去的生活——虽然也没有怎么特别舒服自在过——只当作甜美的记忆；好的日子过了，眼前的是苦难与饥荒。她须咬起牙来，不慌不忙的、不大惊

---

① 自自黑：一种会叫的黑头小鸟。北京称"自自黑儿"。

小怪的，尽到她的责任。她的腮上特意摆出一点笑来，好教大家看见："我还笑呢，你们也别着急！"

看着她，瑞宣心中不很舒坦。对她，这么些年了，他一向没有表示过毫无距离的亲热。现在，看到她的坚定、尽责与勇敢，他真想用几句甜蜜的话安慰她、感激她、鼓励她。可是，他说不出来。最后，他只向她笑了笑，便走去上班。

韵梅给大家打点了早饭，又等大家吃完，刷洗了家伙，才擦擦脸，换上件干净的蓝布衫，把粮证用小手绢裹好，系在手腕上，又拿上口袋，忙而不慌的走出去。走到了影壁前，她又折回来嘱咐孩子们："小顺儿，妞妞，都不准胡闹哟！听见没有？"

妞妞先答了话："妈取吃吃，妞妞乖！不闹！"

小顺儿告诉妈妈："取点白面，不要杂合面！"

"哼，"韵梅一边往外走，一边说，"不是人家给我什么是什么吗？"

天还早，也不过八点来钟，韵梅以为一定不会迟到。而且，取粮的地方正是祁家向来买粮的老义顺；那么，她想，即使稍迟一点，也总有点通融，大家是熟人啊。

快走到老义顺，她的心凉了。黑糊糊的一大排人，已站了有半里多地长。明知无用，她还赶走了几步，站在了最后边。老义顺的大门关得严严的。她不明白这是怎回事。她后悔自己来迟。假若她须等到晌午，孩子和老人们的午饭怎么办呢？她着了急，大眼睛东扫西瞧的，想找个熟人打听一下，这到底是怎回事，和什么时候才发粮。可是，附近没有一个熟人。她明白了，小羊圈的人，对领粮这类的事是向来不肯落后的；说不定，他们在一两个钟头以前已经来到，立在了最前边，好能早些拿到粮。她后悔自己为什么忘了早来一些。她的前面，一位老太婆居然带了小板凳，另一位中年妇人拿着小伞。是的，她们都有准备。她自己可是什么也没有；她须把腿站酸，把头晒疼，一直的等几个钟头。她似乎还没学会怎么做亡国奴！

在她初到的时候，大家都老老实实的立着，即使彼此交谈，也都是轻轻的嘀咕，不敢高声。人群外，有十来个巡警维持秩序，其中有两三个是拿着皮鞭的。看一看皮鞭，连彼此低声嘀咕的都赶紧闭上嘴；他们爱惯了"和平"，不肯往身上招揽皮鞭；他们知道，有日本人给巡警们撑腰，皮鞭是特别无情的。

及至立久了，太阳越来越强，阴影越来越小，大家开始感到烦躁，前前后后都出了声音。巡警们的脚与眼也开始加紧活动。起初，巡警们的眼神所至，便使一些人安静一会儿，等巡警走开再开始嘈嘈。这样，声音一会儿在这边大起来，却在那边低下去，始终没打成一片，成为一致的反抗。渐渐的，巡警的眼神失去了作用，人群从头至尾成了一列走动着的火车，到处都乱响。

韵梅有点发慌，唯恐出一点什么乱子；她没有出头露面在街上乱挤乱闹的习惯。她想回家。但是，一想到自己的责任，她又改了念头。不，她不能逃走，她必须弄回粮食去！她警告自己：必须留神，可是不要害怕！

很热的阳光已射在她的头上。最初，她只感到头发发热；过了一会儿，她的头皮痒痒起来，痒得怪难受。她的夹肢窝和头上都出了汗。抬头看看，天空已不是蓝汪汪的了，而是到处颤动着一些白气。风已停止，马路旁的树木的叶子上带着一层灰土，一动也不动。便道上，一过来车马便带起好多灰尘，灰白的，有牲口的粪与尿味的，呛得她的鼻子眼里发痒。无聊的，她把小手绢从腕上解下来，擦擦头上的汗，而后把它紧紧的握在手中。

她看见了白巡长，心中立刻安定了些。白巡长的能干与和善使她相信：有他在这里，一定不会出乱子。她点了点头，他走了过来："祁太太，为什么不来个男人呢？"

她没回答他的问题，而笑着问他："为什么还不发粮啊？白巡长！"

"昨天夜里才发下粮来，铺子里赶夜工磨面！再待一会儿，就可以发给大家了。"白巡长虽然是对她说话，可是旁人自然也会听到；于是她与大家都感到了安定。

可是，半点钟又过去了，还是没有发粮的消息。白巡长的有镇定力的话已失去了作用。大家的心中一致的想到："日本人缺德！故意拿穷人开玩笑！"太阳更热了，晒得每个人的头上都出粘糊糊的、带着点油的汗。越出汗，口中便越渴，心中也越焦躁。天色由白而灰，空中像飞荡着一片灰沙。太阳，在这层灰气上边，极小极白极亮，使人不敢抬眼；低着头，那极热的光像多少烫红了的针尖，刺着大家的头、肩、背和一切没有遮掩的地方。肚子空虚的开始发晕；口渴的人要狂喊；就是最守规矩的韵梅也感到焦急，要跺一跺脚！这不是领粮，而是来受毒刑！

可是，谁也不敢公然的喊出来："打倒日本！"口渴的，拼命的咽唾沫；发晕的，扶住旁边的人；腿酸了的，轻轻的踏步。为挡住一点阳光，有的把手绢缠在头上，有的把口袋披在肩上，有的把褂子脱下，双手举着，给自己支起一座小小的棚儿。他们都设法减少一点身体上的痛苦，以便使心中安定；心中安定便不会有喊出"打倒日本"的危险！

前面忽然起了波动，队伍马上变成了扇面形。欠着脚，韵梅往前看：粮店的大门还关着呢。她猜不透这是怎回事，可是不由得增多了希望，以为一定是有了发粮的消息。她忘了脚酸，忘了毒热的阳光，只盼马上得到粮食，拿回家去。

前面有几个男的开始喊叫。韵梅离开行列，用力欠脚，才看明白：粮店的大门旁，新挖了一个不大的洞儿，挡着一块木板，这块木板已开了半边。多少多少只手都向那小洞伸着，晃动。她不想往前拥挤，可是前面那些乱动的手像有些引诱力，使她不由的往前挪了几步，靠近了人群，仿佛只有这样，她才能得到粮食，而并不是袖手旁观的在看热闹。

皮鞭响了。嗖——拍！嗖——拍！太阳光忽然凉了，热空气里生了凉风，人的皮肤上起了冷疙瘩，人的心在颤抖。韵梅的腿似乎不能动，虽然她想极快的跑开。前面的人都在乱冲，乱躲，乱喊；她像裹在了一阵狂风里，一切都在动荡，而她迈不开脚。"无论如何，我必须拿到粮食！"她忽然听见自己这样说。于是，她的腿上来了新的力气，勇敢的立在那里，好像生了根。

忽然的，她看不见了一切。皮鞭的梢头撩着了她的眼旁。她捂上了眼，忘了一切，只觉得世界已变成黑的。她本能的要蹲下，而没能蹲下；她想走开，而不能动。她还没觉得疼痛，因为她的全身和她的心，都已麻木；惊恐使神经暂时的死去。

"祁太太！"过了一会儿，她恍惚的听见了这个声音，"快回家！"

她把未受伤的眼睁开了一点，只看见了一部分制服，她可是已经意识到那必是白巡长。还捂着眼，她摇了摇头。不，她不能空手回家，她必须拿到粮食！

"把口袋、钱、粮票，都给我，我替你取，你快回家！"白巡长几乎像抢夺似的，把口袋等物都拿过去，"你能走吗？"

韵梅已觉出脸上的疼痛，可是咬上牙，点了点头。还捂着眼，她迷迷糊糊的往家中走。走到家门口，她的腿反倒软起来，一下子坐在了阶石上。把手拿下来，她看见了自己的血。这时候，热汗杀得她的伤口生疼，像撒上了一些细盐。一咬牙，她立起来，走进院中。

小顺儿与妞子正在南墙根玩耍，见妈妈进来，他们飞跑过来："妈妈！"可是，紧跟着，他们的嗓音变了："妈——"而后又喊："太爷爷！奶奶！快来！"

一家大小把她包围住。她捂着眼，忍着疼，说："不要紧！不要紧！"

天佑太太教韵梅赶快去洗一洗伤口，她自己到屋中去找创药。两个孩子不肯离开妈妈，跟出来跟进去的随着她。小妞子不住的吸气，把小嘴努出好高的说："妈流血，妈疼哟！"

洗了洗，韵梅发现只在眼角外打破了一块，幸而没有伤了眼睛。她放心。上了一点药以后，她简单的告诉大家："有人乱挤乱闹，巡警们抢开了皮鞭，我受了点误伤！"这样轻描淡写的说，为是减少老人们的担心。她知道她还须再去领粮，所以不便使大家每次都关切她。

她的伤口疼起来，可是还要去给大家做午饭。天佑太太拦住她，而自己下了厨房。祁老人力逼着孙媳去躺下休息，而后长叹了一口气。

韵梅睏了个小盹儿，赶紧爬了起来。对着镜子，她看到脸上已有点发肿。愣了一会儿，她反倒觉得痛快了："以后我就晓得怎么留神，怎么见机而作了！一次生，两次熟！"她告诉自己。

白巡长给送来粮食——小小的一口袋，看样子也就有四五斤。

祁老人把口袋接过来，很想跟白巡长谈一谈。白巡长虽然很忙，可是也不肯放下口袋就走。他对韵梅的受伤很感到不安，必须向她解释一番。韵梅从屋里出来，他赶紧说了话：

"我，祁太太，我没教他们用鞭子抽人，可是我也拦不住他们！他们不是我手下的人，是区署里另派来的。他们拿着皮鞭，也就愿意试试抢它一抢！你不要紧了吧？祁太太！告诉你，我甭提多难过啦！什么话呢，大家都是老街旧邻，为领粮，还要挨打，真！可是我没有办法，他们不属我管，不听我的话。哼，我真不敢想，全北平今天得有多少挨皮鞭的！我是走狗，我拦不住拿皮鞭的走狗们乱打人，还有什么可说的呢？得啦，祁太太，好好的休息休息吧！日久天长，有咱们的罪受，瞧着吧！"白巡长把话一气说完，没有给别人留个说话的机会，便走出去。

祁老人送到门口，白巡长已走出老远去，他很想质问白巡长几句，可是白巡长没给他个开口的机会。他觉得白巡长可爱，也可恨；诚实，也狡猾。

小顺儿像一条受了惊的小毛驴似的跑来："太爷爷，快来看看吧！快呀！"说完，他拉住老人的手，往院里扯。

"慢点哟！慢着！别把我扯倒了哟！"老人一边走一边说。

天佑太太与儿媳被好奇心所使，已把那点粮食倒在了一个大绿瓦盆中。她们看不懂那是什么东西，所以去请老太爷来鉴定。

老人立着，看了会儿，摇了摇头。哈着腰，用手摸了摸，摇了摇头。他蹲下去，连摸带看，又摇了摇头。活了七十多岁，他没看见过这样的粮食。

盆中是各种颜色合成的一种又像茶叶末子，又像受了潮湿的药面子的东西，不是米糠，因为它比糠粗糙的多；也不是麸子，因为它比麸子稍细一点。它一定不是面粉，因为它不棉棉软软的合在一处，而是你干你的，我干我的，一些谁也不肯合作的散沙。老人抓起一把，放在手心上细看，有的东西像玉米棒子，一块一块的，虽然经过了磨碾，而拒绝成为粉末。有的虽然也是碎块块，可是颜色深绿，老人想了半天，才猜到一定是肥田用的豆饼渣滓。有的挺黑挺亮，老人断定那是高粱壳儿。有的……老人不愿再细看。够了，有豆饼渣滓这一项就够了；人已变成了猪！他闻了闻，这黑绿的东西不单连谷糠的香味也没有，而且又酸又霉，又涩又臭，像由老鼠洞挖出来的！老人的手颤起来。把手心上的"面"放在盆中，他立起来，走进自己的屋里，一言未发。

小顺儿走过来，问："太爷，到底是什么呀？"

老人把头摇得很慢，没有回话，好像是不仅表示自己的知识不够，也否定了自己的智慧与价值——人和猪一样了。

韵梅决定试一试这古怪的面粉，看看它到底能做出什么来——饺子？面条？还是馒头？

把面粉加上水，她愣住了。这古怪的东西，遇见了水，有的部分马上稠嘟嘟的粘在手上和盆上，好像有胶似的；另一部分，无论是加冷水或热水，始终拒绝粘合在一处；加水少了，这些东西不动声色；水多了，它们便漂浮起来，像一些游动的小扁虫子。费了许多工夫与方法，最后把它们团成了一大块，放在案板上。

无论如何，她也没法子把它擀成薄片——饼子与面条已绝对做不成。改主意，她开始用手团弄，想做些馒头。可是，无论轻轻的拍，还是用力的揉，那古怪的东西决定不愿意团结到一处。这不是面粉，而是马粪，一碰就碎，碎了就再也团不起来。

生在北平，韵梅会做面食；不要说白面，就是荞面、油麦面和豆面，她都有方法把它们做成吃食。现在，她没有了办法。无可奈何的，她去请教婆母。

天佑太太，凭她的年纪与经验，以为必定不会教这点面粉给难倒。可是，她看，摸，团，揉，擀，按，都没用！"活了一辈子，倒还没见过这样不听话的东西！"老太太低声的、失望的说。

"简直跟日本人一样，怎么不得人心怎么干！"韵梅啼笑皆非的下了一点注解。

婆媳像两位科学家似的，又试验了好大半天，才决定了一个最原始的办法：把面好歹的弄成一块块的，摊在"支炉"①上，干烙！这样既非饼，又非糕，可到底能弄熟了这怪东西。

"好吧，您歇着去，我来弄！"韵梅告诉婆母，而后独自像做土坯似的一块块的摊烙。同时，她用小葱拌了点黄瓜，作为小菜。

祁老人、天佑太太和两个孩子，围着一张小桌，等着尝一尝那古怪的吃食。小顺儿很兴奋的喊："妈！快拿来呀！快着呀！"

韵梅把几块"土坯"和"菜"拿了来，小顺儿劈手就掰了一块放在口中，还没尝出滋味来，一半已落入他的食道，像一些干松的泥巴。噎了几下，那些泥巴既不上来，也不下去，把他的小脸憋紫，眼中出了泪。

"快去喝口水！"祖母告诉他。

他飞跑到厨房，喝了口水，那些泥巴才刺着他的食道走下去；他可是还不住的打嗝儿。

祁老人掰了一小块放在口中，细细的嚼弄，臭的！他不怕粮粗，可是受不了臭味。他决定把它咽下去。他是全家的老太爷，必须给大家做个好榜样。他费了很大的力量，才把一口臭东西咽下去；而后直着脖子向厨房喊："小顺的妈，做点汤吧！"他知道，没有点汤水往下送，他没法再多吃一口那个怪"土坯"。

"汤就来！"韵梅在厨房里高声的回答，还问了声："到底怎样啊？"

老人没回答她。

小妞子掰了很小的一块，放在她的小葫芦嘴里。扁了几扁，她很不客气的吐了出来，而后用小眼睛撩着太爷爷，搭讪着说："妞妞不饿！"

小顺儿随着妈妈，拿了汤来——果然是白水冲虾米皮。他坐下，又掰了一块，笑着说："看这回你还噎我不！"

韵梅见妞妞不动嘴，问了声："妞子！你怎么不……来，妈给你一块

---

① 支炉：烙饼用的一种砂质上有小孔的炊具。

黄瓜！"

"妞妞不饿！"小妞子低着头说。

"不能不吃呀！以后咱们天天得吃这个！"韵梅笑着说，笑得很勉强。

"妞妞不饿！"妞子的头更低了，两只小手紧紧的抓住自己的磕膝。

"小顺儿的妈！"祁老人看看妞子，看看韵梅，和善的说："去给她烙一张白面的小饼吧！咱们不是还有几斤白面吗？"

"你老人家不能这么惯着她！那点白面就是宝贝，还得留着给你老人家吃呢！"韵梅不想违抗老人，也真可怜小女儿，可是她不能不说出这几句话。

"去，给她烙张小饼去！"老人知道不应当溺爱孩子们，可也知道这怪饼实在难以下咽，"就是这一回，下不为例！"

"妞妞，你吃一口试试！你看哥哥怎么吃得怪香呢？"韵梅还劝诱着小女儿。

"妞妞不饿！"妞子的泪流了下来。

祁老人看着小妞子，忽然发了怒，一掌拍在了桌子上，把筷子与碟碗都震得跳起来。"我说的，给孩子烙个小饼去！"他几乎是喊叫着。

妞子一头扎在祖母的怀里，哭起来。天佑太太口中含着一小块饼，她始终没能咽下去！乘这个机会，把它吐出来，而后低声的安慰妞子："太爷没有跟你生气，妞妞！不哭！不哭！"用手抚摸着妞子的头，她自己的眼眶也湿了，"小顺的妈，给她烙个饼去！"

韵梅轻轻的走开。她知道老太爷是向来不肯轻易发脾气的人，也知道他今天的发怒绝不是要和她为难，而是事情逼得他控制不住了自己。虽然如此，她可是也觉得委屈，摸了摸眼旁的伤口，她落了泪。迷迷糊糊的，她从缸中舀出一点白面来，倒在盆子里，泪落在白面上。

祁老人真没想发脾气，可是实在控制不住自己。拍了桌子之后，他有点后悔，而又不便马上向孙媳道歉。楞磕磕的，他瞪着那黑不溜球的怪饼，两手一劲儿哆嗦。

毒花花的太阳把树叶都晒得低了头。院中没有声音，屋中没有声音，祁家像死亡一样的静寂。

<h2 style="text-align:center">七十六</h2>

卖烧饼的停了工；点心铺还开着门，而停了炉；卖粥的、卖烫面饺的，卖馄饨的……都歇了工。没有面粉。

城郊的菜园还在忙着浇菜。哗啦哗啦——辘轳轻脆的，继续不断的响着；清凉的井水一股股的流向菜畦。深绿的是韭菜，浅绿的是小白菜，爬架的是黄瓜，那满身绿刺儿、头上顶着黄花的黄瓜，还有黑紫的海茄，发着香味的香菜与茴香，带着各色纹缕的倭瓜，碧绿的西葫芦，与金红的西红柿……

可是尽管生产，卖给谁去呢？那古怪的面粉，（日本人管它叫作"共和面"。哈！三四十种猫不闻狗不舔的废物混合成的东西，实在需要这样个美丽名称啊！）既不能包饺子，又不能蒸包子，烙回头①，炸三角，作锅贴，谁买青菜作馅子用呢？即使人们想炒一点菜吃，谁肯多花钱买贵重的青菜，就共和面吃呢？那委屈了那些菜蔬！共和面只配和小葱拌黄瓜，或生腌臭韭菜摆在一块儿！因此，什么都贵了，而青菜反倒减了价；种菜的倒了霉！

没有了粮，北平也失去它负有世界美誉的手工业。饿着肚子的人不会再买翡翠的戒指与耳环，镀金包金或真金的玲珑细巧的首饰，大雅优美的地毯，巧妙的儿童玩具，雕花的红木桌椅，彩色像鲜花一般的景泰蓝，灌浆的蟋蟀瓦罐子……北平人没有闲心闲钱买这些东西，而又没有法子把它们运出去，于是那些手巧心灵的工人们，（真的，他们若生在外国，也许被尊称为艺术家！）便随着大家一同挨起饿来。北平失去它最好的工人与生产，而只得到饥荒！

汉奸们，在这个情形之下，可反倒更加得意。他们庆幸自己有远大的眼光，及早的投降给日本人，所以现在他们能得到较好较多的粮食！不过，这还

① 烙回头：北京小吃。如长方形的肉火烧。

不够，他们须加紧的活动，设法要高升一级：能得到三等粮的，须改为二等粮；能得到一份的，设法得到双份儿。粮成为钻营谋事的标准。他们不单必须吃的好，吃的多，而且希望得到吃不了的粮食，好去卖黑市！

胖菊子没有运动成妓女检查所的所长。因为竞争的人太多，日本人索性裁撤了这个机关，而改由军部直接管理花姑娘的事。胖菊子狠狠的和蓝东阳吵闹了几次，甚至于摔砸了一些不很值钱的杯碗什么的。她以为她的失败纯粹因为东阳没有尽到所有的力量去运动。

蓝东阳，在计口授粮的办法实行以后，也有点后悔，没能给胖菊子运动成功。假若太太能做到所长，岂不多拿一份较好的粮！即使她拿不到好的粮食，不是还可以多弄点钱？有了钱，或者不至于买不到好的粮的。

后悔，使他咬上了牙，决定去得到个肥缺，教胖菊子看看他的本事，也使自己的心灵上得到自慰。他开始调查哪个机关肥，哪个机关瘦，以便找个肥的，死啃一口。越调查，他越发怒。敢情有的机关，特别是军事机关，不单发较多较好的粮，而且还有香烟、茶叶与别的日用品呢！这使他由悔而恨，恨自己为什么不早早的下手，打入这样的机关里去！

由这种机关再往别处看，他发现了铁路学校的学生是由官方发给伙食的。他的眼忽然发出火来，绿脸上出了汗，用力的把手拍在桌子上："啊！做这个学校的校长！校长！"吊起一只眼珠，他细细的啃手指甲，把指甲中的黑泥都有滋有味的吃下去。这才使他镇定了一些，他开始计算："就拿三百个学生算吧，每人扣下一斤粮，一月就是三百斤！三百斤哪，我的天！嗯，嗯，每月再开除几个学生，又多落下几份粮！哎哟，哎哟，我为什么没早想到这个呢？"

停止了啃指甲，他决定去运动这个学校的校长。

不，可不能因做校长，而放弃了处长呀！兼差好啦，兼差，处长兼校长！他咧嘴笑了笑，以为他所想到的就必能做到，因为这个时代是他的！

但是，他有没有做校长的资格呢？他没留过学，也没做过大学教授。想了一会儿，他把这些顾虑推在一旁；这根本不成问题。他是处长啊！处长有做一切的资格！

不过，铁路学校的校长并没有出缺呀！东阳又啃上了指甲。指甲上流了血，他想起来了：给现任的校长栽赃就是了。愣说校长窝藏各处来的"奸细"，岂不一下子就把他打下去？好主意！东阳马上看到多少袋子白面堆在自己的屋中！为这些面粉，他必须去捉几个学生，屈打成招的使他们承认"通敌"，而后把校长也拿下监去！为了面粉，屈杀几个人算什么呢？

他决定先去看看教育局的牛局长，探听一点消息。

在日本人占领北平之前，东阳没有做过官，所以不懂做官的方法与规矩。他是完全凭着日本人的力量而作了官的，因此，除了对日本人，他犯不上请客应酬。他向来不懂得什么叫适当的客气与礼貌，于是，见到日本人他就过度的恭顺，不怕出丑，而见到中国人便信意的吊儿郎当。他以为只有这样，才可以特别得到日本人的欢心，而使中国人怕他。这种欺软怕硬、为虎作伥的作风，居然被无聊的人们称为"东洋派"，在汉奸中自成一家。

他与牛局长向来没有过来往。可是，他决定今天去看牛局长。他以为牛局长是凭教授的资格才做了局长，而他自己却以中学教员的出身做到处长；那么，他自己的本事必定比牛局长大，他与日本人的关系也比牛局长的深；所以他用不着打个电话或写封信，约定会面的时间。

牛局长呢，恰好是另一路汉奸。他是个学者，并没上赶着日本人去谋求地位，也不懂什么是应酬、交际。他只求顺着日本人的摆弄而能保全自己的身家性命与他的图书仪器。因此，他不大爱和官僚们来往，而且颇以此自傲，觉得自己很"清高"。到他良心上感到痛苦的时候，他会对他的太太说："我不是汉奸！不是汉奸！"他可是只能说到此处为止，因为他找不到充足的理由证明自己，既作了日本官，怎么不是汉奸？

自从他做了局长，他的门外老有一个巡警给他守门。这使他感到了安全，而忽略了那个巡警也许是监视着他的，他的家也就是变相的牢狱。真的，自从他就任局长以后，他并没有一朝权在手、便把令来行的胡干，或故意邀功，可是他的收入显然的比从前加多了许多，他也没细考究那些钱是怎么来的，可只觉得在日本人手下做事（不是汉奸！）也怪舒服。

蓝东阳来到有四株绿树的门前，没理管门警，而硬往里闯。

"找谁？"巡警拦住了他。

他猛的往上一吊眼珠，觉得这是"国耻"——一个中国巡警敢拦住给日本人做事的官儿！嘴唇几乎没动，他口中干嘣出："蓝处长会牛局长！"

"请给个片子！"巡警很客气的说。

东阳有名片，而不高兴递给中国人；他的片子是用日文印的。"蓝处长！"他又喊了一声。

巡警见他的绿脸上抽动得那么奇怪，不便再索要名片。"请等一等，我回禀一声去！"

巡警去了有三四分钟，蓝东阳等得不耐烦，一个劲儿吊眼珠。在他等候日本人的时候，他往往要必恭必敬的站半点钟或三刻钟，可是并没感到过焦躁，因为等候日本人的时间越长，他越觉得有滋味，像做祷告似的，越长越见虔诚。现在，为见一个中国小官，也居然等三四分钟，他受不了；这伤了他的自尊心，假若他也有自尊心的话。

巡警回来，和颜悦色的说："对不起，局长正忙着呢！"

东阳一口臭气喷在巡警的脸上，"什么？我是蓝处长！"

巡警看出来，若不拿出点厉害的来，恐怕不易抵抗那臭气的再来侵袭："局长不爱见客！有时候连日本人都挡驾！"

"真的？"东阳的嘴半天没有闭上。"连日本人……"他的绿脸上有了笑纹，"好啦，我改天再来！"

"顶好先来个电话，定个时间！"巡警教导蓝处长。

"一定！"蓝东阳慢慢的走开，心中掂算着："好家伙，真有高人呀，连日本人都不见！这小子的势力大远了去啦！说不定他的局长还是天皇下手谕派出来的呢！"一边走，他一边回头看那四棵柳树。他没有感到绿树的美好，而只觉得他应该回去多站一会儿，表示出依依不舍的意思。

刚一转过头来，面对面他看见了冠晓荷和祁瑞丰——他的盟兄弟、同事、情敌。

冠祁二位被放了出来，因为日本人既没法定他们的罪，又不愿多费狱中的粮食。

祁瑞丰的小干脸当时没了血色。他的第一个念头是打东阳一顿。可是，他没有动手。他是祁老人的孙子，天佑的儿子，瑞宣的弟弟，冠晓荷的朋友，他不敢打架，即使面对面见着抢去他的老婆的人。

蓝东阳明知瑞丰不敢打架，可还有点怕，绿脸更绿了一些。

冠晓荷先开了口："哎呀，东阳老弟！我想死你啦！"

东阳看着他们俩，见他们的狼狈的样子，想不出一声便走开。

晓荷一句话把东阳扣住："老弟，你可晓得，招弟当了特务？"

东阳暗自庆幸："幸而我没得罪她！"紧跟着，他叫了声："冠大哥！"虽然他手下也有特务，可是他想招弟恐怕是直属于军部的；一个军部的特务是可以随便欺侮一个文官的。

瑞丰见晓荷唬住了东阳，他也搬运出一点狡猾来："东阳，你猜怎着，我也当了特务！"说着，他把手伸在衣襟里去，仿佛是摸手枪。

东阳真想请他们俩到家中去吃饭，可是，那又根本与他的天性矛盾着，于是改为："你们有工夫，到我那里谈谈！"

"明天准去！"晓荷兴高采烈的说。"瑞丰，你也……"他不便替瑞丰答应下来，因为怕瑞丰不好意思见到胖菊子。

瑞丰的确有点不好意思去，可是，又一想，假若到了蓝家，能吃上一顿饭什么的呢，也就不便过于固执。"真有事吗？"他问了一句。

"有事！有事！"东阳心中盘算好：假若招弟和瑞丰都是军部的特务，他就不妨利用他们俩给铁路学校的校长栽赃。军部的人既有特殊的势力，又能即使惹出祸来也与他无关。

"总得弄点什么给我们吃哟！"晓荷笑着说，"哪怕有四两酒呢，哥儿们老不见了，还不亲热一回？"

东阳决定不掉在圈套里，没说请他们吃饭，也没说不请他们，而只吊了吊眼珠。

晓荷实在希望能吃到一顿好饭，于是开始夸赞东阳的眼珠："真的，老弟，你的官运越好，眼珠儿也越吊得高！"

东阳不单没答应请他们吃饭，反而告诉他们："明天到我那里，你们俩得换换衣服！我那里常来有地位的人！"看他俩破衣拉撒①的样子，他怀疑招弟与瑞丰是否真做了特务。

瑞丰的灵机一动："我这是化装！到哪儿去也是这样打扮！"

东阳赶紧赔笑："好啦，明天见！"

见东阳走远，晓荷用肘轻撞瑞丰的肋骨："化装！化装！有你的！妙！"

瑞丰也非常得意自己的随机应变，抿着嘴笑。

二人先回到六号，在院中，他们遇到丁约翰。丁约翰把他们拦住。晓荷惊异的问："这是我的家，你怎么不让我进去？"

"你的家，我早租了别人！想想看，你几个月没交房租啦？"

"那么，高第呢？"晓荷并不知道她也下了狱。

"她，早给日本人抓走啦！"

"我还有东西呢！"晓荷没注意高第下狱的事，他素常就不大喜欢她。

"你几个月没交房租，那点东西能值几个钱？"

晓荷愣住了。没有个地方住，是严重的事。想了想，他要唬唬丁约翰："你知道招弟是干什么的，顶好别得罪我！"

约翰不吃这一套。"甭管她是干什么的，反正你得出去，请！"

多么晴美的夏天晚上啊。在往年，这是祁老人最快乐的一段时间。到五点多钟，斜阳使西墙给院里铺上阴影，枣树上半大的绿枣都带着点金光，像一

———————————
① 破衣拉撒，形容衣服破烂不整齐。

颗颗的宝石。祁老人必灌几壶水，把有阴凉儿的地方喷湿，好使大家有个湿润凉爽的地点吃晚饭。饭后，老人必浇一浇花，好使夜来香之类的花草放出香味，把长鼻子的蜂子招来，在花朵外颤动着翅儿，像一些会动的薄纱。蜻蜓，各种颜色的蜻蜓，在屋檐那溜儿飞旋，冲破了蚊阵。蝙蝠们逐渐的飞出来，黑黑的像些菱角，招得孩子们把鞋扔上去，希望能扣住一个大菱角。乌鸦，背上带着霞光，缓缓的由城外飞回，落在南墙外的大树上。小燕们一排排的落在电线上，静静的休息飞了一天的翅膀。天上发过一阵红之后便慢慢灰暗起来，小小的凉风吹来，吹出一阵强烈的花香。这时候，孩子们说了一天的废话的小嘴，已经不大爱张开，而请求老人给他们说故事。老人的故事还没说完，他们已闭上了眼，去看梦里的各色的小鱼与香瓜。

今天，老人的肚子饿，而不肯说出来。他已停止了给地上喷水，一来是懒得动，二来是舍不得水——天热井浅，而胡同中的两家日本人无尽无休的用水，倒水的山东二哥只尽量的供给他们，而不管别家有没有水吃。至于浇花，就更提不到了；老人久已没有闲心种花；连那几盆多年的石榴都已死去一半；那没死的，因为缺水，只剩了些半黄的叶子，连一朵花也没有开。老人的眼老躲着它们。北平的乌鸦，因为找不到吃食，已经减少；南墙外的大树上只有两三只脱了毛、一声不出的黑鸦，仿佛跟北平一样的委屈肌瘦。

小妞子还是不肯吃共和面做的东西，所以每天吃饭必定吵闹一阵。吵过去，她含着泪一边抽搭，一边倒在祖母怀中似睡非睡的闭上眼。她平日不是爱哭闹的孩子，可是现在动不动便哇的一声哭叫起来，发泄她小心眼中的委屈。这晴美的夏晚，还有晚霞，还有蜻蜓与蝙蝠，而没有了孩子们的笑声，天色越美，院中反倒越显出静寂，静寂得可怕！大家唯一的希望就是赶紧躺在床上去，省得面面相觑，找不到话说。

正是在这样的一个晴美、难堪的傍晚，祁瑞丰回到家来——还带着冠晓荷。

头一个看见他们的是小顺儿，他飞跑过来，高声喊："二叔！你回来了？"

小妞子正在祖母怀中假睡，听到哥哥的喊叫，赶紧睁开眼，也叫"二叔"！

祁老人在自己屋子的阶前坐着呢。看见老二，他不由的高了兴。可是，几年来的苦难，教训明白他不应当只想着四世同堂，而宽容老二。他低下头去。瑞丰叫了一声"爷爷"，老人也没答应。

天佑太太的母爱，本来使她要问老二在狱中受了委屈没有，可是一见老人对孙子的冷淡，就决定不说什么。

瑞丰本想大家必定热烈的欢迎他，像欢迎一个远征归来的英雄似的。他颤着声叫了爷爷与妈妈，还想马上就鼻一把泪一把的把入狱的情形，像说故事似的，说给大家听。及至看到祖父与母亲的冷淡，他愣住了。

韵梅，明白祖父与婆婆的心意，可是不便不给老二一点温暖。她是这一家的主妇，应当照应一切的人。她给了他一点笑脸："哟，老二你回来啦？没受委屈啊？"

老二扑奔了大嫂去，想痛痛快快的述说狱中的一切。可是，一回头，见祖父瞪着他呢，他又无可如何的闭上了嘴。愣了一会儿，他低声的问大嫂："冠先生没有了住处，你能给他想个主意不能？"

冠晓荷扯了扯衣襟，向祁老人与天佑太太行了礼，而后满面春风的，对韵梅说："哪怕只住这一晚上呢！明天我就有办法，不再打搅！说真的，招弟做了特务，特务的爸爸还能没个地方住吗？"

韵梅还笑着，而语气相当的坚决："冠先生，那我可不能作主！"

祁老人不想出声。一来，肚子里寡寡落落的，实在打不起精神说话。二来，他知道韵梅有分寸，不至于随便的留下冠晓荷。三来，不得罪人是他的老办法，他希望晓荷赶紧走出去，他也就不便多开口。可是，他忽然的张开口；几年的受罪仿佛逼着他放弃了对条狗都和和气气的、对恶人也勉强着客气的办法。他的世界已经变了，他必须黑白分明，不再敷衍。他立了起来，指着晓荷的脸说："走！出去！别惹出我的不好听的来！"而后，他转向瑞丰："你，不知好歹的东西！你要不把这个人弄走，我老命不要，跟你拼了！"

瑞丰见祖父真生了气，不敢再说什么，扯起晓荷往外就走。他知道，假若他敢违抗老人，老人也许真不再给他饭吃。把晓荷扯到街门外，他只说了声"对不住！"便把门关上了。再跑进院中，他以为就可以平安无事，去吃晚饭了。哪知道，祖父还等着他呢。一照面，老人把孙子截住，把从日本人占领北平以来的瑞丰的所作所为一股脑儿全提出来，一边说一边骂。老人好像已不是瑞丰的祖父，而是个旁观者清的外人；他已不再由祖父的立场去格外原谅孙子，而是客观的责骂，像一个有正义感的、有见解的人，责骂一个不知好歹的、没有出息的坏蛋那样毫不留情。

骂了有半点多钟，老人，肚子里本来空虚，开始颤抖起来。天佑太太和韵梅并没有给瑞丰说好话，而只过来劝慰老人，怕老人气出病来。她们好说歹说的把老人劝住，老人坐在阶石上，落下泪来。

瑞丰没有详细的揣摩老人的责骂，而只觉到委屈与不平。他以为自己刚刚出狱，理应得到家人的欢迎与安慰，老人这样的对他未免过分的无情。见老人坐下，他跑进自己屋中，低声的为自己叫屈。

坐了半天，老人渐渐的把气消净，乘着韵梅换他起来的时候，他低声的告诉她："给他弄点饭吧！"韵梅惨笑着点了点头。

瑞宣今天又回来的晚了一些。在平日，他总是下了班就回家，为是表明："我是家长，我到时候就回家，绝不在外面多为自己花一个钱！虽然我没能出去，参加抗战，可是我至少对得起一家老少！"这样他虽不格外的原谅自己，可也就不便太轻看自己。

近来，自从大家都吃共和面，他懒得回家了。有时候，下了班之后，他不去搭电车，而丧胆游魂的在街上走。他怕回到家中，面对面的看着老祖父、病母亲，吃那猪狗都不肯吃的东西；更不愿听到小妞子的哭哭啼啼与韵梅的左右为难的话语。一看到，听到，那情形与哭啼，他便觉得这已不是家庭，而是地狱！老人们的眼中已失去那老年的慈祥，孩子们的眼中已失去那天真的光泽，而都露出恐惧与绝望。这使他看出来，他不单辜负了国家，而也并没能救活了一家子人。他的全盘打算——不去救国，而只求养家——通体弄错了！

看着委委屈屈的老小，他觉得他应当说几句笑话，使大家笑一下。可是，那是欺骗！他只能低着头，把那不能下咽的东西吞下去，虽然明知道那些东西不过仅在肚子里打个穿堂，对他没有任何好处。假若那些没有任何营养的东西对他无益，它们就能很快的杀死老人与孩子们；它们是毒药！想到孩子们也会饿死，他的头上出了冷汗。苟安，苟安，苟安的真意是杀死自己的儿女，断子绝孙！

有时候，富善先生特意省下一点面包和点心，用油纸包好，偷偷的放在瑞宣的旧皮包中。老人还另外放一张纸条，用英文写上："请原谅我，瑞宣，假若这能使孩子们高兴一点，我的功过就相抵了。"

小狼似的，两个孩子把那点东西吞下去。及至吃完他们才想起："怎么没分给太爷爷和奶奶一点呢？"

小妞子特意的等着爸，希望他能带回点面包什么的来。看到爸没带回东西来，她会说："爸爸！妞妞乖！妞妞不要面包！"这使瑞宣的心中像刀刺着那么疼。

他已停止了教小顺儿读书，知识救不活快饿死的孩子。忧郁，饥饿，使他的胃中一阵阵的疼，一阵阵的冒酸水，没有精神再谈文化与历史；饥荒会使文化与历史灭亡！

在他丧胆游魂的串街的时候，他发现了许多新的、使他难过的事。他看见了中日合办的饭馆，里面的装备都是中日合璧的：高桌高凳是给中国人预备的，另有一些矮桌是给日本人用的。四壁上挂着日本的彩印版画，桌上摆着日本人所喜爱的奇形异状的盆景。别的饭馆，因为粮米与猪羊的统制，都已三天打鱼，两天晒网，不能天天生火；这个中日合办的地方却老能得到米面调货，而且用低廉的价钱抢别家的生意，所以天天挤满了人。在这里，人们花不了多少钱，而能得到一大盘子白米饭和一点日本式的简单的菜。好几次，瑞宣的时常冒酸水的胃，与很久没吃过米饭的嘴，逼迫着他进去吃那么一大盘子"和定食"。可是，他咬上牙，赶紧走开。无论如何，他告诉自己，他不能那么下贱，去吃东洋饭，去帮助完成日本饭馆的生意兴隆，去和日本人挤在一处吃东西！他明知道这种消极的抵制，并无补于事，可是他到底还觉得有这么一口硬气是值得自傲的。

他也看见了不少日本铺子，在王府井大街一带。这，他倒没感到怎么奇怪。连小羊圈里都有了日本住家，这条大街上理应有日本铺子。可是，当他看见中国铺户也把牌匾什么的装修成日本式，他的头不由的就低了下去。他觉得这不是文化的吸收，而是无耻的投降。

同样的，他在东安市场看到小盆景：一株粗而短的松树，斜倚着一块奇形的山石；或一个茶碗大小的盆子，种着一小枝仙人掌或仙人拳；或用人工曲扭成的小树，开着一两朵花。他知道这是为卖给日本人的。日本人的"自然"必经过残忍的炮制，把花木都忍心的削折歪扭，好显出不自然的"美"来。中国人也学会了这一套！中国人聪明，什么都一学就会，可是只没学会怎么强硬与反抗！

回家吧，可怕；在街上遛吧，又触景生情；他简直不知如何才好。他不敢逃出北平，而北平好像已离开了他，使他没有地方去。就是在这种心情下，他今天慢慢的走回家来。

冠晓荷在祁家门外的阶石上坐着呢。看见瑞宣，他急忙立了起来："啊，瑞宣！我和老二都平安无事的出来了！你能不能……"他还没有说完，瑞宣已推开门，走进去，而后把门上了闩。

韵梅轻轻的告诉他："老二回来啦！"

他一声没出，走进屋里去。

七十七

晓荷，吃了瑞宣的钉子，呆呆的立在那里，看着原来是他自己的那所房子。他想起以前的自己、大赤包、桐芳与女儿们。他不能明白他怎么会落到这步天地。左思右想，他想不出自己有什么过错；假若真的有因果报应一说，他既没有过错，怎会有这么惨的报应呢？堂堂的冠晓荷会没有了住处！长叹了一声，他走出小羊圈。

天已快黑了，他上哪儿去呢？平日，他总以为北平的一切都是给他预备的：洋车是给他代步的，只要他一点头，马上有两条腿来替他奔跑；街灯是给他照亮儿的，好使他的缎子鞋不至于踩着脏东西；铺户是为他开着的，只要他一摸钱袋，那些做生意的便像一群狗似的来伺候他。现在，洋车、铺户、街灯，还都在街上，他可是觉得惨淡、孤寂、难过。没有人招呼他，他自己也不知道该到何处去，北平的一切已不是为他预备着的了！为什么呢？为什么呢？他想不出道理来！

他不敢发怒，因为假若一怒而做出些与深鞠躬、慢走路相反的事来，容或就出点乱子。他不后悔以前的所作所为，因为他只觉得以前的一切是值得记住的，值得自傲的；以前，特别是在大赤包做了所长以后，是他的黄金时代；黄金时代不会是个错误！

他的肚中响起来。饥饿是最迫切的问题；他忘了别的，而只想怎么能马上吃到点东西。他决定去找蓝东阳。他知道东阳是啬刻鬼，可是他也相信自己的三寸不烂之舌；即使东阳真是鬼，他相信，他也会把鬼说活了心的。

东阳，因为巴结日本人的经验，晓得凡是急于求事的必在约定的时间以前来到；他自己就是那样。他也晓得，求事的人来得越早，被求的人就越要拿架子，故意的不肯出来会见；他自己就受过多少回这样的冷淡与折磨。因此，一见晓荷今天晚上就来到，他马上起了疑心：大概晓荷是急于求助，而急于求助就表明招弟未必真做了特务。于是，他开门见山的问晓荷："告诉我，招弟的事是不是真的？"

晓荷像忽然被马蜂螫了一下："哎呀！你怎么可以不信我的话呢？你就不想想，我敢拿东洋人的事随便开玩笑吗？"

东阳愣了一会儿，觉得晓荷并没说假话："告诉我，我上哪儿去找她？"

"那——"晓荷不敢说出她的地址来，怕再下狱，"那，你知道，特务的地址是不准告诉别人的！"

"我找不到她，还有什么可说的呢？你呢？你也找不到她？"

"我——"晓荷不知怎么回答好。

"好啦，别多耽误我的工夫！你既也找不到她，我只好用祁瑞丰了！"

"瑞丰？他骗你呢，他要是特务，我就是日本天皇了！"

"晓荷，你怎么敢当着我，随便拿天皇开玩笑呢？"东阳立起来，吊着眼珠，向东方鞠了一躬。

"噢，我错了！我道歉！"

"你跟瑞丰全是骗子，滚出去！"

"我还没吃饭哪，东阳！"

"我，这儿又不是饭馆！滚出去！敢来戏弄处长，哈！"

"太太呢？我见见太太！"晓荷真着了急，想向胖菊子求救。

胖菊子恰好由外面走进来，一眼看到晓荷，她的气不打一处来。因为没能把妓女检查所的所长弄到手，近来她恨一切的人；晓荷是大赤包的丈夫，特别教她生气。

"处长太太！"晓荷柔媚的叫了声，为是打动女性的慈悯。

胖菊子一声没出，只啐了一口唾沫，便走了进去。

晓荷的脸跟东阳的一样的绿了。头上出着冷汗，他慢慢的走出来。

已经走到大门，他灵机一动，又走回去，对东阳说："东阳，我不计较你！你的态度对！比如说你是我，我是处长，我还不是也这样对待你？对，你对，理应如此！可是，你记住，招弟真是特务，有朝一日，你见到她，你可也提防着点！"说完，他扭身便往外走。

东阳追出来。他不懂什么叫对人不可赶尽杀绝，不懂什么叫维持人缘，可是他知道军部的特务有多么厉害。他扯住了晓荷："你回来！我给你一顿饭吃！"他以为一顿饭必能收买住晓荷，因为他向来连一颗米粒也没白给过任何人。

晓荷的脸上又有了笑意。

这时候，瑞丰在屋里没敢出来向大哥招呼，怕大哥也像祖父似的责骂他。

第二天早上，他等着大哥出去上班，才敢起床。起来，胡乱的吃了口东西，他又藏在屋里去思索：到底他应当去找东阳不应当。想到菊子，他不好意思去。想到东阳也许给他点事做，他又愿意去。他知道昨天他骗了东阳；那么，假若东阳需要的是特务，他怎么办呢？想了好大半天，他噗哧的一笑："蒙着锅儿来吧①！到时候再说！"这么一想，他决定去见东阳。他觉得瞎猫碰死耗子是最妥当的办法。他细细的刮了脸，里外都换上干净衣裳，又跟大嫂要了点零花，而后气象焕然一新的走出家门。

天气非常的晴爽，虽然温度相当的高，可是时时有一阵凉风儿使人觉得舒服。瑞丰扬着小干脸，走几步便伸开胳臂，使凉风吹吹他的夹肢窝，有点飘飘欲仙的样子。他忘了祖父的责骂、狱中的苦楚，而只一心一意的想和东阳去"合作"，给自己创出一条新生路。

到了蓝宅，他不敢去叫门；万一真遇上胖菊子，他怎么办呢？假若他这一辈子也有一桩教他觉得可耻的事，那便是他丢了老婆而没敢向东阳决斗。

站了半天，他还是决定不了去叫门与否。忽然门开了，一个年轻人相当客气的往里边让瑞丰。瑞丰不再迟疑，跟年轻人走了进去。他心中说："东阳真诚心诚意的等着我呢，有门儿！"

东阳，还另有一个青年，在院里站着呢。瑞丰怕见到胖菊子；可又似乎愿意看见她，不住的向四处打眼。他听见屋里咳嗽了一声，很像菊子的声音。他的心跳起来。

东阳斜着绿脸，为是把眼调正了，瞪着瑞丰。瑞丰莫名其妙的笑了一下。东阳猛的把眼珠吊起去，问："你说，你是特务，真的？"

瑞丰，说惯了谎话，硬着头皮回答："那还能是假的？"

东阳问两个青年："你们听见了？"青年们点了点头，而后一齐走向瑞丰，一边一个把他夹在中间。瑞丰猜不透这是怎回事，心中有点发慌，连声的问："怎回事？怎回事？"一边问，一边他想起最好的主意，跑！可是，刚要

① 蒙着锅儿来吧：办事没有一点把握。

抬脚，他觉得两个硬东西一左一右的顶在他的肋骨上。他不敢再动，脸上没有了血色，嘴张了半天才问出来："东阳，我怎么了？"

"你，冒充特务！"东阳向两个青年一扬手，"带他走！"

瑞丰急了，狂喊了一声："菊子？快救救我！"

菊子没有出来。两个青年一齐加劲的把硬东西顶在瑞丰身上，他不敢再出声，跟着他们往外走。

这样，瑞丰又入了狱。

东阳非常的得意。他知道瑞丰是没有胆子，不值得一欺侮的人，可是，能借机会把他下了狱，他的心灵上觉得舒服：一来是，多抓一个人，他可以多立一功；二来是，能把瑞丰结果在狱中，他便是对菊子示了威，而且也可以扫清了自己心中那一点点对瑞丰的顾忌。结果了瑞丰，仿佛他才真能是胖菊子的唯一的丈夫。是的，他必须教瑞丰死在狱中。这是他临时想起来的，可是临时想起的主意，假若十分狠毒，就仿佛比自己盘算好的计划更近乎有灵感；他很想去作一首诗。不，他还顾不得作诗，他得先去布置瑞丰的死！

到吃晚饭的时候，瑞丰还没有回来，大家并没怎么觉得奇怪。天黑了，他还没回来，祁老人开始叨唠："已经教日本人圈过这么多日子，还不知好歹；乱撞什么去，天黑了还不回来！"

听到老人的叨唠，大家还没十分的搁心，都以为老二刚由狱里出来，必像出笼的鸟儿似的，尽量的散逛；待一会儿必会回来的。

又过了半天，祁老人又叨唠起来。口中叨唠，心中却难过，老人以为自己不该在瑞丰刚由狱里出来，就劈面骂他那么一大顿。假若瑞丰是为被责骂而挂了气，也像小三儿似的跑出北平去，老人觉得未免太对不起祁家的祖先；瑞丰是个不要强的子孙，可是即使如此，老人也不愿负对不起祖先的责任。这样一想，他开始忘了瑞丰一切的劣迹，而只觉他是祁家的人，千万不要再出点什么乱子。

到了快睡觉的时候，连天佑太太也沉不住气了。在往日，瑞丰时常回来的很迟，她并没这样耽过心。今天，她好像有一点什么预感，使她的心七上八下的安不下去。

夜里，屋中还是很热。大家都假装的睡，可是谁也睡不着。一会儿，小妞子像炸了痱子似的哭喊两声；一会儿，祁老人长叹一口气；一会儿天佑太太低声的对小顺儿说两句话。黑的天，热的空气，不安的心情，使全家都感到一点什么可怕的事在暗中埋伏着。没有人喜欢瑞丰，真的；可是大家越知道他无聊无知，才越不放心他。

快到天亮，屋中的热气散尽，也有了点凉风，大家才昏昏的睡去。

韵梅起来的很早。可是，一出屋门，就看见祁老人在院中坐着呢。老人的白发，特别是头顶上那几根，在晓风里微微的颤动，颤动得很凄凉。他脸上的皱纹像比往日深了许多，也特别黑暗，老人的小褂子只系了一个扣子，露着一部分胸口，那里的肉皮也是皱起的、黑暗的，像已没有了血脉。

"你老人家干吗起这么早？"韵梅低声的问。

好大半天老人也没答出话来。低着头，他的下巴像要顶进那瘦硬的胸口里去。好久，他长叹了一声，还低着头，说："哼！都错了，我都算错了！我说北平的灾难过不去三个月；三个月？好几年了！我算计着，不论如何，咱们不至于挨饿；哼！看看小妞子，看看你婆婆！我算计着，咱们祁家就是受点苦，也不见得能伤了人口；可是，先是你的公公，现在，又轮到老二了！"

"老二不会出岔子，你老人家放心吧！"韵梅勉强的笑着说。

老人还低着头，可是语声提高了一点："怎么不会出岔子？在这年月，谁敢拍拍胸口，说不出岔子？我不对！不该在老二刚回来，就那么骂他！"

"难道他不该骂？爷爷！"

老人翻眼看了韵梅一下，不再说什么。

凉风把夏晨吹醒。鸟儿用不同的腔调唱起歌来，牵牛花顶着露水展开各色的小喇叭，浑身带着花斑的飞虫由这儿飞到那儿，蜘蛛在屋角织起新的丝网。世界是美好的，似乎只有人们不大知趣；他们为自己的生活，使别人流血；为施展他们的威风，顷刻之间用炮火打碎一座城池。

瑞宣一睁眼，就皱上了眉头。美丽的夏晨，对他，是一种嘲弄。

出了屋门，他看见祖父，赶紧叫了声："爷爷！"

老人没哼声，还那么低头坐着。

瑞宣慢慢的往外院走。走到影壁前，他看见地上有个不大的纸包。他的心里马上一动。那是东洋纸，他认识。包儿上的细白绳也是东洋的。愣了一会儿，他猛的把纸包拾起来，把绳子揪开。里边，是瑞丰的一件大褂。搂着大褂，他的泪忽然落下来。他讨厌老二，可是他们到底是亲手足！

轻轻的开了街门，他去找白巡长。

找到白巡长，瑞宣极简单的说："我们老二昨天穿着这件大褂出去的，今儿个早晨有人从墙外把它扔进来，包得好好的。"

看了看瑞宣，看了看大褂，白巡长点了点头，"他们弄死人，总把一件衣裳送回来；老二大概——完啦！"

听白巡长说的和他自己想的正一样，瑞宣想不起再说什么。

白巡长叹了口气。"哼，老二虽然为人不大好，可是也没有死罪！"他打开了户口簿子，"祁先生，这件大褂就是通知书，以后别再给他领粮！"说着，他把"瑞丰"用笔抹上条黑杠儿。

"白巡长！"瑞宣的嘴唇颤动着说，"我把这件大褂留在这儿吧？万不能教我祖父看见！我的父亲……现在又是老二，祖父受不了！请你帮我点忙，千万别对任何人说这件事！"

"我懂得！一定帮忙！"白巡长把那件大褂又包起来，"祁先生，甭伤心！好人也罢，歹人也罢，不久都得死！"

瑞宣急忙去找李四爷。简单的把事情说明，他嘱托老人："发粮证的时候，千万别教我祖父知道少了一份粮！还有，过两天，您看机会，告诉我祖父，就说您看见瑞丰了！"

"我得扯谎？"

"那有什么法子呢！只要您说看见老二，祖父必信您的话，放了心；要不然，他老人家得病一场！真要是他老人家现在有个好歹，可教我怎办？我已经穷到这样儿，还办得起丧事？"

"好吧！你的话也对！"李老人点了头。

辞别了李四爷，瑞宣慢慢的往家中走。

走进了家门，他似乎不能再动了。他坐在了门洞里，一半有声的、一半无声的对自己说："你知道老二的行为不对，为什么不早教训他呢？打他几个嘴巴子，也比教他死在日本人手里强呀！你为什么只顾大家表面上的和睦，而任着老二的性儿瞎胡闹呢？好，现在他死了，你去央求白巡长、李四爷，给遮掩着事实；倒好像老二根本是好人，总得活下去；即使他死了，也得设法弄得好像他还活着似的！这是什么办法呢？你讨厌他，而不肯教训他；他死了，你倒还希望他活着！你只会敷衍、掩饰，不会别的！你的父亲教敌人逼死，报仇了吗？没有！现在你的弟弟，不管他好坏，又教日本人杀了，你不单不想报仇，而且还不教别人声张，给日本人遮瞒着罪恶……你也算个人！！！"

这样骂过自己一阵，他无精打采的立了起来。

祁老人还在那儿坐着呢。

祖孙彼此看了一眼，谁也没说什么。

七十八

北平人到什么时候也不肯放弃了他们的幽默。明快理发馆门前贴出广告："一毛钱，包办理发、刮脸、洗头！"对面的二祥理发馆立刻也贴出："一毛钱，除了理发、刮脸、洗头，还敬送掏耳、捶背！"左边的桃园理发馆贴出："八分钱，把你打扮成泰伦鲍华！"右边的兴隆理发馆赶紧贴出："七分钱包管一切，而且不要泰伦鲍华的小账！"

饭已没得吃，人们顾不得什么剃头刮脸。不错，像胖菊子们，还照常烫头发、修指甲，可是她们都到那不减价的美容室去。至于一般人，他们得先设法撑满了肚子，头发与胡须的修整必须放在其次。于是，小理发馆不论怎么竞争减价，怎样幽默，还是没有生意。

孙七在往日，要从早到晚做七八个钟头，才能做完该做的活。现在，他只须做一两个钟头就完结了一天的事。铺户里都大批的裁人，他用不着再忙。而且，因为小理发馆都发狂的减价，有的铺户便干脆辞掉了他，而去照顾那花钱少而花样多的地方。他，孙七，非另想办法不可了！

他是爱脸面的人，虽然手艺不高，可是做惯了铺户的包活，他总以为自己应当有很高的地位，像什么技术专家似的。因此，他不能到街头和那群十三四岁的、刚出师的小孩子们挤在一处，去伺候洋车夫和小贩们。他也不肯挑起剃头挑子，沿街响着唤头，去兜生意。在平日，他打扮得相当的漂亮：短蓝布衫，浆洗得干净硬正，底襟仅将将过膝，显出规矩而利落。里面的小褂，很白，袖子很长，以便把白袖口挽出来，增加他的漂亮干净。他没拿着那铮铮响的唤头，而只夹着一个雪白的布包，里面放着他的家伙。这样，每天早晨，夹起白布包，甩着长而白的袖口，去到铺户做活，他感到像一位艺术家去开展览会似的。他体面，规矩，自傲。他一定不肯沿街去兜揽生意，那损伤了他的尊严。

现在，他可是非下街不可了！他的眼本来就有点近视，现在就更迷糊了，因为眼中有些泪。他爱瞎扯。他对什么都不十分了解，所以才敢信意的瞎扯；瞎扯使他由无知变为无所不知。现在，他闭上了他的嘴。他须和程长顺一个样子的去游街，弄得满身尘土，像个泥鬼。他伤心，也就不肯再瞎扯。

每天早晨，他依旧到几家他做过多少年生意的铺户里去。做完这点活，天色还不到正午。下半天他干什么去呢？在家中坐着，棚顶上不会给他掉下钱来！没办法，他去买了个唤头。夹着白布包，打着唤头，他沿街去做零散的活计。听着唤头铮铮的响，他心里一阵阵的发酸。混了二三十年，混来混去会落到这步天地！他的尊严、地位，忽然的都丢掉。在前些日子，他还敢拒绝给冠晓荷刮脸，现在，谁向他点手，谁便是财神爷！

他不敢在家门附近响唤头，他必须远走，到没有人认识他的地方去。他须在生疏的地方去丢脸,而仍在家门左近保持着尊严。转了一天,不管有无生意,他必在离家门还相当远的地点,把唤头掩藏起来,掸去鞋上与身上的灰土,走回家中。

在北平人的记忆里,有些位理发匠（在老年间被叫作剃头的）曾有过不甚光荣的历史。孙七还记得这个,所以他一向特别的要表示出尊严与正经,仿佛是为同行的争一口气。他最怕看见十几岁的小剃头的们,把特制的短小的挑子放在一处,彼此诟骂、开玩笑,或彼此抠抠摸摸的。现在,他既须去游街,就没法子不遇见这样的孩子们。不管他们的手艺多么不好,年岁多么小,他们到底是他的同行,都拜一个祖师。他的眼不得力,不能由远处就看见他们而及早绕道儿躲开。及至身临切近,看见他们的丑态,听到他们的脏话,他不由的就发了怒。尽管发怒,他可是没法干涉他们;他们不是他的徒弟,他没有管束他们的权利。搁在往日,他可以用前辈的资格去说他们几句;现在,他与他们全是下街讨饭吃的,谁也不高,谁也不低。他要申斥他们,只是自讨无趣! 有时候,孩子们中间有认识他的,便高声的问他:"孙师傅,你也下街啦?"教他轰的一下,连头发根儿都红了起来。

为避免这种难堪,他开始选择小胡同去走。可是胡同越小,人们越穷,他找不到生意。他用力敲打唤头,一半是为招生意,一半是为掩遮他的咒骂,咒骂他自己、他的同行与日本人。

天极热,小胡同里的房子靠得紧,又缺少树木,像一座座的烤炉。可是孙七必须在这些烤炉中走来走去。被阳光晒得滚烫的墙壁,发着火气,灼炙着他的脸、他的身体。串过几条这样的胡同,他便闻到自己身上的臭汗味。他的袜子,像两片湿泥巴,贴在他的脚心上。哪里都是烫的,他找不到个地方去坐一坐。他的肚子里只有些共和面和凉水,身上满是臭汗与灰土,心中蓄满了忧虑、愤恨与耻辱。这样,走着走着,他便忘了敲打手中的唤头,忘了方向,只机械的往前缓缓的移动脚步。忽然一声犬吠或别的声音,才惊醒了他,赶紧再响动手中的唤头,铮铮的给自己更增加一些烦躁。

饥、暑、疲倦、忧虑，凑在了一处，首先弄坏了他的肠胃，他时常泻肚。走着走着，肚子一阵疼，他就急忙的坐下，用手揉着肚子。他的脸登时变成绿的，全身出着盗汗。他的肚子像要拧成一根绳，眼前飞动着金星。他张着嘴呼吸；一阵疼，身子要分为两截，他的耳中轻响，像有两个花蚊子围着他飞旋。随着这响声，他的心也旋转；越转越快，他渐渐失去知觉。那点响声走远了，他的眼前完全变成黑的；心中忽然舒服了一下，身子像在空中飘着。这么飘荡了许久，那点响声又飞了回来，他又觉出肚中疼痛；原来他已昏过去一会儿。睁开眼，他也许还在地上坐着呢，也许是躺着呢。他愣着，心与身都懒得动一动。肚子还疼，他不能不立起来。哼哼着，他很费力的立起来。他的手，天气虽然是那么热，变成煞白煞白的。他扶着那炙手的墙壁，去找茅房。

　　有过这么几次昏迷，他认识了死亡。无可如何的，他告诉自己："死并不太难过！那点响声想必就是魂儿往外走呢！不，不太难过！为什么不就那么死了呢？"

　　他没钱去看医生，也不肯买点现成的药，只在疼得太厉害的时候，去喝一口酒。酒，辣辣的，走入腹中，暂时麻醉了内部，使他舒服一会儿。可是，经过这刺激，他的肠胃就更衰弱，更容易闹病。

　　一来二去，孙七已经病得不像样子了。他的近视眼陷进去多深，脸上只剩了一些包着骨头的黑皮。在做活的时候，他的手常常颤动，好像已拿不住剃刀。他还想强打精神，有说有笑，省得主顾们怀疑他因手颤而也许有刮破耳朵的危险。可是，他说笑不上来。他须时时刻刻的警戒着——肚子稍微一疼，便赶紧把刀子收回来，以免万一掉在人家的脸上或身上，不到疼得要命的时候，他不肯停下来；他咬上牙，头上冒着虚汗，心里祷告着，勉强把活做完。这样做完一个活，他已筋疲力尽，赶紧走开，好找个僻静的地方坐下或躺下。他顾不得与人们说笑，虽然说笑是维持生意关系的必须有的手段。

　　他应当休息。可是，休息没人给钱。他必须去串胡同。他走得极慢，几乎不像走路，而是像一条快死的老狗，找个不碍事的地方，好静静的死去。这样，即使有人要叫住他，看他一眼也就不叫了。他已不是个体面干净的理发匠，而是一个游魂！

在他的心里，他知道自己恐怕不久于人世了。可是，只要肚子舒服了一点，他便乐观的欺哄自己："并没有多大的病，只要能休息休息，吃口儿好东西，我就会好起来的！"但是，好东西在哪儿呢？

快到"七七"纪念日，他又昏倒在街上。

苏醒过来，不知怎的，他却是躺在一辆大卡车上，他觉得奇怪，可是没有精神去问这是怎回事。又闭上眼，他蜷起身子，渺渺茫茫的不出一声。车子动，他的身子便随着动，仿佛他已不是个活人，而是一块木头。

走了好久？他不晓得。他只觉出车子已停止摇动；然后，有人把他从车上拖下来。他还半闭着眼，肚子已经好些，可是他十分疲乏。迷迷糊糊的，他走进一间相当大的屋子。屋里除了横躺竖卧的几个人，没有任何东西。他找了个墙角坐下。他打不起精神去看什么，只感到一股子强烈的石炭酸水味儿。这个味道使他恶心，他干嗳了几下，并没能吐出来，只嗳出几点泪，迷住他的近视眼。

隔了好久，他听见有人叫他，语声怪熟。他挤了挤眼，用力的看。那个人又说了话："我，冠晓荷！"

一听到"冠晓荷"三个字，孙七马上害了怕，他不知道自己为什么被拖到这里，和这里是什么所在，他也没想到这里会有什么危险。可是，一听到"冠晓荷"，他立刻联想到危险、祸患，因为冠晓荷是，在他看，一切恶事的祸首；只要有冠晓荷，就不会有好事。他极快的想到：他是被冠晓荷给陷害了，正像钱默吟先生、小文夫妇，无缘无故的被姓冠的害了一样。他用力的看，原来冠晓荷就在离他不远的地方坐着呢。

晓荷的上身穿着一件白小褂，颜色虽然不很白，可是扣子还系得十分整齐。下身，穿着一条旧蓝布裤子，磕膝那溜儿已破了，他时时用手去遮盖。他的脸很黑很瘦，那双俊美的眼，所以，显着特别的大。他还爱笑，可是因为骨棱儿太显明，所以笑得不甚妩媚。他的牙还是很白，可惜唇上与腮上有些稀稀的、相当长的胡子，减少了白牙的漂亮。他的脑门上有许多褶子，褶子中有些小小的白皮，像是被日光晒焦的；他时时用手去抠它们，而后用袖子擦擦脑门。

自从他在蓝宅吃过一顿饭以后，他就赤手空拳的到处蒙吃蒙喝，变成个骗子兼乞丐。他受尽了冷淡、污辱与饥渴，可是他并不灰心丧气；他的心中时时刻刻的记着招弟。招弟，在他心中，仿佛是圣母，即使不能马上来给他吃，给他喝，也总会暗中保佑他。

孙七看了再看，把晓荷完全看清楚。可是他更糊涂了：晓荷在这儿干什么呢？看样子，晓荷大概也是被人家拖了来的；为什么呢？他想：假若晓荷和他自己同样的被人家拖了来，晓荷就不至于陷害他；不过，晓荷总是晓荷，有晓荷的地方必不会有好事。他没有好气的问出来："你在这儿干什么呢？是不是又害人呢？"

晓荷要笑一笑，可是忽然的咬上了牙。他的脸忽然缩扁了许多，眉眼拧在一起。他蜷起腿来，双手抱住肚子。他已不再俊美，而像东岳庙中天王脚下踩着的扁脸小鬼。孙七向来没看见过这样不体面的冠晓荷。过了一会儿，晓荷伸开了腿，脸上的皱纹渐次松展开，吐了一口长气："噗——肚子疼！"

孙七出了凉汗。肚子疼不算罪恶，他知道。可是，晓荷既也肚子疼，既也被拖到这里，大概非出岔子不可！一急，他骂了出来："他妈的，我孙七要跟这小子死在一块儿才倒了血霉！"

晓荷揉着肚子，忽略了孙七的咒骂，而如怨如诉的自述："这不是一天了，时常啊，肚子里一拧，拧得我要叫妈！毛病都在我太贪油腻！天天哪，我总得弄什么四两清酱肉啊，什么半只熏鸡啊，下点酒！好东西敢情跟共和面调和不来，所以……"他又咬上了牙，他的肚子仿佛是在惩戒他的扯谎！

疼过一阵去，他继续着说："自从我搬开小羊圈以后，好多朋友都给我介绍事做，我可是不高兴去。招弟，你知道她的地位？她既有了好事，我老头子何必再去多受累呢？所以呀，我就天天的约几个朋友，有时候也有日本朋友，坐坐野茶馆呀，钓钓鱼呀，图个清闲自在！日本朋友屡次对我说：冠先生——他们老称呼我先生——你总得出来帮帮我们的忙啊！我微微那么一笑，对他们说呀：'我老了，教我的女儿效劳吧，我得休息休息！'"

孙七知道晓荷是在扯谎，知道顶好不答理他，可是他按不住他的怒气："他妈的，饿成了屌样，你还他妈的念叨日本人，你是什么玩艺呢！"

"说话顶好别带脏字儿，孙七！"

"我要再分有点力气，我掰下你的脑袋来！"

"噢，你也肚子痛？别着急，这是医院。待会儿，日本医生一来，给咱们点药儿——日本药是好的，好的！——咱们就可以出去了！"

孙七没入过医院，不晓得医院是否就应当像这个样子。"我才不吃日本药呢！他妈的，用共和面弄坏了我的肚子，又给我点药；打一巴掌揉三揉，缺他妈的德！"

"你要是老这么说话，我可就不理你啦！"晓荷挂了点气说。

下午三点，正是一天最热的时节。院里毒花花的太阳烧焦了一层地皮。树木都把叶儿卷起去。什么地方都是烫的，没有一点凉风。连正忙着孵窝的麻雀都不敢动了，张着小嘴在树叶下蹲着。屋里相当的阴凉，可是人们仍然感到暑热与口渴。孙七不愿再听晓荷瞎扯乱吹，头倚墙角，昏昏的睡去。

门前来了个又像兵又像护士的日本人。晓荷像见了亲人似的赶紧立起来，把所有能拿出来的笑意都搬运到瘦脸上来。等日本人看明白他的笑脸，他才深深的鞠躬，口中吱吱的吸着气。鞠完了躬，他赶紧把孙七叫醒："别睡了，医官来了。"

日本人问晓荷："你的？"

晓荷并齐两脚，挺了挺腰，笑纹在脸上画了个圆圈，恭敬的回答："肚子疼！"恐怕日本人不明白，他又补充上："闹肚子，拉稀，肠胃病，消化不良！"

日本人逐一的问屋里的人，大家都回答：肚子不好。

"要消毒的！"日本人说了这么一句，匆匆的走开。

大家都不明白消毒是什么意思。晓荷觉得责任所在，须给大家说明一下："大概是教咱们洗洗澡，换换衣服。这是必有的手续，日本人最讲究卫生，清洁，我知道！"

又过了几分钟，那个日本人又回来，拉开门，说了声："开路！"

晓荷抢先往外走，并且像翻译官似的告诉大家："教咱们走！"

连晓荷，孙七一共是七个病人。大家都慢慢走出来。一出屋门，热气像两块烧红的铁，贴在大家的脸上，孙七扶住了门框，感到眩晕。

"快着走呀，孙七！"晓荷催促他，然后向日本人一笑。

走出大门，一部大卡车在门外等着他们呢。司机的已在车上坐好，旁面还坐着个持枪的日本兵。

"上车的！"日本人喊。

"大概呀，这是送咱们到正式的医院去。"晓荷一边往车上爬，一边推测。

车上没有座位，没有棚子。车板上有些血条子，被阳光晒得纵起来，发着腥臭。晓荷认识这部车，它是专往城外拖死尸的。大概他的太太，冠所长，就是被这辆车拖出去扔在野外的。可是，他不便过度的疑虑什么，他对自己的国家与民族，没有丝毫的自信与自傲；假若他再怀疑日本人，他就完全没有立脚的地方了。

车上没有地方不是滚烫的，大家没有坐下去的勇气，只好蹲着。车开了，有了一点风，也是热的。太阳似乎已不在天上，而是就在他们的身旁。车很快，像要冲出火海。什么地方都是亮的，连墙影儿都没有多少黑色。墙头，屋瓦，特别是电线上，都发着一些颤动的光。车飞驰，强烈的颜色联成一道飞虹，车上的人都闭上了眼。

忽然一黑，车声像雷似的响，大家全快忙睁开了眼，原来是到了城门洞内。

晓荷怕出城，预感到什么危险。可是，他不便说出来，怕那样对不起日本人。他想起大赤包来；但是，大赤包被杀也不敢教他怀恨日本人；不是吗，他想，日本人会给她官儿做，当然也会杀了她，当然！

车上的人都发了慌，一齐问："到底是怎回事？"

出了城门，毒热的阳光又晒在大家的头上。他们停止了说话，又都闭了眼。

车冲过关厢，尘土被车轮卷起多高，热的灰沙落在他们的脸上。

"孙七！孙七！"晓荷看到一大片白薯地，更发慌了，"这，这是……"

"你放心，日本人决不会害你！"孙七没有好气的说。

"对的！对的！"晓荷点了点头。"我没得罪过日本人！"

车停在一片榆林外。榆叶几乎已都被虫子吃光，秃眉烂眼的非常难看。树枝上，裹着好些虫网，网上挂着一颗颗的黑的虫屎。林外，四面都是白薯地，灰绿的叶子卷卷着，露出灰红的秧蔓，像些爬不动的大虫子。四外没有一个人，没有一点声音。一阵热风卷过来，只卷起一些干的黄土，吹落几片被虫子咬过的榆叶。两只黑鸦在不远的坟头上落着，飞起来，又落下。

前面的兵由车上跳下来，把刺刀安上。那长窄的刺刀，发出亮光，像一条冰似的，使大家的心都发凉起来。司机也下了车，手中提着两把军用的铁锹。兵叫大家下车。

晓荷由车上滚下来，没顾得整一整衣服，便扑奔了日本兵去，跪在地上："老爷！老爷！我是你们的人，我的太太跟女儿都给你们作事！我没犯罪呀，老爷！老爷！"

孙七本是胆小的人，但在自从昏倒在街上几次以后，他已不那么怕死。现在，他想不出自己有什么死的罪名，也顾不得去想他该怎样处置自己。他好像完全没有经过考虑，扑奔过晓荷去，他的手与脚全踢打在晓荷的身上。"你！你！我知道，遇见你就没好事；你，没有骨头、没有血的走狗！"

这时候，日本兵正要用刺刀扎孙七，可是最后下车的一个，穿着长衫颇体面的人，跳下车来掉头就跑。日本兵赶了他去，刺刀扎入他的背中。

端着枪，日本兵跑回来。孙七还在踢打冠晓荷。刺刀离孙七很近了，他把近视眼眯成两条缝子，而后睁开，睁得很大；紧跟着，他怒吼了一声："干什么？"说也奇怪，冷不防的听到这一吼，日本兵莫名其妙的立定，仿佛忘了他要干什么了。

愣了一会儿，日本兵不去用刺刀扎孙七，而教大家排好。晓荷还在地上跪着，兵顺手把他揪起来，作为排头。孙七糊糊涂涂的排在第二。

天更亮了。阳光照着这些人，一片光杆的榆树、坟头、白薯地，也照着死亡。坟头上的一对乌鸦又飞起来，哀叫了两声，再落下。日本兵端着枪，领着大家往树后走。

树后有一大溜挖好的坑，土块上有些被晒死的紫红的蚯蚓。

"消毒的！"日本兵一枪把子将冠晓荷打入第一个坑。晓荷尖锐的狂喊了一声："饶命哟！"

司机把铁锹交给孙七与第三个人，用手比画着，教他们填土。孙七忘了一切，只知道坑中是卖国卖友的冠晓荷。他把身上所有的一点力气都拿出来，往坑中填土。晓荷还在喊："饶命呀！"

坑中的土越来越厚，晓荷的声音越来越小。土埋到他的胸，他翻眼看看日本兵，要再喊饶命，可是一锹堵住他的嘴，乌鸦飞了过来，在树林上旋转了一下，又飞开。

第二个坑是孙七的，他跳了进去，没出一声。

这叫做消毒。

全城都在消毒。共和面弄坏了北平人的肠胃，而日本人疑心是什么传染病，深怕染到日本居民。几辆大卡车日夜在街上巡行，见到晕倒的，闹肚子的，都拖走去消毒。消灭一个便省一份粮食。

就是这样，我们的天字号的顺民冠晓荷，与我们的好邻居、朋友、理发匠，都被消了毒。

七十九

小羊圈的人们只注意到孙七的失踪，而没想到他会被活埋。饥饿使人们自顾不暇，谁也没张罗着去找一找他。

孙七太太是个四十来岁、永远烟不出火不进的、不惹人注意的妇人。见丈夫老不回来，她落了几点泪，回了娘家。小羊圈的老住户就这么鸦雀无声的又减少了一家。

慢慢的，消毒这一名词与办法传到人们的耳中，他们开始怀疑是否孙七便是这个办法的牺牲者。虽然这么疑虑，大家可不高兴以此为题，谈论什么。他们的肚子也都不很好。假若孙七真是因闹肚子而……他们自己呢？这太惨，太可怕了！不提也罢！

又到了"七七"。日本人把五色旗收起去，而卖给大家青天白日旗。旗上还有新添的一条黄布，上面印好："反共和平建国"。他们不认识这个黄条，也不信上面的那几个字。低下头，他们不敢再看那骗人的旗子。

在这面旗子而外，他们也看到：黄色的，左角上有红蓝白黑条子的满洲国旗，和中间一条红宽道子，上下有黄白蓝窄道道的蒙古联邦国旗。他们向来没看见过这些旗帜，也就不想去承认它们。他们知道，在这些旗帜下，闹肚子的都可以被活埋！

除了悬挂这些旗子，日本人还大张旗鼓的追悼东洋武士的"忠魂"。在南苑、西苑、中山公园，都有极庄严的追悼会，倒好像历史须从新写过，中国人须负战争的责任似的。

小羊圈的人们不由的都屈指计算（这是最好的"清理账目"的日子），他们这小小的胡同里，好的歹的，该死的与不该死的，已经有好几家子家破人亡。他们想起那厚重老成的祁天佑，会作诗的钱先生和他的太太、两位少爷；壮实得像一条小豹子似的小崔；美得像并蒂莲的小文夫妇；和忽然像一把火烧掉了的冠家。还有，祁家的老三，棚匠刘师傅，他们逃了出去，是活着，还是死了呢？哼，还有祁老二的老婆呢，不是姘了个汉奸吗？什么事都会发生，他们慨叹，只是没有好事！

程长顺不愿出去做生意，他怕看见街上那些骗人的旗帜，与那些穿着礼服的日本男女。可是，他必须出去。他的老婆知道今天是"七七"，也必想起小崔来，他须躲开她，不愿看见她的愁眉苦眼。

瑞宣也请了一天的假。这不是父亲的祭日，可是他想起父亲；这不是老三逃出去的纪念日，可是他想起老三。他本不愿想起老二，可是也不由的想起来。三个弟兄只剩下他一个人了！

像幼年过盂兰节似的，瑞宣想起全北平，全中国的千千万万被杀的、被炸的、被奸的、被淹死的、被活埋的男男女女。这日子，不像清明节，只到自己的祖茔去祭扫就够了；这不是清明，而是盂兰节。闭上眼，他可以想象到成千论万的灵魂，没有头的、没有手脚的、被炸碎的，都带着鲜血与恨怒冲荡疾走，向活着的人索要报仇雪耻；老的幼的，男的女的，还有在胎里的婴儿，都在空中、旷野、水里火里，仰首向天，呼叫复仇报怨！这日子，会使小小的人心，由日常生活的关切，走到包括着天堂与地狱的想象中去。这日子，使实际与想象联成了一气，使恩与仇特别分明。

他渴望能见到钱默吟先生，畅谈一番。可是，谈，谈，光是闲谈有什么用呢？他不敢再想什么，在这样一个历史的日子，他却毫无办法，只在想象中看见一批批的亡魂，而没有复仇的决心与行动。他后悔请了一天的假。

小顺儿和妞子拉住爸的手，往外扯，要到门外去玩玩。瑞宣不高兴出去，他以为今天只应当蹲在屋里，独自追念、默祷与忏悔。可是，他也没拒绝孩子们的小小的要求。愣愣磕磕的，他随着他们往外走。

天依然很热，可是时时有一些凉风。门外两株老槐的叶子时时微动，一些开败了的槐花轻轻的落下来。孩子们一出街门便看见了两条槐虫，各自吊着一根长丝，在打秋千。小顺儿正要跑过去捉槐虫，由三号院子里出来一群日本男女老少，都穿着最好的衣服，显然的是去参加追悼会。日本小孩子的手中都拿着小太阳旗，蹦蹦跳跳的往前跑。妇女们穿着礼服，屁股一颠一颠的，随着男人们后边。

瑞宣在门坎内立定，忽然觉得心中作恶。

"爸！"小顺儿，急于去捉槐虫，"走啊！爸，你怕日本人吧？"

瑞宣没说什么，脸可是红起来。

"爸！"小妞子也想起话来，"他们都上北海吧？看荷花哟，吃冰激凌哟，坐小船哟，多么好？妞妞也去吧？爸带妞妞去吧？"

"北海，荷花……都不是咱们的！"瑞宣想好这句话。可是，话已到唇边，又咽了下去。

这时候，老王——卖烧饼油条的——挎着笸箩走了来。他是个大高个儿，可是年纪——七十多了——使他的背弯得很厉害。他的头发只剩了几根，白而软的在脑瓢上趴趴着。他的嗓子，因风雨无阻的吆喝了几十年，已经沙哑，所以手里打着个满是油泥的木梆子。瑞宣自幼儿就买他的东西，因为他的油条是真正小磨香油炸的。老王永远不讨厌，不利用孩子们的哭叫而立定不走，以便多做一号生意。今天，他可是立住了。他轻易看不到瑞宣，很想闲扯几句。他只知道瑞宣的乳名儿——一看孩子们也在这里，他不好意思叫出来。哑着嗓子，他说："没上班哪，今天？唉！"老人用叹气引起话来，"唉！这是头一天开张！十多天，领不到一点面粉！今儿个是'七七'，日本人发了善心，我才弄到这点货。没法子！生意没法儿做，我又回不了家。家教鬼子给烧光啦！"他打开盖笸箩的布，"看看！这是烧饼？还不够吃两口的呢！一辈子不做屈心的事；现在，可是……连面粉都领不到，还说什么呢？"

小顺儿与妞子已忘了槐虫和北海，都把小手放在笸箩边上，四只玻璃珠似的小眼在烧饼与油条上转来转去。

瑞宣随便的敷衍了两句，不是看不起老王，而是他的注意也集中在笸箩上。摸了摸衣袋，还有一点钱，他一下子拿起六个烧饼、六根油条。小顺儿与妞子一齐长吸了一口气。老王用马兰叶穿起油条，交给了妞妞；瑞宣叫小顺儿用衣襟兜起烧饼。"拿去，大家吃，别跑！"

小顺儿没法控制自己的腿，只走了两步便改为飞跑。妞妞不敢跑，而用尖锐的狂叫补足了欢悦："妈——油条！"

两个孩子跑进去，瑞宣和老王一同叹了口气。老王又敲起梆子；毛着腰走开；剩下瑞宣独自啼笑皆非的立着，向自己叨唠："用几个烧饼纪念

'七七'吗？哼！"

一号的日本老婆婆走了过来，用英语打招呼："早安！"

瑞宣向前迎了两步："早安！我应当早就去谢谢你，可是……"

"我懂，我懂！"她拦住他的话，向自己的街门指了指，"她们到前门车站去接骨灰，骨灰！"咽了一口唾沫，她好像还有许多的话，而说不出来了。

"那……"瑞宣自然而然的想安慰她，可是很快的管束住自己，他不能可惜阵亡了的敌人，虽然老太婆帮过他的忙。

愣了好大一会儿，老太婆才又想起话来："什么时候咱们才会由一半走兽、一半人，变成完全是人，不再打仗了呢？"

"你我也许已经没有了兽性，"瑞宣惨笑着说，"可是你拦不住你家的男人去杀中国人，我也没因爱和平而挡住你们来杀我们！在我的心中，我真觉得自古以来所有的战争都不值得流一滴血，可是从今天的局势来看，我又觉得把所有的血都流净也比被征服强！"

老太婆叹了口气，慢慢的走回家中去。

瑞宣，仍然立在门前，听见了小顺儿与妞子的歌声。他几乎要落下泪来。小孩们是多么天真，多么容易满足！假若人们运用聪明，多为儿童们想一想，世界上何必有战争呢！

回到院中，他的心怎样也安不下去。又慢慢的走出来，看着一号的门，他才想清楚，他是要看看那两个日本妇人怎样捧回来骨灰。他恨自己为什么要这样，这分明是要满足自己没出息的一点愿望——我不去动手打仗，敌人也会死亡！

一会儿，他想他必须把心放大一些，不能像苍蝇似的看到同类的死亡而毫不动心。人总是人，日本人也是人，一号的男人的死亡也是该伤心的。一会儿，他又想到，假若被侵略的不去抵抗，不去打死侵略者，岂不就证明弱肉强食的道理是可以畅行无阻，而世界上再没有什么正义可言了么？

他想不出一个中心的道理，可以使他抓着它不放，从而减削了他的矛盾与徘徊。他只能出来进去，进去出来，像个热锅上的蚂蚁。

刚到正午，他看见了。他的眼亮起来，心也跳得快了些。紧跟着，他改了主意，要转身走开。可是，他的腿没有动。

两个日本孩子，手中举着小太阳旗，规规矩矩的立在门外，等着老太婆来开门。他们已不像平日那么淘气，而像是有什么一些重大的责任与使命，放在他们的小小的身躯上。他们已不是天真的儿童，而是负着一种什么历史的使命的小老人；他们似乎深深的了解家门的"光荣"，那把自己的肢体烧成灰、装入小瓶里的光荣。

极快的他想到：假若他自己死了，小顺儿和妞子应当怎样呢？他们，哼，必定扯着妈妈的衣襟，出来进去的啼哭，一定！中国人会哭，毫不掩饰的哭！日本人，连小孩子，都知道怎么把泪存在心里！可是，难道伤心而啼哭，不是更自然、更近乎人情吗？难道忍心去杀人与自杀不更野蛮吗？

还没能给自己一个合适的回答，他听见了一号的门开了，两扇门都开了。他的心，随着那开门的响声，跳得更快了些。他觉得，不论怎样，他也应当同情那位老太婆——她不完全是日本人，她是看过全世界的，而日本，在她心中，不过是世界的一小部分；因此，她的心是超过了种族、国籍与宗教等等的成见。他想走开，恐怕老太婆看见他；可是，他依然没动。

老太婆走出来。她也换上了礼服——一件黑地儿，肩头与背后有印花的"纹付"。走出来，她马上把手扶在膝部，深深的鞠躬，敬候着骨灰来到。

两个妇人来了，两人捧着一个用洁白的白布包着的小四方盒。她们也都穿着"纹付"。老婆婆的腰屈得更深了些。两个妇人像捧着圣旨，脸上没有任何表情，就那么机械的、庄严的、无情的走进门去。门又关上。瑞宣的眼中还有那黑地的花衣、雪白的白布与三个傀儡似的妇人，呆呆的立着。他的耳倾听着，希望听见一声啼叫。没有，没有任何响动。日本妇人不会放声的哭。一阵风把槐叶吹落几片，一个干枝子轻响了一声。

他想起父亲的死，孟石的死，小文夫妇与小崔的死。哪一回死亡，大家不是哭得天昏地暗呢？为什么中国人那么怕死、爱哭呢？是中国的文化已经过熟呢，还是别人的文化还没熟到爱惜生命与不吝惜热泪呢？

他回答不出。更使他难堪的是他发现了自己的眼已经湿了。他知道他不应当替他的敌人伤心，他的敌人已杀害了千千万万中国人，包括着他的父亲与弟弟。可是，他也知道，为死亡而难过，也不算什么过错；敌人也是人。

他的心中乱成了一窝蜂。生与死，爱与恨，笑与泪，爱国与战争，都像一对对的双生的婴儿，他认不清哪个是哪个，和到底哪个好，哪个坏！他呆呆的坐在门坎上，看着槐叶随风摆动。

第二天见了富善先生，瑞宣很想把这些问题全提出来，跟老先生畅谈一番。可是，一看老人的神色，他闭住了嘴。这一程子了，富善先生简直的不高兴和任何人闲谈。日本人的积极打通粤汉线，赶走了天津的英美人，和在暹逻缅甸安南与印度的暗中活动，都使他看清楚，迟早日本会突击香港与新加坡。他虽自居为东方人，但是在他的心里，他却吃不消大英帝国的将要失败与解体。他并不喜欢侵略与战争，可是作为一个英国的公民来说，他几乎不能不迷信大英帝国应当占领着香港与马来亚。不过，日本若是真进攻香港与南洋，英国是不是守得住那些地方呢？又这么一想，他的脖子就伸得长长的而还觉得透不过气来。

有时候，他想到中国近百年来的外患，都是英国给招来的；英国是用战舰政策打开中国的门户的祸首。这么一想，他不由的说出来：日本应当与中国立在一块儿，把白人都打出去；中日的战争是自相残杀，替白人造成压迫东方人的机会。

可是，这样说完以后，他马上后了悔。不，不，中日不能携手！英国与日本联盟过，今天英日还应恢复旧好，一东一西，遥遥相映的控制着全世界！他爱中国人，他真愿英国与中国成为朋友。可是，由大英帝国的立场来看，他就觉得那可恨的日本人，似乎比中国人更好一些，更够个朋友。

他的心中这样忽此忽彼的乱折腾，所以不愿再和瑞宣闲谈；他已不知道自己的立场到底是什么，应当是什么。

把这些大事撇开，假若日本人真的要对英国作战，他个人怎样呢？他有胆气，不怕死，可是假若被日本人捉去，关在集中营里，那可就……他简直不敢再想下去。他不愿教人看见他的手发颤！为解除这些忧虑，他想赶快把那本《北平》写完，好使他有个传之久远的纪念品。他看，他掀弄，几十年来收集的图画与照片；可是，一个字也写不出。

瑞宣几乎不敢再正眼看他的老友。老人的长脸尖鼻子，与灰蓝色的眼珠，还都照旧，可是他已失去那点倔强而良善的笑容。战争改变了一切人的样子。

这样，一个良善的中国人，和一个高傲的英国人，就那么相对无言，教战争的鬼影信意的捉弄着他们的感情与思想，使他们沉默、苦痛。战争不管谁好谁歹，谁是谁非，遇见它的都须毁灭。

八十

一晃儿又到了中秋节。月饼很少很贵。水果很多，而且相当的便宜。兔儿爷几乎绝了迹。不管它们多吧少吧，贵吧贱吧，它们在吃共和面的人们心中，已不占重要的地位。他们更注意那凉飕飕的西风。他们知道，肚子空虚，再加上寒冷，他们就由饥寒交迫而走上死亡。

只有汉奸们兴高采烈的去买东西，送礼：小官们送礼给大官，大官们送给日本人。这是巴结上司的好机会。同时，在他们为上司拣选肥大的螃蟹、马牙葡萄与玫瑰露酒的时候，他们也感到一些骄傲——别人已快饿死，而他们还能照常过节。

瑞宣看见汉奸们的忙于过节送礼，只好惨笑。他空有一些爱国心，而没法阻止汉奸们的纳贡称臣。他只能消极的不去考虑，怎样给祖父贺寿，怎样过节，好使一家老幼都喜欢一下。这个消极的办法，他觉得，并不怎样妥当，但是至少可以使他表示出他自己还未忘国耻。

韵梅可不那么想。真的，为她自己，她绝对不想过节。可是，在祁家，过中秋节既是包括着给祖父贺寿，她就不敢轻易把它忽略过去。真的，祁家的人是越来越少了，可是唯其如此，她才更应当设法讨老人家的欢喜；她须用她"一以当十"的热诚与活跃减少老人的伤心。

"咱们怎样过节啊？"她问瑞宣。

瑞宣不知怎样回答她好。

她，因为缺乏营养，因为三天两头的须去站队领面，因为困难与愁苦，已经瘦了很多，黑了很多。因为瘦，所以她的大眼睛显着更大了；有时候，大得可怕。在瑞宣心不在焉的时节，猛然看见她，他仿佛不大认识她了；直到她说了话，或一笑，他才相信那的确还是她。她还时常发笑，不是因为有什么可笑的事，而是习惯或自然的为讨别人的喜欢。在这种地方，瑞宣看出她的本质上的良善来。她不只是个平庸的主妇，而是像已活了二三千年，把什么惊险困难都用她的经验与忍耐接受过来，然后微笑着去想应付的方策。因此，瑞宣已不再注意她的外表，而老老实实的拿她当作一个最不可缺少的妻、主妇、媳妇、母亲。是的，尽管她没有骑着快马，荷着洋枪，像那些东北的女英雄们，在森林或旷野，与敌人血战；也没像乡间的妇女那样因男人去从军，而担任起筑路、耕田、抢救伤兵的工作；可是她也没像胖菊子那样因贪图富贵而逼迫着丈夫去做汉奸，或冠招弟那样用身体去换取美好的吃穿；她老微笑着去操作，不抱怨吃的苦、穿的破，她也是一种战士！

从前瑞宣所认为是她的缺欠的，像举止不大文雅，服装不大摩登，思想不出乎家长里短，现在都变成了她的长处。唯其她不大文雅，她才不怕去站队领粮，以至于挨了皮鞭，仍不退缩。唯其因为她不摩登，所以她才不会为没去看电影，或没钱去烫头发，而便撅嘴不高兴。唯其因为她心中装满了家长里短，她才死心塌地的为一家大小操劳，把操持家务视成无可卸脱的责任。这样，在国难中，她才帮助他保持住一家的清白。这，在他看，也就是抗敌，尽管是消极的。她不只是她，而是中国历史上好的女性的化身——在国破家亡的时候，肯随着男人受苦，以至于随着丈夫去死节殉难！

真的，她不会自动的成为勇敢的、陷阵杀敌的女豪杰，像一些受过教育、觉醒了的女性那样；可是就事论事，瑞宣没法不承认她在今天的价值。而且，有些男人，因为女子的逼迫才做了汉奸，也是无可否认的事实。

"你看怎么办呢？"瑞宣想不出一定的办法。

"老太爷的生日，无论怎样也得有点举动！可是，咱们没有粮食。咱们大概不能通知拜寿来的亲友们，自己带来吃食吧？"

"不能！他们可也不见得来，谁不知道家家没有粮食？"

"你就不知道，咱们北平人多么好凑热闹！"

"那也好办，来了人清茶恭候！不要说一袋子，就是一斤白面，教我上哪儿去弄来呢？就是大家不计较吃共和面，咱们也没有那么多呀！"

"真的，清茶恭候？"韵梅清脆的笑了两声——她想哭，不过把哭变成了笑。

韵梅去和婆母商议："我们俩都没有主意，你老人家……"

天佑太太把一根镀金的簪子拔下来："卖了这个，弄两斤白面来吧！"

"不必，妈！有钱不是也没地方去买到面吗？"

握着那根簪子，天佑太太愣起来。

祁老爷的小眼睛与韵梅的大眼睛好像玩着捉迷藏的游戏，都要从对方的眼睛中看出点意思来，又都不敢正视对方。最后，老人实在忍不住了："小顺儿的妈，甭为我的生日为难！我快八十岁了，什么没吃过，没喝过？何必单争这一天！想法子呀，给孩子们弄点什么东西吃！看，小妞子都瘦成了一把骨头啦！"

韵梅回答不出什么来，尽管她是那么会说话的人。她知道老人在这几天不定盘算了千次万次，怎么过生日，可是故意的说不要贺生。这不仅是为减少她的为难，也是表示出老人对一切的绝望——连生日都不愿过了！她也知道，老人在这几天中不定想念天佑、瑞丰、瑞全，多少多少次，而不肯说出来。那么，假若她不设法在生日那天热闹一下，老人也许会痛哭一场的。可是，无论她有多大的本事，她也弄不来白面！粮食是在日本人手里呢！

到了十一的晚间，丁约翰像外交官似的走了进来。他的左手提着一袋子白面，右手拿着一张大的红名片。把面袋放下，他双手把大红名片递给了祁老太爷。名片上只有"富善"两个大黑字。这还是富善先生在三十年前印的呢，红纸已然有点发黄。

"祁老先生，"丁约翰必恭必敬的说，"富善先生派我送来这点面，给您过节的。富善先生原打算自己来请安，可是知道咱们胡同里有东洋人住着，怕给您惹事，他请您原谅！"

丁约翰没有敢到屋中坐一坐，或喝一碗茶，虽然祁老人诚恳的这么让他。富善先生派他来送面，他就必须只做送面的专使，不能多说话，或吃祁家的一杯茶。富善先生，在他心中，即使不是上帝，也会是一位大天使。把"差使"交代清楚，他极规矩的告辞，轻快而稳当的走出去。

看着那袋子的白面，祁老人感动得不大会说话了，而只对面袋子不住的点头。

小顺儿与妞子欢呼起来："吃炸酱面哪！吃'白'馒头呀！"

韵梅等老人把面袋看够了，才双手把它抱进厨房去，像抱着个刚生下来的娃娃那么喜欢、小心。

祁老人在感叹了半天之后，出了主意："小顺儿的妈，蒸馒头，多多的蒸！亲友们要是来拜寿，别的没有，给他们馒头吃！现在，馒头，白面的，不就是海参鱼翅吗？"

"哟！好容易得到这么一口袋宝贝面，哪能都招待了客人？"韵梅的意思是只给老人蒸几个寿桃，而留着面粉当作药品：这就是说，到家中谁有病的时候，好能用白面做一碗片儿汤什么的。

"你听我的！咱们，咱们的亲友，早晚都得饿死！一袋子面救不了命！为什么不教大家都吃个馒头，高兴一会儿呢？"

韵梅眨巴着大眼睛，没再说什么。她心中可是有点害怕：老人是不是改了脾气呢？老人改脾气，按照着"老妈妈论"来说，是要快死的预兆！祁家，在她看，已经丢失了三个男人，祁老人万万死不得！有最老的家长活着，不管家中伤了多少人，就好像还不曾损失元气似的，因为老人是支持家门的体面的大旗。同时，据她想，尽管公公天佑死去，而祁老人还硬硬朗朗的活着，她便可以对别人表示出："我们还有老人！"而得到一点自慰——我们，别看天下大乱，还会奉养孝顺老人！

她去问婆母与丈夫，是否应当依照老人的吩咐，大量的蒸馒头。回答是：老人怎说，怎办吧！这使她更不安了。大家难道都改了脾气，忘了节俭，忘了明天？

到了生日那天，稀稀拉拉的只来了几个至亲。除了给老人拜寿而外，他们只谈粮食问题。在谈话中，大家顺手儿向老人给别的亲友道歉：谁谁不能来，因为没有一件整大褂；谁谁不能来，因为已经断了炊！

这些恶劣的消息并没使老人难过、颓丧。他好像是决定要硬着心肠高兴一天。他把那些伤心的消息当作理当如此，好表示出自己年近八十，还活着，还有说有笑的活着！尽管日本人占据北平已有好几年，尽管日本人变尽了方法去杀人，尽管他天天吃共和面，可是他还活着，还没被饥荒与困苦打倒——也许永远不会被打倒！

天佑太太、瑞宣、韵梅，以至于亲戚们，看老人这样喜欢，都觉得奇怪。同时，因为老人既很高兴，大家就不便都哭丧着脸；于是，把目前伤心的事都赶紧收起去，而提起老年间太平的景象，以便博得老人的欢心。

及至馒头拿上来，果然不出老人所料，大家都仿佛看见了奇珍异宝。他们只顾往口中送那雪白的、香软的馒头，而忘了并没有什么炒菜与荤腥。韵梅屡屡的向大家道歉："除了馒头可没有别的东西呀！"大家仿佛觉得她的道歉是多此一举，而一劲儿夸赞馒头的甜美。

祁老人好似发了狂，一手扶着小顺儿，一手拿着馒头，劝让每一个客人："再吃一个！再吃一个！"

等到客人都走了，老人脸上的笑容完全不见了。教小顺儿给拿来小板凳，他坐在了院中，把下巴顶在胸前，一动也不动。

"爷爷，你累了吧？到屋里躺一会儿去？"韵梅过来打招呼。

老人没出一声，也没动一下。

韵梅的心中打开了鼓："爷爷，你怎么啦？"

老人又沉默了半天，才抬起头来，看着韵梅。她又问了声："怎么啦？你老人家！"

老人叹了口气，而后仿佛已筋疲力尽了似的，极慢极慢的说："你也许看我是发了疯，把馒头往外乱塞！我没有疯，没有！想想吧，要是天佑、瑞丰、瑞全、常二爷，连那个胖二媳妇，都在里面，得吃多少馒头呢？我假装的拿亲戚们当作了天佑、常二爷……他们吃了，也就好像……"老人又低下头去。

"爷爷！这是干什么呢！今天您不是挺高兴的吗？干吗自己找不痛快呢？"韵梅假笑着劝慰。

"我高兴？"老人低着头说，"混账才高兴呢！算算吧，四辈子人还剩下了几个？生日？这是祭日！我的生日，天佑们的祭日！一个人活着是为生儿养女，永远不断了香烟。看我！儿子倒死在我前面！我高兴？我怎那么不知好歹！"

又叨唠了一大阵，老人才手指着三号院子那边，咬着牙说："全是他们闹的！日本人就是人间的祸害星！"

说完了这一句，老人似乎解了一点气，呆呆的愣起来。

愣了好大半天，他低声的叫："小顺儿！"看重孙子跑过来，他说："去拿几个馒头来，用手绢儿兜好！"

一家人都猜不到老人是什么意思。小顺儿把馒头拿来，老人发了话："走！跟我去！"

瑞宣搭讪着走过来，笑着问："给谁送馒头去？爷爷！"

老人慢慢的立起来，惨笑了一下，"哼！我要恩怨分明！有仇的，我不再忘记；有好处的，我一定记住。一号的那位日本老婆子对咱们有点好处，我给她送几个馒头去！"

"算了吧，爷爷！"瑞宣明知祖父想的很对，可是总觉得给日本人送东西去，有点怪难为情，"他们有白面吃！"

"他们有面吃是他们的事，我送不送给他们是我的事！再说，这是寿桃，不是平常的馒头。"

"好，我陪您去！"瑞宣知道一号的老太婆不大会说中国话。

小顺儿见爸爸要跟老人去，偷偷的躲开。他恨一号的日本孩子，不高兴他们吃到太爷的寿桃。

瑞宣敲了两次门，一号的老太婆，带着两个淘气孩子，才慢慢的开了个门缝。及至看明白是瑞宣，她赶紧把门开开，两个孩子，一点也不像往日那么淘气了，乖乖的立在她旁边。还没等瑞宣说明来意，老太婆就用英语说了话：

"你来的正好，我正要去告诉你！他们的娘都被军队调了去，充当营妓！我是日本人，也是人类的人；以一个日本人说，我应当一语不发，完全服从命令；以一个人类的人说，我诅咒那教这两个孩子的父亲变成骨灰、妈妈变成妓女的人！"老太太把话说完，手与唇都颤动起来。

两个孩子始终看着老太太的嘴，大概已猜到她说的是什么。到她说完了话，他们更靠近她些，呆呆的立着。

瑞宣想不起说什么好。他应当安慰老太太，可又觉得那些来烧杀中国的人们理当男做骨灰，女做娼妓。

祁老人不知道她说的是什么，慢慢的把手绢里的馒头拿出来，递给那两个孩子。同时，他对瑞宣说："告诉她，这是寿桃！"

瑞宣照样的告诉了老太太，她点了点头，而后又愣起来。

男的，女的，老的，小的，都没话可说，十只眼都呆呆的看着那大白的馒头。

瑞宣搀着祖父，轻轻的说了声："走吧？"

老人没说什么，随着长孙往家中走："那个老太太说什么来着？"

瑞宣没敢回头。他觉得老太婆和两个孩子必定还在门口看着他呢。一直的进了家门，他才把老婆婆的话告诉了祖父。祁老人想了半天，低声的说：

"谁杀人，谁也挨杀；谁祸害女人，谁的女人也挨祸害！那两个孩子跟老婆婆都怪可怜的！"

八十一

一阵冷飕飕的西北风使多少万北平人颤抖。

在往年，这季节，北平城里必有多少处菊花展览；多少大学中学的男女学生到西山或居庸关、十三陵去旅行；就是小学的儿童也要到万牲园去看看猴子与长鼻子的大象。诗人们要载酒登高，或到郊外去欣赏红叶。秋，在太平年月，给人们带来繁露晨霜与桂香明月；虽然人们都知道将有狂风冰雪，可是并不因此而减少了生趣；反之，大家却希望，并且准备，去享受冬天的围炉闲话，嚼着甜脆的萝卜或冰糖葫芦。

现在，西北风，秋的先锋，业已吹来，而没有人敢到城外去游览；西山北山还时常发出炮声。即使没有炮声，人们也顾不得去看霜林红叶，或去登高赋诗，他们的肚子空，身上冷。他们只知道一夜的狂风便会忽然入冬，冬将是他们的行刑者，把他们冻僵。

人们忘了一切，而只看到死亡的黑影。他们听到德军攻入苏联，而并没十分注意。他们已和世界隔离，只与死亡拴在一处。不敢希望别的，他们只求好歹的度过冬天，能不僵卧在风雪里便是胜利。

在那晨霜未化的大路上，他们看见，老有一部卡车，那把冠晓荷与孙七送到"消毒"的巨坑的卡车，慢慢的游行。这是鬼车！每逢它遇到路旁的僵尸，病死的、饿死的或半死的，它便随便的停下来，把尸身拖走。看到鬼车，他们不由的便想到自己也有被拖走的可能——你倒在路上，被拖走，去喂野狗！没有医生看护来招呼，没有儿女问你的遗言，没有哀乐与哭声伴送棺材，你就那么像条死猫死狗似的销声灭迹。

韵梅三天两头的看见这部鬼车。

有了第一次领粮的经验，她不敢再迟到。每逢去领粮，她黑早的便起床。有时候起猛了，天上还满是星星。起来，她好歹的梳洗一下，便去给大家勾出一锅黑的、像药汤子似的粥来；而后把碗筷和咸菜都打点好。这些做罢，她到婆母的窗外，轻声的叫了一声："妈，我走啦！"

领粮的地方并不老在一处。有时候，她须走四五里路；有时候，她甚至须到东城去。假若是在东城，她必须去赶第一班电车；洋车太贵，她坐不起。她没坐惯电车，但是她下了决心去试验。她是负责的人，她不肯因为日本人的戏弄、残暴，而稍微偷一点懒。

她的胆量并不大。她怕狗。在清晨路静人稀的路上走，偶而听到一声犬吠，她便大吃一惊。她必须握紧了口袋，大着胆，手心上出着凉汗，往前冲走。有时候，她看见成群的日本兵。她害怕，可是不便显出慌张来。低下头，心跳得很快，她轻快的往前走。她怕，可是绝不退缩。她好像是用整个的生命去争取那点黑臭的粮食。

使她最胆战心惊的是那部鬼车。不管是阴是晴，是寒是暖，一眼看见它，她马上就打冷战。有时候，车上有三四个，甚至于十来个，死尸，她不由的便闭上了眼。那些死尸，在她心里，不仅是一些冰冷的肢体，而是和她一样的人；他们都必定有家族、亲友与吃喝穿戴等等的问题。她想，他们必然还惦念着他们的儿女、父母和家中的事情。是的，有一次她看见一个死尸，右腕上还挂着一个面口袋！和她一样，她的手中也有个口袋！那具死尸可能的是她自己！她一天没有吃饭，只一劲儿喝水。

因为领粮的地方忽远忽近，因为拿着粮证而不一定能领到粮，小羊圈的人们时时咒骂李四爷——他发粮证，所以一切过错似乎都应由他负责。韵梅，和别人一样的受尽折磨，可是始终不肯责难李老人。她的责任心使她坚强、勇敢、任劳任怨。

有一天，她抱着半袋子共和面，往家中走。离家还有二三里地呢，可是她既不肯坐洋车，也不愿坐电车。洋车贵，电车不易挤上去。她走得很慢，因为那点臭面像个死孩子似的，越走越沉重。

猛一抬头，她看见了招弟。招弟（已由狱中出来，被派为监视北平的西洋人的"联络"员）虽然穿着高跟鞋，可是身量还显着很矮。与她同行的是个极高极大的西洋人。她的右手紧紧的抓着那个"伟人"的臂，脸儿仰着，一边走一边笑着和他说话。她的头发一半朝上，像个极大的刷瓶子的刷子，蓬蓬着，颤动着，那一半披散在肩上。她的小脸比从前胖了许多，眉眼从远处看都看得很清楚，因为都按照电影明星拍制影片时候那么化过装。她高声的说笑，脸上的肌肉都大起大落的活动：眉忽然落在嘴角上，红唇忽然卷过鼻尖去。及至笑得喘不过气来，她立住，双手抱住"伟人"的臂，把蓬蓬着的头发都放在他的怀里，肩与背一抽一抽的动弹。这样笑够了，她抽出他的领带，轻轻的揾一揾眼角。而后，她掏出小镜子、粉扑，劈拍劈拍的往脸上拍粉，倒好像北平的全城是她的化装室。

韵梅抱着面袋，愣在了那里。招弟没注意她，也没注意任何人，所以韵梅放胆的看着，直到招弟拍完粉，又和那个"伟人"缓缓的走开。

韵梅不由的啐了一口唾沫。她不知道什么国家大事，但是她看明白了这一点——日本人来到北平，才会有这种怪事与丑态。想到这里，她不由的看了看面袋与自己的旧蓝布大褂。看完，她抬起头来，觉得自己的硬正。别管她吃的是什么，穿的是什么，她没有变成和洋人一块出怪象的招弟。她觉得应当自傲！

回到家中，她没敢向大家学说那件事。不要说对大家一五一十的讲，就是一想起那种怪样子，她的脸上就要发热，发红。

假若招弟的丑态教韵梅的脸红，刘棚匠太太可是教她感到妇女并不是白吃饭的废物或玩物。

刘太太一向时常到祁家来，帮助韵梅做些针头线脑什么的。最近，因为粮食缺乏，物价高涨，刘太太决定不再要瑞宣每月供给她的六块钱。她笨嘴拙舌的把这个决定首先告诉了韵梅，韵梅既不能做主，又怀疑刘太太是否因为不好意思要求增加钱数，而故意的以退为进的拒绝再接受供给。

"我有法儿活着！有法儿！"刘太太一劲儿那么说，而不肯说出她到底有什么法儿活着。

过了两天，刘太太不见了。连韵梅带祁家的老幼全很不放心。特别是瑞宣：虽然因为经济的力量不够，不能多照应刘太太，可是他既受到刘师傅之托，就不能不关切她的安全。

又过了几天，刘太太忽然回来了，拿来有一斤来的小米子，送给祁老人。不会说别的，她只笑着告诉老人："熬点粥喝吧！"

小米子，在战前，是不怎么值钱的东西；现在，它可变成了宝贝！每逢祁老人有点不舒服，总是首先想到："要是有碗稠糊糊的小米粥喝，够多么好呢！"今天，看见这点礼物，他摸弄着那一粒粒娇黄的米粒，倒好像是摸着一些小的珍珠。他感激得说不上话来。

把刘太太扯到自己屋中，韵梅问她从哪儿和怎么弄来的小米子。刘太太接三跳两的说出她的行动。原来，自从日本人统制食粮，便有许多人，多半是女的，冒险到张家口、石家庄等处去做生意。这生意是把一些布匹或旧衣裳带去，在那些地方卖出去，而后带回一些粮食来。那些地方没有穿的，北平没有吃的，所以冒险者能两头儿赚钱。这是冒险的事，他们或她们必须设法逃过日本人的检查，必须买通铁路上的职工与巡警。有时候，他们须藏在货车里，有时候须趴伏在车顶上。得到一点粮，他们或她们须把它放在袖口或裤裆里，带进北平城。刘太太加入了这一行。她不肯老白受祁家的供给，而且那点供给已经不够她用的了。

粗枝大叶的把这点事说完，刘太太既没表示出自己有胆量，也没露出事体有什么奇怪，而只那么傻乎乎的笑了笑。直到韵梅问她难道不害怕吗？她才简单的说了句："我是乡下人！"倒好像乡下人能够掉了脑袋也还能走路似的。

过了两天，刘太太又不见了。

从这以后，韵梅每逢要害怕，或觉得生活太苦，便马上想起刘太太来，而咬上了牙。她甚至对自己说："万一真连一点粮也买不到，我也得跟刘太太到张家口去！不论怎么苦，怎么险，反正不能看着一家老小都饿死！"

假若刘太太的勇敢引起韵梅的坚强与自信，李四妈的广泛的爱心又使她增多了对人与人之间的了解，与应有的互相关切。在从前，韵梅除了到街上买点东西，很少出街门，所以虽然知道李四妈是菩萨心肠，可是总嫌老婆子有点疯疯癫癫，不大懂规矩。现在，她常常出门，常常遇到李四妈，她开始了解那个老妇人。因为她常常到街上去，所以她时常需要别人的安慰与援助，而每逢遇到李四妈，她就必能得到她所需要的。这使她受了感动。在从前，她的处世待人的方法多半是本着祁家的传统，凡事都有个分寸，对谁都不即不离。现在，在屡次受李四妈的助援以后，她开始明白分寸与不即不离并不是最好的方法，而李四妈的热诚也并非过火与故意讨好。因此，她也试着步儿去帮助别人，在帮助了别人以后，她感到一种温暖，不是温暖的接受，而是放射；放射温暖使她觉得自己充实坚定。

不错，李四妈时常的撒村骂人，特别是在李四爷备受邻居的攻击的时候。可是，尽管她骂人，她还去帮忙大家；她并不为小小的一点怨恨而收起她的善心；她不仅有一点善心，她伟大！

在全胡同里，受李家帮助最多的是七号杂院那些人，可是攻击李四爷最厉害的也是那些人。他们穷，所以他们的嘴特别厉害。虽然如此，李四妈还时常到七号去。他们说闲话，她马上用最脏的村话反攻。可是，在他们的病榻前、产房里，她像一盏灯似的，给他们一点光明。

七号的黑毛儿方六，自从能熟背四书以后，已成为相声界的明星，每星期至少有两三次广播。

有一天，在广播的节目中，他说了一段故事，俏皮日本人。节目还没表演完，方六就下了狱。

听到广播的人一致同情方六，可是并没有人设法营救他。李四妈并没听见广播，不晓得方六为什么下狱。但，她是第一个来安慰方家的人的，而后力逼"老东西"去设法救出方六来。

李四爷不过是小小的里长，有什么力量能救出方六呢？他去找白巡长，问问有无办法。

"四爷，我佩服您的好心，可是这件事不大好管！"白巡长警告李老人。

"我要是不管，连四妈带七号的人还不把我骂化了？"

"嗯——"白巡长闭了会儿眼，从心中搜寻妙计，"我倒有个主意，就怕您不赞成！"

"说说吧！谁不知道你是诸葛亮！"

"这一程子，大家不是老抱怨你老人家吗？好，咱们也给他们一手瞧瞧！"

李老人惨笑了一下："我老啦，不想跟他们赌气！我好，我坏，老天爷都知道！"

"对！我也不劝您跟他们赌气！我是说，您出头，对大家伙儿去说：咱们上个联名保状，把方六保出来！看看，到底有几个敢签字的？他们要是不敢签字呀，好啦，他们也就别再说您的坏话；您看是不是？"

"他们要是都签字呢？"

"他们？"白巡长狡猾的一笑，"才怪！我懂得咱们的邻居们！"

李老人不高兴做这种无聊的事。不过，邻居们近来的攻击，又真使他不甘心低着头挨骂。他正这么左右为难，白巡长又给加了点油："四爷，我并不愿挑拨是非，我是为您抱不平！试验试验他们，看看到底有几个有骨头的！"

李老人无可如何的点了头。

果然不出白巡长所料，七号的人没有敢签字的。他们记得小崔、小文夫妇，不肯为了义气而丧掉了命。

李老人有点高兴，不久就又变成了扫兴。他觉得那些人可恨，也可怜。他很想把保状撕碎，结束了这件无聊的事。可是，一点好奇心催动着他，他继续的去访问邻居们。

丁约翰没说什么便签了字。他不是为帮方六的忙，而大概是为表示英国府的人不怕日本鬼子。

程长顺，看了看保状，呜囔了两声什么，他也签了字。

李老人到了祁家，来应门的是韵梅。听明白李四爷的来意，她没进去商议，就替瑞宣签了名。她识字不多，可是知道怎么写丈夫的名字。

这教李四爷倒吓了一跳。他知道祁家是好人，可是没料到韵梅会有这么大的胆子。

真的，她的确长了胆子。她常常的上街，常常看到听到各种各样的事，接触各种各样的人，她不知不觉的变了样子。在从前，厨房是她的本营，院子是她的世界。现在，她好似睁开了眼，她与北平的一切似乎都有了密切的关系。

假若营救方六，她盘算，是件错事，李四爷就一定不会出头。李四爷既肯出头，她就也应当帮忙；为什么好事都教李四老夫妇一手包办了呢？

最使她高兴的是瑞宣回来，听到她的报告，并没有责备她轻举妄动。他笑了笑，只说了声："救人总是好事！"

李四爷并没把保状递上去，一来是签名的太少，二来知道递上去不但不见得有用，而且倒许给签名的人惹出麻烦来。可是，由这回事，他更认清楚了街坊中谁是真人，谁是假人。特别对于韵梅，他觉得她仿佛是他的一个新的收获。

在她上街的时候，韵梅常常遇见一号的日本老婆婆和那两个淘气的日本孩子。她一向不搭理他们。她恨那两个孩子，因为他们欺侮过小顺儿。

现在，她知道了一号的男人阵亡，妇女做了营妓，她开始可怜他们，开始和那老婆婆过话。老婆婆只会说几句简单的中国话，可是韵梅能由她的眼神中猜出许多要说而没能说出来的意思。有时候，她们俩立在一处，呆呆的一言不发，而感到彼此之间有些了解。老太婆仿佛是要说："我不是平常的日本人，别拿我的相貌服装判断我！"韵梅呢，想不出什么简单明了的话来说明自己的态度，可是那几千年文化培养出的一点一视同仁之感使她可怜老太婆的遭遇。渺茫的，她觉得自己非常伟大——她能可怜她的敌人！

一夜飕飕的西北风，地上头一次见了冰。一清早，韵梅须去领粮。看着地上的薄冰，她想找出她的手套来。可是，她并没去找。她不能怕冷，她知道这一冬天，苦难还多着呢，不能先教一点冰吓倒。出了门，冰凉的小风一会儿便把她的鼻尖冻红；她加速了脚步，好给自己增多一点热力。

领粮的人们，有的戴上了多年不见的红呢子破风帽，有的戴上了已成古董的耳帽儿，有的穿着油腻多厚的旧棉袍，有的穿着只有皮板而没有毛的皮坎肩。韵梅看着这些带着潮味的"奇装异服"，忽然怀疑自己是不是在北平的街上立着呢。她知道，北平人是最讲体面的；就是衣服破旧，也要洗得干干净净的。她想不起什么时候看见过这么多、这么脏、这么臭的衣裳来。

　　仰起头，看看天，那蓝得像宝石的天，她知道自己的确是在北平。那街道、铺户与路旁落了叶子的树，也都不错，是她所熟识的。她只是不认识了那些人。假若今年，北平人已成了这么人不人鬼不鬼的样子，明年应当怎样呢？她不敢再往下想。

　　正在这时候，她敢起誓，她的的确确的看见了老三瑞全！他穿着一件短撅撅的、像种地的人穿的蓝布旧棉袄，腰中系着一根青布搭包。光着头，头上冒着热汗，他顺着马路边走，走得很快。她张开口，喊："老三！"可是，没有声音。一眨眼的工夫，老三已走出老远去。

　　老三！老三！她无声的叫了多少次，她不冷了；反之，她的手心上出了汗。老三回来了；刚才，他离她不过两丈多远！老三，在户口登记簿上已经"死"了，居然又回到北平！老三，在外边打敌人，不单没被敌人打死，反倒公然的打进北平，在马路边上大踏步走着！韵梅的眼亮起来，腮上红了两小块。她无须再怕任何人，任何事，老三就离她不远，一定会保护她！

　　领了粮，回到家中，多少次她要把这个好消息告诉给老人们。可是，她晓得这不是随便说着玩的事，必须先和丈夫商议一下。她的话像一群急于出窝的蜂子，在心中乱挤乱撞。她须咬紧了嘴唇，把唇咬痛，才能使那群蜂儿暂时安静一会儿。院中每逢一有脚步声，她就以为是老三。即使没有声音，她还时时的看见他，在厨房，在院中，在各处，她看见他，穿着蓝短棉袄，头上出着热汗。好容易到了就寝的时候，她才得到开口的机会："小顺儿的爸，你猜怎么着，我看见了老三！"

　　瑞宣已经躺下，猛的坐起来："什么？"

"我看见了老三！我起誓，一定是他！"

"在哪儿？他什么样子？"

韵梅一五一十的告诉了他。

抱住膝，他把眼盯在墙上，照着韵梅所说的，他给自己描画出一个老三来，像一张像片似的，挂在墙上。呆呆的看着那张想象的像片，他忘了一切。耳中，他仿佛只听到自己的心跳。

韵梅一脱鞋，响了一声，瑞宣吓了一跳；墙上的形影忽然不见了。他慢慢的躺下："你可千万别对任何人说呀！"

"我就那么傻？"

"好，千万别说！别说！"

"一定不说！"韵梅也躺下。

夫妇都想说话，可是谁也不知道说什么好。都想假装入睡，可是都知道谁也没有困意。这样愣了好久，韵梅忽然说出一句来："老三在外面都做了什么呢？"

"不知道！"瑞宣假装在语声中加上点困意，好教她不再说话；他要静静的细琢磨老三的一切，从老三的幼年起，像温习历史似的，想到老三的流亡。

可是，她仿佛是问自己呢："他真打仗来着吗？"

瑞宣的眼睁得很大，可是假装睡着了，没有回答她。他真愿和韵梅谈讲老三，说一整夜也好；但是，他必须把老三的过去全盘想一过儿，以便谈得有条理。老三是祁家的，也是民族的，英雄；他不能随便东一句西一句的乱扯。

韵梅也不再出声，她的想象可是充分的活动着：她想老三必定是爬过山，越过岭，到过很远很远的地方，甚至于走到海边，看见了大海。她一生没出过北平城，对于山她只远远的看见过西山与北山，老那么蓝汪汪的，比天色深一点。她可不晓得山上的东西是不是也全是蓝颜色的。对于海，她只见过三海公园的"海"，不知道真正的大海要比三海大多少。她不由的又问出来："大海比三海大多少呀？"

"大着不知有多少倍！干什么？"

她笑了一下，"正想，老三看见了海没有！"

"他什么都看见了，一定！"

"那多么好！"韵梅闭上了眼，心中浮起比三海大着多少倍的海，与蓝石头蓝树木的蓝山。海边山上都有个结实的、勇敢的老三。

这样，一个没有出过北平的妇人，在几年的折磨困苦中，把自己锻炼得更坚强、更勇敢、更负责，而且渺茫的看到了山与大海。她的心宽大了许多，她的世界由四面是墙的院子开展到高山大海，而那高山大海也许便是她的国家。

八十二

身上带着秦岭上的黄土，老三瑞全在旧历除夕进了西安古城，只穿着一套薄薄的棉学生装。

在这以前，他的黑豆子似的眼已看见了黄河的野浪、扬子江心的风帆、三峡的惊涛与乱山中连茶叶都没见过的三家村。

对于他，没有一个地方能比得上北平。可是，每一个地方都使他更多明白些什么是中国。中国，现在他才明白，有那么多不同的天气、地势、风俗、方言、物产；中国大得使他狂喜、害怕、颤抖。连各处的云与蚊子都不一样！他没法忘了北平，可也高兴看那些不同的地域。那滚滚的黄流与小得可怜的山村，似乎是原始的、一向未经人力经营过的。可是它们也就因此有一种力量，是北平所没有的一种力量，紧紧的和天地连在一处。假若那人为的、精巧的北平，可以被一把大火烧光，这些河流与村庄却仿佛能永远存在——从有历史以来，它们好像老没改过样子，所以也永远不怕、不能被毁灭。这些地方也许在三代以前就是这样，而且永远这样。它们使他担心它们的落伍，可也高兴它们的坚实与纯朴。他想，新的中国大概是由这些坚实纯朴的力量里产生出来，而那些腐烂了的城市，像北平，反倒也许负不起这个责任的。

他也爱那些脚登在黄土上的农民，他们耕植的方法是守旧的，他们的教育几乎是等于零的，他们的生活是极端艰苦的，可是他们诚实、谨慎、良善、勤俭。只要他们听明白了，他们就（哪怕他们自己须挨饿呢！）不惜拿出粮食、金钱，甚至于他们的子弟，献给国家。他们没有北平人那样文雅、聪明、能说会道，可是他们，他们，负起抗战的全部责任；中国是他们的。是他们，把秦岭与巴山的巨石铲开，修成公路；是他们，用一筐一筐的灰沙，填平水田，筑成了飞机场；是他们，当敌人来到的时候，烧了房屋，牵了牛马，随着国旗撤退；是他们，把子弟送上前线，把伤兵从战场上抬救下来。

有这样的人民，才有吃不饱、穿不暖而还能打仗的兵。有他们，"原始的"中国才会参加现代的战争。

他们不知道多少世界大势，甚至不认识自己的姓名，可是他们的心中却印着两三千年传下的道德，遇到事要辨别个是非。假若他们不知道别的，他们却知道日本人不讲理。这就够了。他们全用血肉和不讲理的人见个高低。因为山川的阻隔与交通的不便，使他们显着散漫，可是文化的历史与传统的道义把他们拴到一处：他们都是中国人，也自傲是中国人。

这样看明白了，瑞全才也骄傲的承认自己是中国人，而不仅是北平人。他几乎有点自愧是北平人了。他有点知识，爱清洁，可是，他看出来，他缺乏着乡民的纯朴、力量，与从地土中生长出来的智慧。有许多事，乡民知道，乡民能作，而他不懂、不能做。他的知识、文雅清洁，倒好像是些可有可无的装饰；乡民才是真的抓紧了生命，一天到晚，从春至冬，忙着做那与生命密切相关的事情；而且到时候，他们敢去拼命——尽管他们的皮肤是黑的，他们的血可是或者比他的更热更红一点。

他开始不注意自己的外表。看着自己身上的破衣服，鞋子上的灰土，和指甲缝中的黑泥，他不单不难过，而反觉得应当骄傲。他甚至于觉得乡民身上若有虱子，他就也应当有几个。以前，在北平的时候，他与别的青年一样，都喜欢说"民众"。可是，那时节，他的"民众"不过是些无知的、肮脏的、愚民。他觉得自己有知识，有善心，应去做愚民的尊师与救主。现在，他才知道，乡民，在许多事情上，不但不愚，而且配做他的先生。

他开始放弃了大学生的骄傲，而决定与乡民们在一块儿工作，一块儿抗敌。而且，要把他所知道的教给乡民；同时，也从乡民学习他所不知道的。

他不大会唱歌，而硬着头皮给百姓们唱抗战的歌曲。他不会演戏，而拉长了脸上台。他不会写文章，可是拧起眉毛给人们写抗战的故事。同样的，他不会骑马放枪，可是下了决心请百姓们教给他。他甚至于强迫自己承认，乡下的红裤子绿袄的姑娘比招弟更好看。假若他要结婚，他须娶个乡下姑娘！

同时，百姓们是那么天真，他们听、看、相信，他那连牛都不高兴接受的歌曲、话剧与故事。他更高了兴，不是因为自傲，而是因为他已和乡民打成一片。他相信自己若能和乡民老在一块儿，他就能变成像乡民那么纯朴健壮，而乡民也变成像他那么活泼聪明；哼，打败日本简直可以比杀只鸡还容易！

这天真、高兴、自信，使他忘了北平。在北平，他一筹莫展；现在，他抓住了爱国的真对象。爱国成了具体的事实——爱那些人民与土地。战争，没想到，使都市的青年认识了真的中国。

他更瘦了些，可是身量又高出半寸来，他的脸晒得乌黑，可是腮上有棱有角的显出结实硬棒。没法子和乡下青年打篮球，他学会和他们摔跤，举石墩。摸着自己的筋肉，他觉得他能一枪把儿打碎两个敌人的头颅。

热血循环得快，他的想象也来得快，他甚至于盘算到战后的计划。他想，在胜利以后，他应当永远住在乡下，娶个乡下姑娘，生几个像小牛一般结实的娃娃。为教育自己的娃娃，他顺手儿便办一个学校，使村中老幼男女都得到识字的机会。他将办一个合作社，一个小工厂，一个医院，一个……他不单看见了胜利，也看见了战后的新中国。在那个新中国里，乡村都美化得像花园一样！

可是，不久，因当权者的不信任民众与怀疑知识青年们的自由思想，瑞全被迫离开他的工作与朋友，而必须到城市里做他所不高兴的工作。打击与失望使他愤怒。可是"不要灰心"！他想起钱伯伯与瑞宣大哥给他的临别赠言。

他忍住气，闭上口，把乱说乱唱的时间都让给静静的思索。

从历史的背景，他重新看自己。他看出来，他的自信与天真只是一股热气催放出来的花朵，并不能结出果实。他的责任不是只凭一股热气去抗敌，去希冀便宜的胜利，去梦想胜利后的乌托邦。他也必须沉住了气去抵抗历史，改造历史。历史使中国的人民良善可爱，历史也使另一些人别有心肝、打算。他必须监视自己，使自己在历史的天平上得到真正的分量。他看出来，日本人的侵略中国是打开了十八层地狱，鬼魂们不但须往外冲杀，也应当和阎王与牛头马面们格斗。

在城市里过活了许多时候，他得到回北平的机会。假若他能在民间工作，或被军队收容，他万也不想回北平。他真爱北平，可是现在已体会出来它是有毒的地方。那晴美的天光、琉璃瓦的官殿、美好的饮食和许多别的小小的方便与享受，都是毒物。它们使人舒服、消沉、苟安、懒惰。瑞全宁可到泥塘与血狱里去滚，也不愿回到那文化过熟的故乡。不过既没有旁的机会，他也只好回北平，去给北平消毒。

在除夕，他进了西安古城。因穿得太薄，他很冷。绕了几条街，他买不到一件棉袍。铺户已都关上门，过年。他知道西安和北平是同一气味的古城，不管有无战争灾难，人们必须过年。他，不便生气；不生气，也就会慢慢的想主意。这就是他三四年来得到的一点宝贵的修养。

他去敲寿衣铺的门。不管是除夕，还是元旦，人间总有死亡；寿衣铺不会因过年而拒绝交易。他买了件给死鬼穿的棉袍。他笑了。好，活人穿死人的衣服，就也算不怕死的一点表示吧。

从西安，他往东走。遇上什么车，便坐什么车；没有车，他步行。当坐火车或汽车的时候，他必和日本人坐在一处，跟他们闲谈，给他们一点东西吃，倒好像他是最喜欢日本人的人。假若他拿着机密的文件或抗日的宣传品，他必把它们放在日本人的行李当中，省得受检查；有时候，他托日本人给他带出车站去。这些小小的把戏使他觉得自己很不值钱，因为日本人就专好玩这种小聪明。可是，及至它们得到了应得的效果，他又不由的有点高兴，心中说：

"你们会玩的，我也会！"

当他步行的时候，他有时候为躲避日本人，有时候为故意进入占领区，就绕了许多许多路，得到详细观察各处情形的机会。走了些日子之后，闭上眼他能给自己画出一张地图来。在这地图上，不仅有山河与大小的村镇，也有各处的军队与人民的动态。这是一张用血画的地图：一个小小的村子，也许遭受过十次八次的烧杀；一条静静的小溪，也许被敌人与我们抢渡过多少次。看着这张他心中的地图，他知道了中国人并不老实，并不轻易投降给敌人。在那张图上，他看见一些人影，那些穷，脏，无知而又无所不知，诚实而又精明的人民。真的，是他们，给了他心中的地图一些鲜红的颜色。

越走，离北平越近了，他不由的想起家来。他特别想念母亲与大哥。可是，这并没教他感到难过，因为三四年来的流亡，他看明白，已使他永远不会把自己再插入那四世同堂的家庭里，恢复战前的生活状态。那几乎已不可能。他已经看见了广大的国土，那么多的人民，和多少多少民间的问题。他的将来的生活关系，与其是家庭的，毋宁说是社会的。战争打开了他的心与眼，他不愿再把自己放在家里去。

已是秋天，他才由廊坊上了火车。

他决定变成廊坊的人。这不难，只要口音稍微一变，他就可以冒充廊坊的人。他的服装——一件长蓝布夹袍，一双半旧的千层底缎鞋，一顶青缎小帽——教他变成了粮店少掌柜的样子。他的行李是一件半旧的"捎马子"，上面影影绰绰的还带着"三槐堂"的字样。他姓王。此外，他带着一副大风镜，与一条毛巾。拿毛巾当作手绢，带出点乡下人的土气，而大风镜又恰好给他添加些少掌柜的气派。捎马子里放着那"死灵魂"的棉袍，与三五件小衣裳。除了捎马子上的"三槐堂"，他浑身上下没有任何带字的东西。

高高的，黑黑的，他装傻充愣的上了火车，颇像常走路的买卖人。在车上，他想好王少掌柜的家谱与王家村的地图。一遍，两遍，十几遍，他把家谱与地图都背得飞熟。假若遇上日本人盘问，他好能用详细的形容与述说去满足他们的细心与琐碎——日本人不是最理想的仇敌,他们太琐碎。琐碎使日本人只看见了树,而忘了林,因而也就把精力全浪费在阴险与破坏上,而忘了人世间最崇高、最有意义的事情。

离北平越来越近了。火车一动一动的,瑞全的眼中一闪一闪的看到了家。家门,门外的大槐树,院中的一切,同时的,像图画似的,都显现在目前。他赶紧闭了眼,听着火车的轮声,希望把自己催眠过去,他一定不要因为看见北平而心跳得快起来。他已经被日本人摸过几次胸口,看他的心跳得快不快。这是北平,是他的家,也是虎口;他必须毫不动心的进入虎口,而不被它咬住。

车停住。他慢慢的扛起行李,一手高举着车票,一手握着那条灰不噜的毛巾,慢慢的下了车。车站旁的古老的城墙,四围的清脆的乡音,使他没法不深吸一口气。一吸气,他闻到北平特有的味道。他想快跑几步,像小儿看到家门那样兴奋的跑几步。北平有毒,可是,北平到底是他的生身之地,那颜色、气味、语声,都使他感到舒服与恰好合适,倒仿佛他一伸手就可以摸到母亲的手腕似的。可是,他必须镇定的、慢慢的走。他知道,只要有人一拍他的肩膀,他就得希望那最好的,而勇敢的接受那最坏的。这已不是北平,而是虎口。

平安无事的,在车站上的木栅前,他交出手中的车票。可是,他还不敢高兴;北平的任何一块土,在任何时间,都可以变成他的坟墓。

果然,他刚一出木栅,一只手就轻轻的放在他的肩上。他反倒更镇定了,因为这是他所预料到的。

他用握着毛巾的手把肩头上的手打落,而后拿出少掌柜的气派问了声:"干什么?"不屑于看那只手是谁的,他照旧往前走,一边叨唠着,"我有熟旅馆,别乱拉生意!北平是常来常往的地方,别拿我当作乡下脑壳!"

可是,这点瞎虎事并没发生作用。一个硬棒棒的东西顶住了他的肋部。后面出了声:"走!别废话!"

三槐堂的王少掌柜急了,转过身来,与背后的人打了对脸。"怎回事?在车站上绑票?不躲开我,我可喊巡警!"

口中这样乱扯，瑞全心里却恨不能咬下那个人几块肉来。那是个中国的青年。瑞全恨这样的人甚于日本人。可是，他须纳住气，向连猪狗不如的人说好话。他叫了"先生"："先生，我身上没有多少钱，您高抬贵手！"

"走！"那条狗龇了龇牙，一口很整齐洁白的牙。

王少掌柜见说软说硬都没有用，只好叹气，跟着狗走。

票房后边的一间小屋就是他预期的虎口。里边，一个日本人，两个中国人，是虎口的三个巨齿。

瑞全忙着给三个虎齿鞠躬，忙着放下行李，忙着用毛巾擦脸。而后，立在日本人的对面，傻乎乎的用小手指掏掏耳朵，还轻轻的揉了揉耳朵眼。

日本人像鉴定一件古玩似的看着瑞全，看了好大半天。瑞全时时的傻笑一下。

日本人开始掀着一大厚本像片簿子。瑞全装傻充愣的也跟着看，看见了好几个他熟识的人。日本人看几片，停一停，抬头端详瑞全一会儿，而后再看像片。看了半天，瑞全看到他自己的像片。他已忘了那是在哪里照的，不过还影影绰绰的记得那大概是三年前的了。像片上的他比现在胖，而且留着分头，（现在，他是推着光头，）一绺儿松散下的头发奔拉在脑门上。也许是因为这些差异，日本人并没有看出像片与瑞全的关系，而顺手翻了过去。瑞全想象着吐了吐舌头。

日本人推开像片本子，开始审问瑞全。瑞全把已背熟了的家谱与乡土志，有点结巴，而又不十分慌张的，一一的说出来。他说，那两个中国人便记录下来。

问答了一阵，日本人又去翻弄像片，一个中国人从新由头儿审问，不错眼珠的看着记录。这样问完一遍，第二个中国人轻嗽了一下，从记录的末尾倒着问。瑞全回答得都一点不错。

日本人又推开像片本子，忽然的一笑。"我认识廊坊！"这样说完，他紧跟着探进手去，摸瑞全的胸口。

瑞全假装扭咕身子，倒好像有点害羞似的，可是并没妨碍日本人的手贴在他的胸口。他的心跳得正常。

日本人拿开手，开始跟瑞全"研究"廊坊，倒好像他对那个地方有很深的感情似的。

听了几句，瑞全知道日本人的话多半是临时编制的，所以他不应当完全顺着日本人的话往下爬，也不该完全呛着说。他须调动好，有顺有逆的，给假话刷上真颜色。

"王家村北边那个大坑还有没有？"

"那个大坑？孩子们夏天去洗澡的那个？早教日本军队给填平了！"

"大坑的南边有两条路，你回家走哪一条？"

"哪一条我也不走！我永远抄小道走，可以近上半里多路！"

日本人又问了许多问题，瑞全回答得都相当得体。日本人一努嘴，两个中国人去搜检行李与瑞全的身上。什么也没搜出来。

日本人走出去。两个中国人愣了一会儿，也走出去。

瑞全把纽扣系好，然后把几件衣服折叠得整整齐齐，又放回捎马子里。一边收拾，一边暗中咒骂。他讨厌这种鬼鬼祟祟的变戏法的人。这不是堂堂正正的作战，而是儿戏。但是，他必耐着心做这种游戏，必须在游戏中达到他的抗敌的目的。是的，战争本身恐怕就是最愚蠢可笑的游戏。

他没出声的叹了口气。而后，把捎马子拉平，坐在上面，背倚着墙角，假装打瞌睡。

"睡"了一会儿，他听见有一个人走回来。他的睡意更浓了，轻轻的打着呼。没有心病的才会打呼。

"嗨！"那个人出了声，"还不他妈的滚？"

瑞全睁开眼，擦了擦脸，不慌不忙的立起来，扛起行李。他给那个人，一个中国人，深深的鞠了躬；心里说："小子，再见！我要不收拾你，汉奸，我不姓祁！"

出了屋门，他还慢条斯理的东张西望，仿佛忘了方向，在那里磨蹭。他知道，若是出门就跑，他必会被他们再捉回去；不定有多少只眼睛在暗处看着他呢！

八十三

扛着行李，瑞全慢慢的进了前门。

一看见天安门雄伟的门楼，两旁的朱壁，与前面的玉石栏杆和华表，瑞全的心忽然跳得快了。伟大的建筑是历史、地理、社会与艺术综合起来的纪念碑。它没声音，没有文字，而使人受感动，感动得要落泪。况且，这历史，这地理，这社会与艺术，是属于天安门，也属于他的。他似乎看见自己的胞衣就在那城楼下埋着呢。这是历史、地理等等的综合的建筑，也是他的母亲，活了几百年，而且或者永远不会死的母亲。

是的，在外边所看到的荒村，与两岸飞沙的大河，都曾使他感动。可是，那感动似乎多半来自惊异；假若他常常看着它们，它们也许会失去那感动的力量。这里，天安门，他已看见过不知多少次，可是依然感动他。这里的感动力不来自惊异与新奇，而且仿佛来自一点属于"灵"的什么。那琉璃瓦的光闪，与玉石的洁白，像一点无声的音乐荡漾到他心里，使他与那伟大的建筑合成一体。

刚才，日本人摸他的胸口，他并没惊惶失措；现在，这静静的建筑物却使他心跳，跳得很快。他与那个日本人，都须死，而且不定哪一时就死。这伟大的城楼，却永远立在那里，上面顶着青天，下面踩着白白的玉石。在那城楼上闪动的光儿里，他好像看见了几百年前那些工匠，一块块的，一根根的，往城楼里安置砖瓦栋梁。他们的技巧与审美心似乎也不死，因为他们创造出不朽的建筑物。为什么人们不多造几个城楼，而偏偏打仗呢？想到这里，他几乎要轻看自己的勇敢与工作了。哼，那些工事算得了什么呢，当你立在天安门前的时候。

还好，还好，过了一会儿，他对自己说：日本鬼子并没拆毁了天安门！是日本人不敢毁它呢，还是不屑于毁它呢？他赶紧往四下里看，仿佛要从城门前的广场上找到答案。

他看到天安门前的冷落与空寂。他不忍再看。不，这已不是他自幼看惯了的天安门，而是一座大的碑或塔，下面藏着死人的尸骨。北平已经死去，日本人不屑，是不屑，拆毁了它。它不过是金碧辉煌的胜利品。

真的，天安门前是多么静寂呀。行人车马都带着短短的影子，像不敢出声的往东往西走。地方的空旷与城楼的高大，使蠕动的人马像一些小小的什么虫子。一阵凄凉的小风吹过，似乎把树影儿都吹淡了一些。电线随着小风颤动，发出一些响声。这，使瑞全想起那大的、空的、斑斑点点的、美丽的海螺。它美丽，能发出微响，可是空的、死的，只配做个摆设或玩物。哈，天安门就正像个海螺！

他不敢多想。再想下去，他知道，也许会落泪。他真愿意去看看中山公园与太庙，不是为玩耍，而是为看看那些建筑、花木，是否都还存在。不，他不能去。扛起捎马子游公园或太庙，是会招起疑心的；焉知身后没有人钉他的梢呢。

一想走进公园，他也不由的想起招弟。她变成了什么样子呢？他想起，在战前，他与她一同在公园里玩耍的光景。他特别记得：那老柏的稀疏影儿落在她的脸上与白的衣服上，使她的脸和浑身都有光有暗，而光暗都又不十分明显，仿佛要使她带着那些柔软的影与色，渐渐变成个无可捉摸的仙女似的。

不，不要想她！他应当自庆，他没完全落在爱的网里，而使他为了妻室，不敢冒险，失去自由！还是这么扛着捎马子到处乱跑好，这是他该做的事，必须做的事！他已不应再以为自己是个肉作的青年，而须变成炸弹，把自己炸开，炸成千万小片，才是他的最光荣的归宿。他不应再是个有肉欲的青年，而须变成个什么抽象的东西，负起时代托付给他的责任。

忘了天安门、公园、太庙与招弟！忘了！只是不要忘记他现在是王少掌柜。王少掌柜不应当扛着捎马子呆呆的立在天安门前。他必须走，快走！

到哪里去呢？他不能马上去找他的秘密的机关。万一有人跟随他的呢？那岂不泄露了秘密？好的，他须东西南北的乱晃一阵，像兔儿那样东奔一头，西跳两下，好把猎犬弄糊涂了。

他往西走。走出不远，并没回头，他觉出背后有人跟着他呢！他应当害怕，可是反倒高了兴。紧张，危险，死，才会打破北平的沉寂。他是来入墓，而不是来看天安门！

他不慌不忙的往前走，想起刚才在车站看到的那张自己的像片。哼，那多少是点光荣、光荣！老三瑞全，想想看吧，和祖父、父亲、大哥都不一样！哼，这要教祖父知道了，老人要不把胡子都吓掉了才怪！

轻巧的，他把一只鞋弄掉，而后毛下腰去提鞋。一斜眼，他看明白了跟着他的人，高第！

他要呕吐！他想的到北平的沉寂，冠晓荷们的无耻，可是才想不到高第，冠家的最好的人，会也甘心给日本人做爪牙！还有，假若高第已经如此，那么招弟呢，说不定还许嫁给了日本人呢！几年的修养与锻炼好像忽然离开了他。他的心中乱起来，像要生病时那么忽冷忽热的乱起来。他后悔回到了北平，来看他的女友，也是中国的青年，这么无耻，没骨头。他不由的摸了摸腰间，哼，没有枪；他必须赤手空拳的走进北平；他真想一枪先打死那无耻的东西！

高第从他的身旁走过去，用极低的声音说了句："跟我走！"

他只好跟着她，别无办法。他，真的，并没有害怕，可是不由的想到：万一真死在她的手里，实在太窝囊。

看一看那晴美的天空，与冷落的大街，他觉得北平什么也没变；北平或者永久不会变，永远是那么安静美丽，像神仙似的，不大管人间的悲欢离合。可是，看着高第的后影，那颇好看的，有淡淡的阳光的后影，他又觉得北平一切都变了，变得丑恶、无耻，像任凭人家奸污的妇女。他不知道是应当爱北平，还是应当恨它；应当保存它，还是烧毁了它。北平跟战争绞缠在一处，像花园里躺着一条腐烂了的死狗！

跟着她，他走到了西城根。第一个来到他心中的念头是：假若她动手，他不应当客气。他须看机会，能打死她就打死她。他是为国家做事的，不能因为她是女的，她是朋友，而退让一点。不，他现在不应当再有父母兄弟与朋友，而只有个国家。这样一想，他的手马上预备好，他的眼紧盯着她的全身。哼，只要她一动，他就须打出拳去，没有客气，没有！

可是，忽然的，他改变了念头。不，他不可以动手。动了手，即使他打胜，也会招来更多的麻烦。他是来到北平，北平是不容易进来，更不容易出去的。他看了看那坚厚的城墙，不，他万不可卤莽！他须央告她，利用旧日的友谊，与妇女的慈心，设法脱逃。可是，怎么出口呢？他是堂堂的男子汉，肯对一个没出息的女子告饶求情吗？他抓了抓他的黑亮的脑门！

这时候，高第已和他走并了肩。她忽然的说出来："我入了狱，做了特务；要不然，我没法出狱！不用防备我，我和钱先生通气，明白吧？"

"钱先生？哪个钱先生？"

"钱伯伯！"

"钱伯伯？"瑞全松了口气。忽然的，连那灰色的城墙都好像变成了玻璃，发了光！北平并没有死，连钱先生带高第都是在敌人鼻子底下拼命呢！他真想马上跪在地上，给高第磕个头！

"他晓得你要来！你要是愿意先看他去，他在西边的小庙里呢。你应当看看他去，他知道北平的一切情形！到小庙里说：敬惜字纸！"说到这里，她立住，和瑞全打了对脸。

在瑞全眼中，她的脸上没有多余的表情，而只有一股正气，与坚定的眼神。这点正义与眼神，并没使她更好看一点，可是的确增多了她的尊严。她的鼻眼还和从前一样，但是她好像浑身上下全变了，变成了一个他所不认识的高第。这个新高第有一种美，不是肉体的，而是一些由心中，由灵魂，放射出来的什么崇高与力量。这点美恰好是和他心中那点劲儿一样，使他仿佛要忘记她的五官四肢，而单独的把那点劲儿抓住，和她心心相印。他低下了头去。他错想了她。

"招弟呢？"他低声的问。

"她也——跟我一样！"

"一样？"瑞全抬起头来，硬巴巴的脸上布满了笑纹。他的心中，北平，全世界，都光亮起来。

"只有这一点分别：我跟钱先生合作，她，她给敌人做事！"

瑞全的笑纹全僵在了脸上。

"你要留神，别上了她的当！再见！"高第用力的看了他一眼，转身走开。

瑞全没再说出话来。咬咬牙，他往西走。高第、招弟与钱伯伯三个形影在他心中出来进去，他不知道应当先想谁好。他几乎要失去他的镇定。这两个女的，一位老人，仿佛把一切都弄乱了，他找不到了世界的秩序。他最喜爱的女人，变成了他应当最仇视的。他最不敢希望到的，却成了事实；钱伯伯和高第居然联合在一处，抗敌。他不敢再想什么了。战争像地震，把上面的翻到下面去，把下面的翻到上边来。不，他决不再事先判断什么。北平简直是最大的一个谜。它冷落，也有阳光；它消沉，而也有钱伯伯与高第的热烈。

猛的，他啐了口唾沫，"呸，什么也别再想！"

他看见了路北的小庙。忘了高第，招弟与北平，他想要飞跑进去，去看他的钱伯伯。

八十四

虽然已是秋天，钱诗人却只穿着一件蓝布的单道袍。他的白发更多了；两腮深陷，四围长着些乱花白胡子，他已不像个都市里的人，而像深山老谷里修道的隐士。静静的他坐在供桌旁的一个蒲圈上，轻轻的敲打着木鱼。

听见了脚步声，老人把木鱼敲得更响一点。用一只眼，他看明白进来的是瑞全。他恨不能立刻过去拉住瑞全的手。可是，他不敢动。他忍心的控制自己。同时，他也要看看瑞全怎样行动，是否有一切应有的谨慎。他知道瑞全勇敢，可是勇敢必须加上谨慎，才能成功。

瑞全进了佛堂，向老人打了一眼，而没认出那就是钱伯伯。他安详的把捎马子放下，而后趴下恭恭敬敬的给佛像磕头。他晓得怎么做戏，不管他怎么急于看到钱伯伯。他必须先拜佛；假若有人还钉他的梢，他会使钉梢的明白，他是乡下人，也就是日本人愿意看到的迷信鬼神的傻蛋。

老人，看到瑞全的安详与做戏，点了点头。他轻轻的立起来，嗽了声；而后，向佛像的后面走。

瑞全虽然仍没认出老人，可是听出老人的嗽声。"钱伯伯"三个字，亲热的、有力的、自然的，冲到他的唇边。可是，他把它们咽了下去。拾起捎马子，他也向佛像后面走。绕过佛像，出了正殿的后门，他来到一个小院。

院中有个小小的砖塔，塔旁有一棵歪着脖子的柏树。西边有三间小屋。钱诗人在最南边的一间外面，和一位五十多岁的和尚低声的说了两句话。和尚，看了瑞全一眼，打了个问讯，走入正殿，去敲打木鱼。

钱诗人向瑞全一点手，拐着腿，走进最北边的那间小屋。瑞全紧跟在老人的后面。

一进屋门，"老三"与"钱伯伯"像两个火团似的，同时喷射出来。瑞全一歪肩，把行李摔在地上。四只手马上都握在一处。瑞全又叫了声"钱伯伯"，可就想不起任何别的话来。在他记忆中，钱伯伯是个胖胖的、厚敦敦的、黑头发的、安良温善的诗人。他也想到，钱伯伯的左右应该是各色的鲜花与陈古的图书。他万想不到钱伯伯会变成这个狼狈的样子，和在这些个破小庙里。愣了一会儿，他认识了钱伯伯，正像他细看一会儿那被轰炸过的城市之后，便依稀的认出街道与方向。老人的眼正像从前那么一闭一闭的。老人的声音还是那么低柔和善。

"我看看你！我看看你！"老人笑着说。他的深陷的双腮不帮忙使他的笑容美好，可是眼角上的笑纹还很好看。"我看看你，老三！"

瑞全怪发僵的教老人看，不知怎样才好，只傻乎乎的微笑。

老人看着老三，连连的微微点头。忽然的，老人低下头去。他想起自己的儿孙。

"怎么啦？钱伯伯！"

老人慢慢的抬起头来，勉强的笑了一下："没什么，坐下吧！"

瑞全这才看到屋中只有一张木板床，一张非靠墙不能立稳的小桌，和一把椅子。老人坐在床沿上，瑞全把椅子拉过来，凑近老人，坐下。

老人的心里正在用力控制自己，不要再想自己的儿孙，所以说不出话来。

瑞全听到前殿中的木鱼响。

"伯伯，您怎么变成这个样子了？"瑞全打破了沉寂。

老人的唇动了动。他想把入狱受刑的经过，与一家人的死亡，一股脑儿像背书似的背给瑞全听。可是，他以为瑞全刚由外面回来，必定看见过战场；战场上一天或一点钟内，也许有多少流血的与死亡的；他自己的一点苦痛有什么可说的价值呢？他坚定，勇敢，可是他还谦卑。

"教日本人收拾的。"老人低声的说，希望就用这么一句话满足了瑞全。

"什吗？"瑞全猛的立起来，一双黑豆子眼盯住老人的脑门。

瑞全万也没想到钱诗人、钱伯伯，天下最老实的人，会受毒刑。在外面三四年，因为不肯想家，他冷淡了北平。他以为北平在这几年里必是一声不出的、一滴血不流的用它的古老的城墙圈着百万以上的亡国奴。谁知道，连钱先生这样的老实人也会受刑呢，并且因受刑而反抗呢？

对北平的冷淡，在他想，也就是对整个国家的关心。于是，他已打算好，他虽回到北平，而决不打听家里的事。这太狠心，可是忘了家才能老记着国，也无可厚非。

现在，听到钱伯伯这一句话，他可是马上想起家里的人。假若钱伯伯会受刑，一切人都有受刑的可能，他家中的人也不能是例外。特别是他的大哥；大哥比钱先生更多着点下狱受刑的资格。他不由的问出来：

"我家里的人呢？"

钱老人低声的、温和的说："坐下！"

瑞全傻乎乎的又坐下。

老人不敢再抬眼皮、难过的低着头思索：是否应当把实话告诉给瑞全呢？

"钱伯伯！"瑞全催了一下。

钱老人不愿教瑞全刚一回到北平就听到家中的惨事。可是，他若不说，瑞全会不会到别处去打听？他决定实话实说，知道瑞全也许可以在他面前，一点不害羞的哭出来。他是瑞全的老友、老邻居；瑞全小时候怎样穿着开裆裤，他都知道。好，瑞全若是要哭，就应当在他的面前。他的头低得无可再低，极慢极慢的说："你父亲和老二都完了！别人还都好！"

看过敌人的狂炸都市，看过山河间的战场，看见过杀伤与死亡，瑞全的心仿佛，像操作久了的手掌似的，长了一层厚皮。听到老人的话，他并没有马上受到强烈的刺激。他问了声"什么？"仿佛没有听明白似的。可是，没有等老人再说什么，他低下头去，泪像潮水似的流出来，低声的叫着："爸爸！爸爸！"

老人十分难堪的，把一只手放在瑞全的肩上，轻轻的叫："老三！老三！"他不敢劝阻瑞全，谁死了父亲能不伤心呢？他又不肯不安慰瑞全，谁能看着朋友伤心而不去劝慰呢？可是用什么话去安慰呢？老人一边叫着"老三"，一边急得出了汗。

哭了半天，瑞全猛的一挺脖子，"告诉我，小羊圈怎样了？"他似乎忘了中国，甚至于忘了北平，而只记得小羊圈，他的生身之地。

老人乐得的说些足以减少瑞全的悲苦的事；简单的，他把冠家的、小文夫妻的、小崔的和棚匠刘师傅的事，说了一遍。

瑞全听完，愣了起来。他没想到，连小羊圈那么狭小僻静的地方，会出了这么多的事，会死这么多的人。哼，他走南闯北的去找战场，原来战场就在他的家里、胡同里！他出去找敌人，而敌人在北平逼死他的父亲，杀害了他的邻居。他不应当后悔逃出北平，可是他的青年的热血使他自恨没有能在家保护着父亲。他失去了镇定，他的心由家中跳到那高山大川，又由高山大川跳回小羊圈。他已说不清哪里才是真正的中国，他应当在哪里作战。他只觉得最合理的是马上去杀下一颗敌人的头来，献祭给父亲！

他不敢再正眼看钱伯伯。钱伯伯才是英雄，真正的英雄，敢在敌人的眼下，支持着受伤的身体，做复国报仇的事。

钱诗人见瑞全不出声，也不敢再张口说什么，虽然他急于听瑞全由外面带回来的消息和新闻。在这个青年面前，老人觉得自己所作的不过是些毫无计划的、无关宏旨的小事情。反之，瑞全身上的灰土才是曾经在沙场上飞扬过的，瑞全所知道的才是国家大事。

这样，一老一少本都想一见面就把积累了好几年的话倾倒出来，可是反倒相视无言了。他们都听着前殿的木鱼声。

还是瑞全先出了声："钱伯伯，告诉我点您自己的事！"

"我自己的事？"老人瘪着嘴一笑，他本不想说，可是又觉得不应当拒绝青年朋友的要求。再说，瑞全刚刚哭完，老人的话也许能比无聊的、空洞的安慰强一些。"我的事很多，可也很简单。让我这么解释吧；我的工作有三个阶段：第一阶段是在我受刑出狱之后。那时候，我没有计划，只想报仇。我心中有一口气，是怒，是恨，催动着我放弃了安静的生活，像疯了似的去宣传，去暗杀。那时候，我急，我怒，所以我不能容纳别人的意见。凡是与我主张不同的，我便把他们看成仇敌。那时候，我是唱独角戏。

"慢慢的，我走到第二阶段。我的肯做、敢做，招引来朋友。好，我看清楚，我应当有朋友，协力同心的去作。虽然我还没改了这一头儿是我，那一头儿是国家的态度，可是我知道了独自拼命远不及大家合作的更有效，更有力量。好，我不管别人的计划是什么，派别是什么，只要他们来招呼我，我就愿意帮忙。他们教我写文章，好，我写。他们教我把宣传品带出城去，好，我去。他们教我去放个炸弹，只要把炸弹给我预备下，好，我去。这样，我开始摸清了道路，有了做不过来的工作；而且，我也不生闲气了。我变成一个抗敌的机器，谁要用我，我都去尽力。同时，我没有顾忌，没有对报酬与前途的算计。我属于一切抗敌的人，做一切抗敌的事，一直做到死。假若第一阶段是个人的英雄主义或报仇主义，这第二阶段就是合作的爱国主义。前者，我是要给妻儿与自己报仇，后者是加入抗敌的工作，忘了私仇，而要复国雪耻。

　　"现在，我走到第三阶段。刚才你看见了那位和尚？"老人指了指前殿，"他是明月和尚，我的最好的朋友。我们两个人的交情很纯真，也很奇怪。我呢，当我初一认识他的时候，是一心要报仇，要杀人。他呢，尽管北平城亡了，还不改变他的信仰，他不主张杀生。这样，我以为即使佛生在北平，佛也得发怒，也得去抗敌，假若佛的父母兄弟被敌人都杀害了的话。明月和尚不这样看，他以为这侵略、战争，只是劫数，是全部人间的兽性未退，而不是任何一个人的罪过。说也奇怪，我们两个人的见解是这么不同，而居然成了好朋友。他不主张杀人，因为他以为仇杀只足助长人的罪恶，而不能消灭战争。可是，他去化缘，供给我吃。他不主张杀人，而养着手上有血的朋友；可笑！

　　"不过，虽然我不接受他的信仰，可是我多少受了他的影响。他教我更看远了一步——由复国报仇看到整个的消灭战争。这就是说，我们的抗战不仅是报仇，以眼还眼，以牙还牙，而是打击穷兵黩武，好建设将的和平。

　　"这样，我又找到了我自己，我又跟战前的我一致了。这就是说，在战争一开始，我忽然受了毒刑，忽然的家破人亡，我变成疯狂。只有杀害破坏，足以使我泄恨。我忘记了我平日的理想与诗歌，而去和野兽们拼命。那时候，我是视死如归，只求快快的与敌人同归于尽。现在，说句也许教你笑我的话，我似乎长成熟了。我一边工作，一边也又有了理想。我不只糊里糊涂的去扔掉我的脑袋，而是要稳稳当当的、从容不迫的、心平气和的去做事，以便达到我的理想。所以，我说，我又找到了自己。以前，我是爱和平的人；现在，还是那样。假若这里有点不同的地方，就是在战前，我往往以苟安懒散为和平；现在呢，我是用沉毅、坚决、勇敢去获得和平。

　　"我不必告诉你，一件一件的，我都做过什么。我倒真高兴能告诉你，我的这点小小的变化。变化是生长的阶段。我并没死，也并不专凭一口怒气去找死，我是像个小孩或小树，天天在生长。这样，危险困苦也就都不可怕了，因为我的眼是看着远处，正像明月和尚老看着西天那样。我不必再老咬着牙，拧着眉了，而可以既不着急，又不妥协的往前干去；我知道我所干的是任何一个有心思、有理想的人，所应当干的；我能自信了。是的，今天我没有，将来也不会，皈依佛法；不过，明月和尚的确给了我好的影响。我很感激他！他是从佛说佛法要取得永生；我呢，是从抗敌报仇走到建立和平——假若人类的最终的目的是相安无事的、快快活活的活着，我想，我也会得到永生！"

用心的，瑞全一字不落的，把钱伯伯的话都听进去。

他没想到钱伯伯会这样概括的述说。他原来以为老人必定婆婆妈妈的告诉他一些有年月、有地点的事实。听完这一大段话，他呆呆的看着钱伯伯。是的，钱伯伯的身上，正像他的思想，全变了。他好像不认识了，又好像更多认识了一点，钱老人。钱老人没有陈说事实，可是那一大段话，尽管缺乏具体的事情，教瑞全不单感动，而且也看见了他自己；像他自己，在这三四年中，不也变了吗？不也是由一股热气，变为会沉静的思索吗？他马上觉得他的心靠近了老人的心。老人的经验与变化正差不多是瑞全自己的。

他很想把自己的经验都告诉给老人，可是，他鼓不起勇气来说了。事实，假若没有一个以思想作线索的纲领，不过是一些零散的砖头瓦块，说不说都没有关系。

"老三，说说你的事呀！"老人微笑着说。

老三伸了伸腿："钱伯伯，用不着说了吧？我也正在变！"

"那可好，好！"老人的眼对准了瑞全的，"你看，要是对别人，我决不会说刚才那一套话，怕人家说我老王卖瓜，自卖自夸。对你，我不能不那么说，因为那是千真万确的事实。只有那么对你说，你才真能看见我的心。假如我只说些陈谷子烂芝麻，你也许早发了困！噉，老三，你不以为我是瞎吹、铺张？"

"我怎么能呢？钱伯伯！"

"好！好！还是说说吧，说说你的事！我愿意多知道事情，只有多知道事情，心里才能宽绰！"

瑞全没法不开口了。他源源本本的把逃出北平后的所见所闻，都说出来。说着说着，瑞全感到空前未有的痛快与兴奋。这是和钱伯伯谈心，他无须顾忌什么；在事实之外，他也发表了自己的意见与批评。

一直等老三说完，钱诗人才出了声："好！你看见了中国！中国正跟你、我一样，有多少多少矛盾！我希望我们用不灰心与高尚的理想去解决那些困难与矛盾！"

"我们合作？"

"当然！"

老少的两颗心碰到了一处。

八十五

跟钱伯伯畅谈了以后，瑞全感到空前的愉快。真的，他还没弄清楚，自己的变化已经到了哪个阶段和一共有了多少阶段；可是，由钱诗人的话里，他得到一些灵感——干下去，干下去，只要干下去，他就能更明白自己与世界。假若他自己的，能与世界应有的，理想，联到一处，他才真对得起这一条命。

他不再乱想。他须马上去工作，愉快的、坚定的去工作。

他须先到东城的一家鞋铺去拿钱，马上买上一辆脚踏车，好开始奔走。

在路上，他遇见一男一女两个小学生，都挎着书包，像是兄妹刚下了学的样子。他不由的多看了他们两眼。他想起了小顺儿和妞妞。

男的大概有十岁，女的七岁左右，正和小顺儿、妞子差不多。两个小孩儿都长的相当的体面，可是小脸都很黄很瘦。女孩儿的衣裳很短，手腕脚腕都露在外面，像花要开的时候，外面的绿萼已经包不住花瓣儿。男孩儿的衣服上有好几块补丁。他们走得很慢。

瑞全不由的也走慢了一点。他想起当年自己上学的光景：一出街门，他永远是飞跑。这两个小孩好像不会跑。连快走也不会！

走着走着，小男孩，看见路上的一块小砖头，用脚踢了一下。

女孩立住了，和男孩打了对脸。她的脸上，那么黄瘦，表现出怒、轻蔑，而又似乎不忍责骂的、复杂的神情。她的小薄嘴唇动了几动，才说出话来："哥！踢破了鞋，不又教妈妈生气吗？"

男小孩的脸红了一红，假装的笑着："我就踢了一下，不要紧！"

瑞全咽了口气。钱伯伯，他自己，变了？哼，连这俩小孩子也变了，变成了老人！战争剥夺了孩子们的天真与青春！

又走了几步，小男孩，似乎赎踢砖头的罪过，拾起一根有三尺长的枯枝。教妹妹帮助他，他把枯枝折成三段，放在书包里。兄妹脸上都有了笑容。

瑞全不敢再看，他加快了脚步。从一进北平，他便看见了这古城的冷落寒伧；现在，在这两个小孩的身上与举动上，他看到饥荒的黑影。小儿女已经学会，把一根枯枝当作宝贝。

走出几步，他又立住；颇想给那两个小孩几个钱，教他们买两个饶饼吃。可是，他立住，小孩们也立住了。哥哥拉住妹妹的手，两个小脸挨在一处，互相耳语。瑞全只好走开。小孩们，在这亡城里，知道怎么小心，不单提防日本人，也须防备一切的人。战争使人与人之间的关系变成猫与狗的关系。恐怖教小儿女们多长出一个心眼，盼望宁可饿死，也别被杀！小顺儿与妞妞，他想也必定是这样！他一直走下去，不敢再回头。

在东西牌楼附近，他找到了鞋铺。

铺子是两间门面，门窗牌匾的油饰都已脱落，连匾上的字号也已不甚清楚。窗上的玻璃裂了一大道璺，用报纸糊着。玻璃窗里放着两三双鞋，落满了尘土。

瑞全怀疑他是否找对了地方。再看看匾上的字号与门牌，他知道并没有找错。想起钱伯伯的道袍与那个小庙，他告诉自己：只有这种地方才适于做暗中进行的事体。他走了进去。

屋中相当的暗，而且有一股子潮湿的、掺夹着臭浆糊与大烟的味道。他嗽了一声，没有人答理他。他说出暗号："有双脸鞋吗？掌柜的！"

里面有了响动。他耐心的等着。又过了一会儿，里面的门吱的响了一声，出来个又高又瘦的人，口中正嚼着一口什么东西。他像个大烟鬼。

瑞全知道，在日本的统治下，吸鸦片是一种好的掩护。他掏出那副风镜来。在风镜的遮挡里藏着他的很小的证章。他取出证章，教瘦子看。而后，他低声的说："我来拿钱。"

瘦人翻了翻眼："什么钱？"

瑞全知道事情不妙："你弟弟拨来的！"

"我，我没有弟弟！"瘦鬼把口中的东西咽净。

"没有……"瑞全的黑眼珠盯住那个又黄又瘦的脸，立刻想用手掐住那细长的脖子。可是，他得控制自己。他是在北平；只要瘦鬼一喊叫，他必会遇到危险。"别开玩笑！老哥！"他勉强的笑着说，"你知道，那点钱多么重要！"

瘦鬼反倒不耐烦了："走，快走！我没有工夫跟你掏乱！"

瑞全看明白，瘦鬼是安心要炸他的酱①。他猛的往前一扑，一手攥住瘦鬼的右腕，一手掐住脖子。他不能教瘦鬼高声喊叫，也不愿伤了瘦鬼的性命。但是，他必须给瘦鬼一点厉害。

瘦鬼，虽然那么大的个子，可是一点力气也没有，从未被瑞全扣紧的嗓子里发出急切而声音不大的央求："放开我！放开！"

瑞全稍把手扣紧一点："你一嚷，我就掐死你！"

"我不嚷！我不嚷！放开我！"

瑞全把手挪开："有什么话快说！"

瘦鬼舐了舐嘴唇，看了瑞全一眼："好，我实话实说！有那么一笔钱，我接到了。可是，可是，教我给用了！我没生意，我得吸烟，没钱！我知道，你跟我的弟弟都是了不起的人。我，我可是没有别的办法！我并不是坏人，可是，哼，四年了，四年在日本人脚下活着，连神仙也得变成坏蛋！"

瑞全一挺脖子走了出去。他不愿再听瘦鬼的话。怒气要炸破他的肺，他不能再立在这又臭又暗的屋子里。

① 炸他的酱，被人诈骗的意思。

可是，刚出门，他又转身走回来。不，他不能轻易这么放了瘦鬼。他的手，现在，是为战斗用的。他不能这么随便的丢了钱，耽误了自己的工作。他想再用肉体的痛苦惩治瘦鬼，万一能挤出一点钱来，岂不比全数都丢了好？他不必心疼那个瘦鬼，瘦鬼早晚是会死去的。

可是，瘦鬼趴在柜台上哭呢！

瑞全迟疑了一下。瘦鬼，既是在哭，一定不是全无心肝的人。不，不，不能太心软！他走过去，把趴在柜台上的头扯了起来。

瘦鬼含着泪呆呆的看着瑞全。

瑞全把想起来的话都忘了。他松了手。他一点办法也没有。这个瘦鬼没有生命，却还活着；没出息，却还有点天良。没法办！

"对不起！"瘦鬼声音极低的说，"对不起，我知道你着急，可是钱已教我花光，花光！"

瑞全忽然想起话来："你是不是想出卖我呢？你知道我的号数，相貌，你……"

"我不会！不会！我的弟弟跟你一样！我不会出卖你，我的心里已经够难过的了！我也是中国人！"

瑞全又走出去。他怒，他憋闷，他毫无办法。飞快的，他走了一大段路，心中稍微舒服了一点。他想起钱伯伯来。噢，钱伯伯受过多少打击？哼，也许比他自己所受的多着十倍百倍！可是，钱伯伯并不灰心，并不抱怨谁，还是那么稳稳当当的工作。哈，这点挫折算什么呢？他的眼亮起来，难道没有那点钱，就不继续工作了吗？笑话！

可是，万一那个瘦鬼出卖他呢？是的，瘦鬼答应了他，决不会出卖他；不过，一个大烟鬼的话靠得住吗？为吸烟，一个人是可以出卖自己的灵魂的！

他是不是应当马上回到鞋铺，结束了瘦鬼呢？那并不难，只需把手掐紧瘦鬼的……

不！那双手须放在比瘦鬼的更有点价值的脖子上。毒手是必须下的，可要看放在哪里。他不能学日本人，把毒手甚至于加到一个婴儿身上。

他去找地下工作者的机关，一来是为报到，二来是看看能否借到一辆自行车。

走着，走着，他看见一辆自行车，斜倚着一株柳树。他愿去偷过它来，真的。有一辆车，他就长了翅膀，可以城里城外到处去奔走。那么，他的工作似乎应当抵消了他的偷窃的罪过！他笑了。

可是，他并没去偷车。好吧，日本人可以偷去整个北平，而他不屑于偷一辆车。这是不是一个道德的优越呢？他又笑了笑。

快走到目的地，他放慢了脚步，把一切思索都赶出心外。他必小心，像鼠儿在白天出来那么小心。他忘去了一切，好使他的每一根汗毛都警觉、留神。

街门开着呢。他不便敲门，而大模大样的闯进去。一个小院，四四方方的包着一块儿阳光，使他感到温暖。他不由的说出来："小院子怪可爱！"

南墙上放着一个木梯。他向梯子走去。他不敢马上进屋子，而必须在院中磨蹭一会儿，用耳目探听屋中的动静。

北屋的门轻轻的开了。瑞全用眼角撩了一下，门口立着个完全像日本人的中国人。

瑞全心中说："糟了！"可是，他反倒有点高兴。这是战斗，不像刚才鞋铺中的那一幕那么闷气与无聊。

他转过身来，和那个中日合璧的、在战争的窑里烧出的假东洋料，打了对脸。

"干什么的？"假东洋料板着脸问。

"贵姓呀？你老！"瑞全慢慢的凑过来，满脸赔笑的说，"你是管房子的？我，三顺木厂的，来看看房。"

那个假东洋货的眼盯住瑞全的脸，一声没出。

瑞全更凑近一些，把声音放低："房东要三万！三万！"他吐了吐舌头。"好家伙，三万！才有几间小房啊！小院倒怪可爱，可是，怎么也不值三万哪！"说完，他搭讪着躲开。"我得上去看看，三万！非仔细看看不可！"他又走到南墙根，把梯子搬起来。这时候，他看清小东屋的玻璃窗子上还有个人脸呢。

他上了房，细细的敲验砖瓦，检看房椽。把上面看够，他由梯子上爬下来，再细心的看墙壁、阶石与柱子。一边看，一边嘟囔着："木料还好，墙里可有碎砖！不值三万！"

把外面都看完，他把梯子放回原处，而后到屋中去看。假东洋货的眼始终不错眼珠的跟着瑞全。

瑞全一共磨蹭了半个钟头。因为登梯爬高的，他的腮上发了红，鼻子上出了汗。用毛巾擦了擦脸，他出来坐在台阶上，有声无声的盘算："屋进身太小！也别说，要盖新的，大概五万也盖不下来！"盘算了一阵，他高声的说："辛苦了，你老！"而后依依不舍的、东瞧西望的向院外走。

看见街门，他恨不能一下子飞出去！他猜得出，这个机关是刚刚被破获，说不定全数的工作者已都被捉了去。被捉去的，他知道，就不会再生还。假若机关里的文件也落在敌人手里，他自己的秘密便已泄漏了一大半！

可是，他不能，万不能，因此而慌张。他轻轻敲了敲门垛子与街门，看看工料如何。而后，坐在门坎上，用毛巾扇了扇脸。这样耽误了一会儿，约摸着院中的人若是在后边监视他，必定已经看清楚他的不慌不忙，而且也相信了他是木厂子的人，他才伸了伸腰，慢慢立起来，走开。这时候，他的心才真要从口里逃出来；轰的一下，他全身都出了汗。

走出老远，他的汗才落下去。他开始觉得痛快。这是他在北平的开场戏，唱得不算不热闹火炽。车站上被检查，小庙里看见钱伯伯，丢了钱，又几乎丢了性命；这都有劲！有劲！

谁说北平沉寂呢？哼，这比在战场上还更紧张！这是赤手空拳到老虎穴里来挑战！有劲！

他高兴起来。这才是工作，真的工作。这才是真的把生命放在火药库里。这里，只有在这里，才真能闻到敌人刺刀上的血味。看到天牢的锁镣与毒刑。"好，干吧！"

看了街上，他觉得北平又和战前一样的可爱了！天还是那么亮，阳光还是那么明亮，一切还是那么美。是的，这还是北平，北平永远不会亡，只要有钱伯伯与咱老三！"老三，加油！"

八十六

珍珠港！在东京、上海、北平，还有好多其他的都市，恶魔的血口早已在发音机前预备好；飞机一到珍珠港的附近上空，还没有投弹，血口已经张开，吐出预备好了的："美国海军全体覆没！"

北平的日本人又发了疯。为节省粮食，日本人久已摸不到酒喝。今天，为庆祝战胜美国，每个日本人都又得到了酒。

这样的喜酒是不能在家里吃的。成群的矮子，拿着酒瓶，狂呼着大日本万岁，在路上东倒西歪的走，跳，狂舞。他们打败了美国，他们将是人类之王。汽车、电车、行人的头，都是他们扔掷酒瓶的目标。

与醉鬼们的狂呼掺杂在一处的是号外，号外的喊声。号外，号外！上面的字有人类之王的头那么大，那么疯狂：美国海军覆没！征服美洲，征服全世界！

学生们，好久不结队游行了，今天须为人类之王出来庆祝胜利。

这消息并没教瑞全惊讶。自他一进北平城，便发现了日本人用全力捕捉、消灭地下工作者。这是，他猜到，日本人为展开对英美的战争，必须首先肃清"内患"。

从另一方面，他几次看到招弟陪着西洋人在街上摆丑相。他妒，他恨，他想用条绳子把她勒死。可是，他不敢碰她，他必须压着怒气。把气压下去，他揣测得到，招弟的工作后面必含有更大的用意；她的诱惑是一片蛛网，要把西洋的蜂蝶都胶住，而后送到集中营去。

由高第的报告，他知道火车站上一方面加紧搜查来客，而另一方面却放松了北平的妇孺出境。日本人要节省粮食，所以任凭妇孺出走。积粮为是好长期作战。

同时，他因想到日本掀起了世界战争，而觉得自己的工作也许会更紧张、更惊险。比如说，他将负责刺探华北的军事情形与消息，那够多么繁难、危险！哈，假若他真去探听军事消息，他便是参加了世界战争！他高了兴，他的黑眼珠子亮得像两个小灯！

他忽然明白了钱伯伯的理想。虽然老人的与他自己的在战争中的经验不同、变化不同，可是他们的由孤立的个人，变为与四万万同胞息息相通，是相同的。现在，战争变成全世界的，他们俩又同样的变为与世界发生了关系的人。瑞全的想象极快的飞腾到将来。哈，现在，全世界分成两大营阵；明天，公理必定战胜强权；后天，世界上的人，都吃过战争的苦，必会永远恨恶战争，从而建设起个永远和平的世界。哈，他自己，不管有多么一点的本事，不管他的一点血是洒在北平，还是天津，他总算是为人类的崇高的理想而死去的！他知道自己渺小，他一共不过有一百六十磅的骨肉，五尺八寸的身量；可是，那个理想把他，像小孩玩的气球，吹胀起来，使他比他的本身扩大了多少倍。他已不仅是个五尺八寸的肉体，而是可以飞腾的什么精灵；脚立在地上，而头扬到云外。理想使他承认了肉体的能力多么有限，也承认了精神上的能力能移山倒海。他想象到，假若英国的、美国的、苏联的、法国的，和……的人民都能尽到自己所能的为那同一理想去奋斗，每一个人就都是光明里的一粒金星，能使世界永远辉煌灿烂。

在小羊圈里，一号的老太婆把街门关得严严的，不肯教两个孩子出来。

战争的疯狂已使她家的男人变成骨灰，女的变成妓女；现在，她看见整个日本的危亡。但是，她不敢说出她的预言，而只能把街门关起，把疯狂关在门外。

三号的日本男女全数都到大街上去，去跳，去喊，去醉闹。在街上闹够，他们回到小羊圈，东倒西歪的，围着老槐树欢呼跳跃。他们的白眼珠变成红的，脸上忽红忽绿。他们的脚找不到一定的地方，一会儿落在地上，一会儿飞到空中。有时候，像猫狗似的，他们在地上乱滚。啊，这人类之王！

在中国人里，丁约翰差不多已死了半截。他的英国府被封，他的大天使富善先生被捕，他的上帝已经离开了他。他可以相信，天会忽然塌下来，地会忽然陷下去；可是，他不能相信，英国府会被查封；他的世界到了末日！

他亲眼看见富善先生被拖出去，上了囚车！他自己呢，连铺盖、衣服和罐头筒子，都没能拿出来，就一脚被日本兵踢出了英国府！他连哭都哭不上来了。

他开始后悔为什么平日他那么轻看日本人。今天，他才明白日本人是能把英国府的威风消尽了的，日本人是能打倒西洋人的上帝的。他想他应当给上帝改一改模样；上帝不应当再是高鼻子、蓝眼珠的，而是黄脸、黑眼珠的，像日本人那样。是的，他和别的吃洋教的人一样，只会比较外国人与外国人的谁强谁弱，而根本想不到中国人应当怎样。

天还没亮，富善先生便被打入囚车。同时，日本随军的文人早已调查好，富善先生收藏着不少中国古玩，于是"小琉璃厂"里的东西也都被抄去。他们也知道，富善先生的生平志愿是写一本《北平》。于是，他们就细心的搜检，把原稿一页一页的看过，而后封好，作为他们自己著书的资料。他们是"文明"的强盗。

见富善先生上了囚车，丁约翰落了泪。日本人占据了北平和一半中国，杀了千千万万的人，烧了无数的城池与村镇，丁约翰都没有落过一滴泪。他犯不上为中国人落泪，因为他的生计与生活与中国人无关。他常常为自己的黄脸矮鼻子而长叹；哼，假若他白脸高鼻子，上帝岂不更爱他一些么？那时候，他的上帝还的确是白脸高鼻子的。

像被魔鬼追着似的，他跑回小羊圈来。顾不得回家，他先去砸祁家的门。小羊圈，甚至于全北平，没有他的一个知心人，除了瑞宣。这并不是说，瑞宣平日对他有什么好感，而不过是丁约翰想：瑞宣既也吃着英国府的饭，瑞宣就天然的和他是同类。

虽然已是冬天，丁约翰可是跑得满身大汗。他忘了英国府的规矩，而像报丧似的用拳头砸门。

瑞宣还没有起床。韵梅在升火。听见敲门的声音，她忙着跑出来。一开门，她看见了一个像刚由蒸锅里拿出来的大馒头。那是丁约翰的头。

"祁太太，我！"约翰没等让，就往门里迈步，"祁先生呢？有要紧的事！要紧的事！"说着，他已跑到院中。他忘了安详与规矩，而想抓住瑞宣大哭一场。

祁老人已早醒了，可是因为天冷，还在被窝里蜷蜷着老腿，忍着呢。听到院中的人声，他发了话："谁呀？"

丁约翰在窗外回答："老太爷，咱们完啦！完啦！全完！"

"怎回事？"老人坐起来，披上棉袍，开开门闩。

丁约翰闯进门去。"英国府！"他呛了一口，"英国府抄封啦！富善先生上了囚车！天翻地覆哟！"

"英国府？富善先生？"祁老人虽然不是吃洋教与洋饭的，可是多少有点迷信外国人。自从他的幼年，中国就受西洋人的欺侮，而他的皇帝与总统们都不许他去反抗。久而久之，他习惯了忍辱受屈。经过了四年的日本侵略，他的确知道了他应当恨日本人，可是对于西洋人他并没有改变他的固定的意见。日本人居然敢动英国府？老人简直不敢相信丁约翰的话。况且，瑞宣是在英国府做事，而富善先生曾经在中秋节送给他一袋子白面呀！

"一点不错，英国府，富善先生，全完！"丁约翰揉了揉眼，因为热汗已流进去一点。

这时候，瑞宣披着棉袍，走了进来。

"祁先生！"丁约翰像见着亲人那样，带着哭音儿叫，"祁先生！咱们完啦！"

"英国府！富善先生！"祁老人抢着说，"莫非老天爷真要饿死咱们吗？"

韵梅和婆母都在门外听着。听到英国府完了的消息，天佑太太微颤起来。韵梅忙拉住婆母的手。

瑞宣对这坏消息的反应并没像祖父的那么强烈。他早猜到会有这么一天。他的关切几乎完全在富善先生的身上。富善先生，是，无论怎说，他的多年的良师益友。富善先生被捕，下集中营？瑞宣马上想起钱伯伯的下狱，与他自己的被捕。他恨不能马上去找到老人，去安慰他，保护他。可是，他是个废物，一点办法也没有。

祖父又发了问："咱们怎么办呢？我饿死不算回事，我已经活够了！你的妈、老婆、儿女，难道也都得饿死吗？"

瑞宣的脸热起来。他既没法子帮富善先生的忙，也无法回答祖父的问题。他走到了绝路。

韵梅在门外说了话："丁先生，你回去歇歇吧！天无绝人之路，哪能……"她明知道天"有"绝人之路，可是不能不那么说。她愿把丁约翰先劝走，好教瑞宣静静的想办法。她晓得瑞宣是越着急越没办法的。

丁约翰，忘了英国府的规矩，不肯马上告辞。要发牢骚，他必须在这里发，因为他以为他与祁家是同病相怜。他坐下了。即使瑞宣不高兴搭理他，他也必须和祁老人畅说一番。他生平看管着自己，像个核桃似的，不肯把瓤儿轻易露出来。今天，他丢失了一切，他必须自己敲开皮壳，把心中的话说出来。

瑞宣走了出来。

头一眼，他看见了妈妈。她是那么小，那么瘦，而且浑身微颤着。他不由的想安慰她几句。可是，他找不到适当的话。他会告诉她，日本的袭击美国是早在他意料之中，这是日本自取灭亡。可是，这足以使妈妈得到安慰吗？

妈妈，看了看长子，极勉强的笑了笑。她心中有无限的忧虑，可是偏偏要拿出无限的慈祥。不等儿子安慰她，她先说出来："瑞宣，别着急！别着急！"

瑞宣也勉强的笑了下："我不着急，妈！"

老太太叹了口气："对了，咱们总会有办法的！只要你不着急，我就好受一点！"

"妈，你进去吧，院里冷！"

"好，我进去！我进去！"老太太又看了长子一眼，看得很快，可是一下子就要看到，仿佛是，儿子的心里去。她慢慢走回屋中。

韵梅回到厨房去。

瑞宣独自立在院中。他还惦记着富善先生，可是不久他便想起来：父亲，老二，不都是那么白白的死去？在战争里，人和苍蝇一样的谁也管不了谁！

他应当干什么去呢？教书去？不行，他不肯到教育局去登记。说真的，凭他的学识，在这教育水准低落的时候，他满可以去教大学。但是，他不是浑水摸鱼的人，不肯随便去摸到个教授头衔。

写作？写什么呢？报纸上，杂志上，在日本人的统治下，只要色情的、无聊的文字。他不能为挣钱而用有毒的文字，帮助日本人去麻醉中国人的心灵；此路不通。

翻译？译什么书呢？好书不能出版，坏书值不得译。

他想不出路子来。他有点本事，有点学识，可是全都没用。战争是杀人的事，而他的本事与学识是属于太平年月的。

"瑞宣！"天佑太太在屋中轻轻的叫。

他走进妈妈的屋中。

"瑞宣！"老太太仿佛要向儿子道歉似的，又这么叫了声。

"干什么？妈！"

"我有多少多少话要对你说了呢！"老太太假笑了笑，把"我怕你不高兴听"藏起去。

"说吧，妈！"

"你看，我知道你一定不肯给日本人做事去；那么，这个年月，还有什么别的路儿呢？"

"对了，妈！我不能给他们做事去！"

"好！咱们死，也死个清白！我只想出一条路儿来，可是……"

"什么路儿？"

"哼，不好意思说！"

瑞宣想了一会。"是不是卖这所房？"

老太太含愧的点了点头。"我想过千遍万遍了，除了卖房，没有别的办法！"

"祖父受得了吗？"

"就是说！所以我说不上口来！我是外姓人，更不应当出这样的主意！可是，我想我应当告诉你，真到了什么法子也没有了的时候，狠心！房产是死的，人是活的，我不能看着你急死！"

"好吧，妈！我心里有这么个底子也好。不过，您先别着急；教我慢慢的想一想，也许想出点好主意来！"

天佑太太还有许多话要说，可是妞妞醒了。刚一睁开小眼，她就说出来："奶奶，我不吃共和面！"

老太太把心中的话都忘了。她马上要告诉小孙女："你爸爸没了事做，想吃共和面恐怕也吃不上了！"可是，她没有这么说出来。她是祖母，不能对孙女那么无情。她低下头去，既不敢看孙女，也不敢看儿子。她知道，只要她一看瑞宣，他也许因可怜妞妞而发怒，或是落泪。

瑞宣无可如何的走出来。

天佑太太强打精神的哄妞妞："妞妞长大了呀，坐花汽车，跟顶漂亮的人结婚！"

"妞妞不坐汽车，不结婚；妞妞要吃白面的馒头！"

天佑太太又没了话说。

八十七

正在小羊圈里的日本男女围绕着大槐树跳跃欢呼的时节，有一条小小的生命来给程长顺接续香烟。他，那小小的新生命，仿佛知道自己是亡国奴似的，一降生就哇哇的哭起来。

程长顺像喝醉了似的，不知道了东西南北。恍惚的他似乎听到了珍珠港被炸的消息，恍惚的他似乎看见了街上的日本醉鬼。可是，那都只是恍惚的，并没给他什么清楚的印象。他忙着去请收生婆，忙着去买草纸与别的能买到的、必需的小东西。出来进去，出来进去，他觉得他自己，跟日本人一样，也有点发疯。

他极愿意明白珍珠港是什么，和它与战局的关系，可是他更不放心他的老婆。这时候，他觉得他的老婆比世界上任何人都更重要，生小孩比世界上任何事情都更有价值；好像世界战争的价值也抵不过生一个娃娃。

马老寡妇也失去平日的镇静，不是为了珍珠港，而是为了外孙媳妇与重孙的安全。她把几年来在日本人手下所受的苦痛都忘掉，而开始觉出自己的真正价值与重要。是她，把长顺拉扯大了的；是她，给长顺娶了老婆；是她，将要变成曾祖母。她的地位将要和祁老人一边儿高，也有了重孙！

她高兴，又不放心；她要镇定，而又慌张；她不喜多说多道，而言语会冲口而出。她的白发披散开，黄净子脸上红起来一两块。她才不管什么珍珠港不珍珠港，而只注意她将有个重孙；这个娃娃一笑便教中国与全世界都有了喜气与吉利。

小羊圈里的人们听到这吉利的消息，马上都把战争放在一边，而把耳目放在程家的事情上。至少，这将要降生的娃娃已和全世界的兵火厮杀相平衡了；战争自管战争，生娃娃到底还是生娃娃；生娃娃永远，永远，不是坏事！他们都等待着娃娃的哭声，好给马老太太与程长顺道喜。是的，他们必须等着道喜；他们觉得在这时候生娃娃是勇敢的，他们不能不佩服程长顺与小程太太。

李四大妈的慌忙、热烈，又比马老太太的大着好几倍。产房的事她都在行，她不能不去做先锋。生娃娃又是给她增多"小宝贝"的事，她的热心与关切理应不减于产妇自己的，假若不是更多一点。在万忙之中，她似乎听到一声半声的珍珠港。她挤咕着近视眼告诉大家："好，你们杀人吧，我们会生娃娃！"

小程太太什么也不知道，不知道珍珠港，不知道世界在血泪里将变成什么样子。她甚至于顾不得想起小崔，与杀死小崔的日本人。她只知道自己身上的疼痛，和在疼痛稍停时的一种最实际的希望——生个娃娃。她忘了一切，而只记得人类一切的根源，生孩子！

娃娃生下来了，是个男的。全世界的炮火声并没能压下去他的啼哭。这委屈的、尖锐的、脆弱而伟大的啼声，使小羊圈的人们都感到兴奋，倒好像他们都在黑暗中看见了什么光明与希望。

及至把这一阵欢喜发泄在语言与祝贺中之后，他们才想到，他们并拿不出任何东西去使道喜的举动更具体化一点，像送给产妇一些鸡蛋、黑糖与小米什么的。孩子是小程太太生的，而鸡蛋、糖与小米，都在日本人手里拿着呢。

由这个，他们自然而然的想到：生娃娃，在这年月，不是喜事，而是增加吃共和面的小累赘。这小东西或者不会长成健壮的孩子，因为生下来便吃由共和面变成的乳，假若共和面也会变成乳的话。这样，由生，他们马上看到夭折。生与死是离得那么近，人生的两极端可以在一个婴儿身上看到。他们没法再继续的高兴了。

孩子生下来的第二天，英美一齐向日本宣战。程长顺本想给那个满脸皱纹的娃娃起个名字，可是他安不下心去。看一眼娃娃，他觉得自己有了身分。可是，一想到全世界的战争，他又觉得自己毫无出息——在这么大的战争里，他并没尽丝毫的力气。他只是由没出息的人，变成没出息的父亲。看，那个红红的、没有什么眉毛的小皱脸！那便是他的儿子，卷着一身的破布——都是他由各处买来的破烂。他的儿子连一块新布都穿不上！他不敢再看那个寒伧的小东西。

小儿的三天，中国对德意与日本宣战。程长顺，用尽他的知识与思想，也不明白为什么中国到今天才对日本宣战。可是，明白也罢，不明白也罢，他觉得宣战是对的。宣战以后，他想，一切便黑是黑，白是白，不再那么灰渌渌的了。而且，他也想到，今天中国对日宣战，想必是中国有了胜利的把握。

哈，他的儿子必是有福气的。想想看，假若再打一年半载，中国就能打胜，他的儿子岂不是就自幼儿成为太平时代的人？儿子，哼，不那么抽抽疤疤的难看了。细看，小孩子也有眉毛啊！是的，这个娃娃的名字应当叫"凯"。他不由的叫了出来："凯！凯！"娃娃居然睁了睁眼！

可是，凯的三天过得并不火炽。邻居们都想过来道喜，可是谁也拿不出贺礼，也就不便空着手过来。马老太太本想预备点喜酒，招待客人。可是，即使她有现成的钱，她也买不到东西。战争是不轻易饶恕任何人的，小凯的三天只好鸦雀无声的过去吧。

只有李四妈不知由哪里弄来五个鸡蛋，用块脏得出奇的毛巾兜着，亲自送了来。把五个蛋交出去，她把多年积下的脏野的字汇全搬出来，骂她自己、"那个老东西"与日本人，因为她活了一世，向来没有用过五个鸡蛋给人家贺喜。"五个蛋，丢透了人喽！"她拍打着自己的大腿，高声的声明。

可是，马老太太被感动得几乎落了泪。五个鸡蛋，在这年月，上哪儿找去呢！

祁家的老人，早已听到程家的喜信儿，急得不住的叹气。他是这胡同里的老人星，他必须到程家去贺喜，一来表示邻居们的情义，二来好听人家说："小娃娃沾你老人家的光，也会长命百岁呀！"可是，他不能去，没有礼物呀。

天佑太太，听到老人的叹气，赶紧到处搜寻可以当作礼物的东西。从掸瓶底儿上，她找出一个"道光"的大铜钱来。把大铜钱擦亮，她又找了几根红线，拴巴拴巴，交给了妞妞，教妞妞去对老人说："把这个给程家送去好不好？"

老人点了头。带着重孙子、重孙女，他到程家去证实自己是老人星。

祁老人带着孩子们走后，瑞宣在街门外立了一会儿。他刚要转身回去，一位和尚轻轻的走过来，道了声"弥陀佛"。瑞宣立定。和尚看左右无人，从肥大的袖口中掏出一张小纸，递给了瑞宣；然后又打了个问讯，转身走去。

瑞宣赶紧走进院内，转过了影壁才敢看手中的纸条。一眼，他看明白纸条上的字是老三瑞全的笔迹。他的心跳得那么快，看了三遍，他才认明白那些字："下午二时，中山公园后门见面，千万！"

握着纸条，他跑进屋中，一下子躺在了床上。他好像已不能再立住了。躺在床上，第一个来到心中的念头是："我叫老三逃出去的！"这使他得意、自傲。

他想：老三必定在外面做过了惊天动地的事，所以才被派到北平来做最危险的工作。哈，他教老三逃出去的，老三的成功也间接的应当是他自己的成功！好，无论怎么说吧，有这么一个弟弟就够了，就够给老大老二赎罪的了。

过了一会儿，他不那么高兴了。假若老三问他："父亲呢？老二呢？"他怎么回答？老三逃出去是为报国，他自己留在家里是为尽孝。可是，他的孝道在哪儿呢？他既没保住父亲的命，也没能给父亲报仇！他出了汗，他没脸去见老三！

不，老三也许不会太苛责他。老三是明白人，而且在外面闯练了这么几年。对的，老三必定会原谅大哥的。瑞宣惨笑了一下。

他想去告诉韵梅："你说对了，老三确是回来了！"他也想去告诉母亲、祖父和邻居们："我们祁家的英雄回来了！"可是，他没有动。他必须替自家的英雄严守秘密。这个，使他难过，又使他高兴——哈，只有他自己知道老三回来，他是英雄的哥哥！

他怀疑自己的破表是不是已经停住。为什么才是十一点钟呢？他开开屋门，看看日影；表并没有停住，影子告诉他，还没到正午。

他不知道怎么吞下去的一点午饭，不知怎么迷迷糊糊的走出街门。走了半天，他才明白过来，时间还太早。虽然明白过来，他可是依然走得很快。他好像已管束不住自己的脚。是的，他是去看他的弟弟，与中国的英雄。

哼，老三必定像一个金盔金甲的天神，那么尊严威武！

天气相当的冷，可是没有风，冷得干松痛快。穷破的北平借着阳光，至少是在瑞宣心里，显出一种穷而骄傲的神色。

远远的，他看见了禁城的红墙，与七十二条脊的黄瓦角楼。他收住脚步，看了看表，才一点钟。他决定先进到公园里去，万一瑞全能早来一些呢。

公园里没有什么游人。御河沿上已没有了茶座，地上有不少发香的松花。他往南走。有几个青年男女在小溜冰场上溜冰。他没敢看他们。不管他们是汉奸的还是别人的子弟，反正他们都正和老三相反：不知道去抗敌，而在这里苟安、享受。他不屑于看他们。

他找了松树旁的一条长凳，坐下。阳光射在他的头上，使他微微的发倦。他急忙立起来，他必不可因为困倦而打盹儿，以至误了会见老三的时间。

好容易到了两点钟，他向公园后门走去。还没走到，迎面来了个青年，穿着件扯天扯地的长棉袍。他没想到那能是老三。

老三扑过大哥来。"哈，不期而遇！瑞大哥！"老三的声音很高，似乎是为教全公园的人都能听到。

瑞宣这才看明白了老三。他的眼泪要夺眶而出。

可是瑞全没给大哥留落泪的机会。一手扯着大哥的臂，他大声的说："来，再溜一趟吧！老哥儿俩老没见了，大嫂倒好？"

瑞宣晓得老三是在做戏，也知道老三必须做戏，可是，他几乎有点要恨老三能这么控制住感情去做戏。

瑞宣愿意细看看老三，由老三的脸看到老三的心。可是，老三扯着他一劲往前走。

瑞宣试着找老三的脸，老三的脸可是故意的向一旁扭着点。这，教瑞宣明白过来：老三是故意把脸躲开，因为弟兄若面对了面，连老三也恐怕要落泪的。他不恨老三了。老三不但有胆子，也知道怎么小心。真的，老三并不像金盔金甲的天神；可是老三的光阴并没白白的抛弃，老三学会了本事。老三已不是祁家四世同堂的一环，而是独当一面的一个新中国人。看老三那件扯天扯地的棉袍！

"我们坐一坐吧？"瑞宣好容易想起这么句话来。

兄弟坐在了一棵老柏的下面。

瑞宣想把四年来的积郁全一下子倾吐出来。老三是他的亲弟弟，也是最知心的好友。他的委屈、羞愧，都只能向老三坦白的述说；而且，他也知道，只能由老三得到原谅与安慰。

可是，他说不出话来。身旁的老三，他觉得，已不是他的弟弟，而是一种象征着什么的力量。那个力量似乎是不属于瑞宣的时代，国家的。那个力量，像光似的，今天发射，而也许在明天、明年或下一世纪，方能教什么地方得到光明。他没法对这样的一种力、一种光，诉说他自己心中的委屈，正像萤火不敢在阳光下飞动那样。这样，他觉得老三忽然变成个他所不认识的人。他本极想细看看弟弟，现在，他居然低下头去了；离着光源近的感到光的可怕。老三说了话："大哥，你怎么办呢？"

"嗯？"瑞宣似乎没听明白。

"我说，你怎么办呢？你失了业，不是吗？"

"啊！对！"瑞宣连连的点头。在他心里，他以为老三不开口则已，一开口必定首先问到祖父与家人。可是，他没想到老三却张口就问他的失业。噢，他一定不要因此而恼了老三，老三是另一世界的人，因此，他又"啊"了一声。

"大哥！"瑞全放低了声音，"我不能在这里久坐！快告诉我，你教书去好不好？"

"上哪儿去教书？"瑞宣以为老三是教他到北平外边去教书。他愿意去。一旦他离开北平，他想，他自己便离老三的世界更近了一点。

"在这里！"

"在这里？"瑞宣想起来一片话，"这四年里，我受了多少苦，完全为不食周粟！积极的，我没做出任何事来；消极的，我可是保持住了个人的清白！到现在，我去教书，在北平教书，不论我的理由多么充足，心地多么清白，别人也不会原谅我，教我一辈子也洗刷不清自己。赶到胜利的那一天来到，老朋友们由外面回来，我有什么脸再见他们呢？我，我就变成了一个黑人！"瑞宣的话说得很流畅了。他没想到，一见到老三，他便这样像拌嘴似的不客气的辩论。同时，他可是觉得他应当这么不客气，不仅因为老三是他的弟弟，而且也因为老三是另一种人，他须对老三直言无隐。他感到痛快。"教我去教书也行，除非……"

"除非怎样？"

"除非你给我个证明文件，证明我的工作是工作，不是附逆投降！"

老三愣了一会儿才说："我没有给任何人证明文件的权，大哥！"没等大哥回话，他赶紧往下说："我得告诉你，大哥：当教员，当我所要的教员，可就是跟我合作，有危险！哪个学校都三天两头的有被捕的学生和教员。因此，我才需要明知冒险而还敢给学生们打气的教员。日本人要用恐怖打碎青年们的爱国心，我们得设法打碎日本人的恐怖。一点不错，大哥，你应当顾到你的清白；可是，假若你到了学校，不久就因为你的言语行动而被捕，不是也没有人知道吗？在战争里，有无名的汉奸（像贪官污吏和奸商），也有无名的英雄。你说你怕不明不白的去当教员，以后没脸见人；可是你也怕人不知鬼不觉的做个无名英雄吗？我看哪，大哥，我明白你，你自己明白你，就够了，用不着多考虑别的。"

瑞宣没敢说什么。

"还有，大哥，太平洋上的战争开始，我也许得多往乡下跑，去探听军事消息。我所担任的宣传工作，顶好由钱伯伯负责。我不能把那个责任交给你，因为太危险；可是你至少可以帮助钱伯伯一点，给他写点文章。假若你到学校里去，跟青年们接近，你自然可以得到写作的资料。你看怎样？大哥！"

瑞宣的脑子里像舞台上开了幕，有了灯光、鲜明的布景与演员。他自己也是演员之一。他找到了自己在战争的地位。

啊，老三并没有看不起他的意思。老三教他去冒险，去保护学生，去写文章！好吧，既是老三要求他去这么做，他便和老三成为一体；假若老三是个英雄，自己至少也会是半个或四分之一的英雄！

老三始终没提到家中的问题；老三对啦！要顾家，就顾不了国。是的，他不必再问："假若我去危险，我被捕，家中怎办呢？"不必问，不必问。那问题或者只教老三为难，使自己显出懦弱。老三是另一种人，只看大处，不管小节目。他，瑞宣，应当跟老三学。况且，自己就是不去冒险，家中不也是要全饿死吗？他心中一亮，脸上浮出笑容："老三，我都听你的就是了！你说怎办就怎办！"

说完，看着老三。他以为老三必定会兴奋，会夸赞他。可是，老三没有任何表示，而只匆匆的立起来："好，听我的信儿吧！我不敢在这儿坐久了，我得走！我出前门儿，不用跟着我！再见，大哥！"老三向公园前面走去。

瑞宣仍在那儿坐着，眼看着老三的背影，他心中感到空虚：哼，老三没有任何表示！

过了一会儿，他惨笑了一下，立起来。"老三变了，变得大了！哼，瑞宣，你又不是个小孩子，还需要老三说几句好听的话鼓励你？老三是真杀真砍的人，他没工夫顾到那些婆婆妈妈的小过节呀！"

他又向公园前门儿打了一眼。老三已经不见了。"就是这样吧！"他告诉自己，"说不定，我会跟老三一样有用的！"

八十八

蓝东阳勾搭上特务，在一天里，就从铁路学校逮走了十二个学生和一位教员。十三个人，罪名全一样，都是"通敌"的"奸细"；下场也全一样，一律枪毙。

铁路学校的校长给撤了，蓝东阳当上了代理校长。

他图的就是吃空额，打学生身上挤出粮食来。花了十三条人命，他达到了目的。他兴奋，他得意。如今，他既是处长，又是校长，真抖了起来；简直就跟在南京大肆奸淫烧杀的日本兵一样神气。

他花了整整两个钟头，为他的就职典礼预备讲稿。用的是文言。他知道，日本人喜欢用文言写文章的中国人。

写好的讲稿还没用上，胖菊子就把东阳任命的会计主任轰跑了，自己当上了主任。十三条人命换来的肥缺，掌握着全校的财政大权，倒叫胖菊子夺了去！东阳气得把自个儿的指甲都啃出了血！他恨不得下道命令，叫工友把她捆起来送回家。可是，她如今有招弟做靠山。招弟是学校的女学监，东阳惹不起她。

　　珍珠港事变之前，招弟的任务是监视西洋人，她干这种事很在行。她，不光能盯住美国人、英国人，还能弄得德国人、意大利人、法国人、俄国人，一股脑儿都拜倒在她的石榴裙下。她的肉体已经国际化了。

　　跟西洋人混惯了，她瞧不上中国人，中国人太没劲。找不到西洋人，日本人也能凑和。中国妇女的温柔、恬静，跟她沾不上边；她呢，总觉着自己是在开风气之先。

　　为了对付这三个人，瑞全仔仔细细盘算了个够。

　　他拿定了主意，假装在无意中遇上了招弟。招弟这会儿有的是闲空。在北平的西洋人，该进集中营的早就进去了；没关起来的，胳臂上也都带上了袖标，写明是哪国人，用不着她再去下工夫。

　　学校里的事儿她没兴趣，不过是帮胖菊子一把罢了。她去学校的时候总在下午，瞧瞧有谁该管一管，唬一唬。而后，她就大摇大摆走出校门，到玩乐的地方去消磨时间。妈在的时候，总还有个家，而她自己，连个招待客人的地方都没有。她闲暇无事，走到哪儿，哪儿有人款待，谁也不敢冷落她。赌场、大烟馆、窑子、戏馆子、电影院，都欢迎她。只要跟她攀上了交情，就是有点为难的事，也好对付。

　　今天，招弟着意修饰了一番，显得分外的妖冶。梳装打扮，如今是她最大的安慰和娱乐。她明白，自己是一朵快要萎谢的花儿，穿衣服、描眉抹红，都需要加倍细心。每天早晨她都怕照镜子。要是不涂口红，不擦胭脂抹粉的，她简直就不认得自己了。

　　她的脸蛋儿、嘴唇，都涂得通红，眉毛画得像两片弯弯的竹叶。虽然没有风，头上还是扎了一条白纱巾。红色的薄呢子旗袍，紧紧裹住她的身子，鼓鼓的乳房和屁股就都显露出来了。旗袍外面，披了一件短短的滩羊皮大衣，露出两条圆滚滚的、结实匀称的腿。

白纱巾、红旗袍和滩羊皮大衣，都是用她的肉体换来的。她记不清，哪件是那个白俄给的，哪件是那个法国商人给的。她只觉得骄傲，在这个要什么没什么的北平，她倒还能打扮得神气十足。

瑞全在招弟身后不远跟着，心里直扑腾。这个阴险凶狠的女人，就是他少年时代的心上人，他心目中的天使！他望着她的背影，心里七上八下一个劲儿的翻腾。

他嘱咐自己：别忘了她如今是什么人，别忘了现在是在打日本。要冷静，要坚定沉着。他挺了挺身子，坚定果敢的向前走去。

到了北海前门，他抢上前去，买了两张门票。"招弟，不记得我啦？"他微笑着问她。他怕自己穿得太寒伧，招弟不肯认他。

招弟一下子就认出他来，笑得相当自然："敢情是你呀，老三！"

这一笑，依稀有点像战前的招弟，就像有的时候瑞全自己照镜子，也能模模糊糊辨别出自己十年前的模样。

他又看了看她。不，这已经不是战前的招弟了。他爱过的是另外一个招弟——在梦幻中爱过。他勉强笑了一笑，跟着她走进公园，又抢上几步，和她并肩走起来。她自然而然伸出手去，挎住他的胳臂。

一碰到她的胳臂，瑞全马上警惕起来："留神！留神！"稍微一不留神，就许上当。

她拿身子挤他。"这几年你上哪儿找乐子去了？"她的口气很随便，漫不经心。

他又看了看她的脸，不由得起心里直恶心。"我吗？你还不知道？"如今他是地下工作者，面对着个女特务，得拿出点儿机灵劲儿来。

"我真的不知道。"

"知道也罢，不知道也罢。"他的声音硬梆梆、冷冰冰。

走了几步，她忽然笑了起来。"有女朋友了吗？"

瑞全不明白她是在逗他，还是在笑话她自个儿。"没有。我一直想着你。"

"谁信呀！"她又笑了，不过马上又沉默了。

公园里人不多。走到一棵大柳树下，招弟的肩臂蹭着瑞全的胳臂。俩人走到大树后面，她伸出胳臂，搂住他的脖子。

瑞全低下头来看她。她的眉毛、眼睛和红嘴唇都油光锃亮，活像一张花狸狐哨的鬼脸儿①。他想推开她，可是她的胸脯和腿都紧紧贴着他——对他施展开了诱惑手段。

她亲了他一下。

然后，她拖着长腔，柔声柔气地说："老三，我还跟以前一样爱你，真的。"

瑞全做出受感动的样子，低下了头。"怎么了？话都不会说啦！"她又变了一副脸，抖了抖肩头上的大衣，走了开去。

瑞全紧走几走，撵上了她。不能让她就这么跑掉。别看她甜嘴蜜舌的，他知道她手上沾了多少青年人的血。不行，不能让她跑掉。对付她，就得以眼还眼，以牙还牙。

瑞全走上前去，一把抓住她的胳臂。"喝，你的脾气一点儿也没改，一不顺心就变脸，使性子。"

"本来嘛，"她把嘴唇撅得老高，"你别装蒜，我可不能白亲你。"

"我拿不出东西来，要，就是我爱你。"老三自己也觉着自己的话空空洞洞，没法让人信服。

"哟，你倒还是从前的老样子——"她猛的住了口。

"你——那么你呢？"

招弟没搭茬儿，往他身边靠了靠。又走了几步，她扬着脸看他。"老三，你要什么我都肯给。真的，我真的爱你。"

---

① 鬼脸，仿照人物脸形制成的面具。

老三不知道该怎么回答。

"真的，凡是你要的，我都乐意给。"她又说了一遍。

老三晓得，在招弟看来，爱情和肉欲是一回事。见了他，她动了旧情，而且只知道拿淫欲来表达。她是个出卖肉体的婊子，是日本人的狗特务。

他们来到白塔脚下，塔尖在淡淡的阳光中显得又细又长。"到下面山洞里待会儿，好吗？"她一点也不害臊。

"下边不冷吗？"瑞全故意装傻。

"冬暖夏凉。"她加快了脚步。

刚一进去，眼前漆黑一片，招弟紧紧抓住瑞全的手。他俩慢慢走下台阶，走进一个小小的山洞，里面有一张方方的石桌，四个小石头凳子。山洞顶上有个窟窿，一线微光透了进来。招弟在一个小石头凳子上坐下来，瑞全也挨着她坐下。

朦胧中，招弟脸上的胭脂口红不那么刺眼了，瑞全仿佛又看见了当年的招弟。

"你想什么呢，老三？"招弟问。

"我吗？什么也没想。"

"你呀！"她冲他笑了笑，"别净说瞎话了，我知道你是干什么的。"

瑞全朝四周扫了一眼，他怕这儿有人藏着。

"别害怕，就我在这儿，我自个儿就对付得了你。"

"你这是什么意思？"

"你不明白？瞧，咱们从前不是相好来着吗？"

瑞全点了点头。

"好，咱们现在是同行了。俗话说，'同行是冤家'。不过咱们倒不一定……"

"咱俩是怎么个同行呢？"

"别跟我装蒜了，死不开口。打开天窗说亮话，你的小命攥在我手心里。我要是想叫你死，你马上就活不成。"

"那你怎么不叫我死呢？"瑞全笑了一笑。

"我有我的打算。"招弟也笑了。

"要我帮着你干，是不是？"

"差不多。你拿情报来，我呢，就爱你。"

"你拿什么给我呢？"

"爱情呀，我爱你。"

瑞全拿起了她的手。"好吧，那就来吧！"

"忙什么？还没讲好条件呢！"

"来吧，来了再说。"他拉着她就往山洞深处走去。

往前，山洞越来越窄，越来越黑。招弟起了疑。"就这儿不好吗，干吗还往里走？"

瑞全没言语。他猛的用双手卡住她的脖子，她一声没哼，就断了气。

瑞全把尸首拖在山洞尽头，擦了擦脑门儿上的汗，把招弟的证章摘下来，把她的戒指褪下一个，一齐放在自个儿的口袋里。

他站起身来，低低叫了一声："招弟。"他仿佛又听见了她的笑声，多年以前的清脆的笑声。

他很快跑了出来。山洞外面，阳光并不很强烈，可也亮得叫他睁不开眼。过了一会儿，他才睁开眼，快步走了开去。

走出公园，瞧着路上的行人、大车、马匹，他有点怕。刚才，在那黑森森的山洞里……而现在，又是明晃晃的太阳、大街、走着道儿的人群和来往的车辆。他那双手，刚才还那么强壮有力，这会儿竟微微的抖了起来。他低头望着筒子河，想把手伸进冰窟窿里洗一洗。可是他还得赶紧去找胖菊子。哼！也是个叫人恶心的臭娘儿们。他胃里直翻腾，想吐。然而没法子，这是他的工作，必须完成的工作。

他在蓝家附近等着胖菊子。每当他抬起头来，总看得见白塔，映着蓝蓝的天，它是那么洁白，那么高，那么美。

"二嫂！"胖菊子刚要跨进家门，瑞全就抢上一步，叫住了她。

没等他走到跟前，她就听出了是他的话音儿。她的脸吓得发了白，腿也不听使唤了。"进去，到里边说话！"瑞全低声下了命令。

胖菊子耷拉着脑袋走进大门，老三紧紧跟在她身后。进了屋，她像是累瘫了，一下把她那胖身子倒在沙发里。她没什么可后悔的，但非常害怕。她怕瑞全来给瑞丰报仇。她也就是有那么点儿对不起瑞丰，别的事，她并没觉着有什么不合适，不过是迎时当令的赶了点儿风头罢了。

瑞全把招弟的证章和戒指放在掌心里让她看。"认得吗？"

菊子点了点头。

"她完蛋了。她是第一个，你，第二个。"

菊子的一身胖肉全缩成团了。她不由自主地想跑，可是挪不动步。"老三，老三呀，我跟招弟可不是一码子事儿，她的事我不沾边，我真不知道。"

"你自个儿做的事，你明白。"

"我——我没干过什么坏事。"

瑞全把证章和戒指放下，举起了他那刚刚掐死过人的手。得给胖菊子点颜色看看。他左右开弓，狠狠朝她那张胖脸上打去。

她杀猪似的喊了起来。瑞全马上揪住她的头发，这脑袋头发是用谋害别人性命得来的钱烫成一卷一卷的。"敢哼一声，我立刻宰了你。"胖菊子赶紧闭上嘴，血打她嘴角流出来。她从来没挨过打，这是头一次，她尝到了疼的滋味。

"别打了，别打了，"她两手捂住脸，"你要什么我都答应。"

听了这话，老三更气了。她说的话跟招弟一个样，都那么下贱、无耻。"你怕死么？"瑞全问，"不论什么时候，什么地方，只要我想要你的狗命，你就跑不了。"

"饶了我吧，老三。"

"听着——要是你再从学生身上克扣一斤粮食，我就打发你去见招弟。

明白了没有？"

"明白了！"

"要是蓝东阳敢再杀一个学生，我就找你算账。"

"他的事——我——"

"我有办法对付他。我告诉你，你要是知情不拦，我先宰了你。明白了没有？"

"明白了。"

"学校里现在正缺个语文教员，你叫蓝东阳请大哥来干。如果你们俩胆敢合起来算计我，那就打错了算盘。我在一天，你们俩的狗命也留着；我要是下了牢，你们就得给我抵命。城里有的是我们的人，有人替我报仇。听清楚了吗？"

"听清楚了。"

"拿去！"瑞全掏出个小信封，里面有一颗子弹。"把这交给蓝东阳，告诉他，是我捎给他的。还有这个！"他把招弟的戒指往她怀里一扔，"把这个也给他。要是你狗胆包天，敢不照我的话办，就跟招弟一起去见阎王！"说完，老三收起招弟的证章，大踏步跨出了门。

八十九

明月和尚给瑞宣捎了个信儿来："去，很危险；不去，也难保无祸。老路子走不通了，希望你能另觅新途。抗战嘛，人人都得考虑自己应当站在哪一边，中间道路是不存在的。"

这封信，没头没脑，连下款也没有。瑞宣读了，高兴得打心眼儿里笑出了声。他一扑纳心的等着学校发聘书，聘书一来，就去上课。哪怕是法场呢，他也得上。

仗，已经打了四年，他第一次觉着自己有了主心骨，心里也亮堂多了。如今，他跟老三肩并肩的战斗。哪怕连累全家，大家一起都得死，他也不能打退堂鼓。

聘书真的来了，由蓝东阳签字盖章。要是在过去，瑞宣会觉着这是天大的耻辱，宁肯饿死，也不能管蓝东阳叫"校长"。不过这一回，他高兴极了。

家里人听见这个好消息，都赶忙围过来打听。瑞宣只说是有了新差事，有指望弄点儿粮食。差事怎么得来的，谁是校长，他一句没提。

祁老人听见好消息，拧着白眉毛，不住地点头咂嘴："哎，还是老天有眼，老天有眼。"

瑞宣仔细的瞧了瞧爷爷，看出爷爷已经有了生气，不再像是在阴阳界上徘徊的人了。他不知道究竟是该笑，还是该哭。

胖菊子打算耐着性子把瑞宣安抚下来，让他知道，她还是把他当大哥看待，希望他能忘了老二瑞丰那档子事。她指望蓝家能跟祁家攀上交情，让东阳保住校长的位子，学校的财务大权也照旧归她。

她觉着，自己这一番盘算，非常的得体。起初，为了瑞全扇她的耳光，她光想着报仇，叫东阳马上去报告日本人，把四面城门关上，准能把瑞全搜出来，然后把祁家满门抄斩。她那张肥脸蒙受的羞辱与疼痛，必得用祁家的血才洗得干净。

东阳一见子弹头和招弟的戒指，吓得尿湿了裤子！他所有的成就全仗着两样东西：自己的厚颜无耻与北平人的逆来顺受。如今见了这子弹头，他看见了不怕死的北平人。他的绿脸起了一层白霜，俩眼珠一块往上吊。危险和死亡就在眼前，他是真怕死。

他连忙把大门关上，把房门和窗户也堵死，加锁。然后，把发着抖的手指头搁进嘴里，使劲啃指甲。他首先想到找日本人来保护他。比方说，派一个班，最好是一个连来，在他宅子周围站岗放哨，那他也许就可以高枕无忧了。可是，这能办到吗？如果他去要求保护，而日本人只派一两个便衣来，又有什么用？

他想了又想，最后拿定主意，最好的办法是：第一，先请上几天病假，把自个儿锁在屋里，躲过风头再说；第二，想法子跟瑞全讲和；第三，要是瑞全不肯讲和呢，他就找门路上日本去。总不能老呆在北平，等着挨枪子儿。

胖菊子见东阳真害了怕，只好揉了揉自家的脸，琢磨缓兵之计。她得先上祁家去一趟。给老的小的买上一份礼物，讨讨他们的欢心，然后在言语之间，保不定就能套出老三的下落。要是他们都挺加小心，守口如瓶，不肯提老三，起码她能察言观色，看看有什么空子可钻。即便什么也看不出来吧，"亲善亲善"总没有什么害处，只要恢复了"邦交"，总能慢慢劝他们回心转意，跟她合作。

她拿着两三样礼物，亲自上了祁家。她很得意，觉着自己既聪明，又勇气十足。

走进小羊圈，她周遭瞧了瞧。小羊圈一点没变，只不过各户的街门和院墙都更加破旧，看起来跟电影里的贫民窟一样。她认为，自己非常有见识，居然逃出了这么个穷窝子。要不然，真是一朵鲜花插在狗屎上了。

太阳挺暖和，天佑太太正坐在屋门坎儿上晒太阳呢。两个孩子都在台阶前玩。小妞子已经饿得皮包骨，连玩的精神都没有了，无精打采地站在旁边，看着哥哥玩。小顺儿也瘦极了，不过还总算有力气蹦来蹦去。

俩孩子先看见菊子。他们已经不大记得她了。平日说起闲话来，还常常提起"胖二婶"，不过她的形象在他们的小脑袋瓜儿里已经逐渐模糊。小顺儿只说了一声"哟"，就再没别的可说了。

天佑太太慢慢睁开眼睛，一眼就认出了菊子。她晃晃悠悠站起来招呼说："小顺子，妞子，快进来！"拉起两个孩子的手，迈进了自个儿的屋门坎。四世同堂的一大家子人，老太太很知道该怎么和和睦睦过日子。可是像胖菊子这么个臭娘儿们，她受不了。胖菊子生了气；真是给脸不要脸。

不，她不能动真气。办外交就不能动肝火。别忘了，来的目的是为了恢复邦交。她甜腻腻地叫了一声"大嫂"，知道大嫂比较好对付。

韵梅正在厨房里，没往外瞧，凭声音就听得出来是胖菊子，刷地一下变了脸色。她向来不愿意得罪人，然而，是非还是分明的。到底该不该出来迎接这位胖弟妹呢？

她知道，胖菊子是夜猫子进宅——无事不来。这趟，究竟是为了什么，她咂摸不透。她拿定主意不作声。不能随便招呼这么个不要脸的臭娘儿们；要是她来瞎搅和，岂不是自个儿惹一身臊。

祁老人听见喊"大嫂"，以为来了客人，慢慢打开了房门。一见是菊子，老人很快抬头看了看天，好像是在问老天爷，该怎么对付这个娘儿们。

"爷爷，我给您送礼来了！"胖菊子憋着一肚子气，拿出办外交的手段。

老人的胡须动了几下，没说出话来。胖菊子想走进老人屋里，她把带来的东西高高举在眼前，好引起他注意。

老人拦住了她。他声音不高，可是清清楚楚："滚！"然后像河水开闸似的，连声嚷："滚开！出去！还有脸上门，给我送礼来！我要是受了你的礼，我们家坟头里的祖宗都不得安宁。滚！给我滚！"

韵梅从厨房里走了出来，她怕这个胖娘儿们会说出什么话，让老人听了不受用。她站在厨房门口高声说："你还没走哪？快走吧！"

胖菊子没辙了，只好向后转。起初，她还想耍点脾气，把礼物重重的摔在地上。可是一转念，又把礼物紧紧搂在了怀里。

韵梅很快的走过来，招呼爷爷说："爷爷，您歇着吧！"老人本来有一肚子话要说，气得发晕，就是不知道打哪儿说起。

等瑞宣回家，听家里人一念叨，他自言自语说："干得好！祁家人到底是有骨头的。"

九十

蓝东阳续了病假。他帮日本人搞恐怖的时候，自己从来没有尝过恐怖的滋味。不论青年男女在被捕的时候怎么惊惶失措，他们的父母怎么悲恸欲绝，他都无动于衷。他就知道自己有了钱又有了势，这，就心满意足了。

这一回，瑞全把子弹头给他摆在了眼前。他不敢碰它。他怕只要轻轻沾它一下，就会嘣的一声炸了。它，亮晶晶，冷冰冰，老瞧着他，像个叽里咕噜乱转的眼珠子似的，老跟着他。

老实说，他从来没有想过冤有头，债有主，他根本不认为自己造了什么孽，犯了什么罪。现在，死真是找上他了。他既不承认有罪，自然也就不存在赎罪的问题。信教的人相信罪是可以赎的，这能使人改恶从善；而蓝东阳可是死心塌地，不可救药了。

他总是害怕，非常害怕。啃着啃着指甲，他会尖声大叫起来，一头钻到床上，拿被子把头蒙起来，能一憋多半天，大气也不敢出，捂得浑身大汗淋漓。他不敢掀被子，觉得死神就站在被窝外头，等着他呢。

只有等胖菊子回了家，他才敢推开被子坐起来。他把她叫过来，发疯似的乱搂一气，在她的胖胳臂上瞎咬。她是他的胖老婆，他死以前，得痛痛快快的咬咬她，把她踩在脚底下，踩个够。只有这样，为她花的钱才不冤。

咬完她，他朝屋里周围瞧了瞧，把他的东西细细看了又看，再算了算还剩下多少钱，他大声喊着："我不能死，不能死啊！"

他顾不得穿鞋，光着脚下地，抓过一支铅笔、一张纸，把所有的家具、衣服、茶壶、饭碗什么的，一一登记上，连笤帚和鸡毛掸子都没有剩下。开列的项目越多，他就越得意，也越害怕。眼看活不成了，这么些个东西可留给谁呢？不，不能留给胖菊子。她嫁给他，不过是图他的钱财和地位。东西不能留给她。

他又搂了搂她，把嘴伸到她的胖腮帮子上："你一定得跟我一块儿死，咱俩一块儿死。"对，哪怕是躺在棺材里，他身边也得有个伴儿，要不，就是死了，也得日日夜夜担惊受怕。

胖菊子挣脱了他的拥抱，他恨得直咬牙。哈！她到底是祁家的人，没准儿还打算回祁家去，好嫁给瑞全！

他求胖菊子别甩下他，跟她商量，一块儿逃出北平去。

对，得逃出北平！出了北平，瑞全就再也找不着他了。天底下不过一个瑞全跟他作对，只要到了别的地方，他就又可以绸子缎子穿戴起来。

要跑，这么些个东西可怎么带？桌椅板凳，当然远不如金子银子值钱，可是，不论怎么说，总还是他的东西。木头的也好，磁的也好，都是他费尽心机弄来的。不过，话又说回来了，要是东西拿得太多，日本人该截住他了。

到了晚上，一听见砰砰的声音——也许是洋车轱辘放了炮——他就一溜滚儿钻到床下，两手捂住脸。

白天黑夜提心吊胆，担惊受怕，他倒了胃口，吃不下饭。不过他还是强打精神，硬塞下许多吃食。他得吃，有了劲儿才能想出逃命的办法。勉强吃下去，消化不了，他呼出来的气就更臭了。他屋子里的门窗，都死死的关着，不消一两天，屋子里的味儿就臭得跟臊狐狸洞似的。

他病了这么久，日本人起了疑，派个日本大夫来瞧他。大夫把门敲开，一股子臊臭味儿差点没把他熏得闭过气去，赶紧跑过去把所有的窗户都给打开。

要是往常，来个日本大夫，东阳还不跟磕头虫似的，鞠多少个躬。可是这一回，他不怎么高兴，担了心思，替日本人办事儿的，不是常被日本人毒死吗？

大夫给了他点儿助消化的药，他不敢吃。大夫左说右劝，费了九牛二虎之力，才把药硬给他灌了下去。

东阳躺在床上，认定自己快死了，大声哭了起来。

药慢慢打嗓子眼里往下窜，不多一会儿，只听得肚子里咕噜咕噜一个劲儿的响。准是给他下了砒霜！他挣扎着爬下床来，把门窗又紧紧关上，稍微自在了一些。肚子松快了点，不那么难受了，他笑了。唔，没有，没给他下毒，可见日本人对他还是信得过。好吧，想个招儿，逃出北平。

唔，干吗不，干吗不到日本去呢？那儿不也是他的国家吗？

胖菊子另有她的打算。她不乐意再伺候东阳了。这不算对不住他。她耐着性子，用她那一身肥肉供他取乐，足有三年之久。现在，用不着再低三下四地去讨好他了。

她要是真打算走，就得快——把东阳所有的钱都敛了去。不能等他病好，趁他卧病在床，正是大好机会。

她从东阳那儿弄来的钱，早已换成金银藏到娘家去了。可是东阳一死，谁敢保日本人不会到她娘家去搜呢？要走就得快，跑得远远的。马上走，不但能保住她存在娘家的东西，还能把东阳身边的细软也带走。

有了金子，她也许就能跑到上海，或者南京那些大地方去，凭她这些年跟着大赤包和东阳学来的一身本事，还不能另起炉灶，大干一场？

不能老这么犹犹豫豫的，她得赶快动手，趁东阳不死不活的躺在床上，赶紧把细软敛到娘家去，然后拿上东阳的图章，把他在银行里存的现款卷个精光。

就这么着，她把最值钱的东西和现钱带在身边，把笨重的东西存在娘家，一溜烟上了天津。

菊子跑了，东阳并不留恋。如今天下大乱，一口袋白面就能换一个大姑娘，胖菊子算个什么！他喜欢胖娘儿们，要是女人按分量计价，他也可以用两袋子白面换一个更肥的来。

不过，等他发现菊子把他的钱财拐跑了，他两只眼珠一齐往上吊，足足半个钟头没缓过气来。虽说屋子里的东西没动，银行里也还有背着菊子的存款，然而这些都不足以安慰他。

东阳真的病重了。焦躁、寒冷、恐惧，打四面八方向他袭来。他忽冷忽热，那张绿脸，一会儿灰，一会儿紫。发冷的时节，那副黄牙板，一个劲儿地直磕打。他想好好盘算盘算，可是，一股透心凉的寒气，逼得他没法集中思想。他想来想去，摆脱不开一个死字。

猛的，他又全身发热，脑子里乱哄哄的，像一大群蝗虫嗡嗡的猛袭了来。稍一清醒，他就大声叫唤："我不想死，给我钱，上日本去——"

日本大夫又来了，东阳吃了点儿药，迷迷糊糊的睡了。他的脑子静不下来，觉也睡不踏实。他放不下钱和菊子。

东阳病得久了，上头又派了个校长到铁路学校来。

要是往常，瑞宣就该考虑按规矩辞职。可是这一回，他连想也没想仍然照常到校上课。只要新校长不撵，他就按瑞全的意思，照旧教他的书。要是新校长真不留他，到时候再想办法对付。

新校长是个中年人，眼光短浅，不过心眼儿不算坏。虽说这个位置是他费了不少力气运动来的，他倒并不打算从学生身上榨油，也不想杀学生的头。他没撤谁的职。瑞宣就留了下来。

对于瑞宣说来，这份差事之可贵，不在于有了进项，而是给了他一个机会，可以对祖国、对学生尽尽心。他逐字逐句给学生细讲——释字义，溯字源，让学生对每一个字都学而能用。除了教科书，还选了不少课外读物。他精心选出的那些文学教材，都意在激起学生的爱国热忱，排除他们的民族自卑感。他装作漫不经心的选了一些课外读物，仿佛只是为了帮助学生更好地理解课文。这样做起来，即使学生中有个把隐藏的特务，也不容易挑出他的毛病。

最难的是出作文题。根据他的教学原则，他不愿意给学生出些空空洞洞的题目，让学生作起来，只能拿"人生于世……"开头，然后咬着毛笔杆，怎么也想不起下句该写什么。但他又不能出些与时事相关的大题目。要是他胆敢在黑板上写点什么跟学生生活密切相关的东西，他马上就会给抓起来。为了避免空洞，也为了不被抓起来，他出的题目总得跟课文沾上边。这样的题目学生有话可说，他也能从而了解学生的反应。

改作文卷子的时候，他总是兴高采烈。很多学生的作文说明，他们不但理解他的苦心，而且还小心翼翼的向他倾诉了压在心底的痛苦。批改作文原是件枯燥无味的事，现在倒成了他的欢乐。他简直是在用隐语在和一群青年人对话。

他特别注意那些可疑的学生，观察他们是不是会自觉或不自觉的接受日本人的奴化教育。

使他高兴的是，有一两个汉奸家庭的子弟，观点和他们父亲的截然不同。有了这个发现，他反躬自省，觉得自己以前过于悲观了。他原以为，北平一旦被日本人占领，就会成为死水一潭。他错了。

他决定让小顺儿去上学，没时间自个儿教。现在他看清了，学校里的老师并不像他原来想的那么软弱无能。

东阳躺在床上，冷一阵热一阵受煎熬的时候，冬天不声不响地离开了北平。这一冬，冻死了许多衣不蔽体、食不果腹的人。乍起的春风，还没拿定主意到底该怎么个刮法。它，忽而冷得像冰，把墙头上的雪一扫而光；忽而又暖烘烘的，带来了湿润的空气，春天的彩云。古老城墙头上的积雪也开始融化，雪水渗进城墙缝里。墙根下有了生机。浅绿的小嫩草芽儿，已经露了头。白塔的金刹顶，故宫的黄琉璃瓦，都在春天的阳光下闪闪发光。可是，忽然间又来了冰冻，叫人想起寒冷的隆冬。

人们扒掉了厚重、破烂的棉袄。一阵寒风吹来，感冒了，一些人很快就死了。冬春之交，最容易死人。

春天终于站稳了脚跟。冰雪融化了，勇敢的蜜蜂嗡嗡地在空中飞翔。忽然传来了比春风还要温暖的消息，使所有的北平人都忘掉了一冬来的饥寒：美国空军轰炸了日本本土。瑞宣从老三送来的传单里得到了这个消息。

读了这些传单，瑞宣欣喜若狂，不知不觉地走到了学校。

走进教室，只见一双双眼睛都闪着快活的光芒。他明白，日本挨炸的消息已经传开了。大家眼睛里的光亮，照得整个教室异常温暖。他一句话也没说，只用闪烁着同样光芒的眼睛看着大家。每个人的脸上全带着笑，许多双眼睛里闪烁着泪光。

瑞宣开始讲课了。他很想插一句："日本挨炸了。"可是拼命控制住自己。这几个字像音乐一样老在他的胸间荡漾。

他还想对学生们说："小兄弟们，这个好消息是我弟弟送来的呀！"不过他不敢说出口来。

他现在懂得宣传的力量了。以前，他太悲观，总以为宣传不过是讲空话，没有价值。可如今——瞧吧，这条消息能使他、他的学生和全北平的人都兴奋、欢快。

为什么不多搞点这样的宣传？他决定帮老三搞起来。耍笔杆子的事，他在行。他知道，老三有本事，能把他写的东西印出来；钱伯伯也有本事，能把它散发出去。

他在街上遇到明月和尚，把想为地下组织写东西的打算讲了讲。和尚交代给他几个地址，写出来的东西就往那儿送。和尚要他注意化装，留神特务。

跟和尚分手的时候，瑞宣觉出北平春天的阳光照亮了他的心，快活极了。他有了具体任务，不能再自惭形秽或踌躇不前了。

头年的萝卜空了心，还能在顶上抽出新鲜的绿叶儿；窖藏的白菜干了，还能拱出嫩黄的菜芽儿。连相貌不扬的蒜头，还会蹿出碧绿的苗儿呢。样样东西都会烂，样样东西也都会转化。

九十一

日本人颁布防空令，家家户户都得用黑布把窗户蒙起来。

小羊圈谁家也买不起黑布，白巡长和李四爷发了愁。他们不敢违抗上面的命令，可是他们也很知道，连衣裳都穿不上的人，自然也买不起黑布。

白巡长一见李四爷就叹了口气，说："我刚才还在说，乐极必生悲。这不是——家家户户都得用黑布蒙窗户了。"

"哼——这一回，我又该挨训了。"

"唉——先别扯那个。怎么办？这是最要紧的事。大家拿不出黑布来，咱俩可怎么交差？"

"把报纸拿墨涂黑了——拿它当黑布。日本人来检查的时候——唔——反正大家的窗户是黑的，不就成了吗？"

"你说的倒有点门儿，可是上哪儿找浆子去？共和面打浆子不黏。"

"我想法打一桶浆子分给大家，不要钱。说真的，就是白给浆子，还备不住要挨骂呢。"

白巡长马上说："这回我不能让你一个人挨骂，我先去叫大家拿黑布，完了，你再去说糊报纸的事儿。给大家把浆子一分，他们要是还不领情，可就是真不知道好歹了。"

李四爷点了点头。

"事情到这儿，还不算完。"

"怎么着？没完了！"李四爷嚷了起来。

白巡长笑了笑。"你还是得跟大家说说，要是来了空袭，家家户户都得把灯火和火炉子弄灭。人也不许出屋子。"

"让炸弹把大伙儿都给炸死？"

白巡长没答老人的茬儿，还接着讲上面命令的事儿，"家家户户都得出个人在街门外头站岗，空袭的时候不准关门。家里要是没人站岗，就得雇人。官价，一个钟头三块钱。"

"这都是些什么乱七八糟的？"

"我要是明白，那才怪呢！您保不住会说，要是不关街门，日本人撞进来就方便多了，想逮谁就逮谁。"

"说得不错。根本不是为了防空，是为了逮人方便。"

白巡长到各户去通知防空的事。所到之处，怨声载道。不过大家转而又一想："这么看来，日本真的挨炸了！"跟着又高兴起来。

李四爷去找程长顺，跟他要旧报纸。

程长顺说，旧报纸，破布，他都有，随便拿就是了。"四爷爷，您就拿一捆旧报纸去，比他们一家一家的来要强。我是个做小买卖的，要是大家知道我是白给，该不肯要了，话是这么说不是？"

"你说得也是。"李四爷点了点头。

"再说破布——要是有人想要的话——我就按买来的价儿卖，不能白给。"

李老人拿起一大捆报纸，打了一大桶浆子，就到各户去了。大家都很感激，连丁约翰也受了老人拿来的东西。

唯独韵梅没有要李老人拿来的报纸和浆子。她已经想到可以用报纸，早就把窗户糊好了。报纸上用墨汁涂得黑黑的。

夜里十点，头一回响起了防空演习警报。小羊圈的人多一半都上床睡觉了。

大人们迷迷瞪瞪的，有的找不着衣裳，有的穿错了鞋。孩子们从梦中惊醒，大声哭号。大家糊里糊涂，推推搡搡，拖儿带女，一齐拥到院子里。这才想起白巡长的话："遇到空袭，赶快灭灯，在屋子里坐着，别出来。"

瞧瞧院子，瞧瞧天，他们悟出来，就是想走，也没个藏身之处。日本人压根儿没给挖防空洞，大伙儿只能回屋子里去坐着。

瑞宣、韵梅，都披上衣服起来了，悄悄走到院子里，招呼南屋的街坊。"是空袭警报——你们起不起来都成。"然后他走到爷爷窗户外头听了听，老人要是还在睡，就不惊动他了。

韵梅打开街门，坐在门前的台阶上，决心一直等到解除警报。她不乐意叫瑞宣来守街门，他第二天还有课；她也不乐意花三块钱一小时雇个人来替她守着。

瑞宣走到门口来看她，她一个劲儿说："你回去睡吧。"

"我先在这儿站一会儿，过一时半会儿的，你再来替我。谁知道这一闹得几个钟头呢！"

"你还是去睡吧，我反正也睡不着。"

说着，只见三号的日本人悄悄地、飞快地，走出大门，贼似的，溜着墙根，往大街那溜儿跑。

"他们要干什么？"韵梅压低了嗓门问。

"他们得上防空洞里去呆着。哼！"瑞宣静静的站了一会儿，然后走回院子里。

在黑暗中，韵梅凭身影儿和咳嗽的声音，慢慢的看出来，李四爷大门口站的是他的胖儿子，马寡妇门外是程长顺，六号门外是丁约翰。谁也不出声。

过了半个多小时，一点儿动静没有，祁老人也出来了。"到底是怎么档子事儿？什么事也没有嘛，你还是进来吧！"

"您回屋歇着去吧，爷爷。我得在这儿瞧着，没准儿，日本人会来查呢！"韵梅好说歹说，把老人劝了回去。

韵梅果然想得不错。全城的宪兵和警察，都动员起来了，挨家挨户的查。不过是防空演习，可日本人做得跟真的一样。他们豁出去通宵不睡，也得把全北平的人折腾个够，叫他们熄灭了灯火、炉子，坐在屋子里不出来。这么着，日本人才能顺顺当当的撤到安全地带，日本人的家也不会挨抢了。

他们果真来了。韵梅一见西头有四个人影儿奔这么来，赶紧站了起来。俩高个儿的，她估摸是李四爷和白巡长，那俩矮的呢，就是日本鬼子。

他们打一号和三号门前走过，直奔韵梅。她往一边闪了闪，没作声。李四爷和白巡长也不言语，跟着日本人进了院子。

没有灯，没有火。日本人拿电筒把每个窗户都照了照，黑的。他们走了出来。

六号也没有差错。

走到七号大杂院，李四爷和白巡长都捏了把汗。

情况不坏。家家户户都黑灯瞎火——七号里住的人家，压根儿就没有灯油，也没有煤。

宪兵拿电筒往窗户上刷地照去，白巡长吓得直冒汗。至少有三户人家没把窗户给糊黑。李四爷忍不住骂出声来了："他妈的——！我连浆子都给了，怎么……"

白巡长知道事情闹大了。为了这，他就得丢差事。他气急败坏地连忙问道："为什么不把窗户糊起来？为什么？李四爷跟我不是嘱咐又嘱咐吗？"他这话是冲七号的人说的，可主要还是讲给日本人听，好洗刷他自己和李四爷。

"真对不住，"站在一边的一个女人可怜巴巴地说，"孩子把浆子给吃了，白巡长，给我们说几句好话吧，一年四季孩子们都没见过白面。"

白巡长没了话说。

日本宪兵懂的中国话不多，听不懂那个女人说的是什么。他不分青红皂白，上去就给了李四爷俩嘴巴。

李四爷愣住了。虽说为了生活他得走街串巷，跟各种各样的人打交道，可他从来没跟人动过手；要是看见别人打架，不管人家拿的是棍棒还是刀枪，他都要冒着危险把人家拽开。

　　他气炸了肺。他忘记了自己一向反对动武，忘记了自己谨小慎微的处世哲学，只看见眼前站着俩畜牲，连个白了胡子的老头也敢打。他从容不迫，一声没吭，举起手来，照着日本人的脸就是一下子。他忽然觉着非常痛快、得意。他没作声，把所有的劲儿全用在拳头上了。

　　宪兵的大皮靴，照着李老人的腿一阵猛踢，老人倒下了。

　　白巡长不敢拦，他想救出自己的老伙伴，可又惹不起那两个发了狂的野兽。

　　院子里的人谁也没动一动。老人抱住一个宪兵的腿，把他拖倒在地，两人就在院子里滚成一团。

　　另一个宪兵，跟着地上滚的人转来转去，找准机会，冲着老人的太阳穴就是一下，李老人一下子就不动了。

　　两个宪兵住了手，叫白巡长把所有没把窗户糊严实的住户，都抓走下狱。

　　宪兵和白巡长都走了，院子里的人一窝蜂似的围上了李四爷。自从他当了里长，不知道挨了他们多少骂。那是贫困逼得他们平白无故的骂人。如今，为了他们，他躺下起不来了。大家都哭了。

　　大伙儿把李四爷抬回家，四爷两个多小时人事不知。虽说还没有解除警报，四大妈什么也不管不顾了。大声哭了许久。她升着了火，给老人烧开水喝。小羊圈的人把警报忘了个一干二净，进进出出，都来看李四爷。

　　凌晨两点才解除警报。祁老人一直没睡下。他过一小会儿就走出来看看韵梅，然后回到自个儿屋里躺下。

　　韵梅披了一件破棉袄，靠在门框上，再不就半醒半睡地坐在门前台阶上。她很想去看看李四爷，可又不敢走开。不管是不是真有空袭，她都得坚守岗位。不论怎么说，不能给家里人惹麻烦。

　　解除警报前几分钟，三号的日本人叽叽呱呱说笑着回了家，韵梅知道快完事了。

解除警报的信号一响，韵梅马上跑到李家，祁老人跟在她后面。李四爷睁开眼睛看了看他们，又把眼睛闭上了。大家都找不到安慰他的话。祁老人见多年的老伙伴半死不活地躺在床上，想放声大哭。

"爷爷，咱们回去吧？"韵梅悄悄问祖父。

祁老人点了点头，由她搀着，回了家。

又过了三天，李四爷还是人事不醒。末了，他睁开眼，看了看老伴，看了看家里的人，慢慢闭上眼，从此不再睁开了。

虽说四大妈拿不出东西款待来吊丧的人，守灵、出殡还是按规矩办了。没得过李家好处的人，知道四爷是个实诚人，都赶来磕了三个头。得过他好处的，哭得特别伤心，斟酒浇奠一番。那得过他的好处又时常骂他的人，也跑来哭灵，借机倾诉一下心里的烦恼与不幸，骂自己对老人不够公道。

祁老人哭得很伤心。他和李四爷都是小羊圈的长者。论年纪、经历和秉性，他俩都差不多。虽说不是亲戚，多年来也真跟手足不相上下。李四爷一死，整条街上，也可以说全世界，就再也没有人能懂得祁老人那一套陈谷子烂芝麻了。他俩知根知底地交往了一辈子。

李四爷的丧事办得挺像那么一回事，来的人很多。那些窝脖儿的、扛大个儿的、杠房的，还有清音吹鼓手和打执事的，都跟他有交情。他们穿了孝，诚心诚意来发送这位老相好，一直把他送出了城。他们没法给他报仇，只能用祭奠、吹打、送殡和友情来表示他们的心意，把他一直送到坟地，让他好好安息。但愿日本人不至于把他的尸骨挖出来。日本人为了修飞机场、修公路，挖了数不清人家的坟墓。

九十二

夏天，膏药旗飘扬在南海和太平洋。太阳神的子孙，征服了满是甘蔗田和橡胶园的许多绿色岛屿。北平倒很少见得着短腿的日本兵了。他们不敢见天日，来来去去，总在夜晚，因为他们的军装上有补钉，鞋也破了。皇军成了一群破衣烂衫的人。

皇军为了遮丑，到夜里才敢出来；普通的日本人倒不在乎，不怕到处丢人现眼。一些穿着和服、低着头走路的日本娘儿们，在市场上、胡同里，见东西就抢。她们三五成群，跑到菜市场，把菜摊子或水果摊子围上。你拿白菜，我拿黄瓜，抓起来就往篮子里头塞。谁也不闲着，茄子、西葫芦，一个劲儿地往袖筒里装。抢完了，一个个还像漂漂亮亮的小磁娃娃似的叽叽呱呱有说有笑地各回各家。

配给他们的粮食，虽说比中国人的多，质量也好些，可也还是不够吃。征服者和被征服者都过的是穷鬼的日子。抢最简便，中国警察不管，日本宪兵不问，做小买卖的也不敢拦。

日本娘儿们的开路先锋是高丽棒子——高级的奴才。他们不单是抢，还由着性儿作践。他们一个子儿不花地吃你几个西瓜，还得糟踏几个。相形之下，日本娘儿们反而觉乎着她们不那么下作——她们只是抢东西，不毁东西。

入夏以来，见不着卖蔬菜和水果的小贩了，小羊圈的人只能将就着活下去。小贩们都怕三号的日本女人们抢。

这样一来，给中国妇女带来了很大的不方便，像韵梅就再也不能在自己家门口买点葱和菠菜什么的了。哪怕买头蒜呢，也得上趟街。再说，小贩们挨了抢，就得打中国人身上捞回本儿来。东西全涨了价。韵梅发现她还得交一笔抢劫税。

打李四爷过世那会儿起，白巡长就一天比一天烦恼。虽说他也能琢磨出两条理由来原谅自己，可不论他怎么想，总还是觉着亏心，对不住李四爷。是他，硬拉四爷出来当的里长，日本宪兵打四爷的时候，他也没上前拦。他没法到小羊圈来巡查，可他又很怕见四大妈和她儿子。每回见了他们，他都低下头，不敢正着眼瞧。他在人前挺不起腰杆，简直是个苟且偷生的可怜虫。

他不让手下人去管高丽棒子或日本娘儿们抢东西的事："我们要是去报

告，或者管上一管，保不住这些混账东西就会想方设法把做小买卖的抓起来。我说弟兄们，最好的法子就是把眼睛闭上。整个北平都让人家给占了，哪儿还有是非呢？"

小羊圈不能没有里长，他想到祁瑞宣和程长顺，不过他们都面慈心软，办不了事。

李四爷一死，丁约翰就看上了这份儿差事。他如今有的是时间。自打英国府出来，他就没再谋差事。既在英国府里做过事，他不愿意到西餐馆里去当摆台的。就算他乐意降低身分，也不见得准能找到工作，因为日本人既反英，又反美，多一半的西餐馆都关了门。

白巡长不喜欢丁约翰那副洋派头，不过找不到合适的人，只好点了头。

安排好里长的事，白巡长仍然日夜里牵肠挂肚。还有桩事让他揪心，又难于说出口：年纪太大了。

见天儿，他拿一把老掉了牙的剃刀，细细把胡子茬刮个精光，旧制服收拾得整整齐齐、干干净净，一双旧皮鞋，也用破布擦得锃亮，走路的时候，强打精神挺起胸脯，可是他明白，自己的老态是遮盖不住的。他并不愿意给日本人当走狗，然而也的确怕日本人撤他的差。查街的时候，他总怕抽冷子会碰上个日本人对他说："滚！谁要你这么个老东西来当巡长？"

他最头疼的是，自打日本女人们抢开东西以后，中国人也学会了这一手。他叫手底下的人别管日本女人们抢东西，那他又怎么能叫他们去管中国人呢？中国人抢得再多，也赛不过日本人。要是他不敢管日本人，也就不该管中国人。

他低下头，对手下人说："别管他们，肚子都饿瘪了，谁没尝过挨饿的滋味？就是把他们抓起来，日本人也不会说咱们好。监牢都住满了，犯人也没有粮食吃。唉——还是那话，睁只眼闭只眼吧，等咱们的眼睛都闭上，永远不再睁开，世界兴许就太平了。"

因为不够吃，居于统治地位的异族露出了狐狸尾巴；因为饥饿，奴隶们也顾不得羞耻了。忍饥挨饿的人，一心想的是弄点什么往嘴里填，体面不体面，早就顾不上了，偷点抢点都算不了什么事儿。

在北平卖生熟猪肉的铺子里，切肘花和香肠的肉墩子足有一人多高。这是因为掌柜的怕买主伸手抓肉，把手指头剁掉一截。可是现在这些高高的肉墩子（原本就是半截大树干）已经拦不住人们往那儿伸手。卖生肉的肉铺一向是在肉案子上切，因为再贪的人也不会把生肉或者大油抓起来往嘴里送。然而现在真有抢生肉吃的人。

自打日本人实行粮食配给以来，肉铺的生意就冷清起来。常常一连三五天没有肉卖。偶尔有点儿肉，就连夜的出来，不论生熟，都切成小块，拿纸或者荷叶包上，藏在柜橱里。买主得先交钱，然后才能接过一小点肉。

这种先交钱后交货的办法，在北平风行一时。要是不先掏钱，什么也甭想买。

买烧饼、包子和别种吃食的做小买卖的，都用细铁丝网子把篮子罩上，加锁。买主先交钱，随后打开篮子上的锁，把东西拿出来。小贩们还一边交货一边说，东西一倒手，他就不负责了。因为买东西的时候，摊子或担子旁边总有人等着，见吃的东西就抢。

韵梅给抢过两回，再也不敢打发小顺儿去买东西了。虽说东西不值什么，她可是害了怕。

天佑太太犹犹豫豫的出了个主意："让小顺儿跟着你去不好么？四只眼总比两只眼管用。"

韵梅觉着，不论小顺儿有用没用，叫他跟着总能壮壮胆子，可是小顺儿得上学。

"唉，"祁老人叹了口气，"这年月，上不上学有什么要紧！"

小顺儿一听给他派了这份差事，美得不行，马上想到要随身带根棍子。"谁要是敢夺您的口袋，妈，我就拿棍子敲打他。"

"你安静一会儿吧，"韵梅哭笑不得，"把眼睛睁得大大的，仔细瞧着点就行了。要是有人老跟着咱们，你就大声嚷嚷。"

"叫警察吗？"小顺儿爱打岔。

"哼——他们要管，那才叫怪呢。"

"那我嚷什么呢？"小顺儿样样事情都要闹个一清二楚，不然怎么能当好妈妈的保镖呢。

"嚷什么都可以——嚷嚷一通就是了。"奶奶直帮着解释。

祁老人，为了让大家瞧瞧，自己虽说是年老体弱，却还足智多谋，找来几块破布和绳子，对韵梅说："拿去把篮子罩上，买来东西，把绳头一紧，就跟那些做小买卖的用的篮子一样了。这不牢靠多了吗？"

韵梅说："您的主意真不错，爷爷。"她可没说："要是连篮子一块儿给抢了去呢？"

瑞宣当然也想出把力。每次打学校往家走，他都尽量顺路买点儿东西，省得韵梅一趟趟上街，减少挨抢的机会。

有一天，他从学校回家，想起韵梅仿佛要他带点什么来着，可是忘了她究竟要的是什么东西。

走了一会儿，看见一个卖烧饼油条的。战前卖烧饼的有的是，可这会儿倒很希罕了。篮子上的铁丝网也显得新奇、古怪。

他想买上俩烧饼油条，好补偿他忘了买东西的过错，也让妞子乐一乐。她还是一见共和面就哭。

手里拿着烧饼油条，他一路走，一路想着富善先生。他不是常送给妞子饼干、面包来着吗？他很惦记这位老朋友，不过他心里明白，就是知道老先生在哪儿，也不敢去看他。日本人特别恨跟西洋人有来往的中国人。

想着想着，猛孤丁打旁边伸过来一只手，一只非常脏、非常瘦的手。他还没白过来是怎么回事，烧饼油条已经不翼而飞了。他住了脚，回过头去看。

抢烧饼的人是个极瘦、极弱的人，没命的跑，可又跑不快。他冲着烧饼油条吐了几口唾沫，就是给追上，人家也不要了。

瑞宣撵上了他。这瘦子像只走投无路的老母鸡，脸冲墙站住了。瑞宣见他还懂得点羞耻，可怜起他来，后悔不该撵他。

"朋友，你拿着吃吧，我不要了。"瑞宣温和的说，希望这个瘦子会转过身来。

瘦子把脸往墙上贴得更紧了。

瑞宣想说："是日本人害得我们顾不得廉耻也没法要面子了，不是你一个人的错。"可是，这一番话他想说可又说不出来。因为怎么说都是空话。讲道理，劝慰，饱不了肚皮。于是他说："朋友，吃吧！"

瘦子仿佛受了感动，慢慢转过身来。

瑞宣一下子看清楚了：是钱诗人的舅爷陈野求。他把准备要说的话都抛到九霄云外，好不容易才憋出一句："野求！"

野求耷拉着脑袋，身子倚在墙上，木呆呆的站着。他的头发怕有好几个月没理了，又长又脏，乱糟糟的在头上卷成一团。他的脸，瘦成一条儿，好多天没洗。眼睛里没有泪，楞磕磕的望着手里的油条出神。

瑞宣一把抓住野求的胳臂，野求想挣扎开，可是没有力气，踉踉跄跄的他跟着瑞宣走了几步，强打着精神问："上哪儿？"

"找个地方坐一坐。"瑞宣说。

两人走进一家小饭铺。一进门，跑堂的就过来挡驾："对不起您哪，今儿我们什么也没有，压根儿没生火。没生意。"

没有生火，没有杯盘碗盏相碰的叮当之声，这也算饭馆？桌椅板凳，都收拾得整整齐齐，铺子里还有多年来留下的一股子荤油味儿和饭菜味儿。

"让我们坐一会儿，好不好？"瑞宣客客气气地问，"这位先生有点儿不舒服。"他指的是野求。

"没说的，坐吧，凳子都空着呢，"跑堂的笑着说道，"您瞧，先生，我们这生意怎么做？没可卖的东西，还不许关门，真是笑话。"

两人都坐下了。因为瘦，野求的脸显得越发长了，眼珠子跟死鱼的一样。他平静下来，呆呆地坐着，一动也不动。

野求叹了口气："没什么可说的——如今，我不过是行尸走肉罢了。"他说话的时候，脸上的肌肉纹丝不动。他说的是实话，用不着带表情。

"我把一切都毁了，"野求静静的说，"为了养活我的孩子和病病歪歪的老婆，我给日本人做事，抽大烟麻醉自己。是呀，我出卖灵魂，为的是老婆孩子不挨饿。出卖一个灵魂，拯救全家的性命，倒也划算。"住了口，他冲着桌子发愣。

瑞宣不敢催他往下说，只咳了一声。

这一声咳嗽，仿佛惊醒了野求，他接着又说："说来也怪，老婆有了吃食，身体反倒更弱了，仿佛我给她吃的东西都有毒似的。她死了。"他脸上还是木然没有表情，说起话来，像背诵一个听过许多遍的故事，"死了的，倒还算有福。我满以为儿女长大成人，就能挣钱养活我。可是，大儿子刚能挣钱，就二话不说离开了北平。他不但不感恩图报，还恨我，恨我出卖了灵魂。另外三个儿子也跟大儿子一模一样。我出卖灵魂把他们抚养大，可他们是怎么报答我的？一场空，没有心肝。"他舔了舔嘴唇。

"可笑的事情多着呢。我刚才说，因为我抽大烟，日本人对我还算不错。可是烟瘾一大，我动都懒得动了，他们就撤了我的差。我没了进项，只剩下几个不能挣钱、靠我养活的孩子。等他们能挣钱了，大概也得打我这儿跑掉。我不能再拉扯他们了，就是能，他们也不感激我。唉，要说是不拉扯吧，他们又得挨饿，真没法子。我现在还抽大烟，大烟能麻醉人——这就是它的好处。有什么见不得人的？连我自己的孩子都不认我这个爸爸了。我今天抢了你的东西，可是我用不着道歉，我知道你能原谅一个快死的人。"

"你不能就这么死了。"瑞宣想帮他一把。

"谁也不该落这么个下场，可是我只能这么死。也许就是明天，我会躺在大街上，让人家拿大卡车拉走，扔到城外去。我不指望人家把我埋在祖坟里，没脸见祖宗。"他站起来，跟瑞宣拉了拉手，就往外走。

走出饭铺，野求一屁股坐在台阶上，吃起烧饼来。

九十三

金三爷发了财，置下三处房产。虽说他的相貌、神态、穿戴，都没有变；而心，可跟以前不一样了。如今，他跟那些站在大街上抢东西吃的人大不相同，成了个小财主，有了点儿派头。每天，他还照常上茶馆去坐坐，然而小笔的生意，他已经看不上眼。跟同行在一起，他总是把腰挺得笔直，独自坐在一边，好像在说："小事儿甭麻烦我。金三爷不能为了仨瓜俩枣的事儿跑腿。"

对于那些打算买卖房产的主顾，他的态度也变了。他逢人便说："我自个儿也有点产业，"恨不得再添上一句："您以为我跟平常的中人拉纤的一样，呼之即来，挥之即去吗？哼——我有我的身分。"

他并没有忘记，是日本人害了他亲家钱默吟一家子。不过，他更不能忘记，打从日本人进占北平，他的生意一天天兴隆起来，如今，自个儿也置下了产业。为了钱先生，他应当恨日本人；替自个儿盘算盘算，他又应当感激他们。恨和感激，这两种感情揉不到一块儿，他只好不偏不倚的同时摆在心里。

然而不偏不倚并维持不了多久。不偏不倚就是偏倚的开始。为了长远保住他的产业，他不由得相信了日本人的宣传：他们侵略中国并不是为了打中国人，而是为了帮中国人消灭共产党。金三爷那四方脑袋里想的是：要是日本人真的消灭了共产党，也就等于保护了他那三所宅子。

他老惦着钱默吟。不论在街上遛弯儿，还是在茶馆里坐着，他总留着神寻觅，找他极敬慕的这位亲家。见了和他亲家模样相仿的人，他总要跑上前去看个究竟，希望自己没看错。一旦发现认错了人，他就揉揉眼睛，埋怨自己老眼昏花，看不真切。

他非常疼爱外孙子，几乎把孩子给惯坏了。钱先生在监牢里受罪的当儿，外孙子倒给宠得不行。金三爷宁可自个儿吃共和面，喝茶叶末儿，也要想尽法儿让外孙子吃好喝好。外孙子只要有点头疼脑热，他就赶紧去请北平最好的大夫。他把外孙子当菩萨供养着。

外孙子犯了错儿，钱少奶奶要罚，金三爷就把外孙子搂在怀里，数落她："真是身在福中不知福，这么好的孩子，还要罚！要是没有他，你又不知道该怎么样了。"

孩子刚会迈步，金三爷就想让他见世面。他把孩子扛在肩膀头上，或者干脆让他骑在脖子上，挺起胸脯，迈着大步，带他去逛大街，赶庙会，上市场。不论这东西吃了有没有好处，也不论这东西该不该玩，只要孩子说一声"要"，金三爷就赶紧掏钱买。

孩子会说话了，金三爷又苦恼起来。孩子跟妈学会了说："打倒日本鬼子！""给爸报仇"，还会挺起小胸脯说："我姓钱。"金三爷不能把个常叫"打倒日本鬼子"的小外孙子带着到处跑，也不能跟自个儿的闺女吵；没准儿会让邻居听了去，报告日本人。他不怕给抓起来，他身强力壮，挨几下子也没什么，然而要是日本人没收了他的产业，那可就真要了命了。

金三爷那四方脑袋里琢磨着要跟日本人套套近乎。他并不想跟日本人合作，当他们的走狗。不，他还没有坏到那步田地，他只不过是为了自己的安全，想要不即不离的跟日本人攀点儿交情。

他加入了三清会。三清会专收那种有点儿小聪明，或者像金三爷这样有点儿本事，而脑子又糊里糊涂的人。日本人不久就把他列入"有用"的人一类，要跟他交朋友。

等金三爷真的以为日本人是安着好心，他们就突然追问起钱默吟，吓得金三爷瞠目结舌。是他造的孽，招惹来的日本人。日本人向他担保，决不会伤害钱先生。他们赌咒发誓的说，金三爷崇拜亲家，他们也佩服钱先生的学问、人品和胆识。他们要是找到他，一定不记前仇，好好跟他交朋友。金三得帮忙找人。他们暗示，要是他不肯帮忙——哼！——小心他那三处房产和他的外孙子！

金三爷精明了一辈子，这下子掉进了人家的圈套。他又气又恼，红里透亮的鼻子尖发了紫。哪怕日本人保证不害钱先生，他也不乐意帮着日本人去逮钱先生。

金三琢磨来琢磨去，终于想出了主意。他决定去向钱先生讨教。

上哪儿找钱先生去呢?

他想起了野求。多日不见那瘦猴儿了，他可是很关心钱先生的。

这条路子没走通。野求的街坊说，他们全家都搬得无影无踪，不知道上哪儿去了。

金三爷又想到了瑞宣。

祁家的人，全都侧着耳朵仔细听他说话，都想知道钱少奶奶和她的孩子日子过得怎么样。

金三爷没时间谈他的闺女和外孙子，他单刀直入，打听钱先生住在哪儿。

一起头，瑞宣以为金三爷是惦记钱先生，才这么急着打听他的住处。过了一会儿，他觉着事情有点蹊跷，就盘问起金三爷来。

金三爷很不耐烦，一个劲儿敲他那烟袋锅，拿定主意不吐真情。瑞宣也谨慎小心，什么都不说，憋了半天，金三爷泄了气，拔腿走了。

瑞宣心里犯开了嘀咕。他不明白，为什么金三爷要找钱先生，情况有点儿不妙。他想马上去找钱先生，嘱咐他多加小心;可是反复一想，又怕自己过于大惊小怪。不能听见风就是雨，随便惊扰钱先生。不论怎么说，金三爷总算是钱先生的亲家。

他拿定主意，先别忙，等他向明月和尚交稿的时候，先跟明月商量商量。

金三爷见瑞宣的嘴这么严实，起了疑。他觉着瑞宣准知道钱先生的下落，只不过不肯告诉他罢了。他拿定主意，跟着瑞宣看个究竟。

金三发现瑞宣在个小铺子里跟明月见面，便又盯上了明月，发现了那座小庙。

金三不敢贸然进庙，要是钱先生真的在那儿，他冒冒失失的撞进去，劝亲家跟日本人合作，而钱先生不肯听他的，就会马上换个地方躲起来，那——

再说，要是钱先生不听他的，他能昧着良心叫日本人来逮吗?

他去看瑞宣的时候，看见了小羊圈一号和三号的宅子。他想起了几年前背着钱先生去找冠晓荷的事。难道如今他自己也跟冠晓荷一样了？冠家的人是一群狗，而我金三爷可是黄帝的子孙。

要是钱亲家真的在小庙里，他又不去报告日本人，岂不是就犯了包庇亲戚的罪，不但人受连累，连产业也得玩儿完！

他的良心跟恶念展开了斗争，谁对谁也不肯让步。是万恶的侵略战争，逼得他为了个人的安危，竟想出卖自己的亲戚。

他常在小庙附近徘徊，不敢进去。他想见见他最敬佩的亲家兼朋友，可是，他也怕见了钱先生会挨骂。

他在小庙门外踟蹰不前的时候，有几个人在后面跟着他。他虽然不敢往小庙里进，可是那些人却悄悄的摸了进去。

钱先生被捕了。

九十四

意大利投降了，日本皇家海军打太平洋一点一点往后撤。北平的日本人奉命每人结交十个中国朋友。

小羊圈三号的日本人也出门"交朋友"来了。他们向来不跟左邻右舍的中国人来往，可是现在，就连他们脸上的表情，也得按照上面的命令来一个变化。

四大妈头一个拒绝和他们交朋友。她谁都能爱，就是不能爱那打死她老伴的日本人。虽说打死她老伴的并不是三号的日本人，然而，日本人总归是日本人——她闹不清他们谁是谁，也犯不着去闹清楚。

这位居孀老太太的嘴，可不像个寡妇嘴，什么脏字儿都敢出口。日本人听不懂她用的那些字眼儿，光知道冲她傻笑。

程长顺几乎要跟他外婆吵起来。马寡妇向来不肯得罪人，更不敢得罪日本人。她对他们既恨又怕，人家上门来了，还能不给杯茶喝？总不能把人家撵出去吧。然而，长顺决定把门插上，不招待这种"朋友"。

小羊圈的人觉着，一边儿杀人，一边儿交朋友，简直是莫名其妙，叫人恶心。大家都不约而同的不理那些日本人。

只有丁约翰例外。

其实，他在英国府当差那会儿，最瞧不起的就是日本人。如今长期失业在家，回英国府的希望越来越渺茫了。得早日改换门庭，另找洋主子才好。他已经当惯了洋奴。

一当上里长，他就施展手段，弄了点煤来。有了煤，他每天就能多少有点进项。他在院子里点了个小煤炉卖火。没钱自家起火的街坊，可以到他这儿来烧点儿茶水，做点吃的。他盯着他那只大钟，按钟点收钱。

三号的日本人不明白，中国人为什么这么不通人情、不讲道理、不友好。他们走了一遭，只有丁约翰一个人来回拜，还把他们高兴得不得了。他们怕要是连一个朋友也交不上，就该挨罚了。他们原打算去访问一号那位老婆婆，问问她跟街坊和睦相处有什么诀窍。老婆婆要是不肯说实话，就吓唬她一气，要不然编个罪名暗害她。幸而里长丁约翰知趣，肯跟他们交朋友。那就得牢牢地抓住他，施展侵略者惯用的伎俩，像蚕吃桑叶一样，把一家一家人通通攥到手里。

丁约翰跟所有的洋奴一样，恨不得人人是洋奴，而由他当奴才总管。他在三号跟日本人吹牛说："我是里长，能下命令叫他们跟你们交朋友。"走出三号大门，丁约翰就挺胸凸肚，那副神气劲儿，几乎跟他在英国府当差的时候差不多。

他去找白巡长，干脆给白巡长下了命令，叫他帮着通知街坊们，好好跟日本人交朋友。

白巡长是个讲究实际的人，通情达理。他一向精明能干，也会见风使舵。然而他不能因此就不爱国，不爱自己的同胞。他不同意丁约翰那一套。

"哼，"他对丁约翰说，"日本人跟咱们交朋友？岂不是黄鼠狼给鸡拜年？"

丁约翰恼了。他是几百年来民族自卑的产儿，是靠呼吸带着国耻味儿的空气长大的。他的最高理想就是求外国人高抬贵手，不打他，让他好好当洋奴。在他想来，日本人能打败英国佬，而中国一定打不过日本。即使日本人不幸败了，英国和美国也会卷土重来，再当他的主子。唯独中国人挺不起腰杆，不能跟英国人和美国人平起平坐。他不乐意再跟白巡长多废话。

丁约翰找上了瑞宣。瑞宣吃过英国府的洋面包，一定能够明白他的意思。

要是早先，瑞宣没准儿会笑上一笑，说两句俏皮话把丁约翰打发走。可是而今，他决不肯放过进行宣传的任何机会。他不管丁约翰懂不懂，也不管他爱不爱听，详详细细对他讲开了世界大势，末了告诉丁约翰："白巡长和街坊们做得对，错的是你。"

丁约翰把瑞宣的话仔仔细细琢磨了一番，不禁恍然大悟："哦，这下子我明白了。英国和美国一定会赢，你我就都可以回英国府去做事了。那才好呢，好极了。"

瑞宣真想啐他一口，可又忍住了。"你又错了。咱们谁也甭靠，自己当家做主人。"

丁约翰没再言语，客客气气告辞了。他不明白瑞宣说的是什么意思。

他又到三号去，告诉日本人说白巡长不乐意合作。他并没成心背地里给白巡长使坏，可他得让日本人知道知道，他是真想帮他们拉朋友的。要是不幸日本人恨上了白巡长，他也没辙。

日本人果然恨上了白巡长，他们的仇恨比友情来得快。

他们没把这件小事拿去惊动他们的长官，而是给白巡长的上司写了封信，说他玩忽职守。这位上司当然是中国人。

白巡长的上司怕丢差事，怕饿死。为了保饭碗，不敢护着白巡长，撤了他的差。

白巡长的好日子真是走到了头。他有经验，有主张，受街坊邻居爱戴。然而，他没有积蓄，没有前途。他一辈子没攒下一个钱。哼，要是他再滑一点，连蒙带骗，常常使点坏心眼，在这么个兵荒马乱的年月，就不说飞黄腾达吧，总不至于丢差事。

好吧，既然好心没好报，干脆就杀人放火去！日本人杀人放火，倒成了北平的主人！他决心要杀丁约翰。杀人是善是恶，有谁来管？战争最大的教训，就是教那些从来没有杀过人的人去杀人。

再一想——既杀，何不杀日本人？

他没跟家里人提丢了差事，把菜刀往棉袄里一掖，走出了门。

他往小羊圈走。每条胡同里都住的有日本人。可是，他不加思索，出于习惯，走到了小羊圈。他最熟悉这里。在背后使坏的准是住在三号的日本人。好——先拿他们开开刀。

他的长脸煞白，一脑门汗珠；背挺得笔直，眼睛直勾勾朝前看，可什么也看不见。他已经不是白巡长，而是阴风惨惨、五六尺高的一个追命鬼！他已经无所谓过去，也无所谓将来，无所谓滑头，也无所谓老实。他万念俱灰，只想拿一把菜刀深深的砍进仇人的肉里，然后自己一抹脖子了事。

走到三号的影壁跟前，他颓然站住，仿佛猛的苏醒过来。他安分守己过了一辈子，如今，难道真的要去杀人么？迷迷糊糊的，他站在那儿发愣。

迎面来了瑞宣。

一见瑞宣，白巡长的杀人念头忽然消散了一多半。他耷拉下肩膀，手脚瑟瑟的哆嗦起来。

"怎么啦，白巡长？"瑞宣问道。

白巡长伸手摸了摸怀里的菜刀，仿佛怕瑞宣搜他。

瑞宣明白，准是出了事。他拉着白巡长的胳臂说："来，上我屋里待会儿。"

白巡长不知道怎么是好，被瑞宣拽着朝家走。一进大门，他把杀人的念头摆在一边，恢复了彬彬有礼的态度："祁先生，我——我不进去了。"他真的不想进屋去跟瑞宣说话。他觉着，杀人，哪怕是杀一个害他丢了差事的日本人，也是一件见不得人的事情。

瑞宣看出白巡长心里有事，"你要是不乐意上屋里去，咱们就在这儿聊聊。"说着，就把院门掩上了。

白巡长悔恨自己竟然起了杀人的念头，也埋怨自己勇气不足，下不去手。他只好把心事抖搂出来，让瑞宣给拿个主意。于是，急急忙忙，一五一十的把事情告诉了瑞宣。

瑞宣听了他的话，半天没言语。白巡长的遭遇就是许多许多北平人的遭遇；他的话也说出了大家的心思。老百姓是不甘心受日本人奴役的，他们要反抗。可是几千年来形成的和平、守法思想，束缚了他们的手脚，使他们力不从心。

瑞宣理解白巡长的心情，劝他不必单枪匹马去杀日本人，最好是跟大家同心合力，做点地下工作。能不能跟白巡长提钱先生和老三呢？他思忖再三，觉得还是应该多加小心，开头只说自个儿，不提钱先生和老三。

瑞宣试着步儿慢慢地说，白巡长听得很仔细。他听了一会儿，打断了瑞宣的话："祁先生，你要说什么——就痛痛快快说吧。我不会去当走狗，出卖朋友。我没了生路，只想宰他几个日本人，然后一抹脖子了事。不能为了几块钱出卖朋友。你要不信，我可以起誓。"

瑞宣心里一块石头落了地，跟他说了实话，"白巡长，咱俩能做的事儿，理当比钱先生还多。钱先生能做到，咱俩为什么做不到？干吧！怎么样？我知道你没了进项，没了活路，那好办。但凡我有的，就有你一份，这不在下。没准儿老三也能帮你拿点主意。咱们今天一块干，明儿个要是给逮起来，可不能做孬种。古人说过，人生自古谁无死，留取丹心照汉青嘛。"

"你说得有理。让我先干点儿什么好呢？"白巡长毫不犹豫地说。

"我跟钱先生和老三已经多日不见了，我不能上那小庙里去，我怀疑金三。那天他忽然跑来看我，到底是什么意思？要是钱先生又让人给逮了去，日本人准会把明月留在庙里当诱饵，好逮老三和别的人。我上那儿去很不方便，你敢不敢去走一趟？"

"瞧，这不是，"白巡长惨笑了一下，打大襟里把菜刀掏了出来，"我原本就想拼了，还有什么不敢的呢？"

"用不着拿菜刀，"瑞宣也笑了，"你上庙里去最合式。你有眼力，一眼就能看得出来到底该不该进去。明月和尚不认识你，这又是个好条件。你们俩谁也不认识谁，见了面不会在无意之间露出点什么破绽让人家发现。该不该往庙里进，你到那儿掂量着办。你要是真的进了庙里，千万可别跟和尚说话。得假装求神讨签，还得装得真像那么回事。先到佛前磕个头，祷告祷告，说你丢了差事，问问前途凶吉。等你摇出签来，到佛龛上去拿签帖的时候，记住一定要拿最下面的那一张。那上头写着咱们要知道的事儿。有了那张帖儿，老三的下落也就有了。还有……你拿到那张帖儿，千万别直接给我送来。我到白塔寺庙会上去见你。得找个人多的地方见面，比如说，那些变戏法的，卖估衣的地方，得找这样的地方。"

"这事儿我能办。"白巡长高兴起来。

"我知道你必能办到。还有，你得做点儿小买卖什么的，哪怕是卖点儿花生呢，也好。这么着，丁约翰就不会怀疑你。你得常去他那儿走走，跟他聊聊天，恭维恭维他的基督精神。一句话，你得哄着他点儿，别让他再怀疑你，跑去报告。"

"好吧，祁先生，我又活了，哪怕过两天就得去死呢，我也感你的恩。"白巡长藏起刀，伸手要开街门，准备出去。

"你要是让人逮住，哪怕粉身碎骨，也不能连累别人。"瑞宣又低声告诫他。

白巡长点了点头，而后打开了街门。他把菜刀送回家，一径上了小庙。

他耷拉着脑袋走近小庙，打眼角往四下里瞅。庙门开着，院子里、佛堂里都没个人影儿。他走到庙门旁边，想买股香拿着，像个求神讨签的样子。

忽然瞧见金三爷在庙门外不远的地方蹲着。他认得金三的红鼻子和大方脑袋。他咳了一声，金三一下子蹦了起来。白巡长挺神气地笑了笑，说："混得不错吧，金三爷？"他态度亲切，丝毫不显莽撞，只有当过多年警察的人，才能做得这么自然。

"怎么啦？您是谁？"金三不知所措了。

"不记得我啦？"白巡长做得像个老相识，"我姓白，家离小羊圈不远。"

小羊圈三个字，像把刀子捅进了金三的心窝儿。

白巡长往西头走，金三不知不觉地也跟着他走了过去。

金三的鼻子还是那么红，可是不亮了；原来油光锃亮的脑门发了暗，有了深深的纹路。眼皮红红的，像好多天没睡觉似的。鞋上、肩膀上、裤子上都蒙了厚厚一层灰，仿佛他在街上已经站了好几天。"找个地方坐坐。"白巡长说。

金三点了点他那四方脑袋："嗯！"刚一坐下，金三就开了话匣子，仿佛他心里憋了一肚子话，正等着机会蹦出来。哪怕来条狗冲他摇摇尾巴呢，他也会把心里话跟它说一说。"亲家，我那亲家，让人逮去了。"他没头没脑地说起来。

"钱先生？"白巡长说着，想起了七年前抓钱先生那会儿的事，"您怎么知道的？"

"是他们告诉我的——他们日本人。哎，这一回我真是造了孽了！为了保住我的产业，好让我闺女和外孙有口吃喝，我跟日本人去攀交情。结果呢，我只在庙门口张望了一下，他们就摸进庙里，偷偷把我亲家绑走了。而后，他们又哄我说，别发愁，亏待不了他。哼，七年前，日本人差点没把他的脊梁骨给打折了。我不是人，我没脸回家去见外孙子。我把他爷爷送进了虎口——还有什么脸去见那孩子？"金三说了又说，想把憋在心里的苦闷一气儿抖搂出来。

"得想个法子搭救钱先生。"白巡长说着，指望金三能琢磨出点主意来。

"救他？那是当然。"金三打衣襟底下掏出一沓子票子，"我带了钱来，一个劲儿在这儿转悠，想把亲家赎出来。要是这些钱还不够，我可以卖房子，我舍得花钱。钱、房子算什么！不管怎么为难，我也得见上亲家一面，告诉他我是个混蛋，简直不是人。我知道，跟他一说，他明白了，一定饶了我。

他是个有学问的人，通情达理。要是他们把他打死了，没能当面跟他说清楚，我在九泉之下可怎么跟他见面呢。我在棺材里都不得消停。帮兄弟一把吧，帮兄弟一把——可怜可怜我吧。"

"我当然要帮忙。"

"怎么个帮法呢？"金三乐意给钱，可是他得先知道，这笔钱究竟用在什么地方。

"得先找到钱先生的朋友，然后，再一块儿想办法救他。"

"上哪儿打听去呢？"

"上那小庙里去。"

"好，我去！"金三说着，站了起来。

"等会儿，"白巡长也站了起来，拦往金三，"我去，您站在远处瞅着点儿。万一我被他们逮了去，您就带个信儿给瑞宣。"

"好吧。"金三脸上有了点血色。虽说救钱先生的事儿八字还没有一撇儿，可他总算有了指望。他给了白巡长几张票子。"拿着，你要是不肯收，我就是狗养的。你这是为我的亲家办事，我不能让你自个儿掏钱买吃喝。"

<h3 style="text-align:center">九十五</h3>

钱少奶奶双手托腮，坐在门口的台阶上。不过是几个钟头以前的事情，她却仿佛已经记不清楚了。她费尽心思想了又想，结结巴巴地说："他说是出去买点儿零嘴……"

"后来呢？快说呀！"金三爷不耐烦起来。

"出去了——半天没回来。"

"你干吗让他自个儿出去？"

她不想分辩："我以为他在大门里边吃边玩呢。过了一会儿，我有点不放心，跑出来瞧。他没在，我到大街上去找他，找了又找，喊了又喊，"她又低下了头。

金三爷也在台阶上坐了下来。他忍住气，静下心来思索。想了半天，把几天来的事儿跟闺女说了一遍，说不定从这些乱七八糟的事情里能看出点眉目，找出丢孩子的原因来。

钱少奶奶听爸爸这么一说，噌的一下站了起来。"准是让日本鬼子给偷去了！"

"日本鬼子？"

"他们把我公公逮去了，又把我儿子偷走了。老爷子就是铁打的心肠，见孩子受委屈也得心软，只好叫说什么就说什么了。他们会把我那孩子折磨死！您倒好——为了三所房子，绝了钱家的后！"

金三一句话也说不出来。他筋疲力尽，又气又羞，迷迷糊糊冲着院墙发愣。

第二天，白巡长来了。他告诉金三，钱先生果真下了牢，不过还没有受刑。

这是从小庙里拿来的签帖上得来的消息。还有些别的话，他不能都告诉金三。

"哦——他没受刑？"金三露出了笑脸。

"哼——日本鬼子马上就要完蛋，不敢乱来了。他妈的——都是些欺软怕硬的东西！"

"可我的外孙子丢了。"金三又没了笑意。

"丢了？"白巡长愣住了。

"丢了。"

"也是日本人干的？"

金三无话可答。他只想抽自己的嘴巴，可他的胳臂沉得举不起来。呆呆的，他坐了好一阵，然后问道："您能给打听打听吗？"

白巡长知道自己没处可打听去，而又不愿意把话说死，让金三绝望。"我试试，尽力而为吧！"

白巡长走了。他知道金家这场祸事不小，自己无能为力。还是忙自个儿的事情为妙。瑞宣和他已经把签儿上的意思弄明白了：

第一，钱先生下了牢，不过还没有受刑，日本人想拉拢他；

第二，明月和尚目前不便多活动，老有特务盯着；

第三，瑞全的工作重点在城外，不能常回北平来；

第四，瑞宣应当接替钱先生，当好地下报刊的编辑，想法把稿件送出城去。得找个腿脚利索的人。

瑞宣乐意当编辑，而白巡长也乐意跑腿。他俩都知道这个事弄不好就会掉脑袋，不过两人都毫不迟疑的把担子担了起来。俩人冲着签儿出了一会儿神，又相对笑了一笑，仿佛在说："要是非死不可，这么着去死最痛快，也最值。"

白巡长每天把稿件送出城去，而后带回报纸来。他化装成做小买卖的，天天走不同的路线。

他常上小羊圈来，却不是找瑞宣。他和瑞宣商量好，不在小羊圈附近碰头。他每次上小羊圈，都是找丁约翰。他跟丁约翰絮叨他的买卖、他的难处，还有别的鸡毛蒜皮的事儿，好让丁约翰不怀疑他。只要丁约翰不怀疑他，小羊圈就没别人会造他的谣。

钱少奶奶天天上街找儿子。她的生命分了两半儿，一半已经死去，另一半还活着。她跟死人一样不吃不喝，不管家务。只有当她跑遍全城，呼唤儿子的时候，才有了生命。她四下奔走，只要看见跟她儿子身量相仿的孩子，马上跑过去看个仔细，常常吓孩子一大跳。一看不是儿子，她一声不出，极轻的在孩子头上拍一拍就走开了。

一天找下来，累得浑身都散了架，任凭两条腿把她拖回家去。她不跟爸爸说话，好像他已经不是她爸爸了。到了夜里，她跪在院子里祷告："孩子他爹，保佑保佑你那儿子吧。"她只会说这一句，反反复复，说了又说。

金三时常把他那大拳头攥得紧紧的，攥得骨节格格发响。他雇了些人来帮他找孩子。那些雇来的人敲着铜锣，大声吆喝着走遍大街小巷。他还叫人写了许多寻人启事，到城里各处去张贴。

日本人对他说，钱先生在狱里很受优待，叫他别担心。日本人还说，他和他闺女最好一起写封信，劝钱先生别固执。只要钱先生肯跟日本人合作，不但钱先生能做大官，连他金三也能得着好处。

金三打听外孙子的下落。日本人只微微一笑，不搭茬。他明白孩子八成是让日本人给弄了去了，钱先生若是不答应他们的条件，他们就要对孩子下毒手。金三只好答应给钱先生写信。要是信能起作用，孩子目前也许不至于遭罪。他求人写了封信，交给了日本人。

信一送出去，他后了悔。他知道亲家的脾气多硬、多偏。要是钱先生见信后还不肯跟日本人合作，那金三不就是把孩子往死里送了吗？

他又去求日本人让他见见钱先生。他想，只要见了亲家的面，他就可以把一切都说清楚，求得原谅；然而日本人一个劲儿地摇头。

九十六

德国无条件投降了。

北平的报纸不敢议论德国投降的原因，竭力转移人们的注意力，大讲皇军要作战到底，哪怕盟军打到日本本土，也决不屈服。这种"圣战"的滥调天天都在弹，弹了又弹。

住在北平的日本人使出全身解数，要跟中国人交朋友。他们如今这样做并不是秉承了上司的旨意，而是自个儿的主张。有的日本人死皮赖脸地巴结着要跟中国人拜把兄弟，有的认个北平的老太太当"干娘"。

在这么个时候，日本军方也不得不表示宽容，把一些还没有死利落的犯人放了出去。他们还打监牢里挑出几个没打折骨头的败类，要他们写悔过书，然后打发他们去内地探听和平的消息，散布和平的谣言，说："皇军是爱好和平的，如果中日两国立即缔和，携起手来对英美作战，岂不大大的好？"

日本人以外，最着忙的是汉奸。他们最会见风使舵。德国一投降，他们就乱了营。有的宣布跟老婆离婚，万一自个儿难逃法网，起码老婆孩子的产业能保住。有的偷偷把孩子送往内地，脚踩两只船，好减轻自己卖国的罪责。有的把亲友送到内地工作，用"曲线救国"的鬼话，掩盖他们附逆投降的丑行。

就说小羊圈吧，教育局的牛局长住在门口有四棵大柳树的宅院里，从来不承认自己是汉奸，这下子也沉不住气了。他不能再埋头于书堆和实验仪器之间，想偷偷溜出北平。他只走到前门车站，就让日本人抓了回来，下了牢。

仗着这一阵宽容之风，说相声的黑毛儿方六也打牢里放了出来。

小羊圈的街坊邻居，对牛局长的被捕，毫不理会，对方六的出狱，却大为轰动。大家一窝蜂把方六围上，七嘴八舌地给他压惊。虽说他被捕的时候大家没勇气联名保他，可是他出来了，大家决不能冷落了他。

方六已经不是早先大家熟悉的方六了。他下过牢，见识过死亡和刑罚，已经不会说说笑笑了。

为了挣钱吃饭，他很快又说上了相声，可是，来来去去，总是耷拉着脑袋。他不能回电台，茶馆也不肯再雇他。他只能到天桥和东西两庙去撂地，挣几个铜子儿。

不论是在天桥，还是在别的什么地方，他总能运用最尖刻的语言来宣泄胸中的愤恨。他不光会逗哏，还会见景生情，把时事材料"现挂"到相声段子里去，激发听众的爱国情怀。

他能用隐语和冷嘲热讽，引起听众的共鸣。他每次说相声，里三层，外三层，人挤得水泄不通。能激起人们的仇恨、给人以力量的相声，的确很受欢迎。他还常去找瑞宣，要他给解释报上的新名词儿，讲讲他看不懂的新闻。

瑞宣乐意当义务教员，可是不让方六常上门来。最好是趁瑞宣上下班的时候，在街上碰头，利用走道的时候说说话。瑞宣已经接替钱先生，负责编辑地下报刊，所以得加倍小心。要是方六到家里来，让丁约翰碰上，就许出事儿。

瑞宣喜欢方六，讨厌丁约翰。丁约翰自从知道了德国投降的消息以后，就常来看瑞宣。瑞宣最怕他碰上自己在写稿子，然而又不敢不让他来，只好推说太忙。

在丁约翰看来，德国必是英国给打败的。他对国际事务的知识很欠缺，然而又自有他的一孔之见。

除了英国，丁约翰最佩服的就数德国。他佩服德国人，主要原因恐怕跟德国制造的自行车和化学染料有关系。他在言谈之中总爱说上一句："英国货而外，德国牌子最靠得住。"他说这话，为的是显摆他也懂得国际上的事。提到德国，他必定要在前边儿加个"老"字，仿佛他和德国早就是街坊老邻了。

丁约翰不能不跟瑞宣维持着交情，那是他的老本儿！要是英国府又重打鼓另开张，而瑞宣跑去诉说，他跟日本人有过一手——那他还受得了？

他跟瑞宣讲英国如何了不起，比德国强大得多。他还想引出瑞宣的看法，直问："要是日本也战败了，我们是不是应当把北平所有的日本人都杀了呢？"

瑞宣一声不吭，恨不得一脚把丁约翰踢出门去。

丁约翰见瑞宣不言语，以为自己说对了，很快又补了一句："我在小羊圈，大小也算个里长，走着瞧吧。我要不给一号和三号那些人点颜色看看，才怪呢。祁先生，您可是亲眼看见的，我自始至终都是英国府的人。等富善先生回来，我还回去伺候他老人家。您说是不是？"

瑞宣明白他要是说一声"是"，丁约翰就会点头哈腰求瑞宣照应，好像他回不回得去英国府，全仗着瑞宣一句话；而要是说声"不"呢，丁约翰又会絮絮叨叨要他给说个明白。他绝不想跟这么个走狗多废话。

程长顺给瑞宣带了个消息来。他说日本人开始卖东西了。长顺不乐意跟日本人做买卖，没跟他们买什么。可是他们招揽过他，别的打鼓儿的也真的买过日本人的东西。"祁先生，这么说日本鬼子真的快完蛋了。他们忙着要把零碎东西卖掉，换点现钱好回日本去。"

瑞宣认为长顺说得不错。

"祁先生，您注意到没有，打从德国投了降，"长顺嗅着鼻子说，"日本人就改了样。直冲咱们鞠躬、赔笑。您瞧，三号老关着大门，好像怕人家进去宰了他们。"

有一天，瑞宣意外地收到一封信，虽说署的是假名，可他一眼就看出是老三的笔迹。他奇怪，老三居然敢直接把信寄到家里来。以往老三的信总是通过秘密渠道送来，从来不经过邮局。

才读了几行，他就放了心。就是碰上检查，这么一封信也挑不出毛病来。

"我在落马湖见着胖嫂，她带的东西都给没收了，只好卖她那身胖肉度日。她长了一身烂疮，手指头缝都流着脓。我不可怜她，也犯不着去骂她，她会烂死在这儿。"

瑞宣知道胖嫂指的就是胖菊子，虽说他不知道落马湖在哪儿，从字里行间可以看出那不是个体面地方。他问方六，方六告诉他，那是天津最下等的窑子窝儿。

北平的日本人忙于认干娘，卖东西，在日本的中国人却千方百计找路子回中国。日本本土给轰炸得很厉害，在日本的中国人，不论是汉奸，还是留学的学生，都怕葬身日本，怕破财。见了炸弹，他们就想起祖国来了。

在北平，原来削尖脑袋钻着想去日本的人，也怕到日本去出差，开会了。他们能推就推，能赖就赖，想方设法，就是不去。性命最要紧，不能上那弹如雨下的地方去找死。

唯独蓝东阳还是一心一意想去日本。他病了好长时间。在他生病期间，一个日本大夫、一个日本护士看守着他，日本大夫是军方派来的，有生杀大权。要是蓝东阳在说胡话的时候说上一两句不满意日本人的话，大夫就会喂他点儿毒药，叫他两眼扯得上去再也落不下来。可东阳就是在烧得说胡话的时候，都在喊"天皇万岁！"大夫护士受了感动，很替他向上美言了一番，夸他是个最最忠于天皇的中国人。他们小心翼翼地看护他，尽了一切力量治好他。他全身每一处都用X光拍了照，片子送回日本作科研材料，看看他的心、肝、脑子和肺有些什么特殊构造，怎么能这么效忠于日本。

东阳还是怕瑞全的子弹会送他的命。病一好，他立时想到日本去，躲开瑞全的枪子儿。

因为病，他那新民会处长的职务已经给了别人。他对这倒无所谓，因为日本大夫和护士都告诉过他，要是上日本去，做的官还要大，他们的话还能不信？

牛局长被捕，教育局的局长出了缺。日本人想起了蓝东阳。他是他们忠顺的奴才、驯服的狗。他有功绩纪录在案，绝对可靠。

是呀，东阳乐意当教育局长。不过他得先上一趟日本，名义上是考察日本的教育。要是他去了日本，而瑞全又给抓起来杀了，他岂不就可以放心大胆的回来，太太平平的当他的局长了吗？再说，没准儿，他在日本兴许还能弄个日本老婆呢，那他岂不就成了日本的皇家女婿啦？

蓝东阳上了日本。

去给他送行的人都扑了空，因为他化了装，由两个便衣保护着，夜里悄悄离开了北平。他怕上了火车站，让一大群人闹哄哄地围着，瑞全一下子就会认出他来，给他一枪。

那些买了礼物准备给他送行的人，在他走了以后，都叹着气，面面相觑地说："还是人家蓝东阳厉害！日本天天挨炸，他倒还敢往那儿跑。哼，瞧瞧咱们吧，咱们是又想吃，又怕烫。像咱们这样儿的，一辈子也发不了。"他们万万没有想到，东阳到日本是有去无回，连块尸骨都找不着了！

蓝东阳和中华民族五千年的文化毫不相干。他的狡猾和残忍是地道的野蛮。他属于人吃人、狗咬狗的蛮荒时代。日本军阀发动侵略战争，正好用上他那狗咬狗的哲学，他也因之越爬越高。他和日本军阀一样，说人话，披人皮，没有人性，只有狡猾和残忍的兽性。

他从来不考虑世界应该是什么样子，他不过是只苍蝇——吸了一滴血，或者吃块粪便，就心满意足。世界跟他没关系，只要有一口臭肉可吃，世界就是美好的。他从来没琢磨过没有枪炮、炸弹，没有仗打的世界是个什么样子；所以他也就不必去想这个世界上该不该有枪炮、炸弹，该不该打仗。

科学突飞猛进，发明了原子弹。发现原子能而首先应用于战争，这是人类的最大耻辱。由于人类的这一耻辱，蓝东阳碰上了比他自己还要狡诈和残忍的死亡武器。他没能看到新时代的开端，而只能在旧时代——那人吃人、狗咬狗的旧时代里，给炸得粉身碎骨。

九十七

如果孩子的眼睛能够反映战争的恐怖，那么妞子的眼睛里就有。

因为饿，她已经没有力气跑跑跳跳。她的脖子极细，因而显得很长。尽管脸上已经没有多少肉，这又细又长的脖子却还支撑不起她那小脑袋。她衣服陈旧，又太短，然而瞧着却很宽松，因为她瘦得只剩了一把骨头。看起来，她已经半死不活了。

她说不吃共和面的时候，那眼神仿佛是在对家里人说，她那小生命也自有它的尊严：她不愿意吃那连猪狗都不肯进嘴的东西。她既已拿定主意，就决不动摇。谁也没法强迫她，谁也不会为了这个而忍心骂她。她眼睛里的愤怒，好像代表大家表达了对侵略战争的憎恨。

发完了脾气，她就半睁半闭着小眼，偷偷瞟家里的人，仿佛是在道歉，求大家原谅她，她不会说："眼下这么艰难，我不该发脾气。"她的眼神里确实有这个意思。然后，她就慢慢闭上眼睛，把所有的痛苦都埋在她那小小的心里。

虽说是闭上了眼，她可知道，大人常常走过来看她，悄悄的叹上一口气。她知道大人都可怜她、爱她，所以她拼命忍住不哭。她得忍受痛苦。战争教会她如何忍受痛苦。

她会闭上眼打个小盹，等她再睁开眼来，就硬挤出一丝笑容。她眨巴着小眼，自个儿骗自个儿——妞妞乖，睁眼就知道笑。她招得大家伙儿都爱她。

要是碰巧大人弄到了点儿吃食给她，她就把眼睛睁得大大的，以为有了这点儿吃的，就能活下去了。她的眼睛亮了起来，仿佛她要唱歌——要赞美生活。

吃完东西，她的眼睛像久雨放晴的太阳那样明亮，好像在说："我的要求并不多，哪怕吃这么一小点儿，我也能快乐地活下去。"这时候，她能记起奶奶讲给她听的故事。

然而她眼睛里的笑意很快就消失了。她没吃够，还想吃。那块瓜，或者那个烧饼，实在太小了。为什么只能吃那么一丁点儿呢？为什么？可是她不问。她知道哥哥小顺儿就连这一小块瓜也还吃不上呢。

瑞宣不敢看他的小女儿。英美的海军快攻到日本本土了，他知道，东方战神不久也会跟德国、意大利一样无条件投降。该高兴起来了。然而，要是连自己的小闺女都救不了，就是战胜了日本，又怎么高兴得起来呢？人死不能复生，小妞子犯了什么罪，为什么要落得这么个下场？

祁老人，现在什么事都没有力气去照应，不过还是挣扎着关心妞妞。最老的和最小的总是心连心的。每当韵梅弄了点比共和面强的吃食给他，老人看都不看就说："给妞子吃，我已经活够了，妞子她——"接着就长叹一口气。他明白妞子就是吃了这口东西，也不见得会壮起来。他想起死了的儿子，和两个失了踪的孙子。要是四世同堂最幼小的一代出了问题，那可怎么好！他晚上睡不着的时候，老是祷告："老天爷呀，把我收回去，收回去吧，可是千万要把妞子留给祁家呀！"

韵梅那双做母亲的眼睛早就看出了危险，然而她只能低声叹息，不敢惊动老人。她会故意做出满不在乎的样子说："没事儿，没事儿，丫头片子，命硬！"

话是这么说，可她心里比谁都难过。妞子是她的闺女。在她长远的打算里，妞子是她一切希望的中心。她闭上眼就能看见妞子长大成人，变成个漂亮姑娘，出门子，生儿育女——而她自个儿当然就是既有身分又有地位的姥姥。

小顺儿当然是个重要的人物。从传宗接代的观点看，他继承了祁家的香烟。可他是个男孩子，韵梅没法设身处地仔细替他盘算。妞子是个姑娘，韵梅能根据自己的经验为妞子的将来好好安排安排。母女得相依为命哪。

妞子会死，这她连想都不敢想。说真的，要是妞子死了，韵梅也就死了半截了。说一句大不孝的话吧——即使祁老人死了，天佑太太死了，妞子也必须活下去。老人如同秋天的叶子——时候一到，就得落下来，妞子还是一朵含苞未放的鲜花儿呢。韵梅很想把她搂在怀里，仿佛她还只有两三个月大。在她抚弄妞子的小手小脚丫的时候，她真恨不得妞子再变成个吃奶的小孩子。

妞子总是跟着奶奶。那一老一少向来形影不离。要是不照看、不哄着妞子，奶奶活着就一点儿用处也没有了。韵梅没法让妞子离开奶奶。有的时候，她真的妒忌起来，恨不得马上把妞子从天佑太太那儿夺过来，可她没那么办。她知道，婆婆没闺女，妞子既是孙女，又是闺女。韵梅劝慰婆婆："妞子没什么大不了的，没有大病。"仿佛妞子只是婆婆的孙女，而不是她身上掉下来的肉。

当这条小生命在生死之间徘徊的时候，瑞宣打老三那儿得到了许多好消息，作为撰稿的材料，且用不完呢。美国的第三舰队已经在攻东京湾了，苏美英缔结了波茨坦协定，第一颗原子弹也已经在广岛投下。

天很热。瑞宣一天到晚汗流浃背，忙着选稿，编辑、收发稿件。他外表虽然从容，可眼睛放光，心也跳得更快了。他忘了自己身体软弱，只觉得精力无限，一刻也不肯休息。他想纵声歌唱，庆祝人类最大悲剧的结束。

他不但报导胜利的消息，还要撰写对于将来的展望。经过这一番血的教训，但愿谁也别再使用武力。不过他并没有把这意思写出来。地下报刊篇幅太小，写不下这么多东西。

于是他在教室里向学生倾诉自己的希望。人类成了武器的奴隶，没有出息。好在人类也会冷静下来，结束战争，缔结和议。要是大家都裁减军备，不再当武器的奴隶，和平就有指望了。

然而一见妞子，他的心就凉了。妞子不容许他对明天抱有希望。他心里直祷告："胜利就在眼前，妞子，你可不能死！再坚持半年，一个月，也许只要十天——小妞子呀，你就会看见和平了。"

祈求也是枉然，胜利救不了小妞子。胜利是战争的结束，然而却无法起死回生，也无法使濒于死亡的人不死。

当妞子实在没有东西可吃，而只能咽一口共和面的时候，她就拿水或者汤把它冲下肚里去。共和面里的砂子、谷壳卡在阑尾里，引起了急性阑尾炎。

她肚子阵阵绞痛，仿佛八年来漫长的战争痛苦都集中到这一点上了，痛得她蜷缩成一团，浑身冒冷汗，旧裤子、小褂都湿透了。她尖声叫喊，嘴唇发紫，眼珠直往上翻。

全家都围了来，谁也不知道该怎么办。打仗的年头，谁也想不出好办法。

祁老人一见妞子挺直身子不动了，就大声喊起来："妞子，乖乖，醒醒，妞子，醒醒呀！"

妞子的两条小瘦腿，细得跟高粱杆似的，直直地伸着。天佑太太和韵梅都冲过去抢她，韵梅让奶奶占了先。天佑太太把孙女抱在怀里不住地叫："妞子，妞子！"小妞子筋疲力竭，只有喘气的份儿。

"我去请大夫！"瑞宣好像大梦初醒，跳起来就往门外奔。

又是一阵绞痛，小妞子在奶奶怀里抽搐，用完了她最后一点力气。天佑太太抱不动她，把她放回到床上。

妞子那衰弱的小身体抗不住疾病的折磨，几度抽搐，她就两眼往上一翻，不再动了。

天佑太太把手放在妞子唇边试了试，没气儿了。妞子不再睁开眼睛瞧奶奶，也不再用她那小甜嗓儿叫"妈"了。

天佑太太出了一身冷汗，伸出去的手停在半空。她动不了，也哭不出。她迷迷糊糊站在小床前，脑子发木，心似刀绞，连哭都不知道哭了。

一见妞子不动了，韵梅扑在小女儿身上，把那木然不动、被汗水和泪水浸湿了的小身子紧紧抱住。她哭不出来，只用腮帮子挨着小妞子的胸脯，发狂地喊："妞子，我的肉呀，我的妞子呀！"小顺儿大声哭了起来。

祁老人浑身颤抖，摸摸索索坐倒在一把椅子里，低下了头。屋子里只有韵梅的喊声和小顺儿的哭声。

老人低头坐了许久，许久，而后突然站了起来，他慢慢地，可是坚决地走向小床，搬着韵梅的肩头，想把她拉开。

韵梅把妞子抱得更紧了。妞子是她身上掉下来的肉，她恨不得再和小女儿合为一体。

祁老人有点发急，带着恳求的口吻说："一边去，一边去。"

韵梅听了爷爷的话，发狂地叫起来："您要干什么呀？"

老人又伸手去拽她，韵梅一屁股坐在了地上，老人抱起小妞子，一面叫："妞子，"一面慢慢往门外走。"妞子，跟你太爷爷来。"妞子不答应，她的小腿随着老人的步子微微地摇晃。

老人踉踉跄跄地抱着妞子走到院里，一脑门儿都是汗。他的小褂只扣上了两个扣，露出了硬绷绷干瘪瘪的胸膛。他在台阶下站定，大口喘着气，好像害怕自己会忘了要干什么。他把妞子抱得更紧了，不住的低声呼唤："妞子，妞子，跟我来呀，跟我来！"

老人一声声低唤，叫得天佑太太也跟着走了出来。直愣愣的，她朝前瞅着，僵尸一样痴痴地走在老人后面，仿佛老人叫的不是妞子，而是她。

韵梅的呼号和小顺儿的哭声惊动来了不少街坊。

丁约翰是里长，站在头里。从他那神气看来，到了该说话的时候，他当然是头一个张嘴。

四大妈的眼睛快瞎了，可她那乐于助人的热心肠，诚恳待人的亲切态度，还和往日一样。她拄着一根拐棍儿，忙着想帮一把手，好像自从"老东西"死了以后，她就得独自个承担起帮助四邻的责任来了。

程长顺抱着小凯，站在四大妈背后。他如今看着像个中年人了。小凯子虽说不很胖，可模样挺周正。

马老寡妇没走进门来。祁家的人为什么忽而一齐放声大哭起来，她放心不下。然而她还是站在大门外头，耐心等着长顺出来，把一切告诉她。

相声方六和许多别的人，都静悄悄站在院子里。

祁老人迈着坚定的步子，走得非常慢。他怕摔，两条腿左一拐、右一拐地，快不了。

瑞宣领着大夫忙着闯进院子。他绕过影壁，见街坊四邻挤在院子里，赶紧用手推开大家，一直走到爷爷跟前。大夫也走了过来，拿起妞子发僵了的手腕。

祁老人猛然站住，抬起头来，看见了大夫。"你要干什么？"他气得喊起来。

大夫没注意到老人生气的模样，只悄悄对瑞宣说："孩子死了。"

瑞宣仿佛没听见大夫说的话，他含着泪，走过去拉住爷爷的胳臂。大夫转身回去了。

"爷爷，您把妞子往哪儿抱？她已经——"那个"死"字堵在瑞宣的嗓子眼里，说不出来。

"躲开！"老人的腿不听使唤，可他还是一个劲儿往前走，"我要让三号那些日本鬼子们瞧瞧。是他们抢走了我们的粮食。他们的孩子吃得饱饱的，我的孙女可饿死了。我要让他们看看，站一边去！"

九十八

祁老人挣扎着走出院子的时候，三号的日本人已经把院门插上，搬了些重东西顶住大门，仿佛是在准备巷战呢！

他们已经知道了日本投降的事。

他们害怕极了。日本军阀发动战争的时候，他们没有勇气制止。仗打起来了，他们又看不到侵略战争的罪恶，只觉着痛快、光荣。他们以为，即便自己不想杀人，又有多少中国人没有杀过日本兵呢？

他们把大门插好、顶上，然后一起走进屋去，不出声地哭。光荣和特权刷地消失了，战争成了恶梦一场。他们不得不放弃美丽的北平、漂亮的房子与优裕的生活，像囚犯似的让人送回国去。要是附近的中国人再跑来报仇，那他们就得把命都丢在异乡。

他们一面不出声地哭泣，一面倾听门外的动静。如果日本投降的消息传到中国人耳朵里，难道中国人还不会拿起刀枪棍棒来砸烂他们的大门，敲碎他们的脑袋？他们想的不是发动战争的罪恶，而是战败后的耻辱与恐惧。他们顶多觉得战争是个靠不住的东西。

一号的日本老婆子反倒把她的两扇大门敞开了。门一开，她独自微笑起来，像是在说："要报仇的就来吧。我们欺压了你们八年，这一下轮到你们来报复了。这才算公平。"

她站在大门里头瞧着门外那棵大槐树，日军战败的消息并不使她感到愉快，可也不觉着羞耻。她自始至终是反对战争的。她早就知道，肆意侵略的人到头来准自食其果。她静静的站在门里，悲苦万分。战争真是停下来了，然而死了成千上万的该怎么着呢！

她走出大门来。她得把日本投降的消息报告给街坊邻居。投降没有什么可耻，这是滥用武力的必然结果。不能因为她是日本人，就闭着眼睛不承认事实。再说，她应当跟中国人做好朋友，超越复仇和仇恨，建立起真正的友谊。

一走出大门，她自然而然地朝着祁家走去。她认为祁老人固然代表了老一辈的尊严，而瑞宣更容易了解和接近。瑞宣能用英语和她交谈，她敬重、喜爱他的学识和气度。她的足迹遍及全世界，而瑞宣没有出过北平城；但是凡她知道的，他也全明白。不，他不但明白天下大势，而且对问题有深刻的认识，对人类的未来怀有坚定的信心。

她刚走到祁家大门口，祁老人正抱着妞子转过影壁。瑞宣搀着爷爷。日本老太婆站住了，她一眼看出，妞子已经死了。她本来想到祁家去报喜，跟瑞宣谈谈今后的中日关系，没想到看见一个半死的老人抱着一个死去了的孩子——正好像一个半死不活的中国怀里抱着成千上万个死了的孩子。胜利和失败有什么区别？胜利又能带来什么好处？胜利的日子应该诅咒，应该哭。

投降的耻辱并不使她伤心，然而小妞子的死却使她失去自信和勇气。她转过身来就往回走。

祁老人的眼睛从妞子身上挪到大门上，他已经认不得这个他迈进迈出走了千百次的大门，只觉得应当打这儿走出去，去找日本人。这时，他看见了那个日本老太婆。

老太婆跟祁老人一样，也爱好和平，她在战争中失去了年轻一辈的亲人。她本来无需感到羞愧，可以一径走向老人，然而这场侵略战争使黩武分子趾高气扬，却使有良心的人惭愧内疚。甭管怎么说，她到底是日本人。她觉得自己对小妞子的死也负有一定的责任。她又往回走了几步。在祁老人面前，她觉得自己有罪。

祁老人，不加思索就高声喊起来："站住！你来看，来看看！"他把妞子那瘦得皮包骨的小尸首高高举起，让那日本老太婆看。

老太婆呆呆地站住了。她想转身跑掉，而老人仿佛有种力量，把她紧紧的定住。

瑞宣的手扶着爷爷，低声叫着："爷爷，爷爷。"他明白，小妞子的死，跟一号的老太婆毫不相干，可是他不敢跟爷爷争，因为老人已经是半死不活、神志恍惚了。

老人仍然蹒跚着朝前走，街坊邻居静静的跟在后面。

老太婆瞧见老人走到跟前，一下子又打起了精神。她有点儿怕这个老人，但是知道老人秉性忠厚，要不是妞子死得惨，决不会这样。她想告诉大家日本已经投降了，让大家心里好受一点。

她用英语对瑞宣说："告诉你爷爷，日本投降了。"

瑞宣好像没听懂她的话，反复地自言自语："日本投降了？"又看了看老太婆。

老太婆微微点了点头。

瑞宣忽然浑身发起抖来，不知所措地颤抖着，把手放在小妞子身上。

"他说什么？"祁老人大声问。

瑞宣轻轻托起小妞子一只冰凉的小手，看了看她的小脸，自言自语的说："胜利了，妞子，可是你——"

"她说什么来着？"老人又大声嚷起来。

瑞宣赶快放下小妞子的手，朝爷爷和邻居们望去。他眼里含着泪，微微笑了笑。他很想大声喊出来："我们胜利了！"然而却仿佛很不情愿似的，低声对爷爷说："日本投降了。"话一出口，眼泪就沿着腮帮子滚了下来。几年来，身体和心灵上遭受的苦难，像千钧重担，压在他心上。

虽说瑞宣的声音不高，"日本投降"几个字，就像一阵风吹进了所有街坊邻居的耳朵里。

大家立时忘记了小妞子的死，忘了对祁老人和瑞宣表示同情，忘了去劝慰韵梅和天佑太太。谁都想做点什么，或者说点什么。大家都想跑出去看看，胜利是怎样一幅情景，都想张开嘴，痛痛快快喊一声"中华民族万岁"！连祁老人也忘了他原来打算干什么，呆呆的，一会儿瞧瞧这个，一会儿瞧瞧那个。悲哀、喜悦和惶惑都掺和在一起了。

所有的眼光一下子都集中在日本老太婆身上。她不再是往日那个爱好和平的老太婆，而是个集武力、侵略、屠杀的化身。饱含仇恨怒火的眼光射穿了她的身体，她可怎么办呢？她无法为自己申辩。到了算账的日子，几句话是无济于事的。她纵然知道自己无罪，可又说不出来。她认为自己应当分担日本军国主义者的罪恶。虽说她的思想已经超越了国家和民族的界限，然而她毕竟属于这个国家，属于这个民族，因此她也必须承担罪责。

看着面前这些人，她忽然觉着自己并不了解他们。他们不再是她的街坊邻居，而是仇恨她，甚至想杀她的人。她知道，他们都是些善良的人，好对付，可是谁敢担保，他们今天不会发狂，在她身上宣泄仇恨？

韵梅已经不哭了。她走到爷爷身边，抱过妞子来。胜利跟她有什么关系？她只想再多抱一会儿妞子。

韵梅紧紧抱住妞子的小尸体，慢慢走回院子里。她低下头，瞅着妞子那灰白、呆滞、瘦得皮包骨的小尖脸，低声叫道："妞子！"仿佛妞子只不过是睡着了。

祁老人转回身来跟她说："小顺儿他妈，听见了吗？日本投降了。小顺儿他妈，别再哭了，好日子就要来了。刚才我心里憋得难受，糊涂了。我想抱着妞子去找日本人，我错了，不能这么糟践孩子。小顺儿他妈，给妞子找两件干净衣服，给她洗洗脸。不能让她脸上带着泪进棺材。小顺儿他妈，别伤心了，日本鬼子很快就会滚蛋，咱们就能消消停停过太平日子了。你和老大都还年轻，还会再有孩子的。"

韵梅像是没有听见老人的劝慰，也没注意到他是尽力在安慰她。她一步一步慢慢朝前挪，低声叫着："妞子。"

天佑太太还站在院子里，一瞧见韵梅，她就跟着走起来。她好像知道，韵梅不乐意让她把妞子抱过去，所以在后面跟着。

李四大妈本来跟天佑太太站在一块儿，这会儿，也就不加思索的跟着婆媳俩。三个妇女前后脚走进屋里去。

影壁那边，说相声的方六正扯着嗓门在跟街坊们说话："老街坊们，咱们今儿可该报仇了。"他这话虽是说给街坊邻居们听的，可眼睛却只盯着日本老太婆。

大家都听见了方六的话，然而，没明白他的意思。北平人，大难临头的时候，能忍，灾难一旦过去，也想不到报仇了。他们总是顺应历史的自然，而不想去创造或者改变历史。哪怕是起了逆风，他们也要本着自己一成不变的处世哲学活下去。这一哲学的根本，是相信"善有善报，恶有恶报"——用不着反击敌人。瞧，日本人多凶——可日本投降了！八年的占领，真够长的！然而跟北平六七百年的历史比起来，八年又算得了什么？……谁也没动手。

方六直跟大家说："咱们整整受了八年罪，天天提溜脑袋过日子。今儿个干吗不也给他们点儿滋味儿尝尝？就说不能杀他们，还不兴啐口唾沫？"

一向和气顺从的程长顺，同意方六的话。"说的是，不打不杀，还不兴冲他们脸上啐口唾沫？"他呜嘤着鼻子，大喊一声，"上呀！"

大家冲着日本老太婆一哄而上。她不明白大家说了些什么，可看出了他们来得不善。她想跑，但是没有挪步。她挺了挺腰板儿，乍着胆子等他们冲过来。她愿意忍辱挨打，减轻自己和其他日本人的罪过。

瑞宣到这会儿一直坐在地上，好像失去了知觉。他猛然站起，一步跨到日本老太婆和大家中间。他的脸煞白，眼睛闪着光。他挺起胸膛，人仿佛忽地拔高了不少。他照平常那样和气，可是态度坚决的问道："你们打算干什么？"

谁也没敢回答，连方六也没作声。中国人都尊重斯文。瑞宣合他们的口味，而且是他们当中唯一受过教育的。

"你们打算先揍这个老太婆一顿吗？"瑞宣特别强调了"老太婆"三个字。

大家看看瑞宣，又看看日本老太婆。方六头一个摇了摇头。谁也不乐意欺侮一个老太婆。

瑞宣回过头来对日本女人说："你快走吧。"

老太婆叹了一口气，向大家深深一鞠躬，走开了。

老太婆一走，丁约翰过来了。

方六一见丁约翰过来，觉着自己有了帮手。自从德国战败以后，丁约翰就跟大家说过，只要日本一战败，就好好收拾收拾北平的日本人。

"约翰，你是什么意思？咱们该不该上三号去，教训教训那帮日本人？"

"出了什么事？"丁约翰还不知道胜利的消息。

"日本鬼子完蛋了，投降了。"方六低声回答。

丁约翰像在教堂里说"阿门"那样，把眼睛闭了一闭。二话不说，回头就跑。

"你上哪儿去？"瑞宣问他。

"我——我上英国府去。"丁约翰大声回答。

九十九

在重庆、成都、昆明、西安和别的许多城市里，人们嚷呀，唱呀，高兴得流着眼泪；北平可冷冷清清。北平的日本兵还没有解除武装，日本宪兵还在街上巡逻。

一个被征服的国家的悲哀和痛苦，是不能像桌子上的灰尘那样，一擦就掉的。然而叫人痛快的是：日本人降下了膏药旗，换上了中国的国旗。尽管没有游行，没有鸣礼炮，没有欢呼，可是国旗给了人民安慰。

北海公园的白塔，依旧傲然屹立。海子里的红荷花、白荷花，也照常吐放清香。天坛、太庙和故宫，依然庄严肃穆，古老的琉璃瓦闪烁着锃亮的光彩。

北平冷冷清清。在这胜利的时刻，全城一点动静都没有。只有日本人忙于关门闭户，未免过于匆忙。

最冷清的莫过于祁家了。瑞宣把爷爷扶回屋里，老人坐在炕沿儿上，攥着瑞宣的手。他想起八年来的种种困难，恨不得高声大骂；想到死去的儿子、孙子、重孙女，又恨不得放声痛哭。

他慢慢松开了瑞宣的手，又慢慢躺下了。瑞宣把小顺儿叫进来，要他给太爷爷做伴。

这差事小顺儿愿意承担。他不敢上妞子躺着的屋里去，也不乐意一个人傻站在院子里。没了妞子，他不知道该上哪儿去。跟太爷爷一块儿待着，总算有点事做。他乖乖的让老人攥着他的手。

老人闭上眼睛，仿佛想要打个盹似的，小顺儿的手热乎乎的，一股热气顺着胳臂一直钻进老人的心里。他觉着自己不但活着，而且还攥着重孙子的手——从战争中活过来的最老的和最小的——他像是在腾云驾雾，身子也化到云彩里去了。他把小顺儿的手攥得更紧了。小顺儿以后可以安享太平，生儿育女，祁家世世代代，香烟不断。他把小顺儿的手越攥越紧，老手和小手合成了一体。老人睁开眼睛，好像要对小顺儿说，你我是四世同堂的老少两辈，咱们都得活下去。只要咱俩能活下去，打仗不打仗的，有什么要紧？即便我死了，你也得活到我这把年纪，当你那个四世同堂的老祖宗。

小顺儿看见老人睁开眼睛，想找两句话说。他问："太爷爷，您醒啦？"

老人没回答，又把眼睛闭上，脸上浮起一丝笑容。

瑞宣在院子里转来转去，绕了好几个圈，打窗户外向里望了望，母亲和媳妇还坐在床头上瞧着妞子。眼泪一下子流了出来，他走开，站在枣树下。

这当儿，白巡长和金三爷走进来。

白巡长跑得浑身是汗。他用一只手擦脑门上的汗，把另一只手伸向瑞宣。"喝——祁先生，咱们胜利了！"他准备亲亲热热跟瑞宣握一握手，可一见瑞宣脸上那副难过的样子，不由得把手缩了回去，"怎么了，祁先生？"

瑞宣还没搭茬，金三爷就开了口："祁先生，帮帮我吧。胜利了，还不赶快去找找钱先生和我那外孙子？求求你，帮着找找，看看他们到底给弄到哪儿去了。"

瑞宣很愿意马上跟着金三爷去找钱先生，可是打不起精神来。他不能把妈妈和妻子留在家里陪妞子，自己跑出去。没准儿妈妈伤心得会背过气去，甚至于死掉。他指了指屋里。

白巡长走过去，金三跟在后头。白巡长打窗户玻璃往里瞧，一眼就看明白是怎么回事。他当了多年巡长，什么悲痛的场面都见过，他知道，两个女的一定得哭出声来，要是静静的光坐在那儿瞧着妞子，心里的悲痛一定会把人憋坏，特别是天佑太太准受不住。

"祁先生，您得领头大哭，"白巡长低声对瑞宣说，"您要是大声哭起来，她们就会跟着您哭。得哭出来，要不，伤心过了劲儿，气憋在心里，会把人憋坏、憋死。"

瑞宣还没想好是不是应当按白巡长说的办，只见门外头走进来一男一女。

那男的，像个又细又高的黑铁塔，身子骨结实、硬棒。他没戴帽子，大兵似的剃着光头。脸盘又黑又瘦，漆黑明亮的眼睛闪着愉快的光辉。他穿了一身小了两三号的学生服，上身长不及腰，裤子短的露出小腿。衣服虽说没个样子，又不合身，可他穿在身上却显得很得体、朴素。他扬着头，硬棒的脸上透着笑，右手拉着一个女的，是高第。

高第也瘦了，因为瘦，那副厚嘴唇显得好看多了。短鼻子周遭纵起不少条笑纹。头发没烫，嘴唇也没抹口红。看来，她已经完全摆脱了大赤包和招弟对她的束缚，毫不做作的显出了她的本来面目。她也扬着头，仿佛盯着老三的腮帮子，又像是在看那高高的蓝天。

转过影壁，老三就大声喊了起来："妈！"他的声音响亮，连金三爷都吓了一跳。瑞全原来没打算惊动人，可是不由自主的喊了起来。多年没叫过的这个字，一下子打他心眼里蹦出来了。

"老三！"瑞宣也大声喊了起来。一刹时，他几乎把妞子的死都忘了。老三是中国青年的代表——象征着勇敢、强有力的新中国。瑞宣走过来，认出了高第。他一手一个把他们拉到身边，滚滚的热泪在眼睛里转了好几个圈。

白巡长很想过去招呼老三，一见瑞宣抓住老三的手不放，他就悄悄的往边上站了站。他知道一家人重逢的时候，最不乐意外人打搅。"咱们走吧。"白巡长一边说着，一边把金三爷拽出门外。

老三的语音像一股春风，融化了屋子里的冰块。天佑太太始终哭不出声来，恍恍惚惚的坐在那里，两眼直勾勾地瞅着妞子发呆。一听见老三的声音，她的心怦怦的跳了起来。像胎儿在妈妈肚子里乱踹似的。她的孩子，老三，在院子里叫她呢。她又活过来了，憋在心里的眼泪唰的流了出来。老三一进门，她连妞子也顾不得照看了。妞子已经死了，儿子可还活着呢。泪水迷了她的眼睛，她摸索着走出屋门。

一见她出了屋门，老三就松开了大哥的手，冲妈妈奔过来。

天佑太太大声哭了起来。老三攥住她那冰凉的手，不住的叫"妈"。

老三越过妈妈的肩头，看见了坐在妞子床边的大嫂。"大嫂，我回来了。"

韵梅没有回过头来瞧小叔子，却扑倒在妞子身上，大声哭开了。

"怎么了？怎么了？"老三让妈妈和嫂子哭糊涂了。他拉着妈妈的手，走进韵梅坐着的那间屋里，一眼就看见了床上的妞子，愣住了。

瑞宣听见妈妈和韵梅哭出了声，放了心。他明白，哭，是减轻痛苦的最好办法。他准备去把老三回家的消息告诉爷爷。

"爷爷，爷爷！"瑞宣压低了嗓门叫。

老人仿佛睡着了，闭着眼睛嘟囔了两句。

"爷爷，老三回来了。"

"什么？"老人还没睁眼。

"老三家来了。"

老人一下子睁开了眼睛。"小三儿，我的小三儿，在哪儿？"老人坐了起来。"他在哪儿？"老人着急的问。没等瑞宣答话，他就大声喊了起来："小三儿，小三儿，上这儿来，让我瞧瞧你。"一边喊着，他扶着瑞宣站起来，急忙往屋子外头走。"到家了，还不先来看看爷爷，这小子！"

老三听见爷爷叫，连忙走出屋来，一见爷爷，猛的站住了。爷爷已经不是他记忆中那硬硬朗朗的样子，变成了个弯腰驼背，又瘦又弱的老头儿。不光头发胡子是白的，连眉毛也全白了。

老人把干瘪枯瘦的手放在孙子肩膀上，说："好，好，小三儿你又长高了，也结实多了。哎——你走了八年，爷爷一直等着你呢。这下子好了，我放心了，就是死了，也踏实了，我的小三到底回来了。"

天佑太太还在哭着，也走出屋子，朝儿子扑过去。

老人瞧着儿媳妇叹了口气，非常温和的说："别再哭了，小三回来了——还不该高兴高兴吗？"

天佑太太点了点头，用衣襟擦了擦眼泪。

老人看见高第，又揉了揉眼睛，问："你不是冠家的大小姐吗？"

高第点了点头。

"是跟小三儿一块儿来的吗？"虽说老人知道高第的人品跟大赤包和招弟不一样，可是，他终究不喜欢冠家的人。

"是呀。"高第说着迎上去，拉起天佑太太的手。

"哦——"老人不想难为高第，没再问下去。

过了一会儿，老人把老三叫到自己屋里。"小三儿，冠家的这个闺女是怎么回事？"

老三一点也不犹豫，直截了当的回答："她没处去，想在咱们家待几天。"

"哦——"老人慢慢躺下了，"你们——"

老三明白爷爷的意思。"说不定——"

老人半天没言语——就是高第再好，他也还是不喜欢冠家。

"爷爷，您不是盼着咱家人丁兴旺吗？"老三说着笑了起来。

老人想了一想："你说得对。"

一百

妞子没有新衣裳，只穿一身过于短小、总还算干净的旧衣服。买个小小的木头匣子，装敛起来，埋在城外了。

韵梅病得起不了床。幸好有老三和高第在家。老三不打算老待在家里，准备出去做跟抗日一样重要的工作。他对国家的现状有了认识，懂得祖国最需要他去做什么。他不能婆婆妈妈的，成天守在家里，跟油盐酱醋打交道。不过，眼下他还走不开。首先，得把钱伯伯救出来，安置妥当，然后才能松口气，何况目前爷爷、妈妈和哥嫂都离不开他。他明白，自己的有说有笑和无忧无虑的态度，能够打破家里死一般的沉寂。

老三对付大嫂的办法很简单，然而甚有成效。他不去安慰她，只是从早到晚要这要那，闹得她一会儿都不得安宁。

"大嫂，还没起来哪？我想饺子吃了。八年没吃过你包的饺子了。"再不就是："大嫂，起来吧，给我找两件旧衣服。瞧瞧我穿的都是些什么——紧绷绷的，箍得我都出不来气了。"他知道嫂子心眼好，一定会上他的当，挣扎着爬起来做事。她只要能起床做事，那心头的创伤就会慢慢好起来。

他一面跟大嫂要这要那，不让她得空去想那些伤心的事儿，一面跟她叨唠他见过的许多惨事——被敌机炸死的孩子，逃难时被挤到河里的孩子……在战争中，无辜死去的孩子成千上万，妞子不过是其中的一个。

大嫂终于能起床做活儿了。她瘦了，越瘦，眼睛就越显得大。她做活的时候，会忽然停下来，仿佛想起了什么。老三总不让她得着机会去胡思乱想，叫小顺儿陪着妈妈，跟她说话儿。

老三跟大哥在一起的时候，话最多。哥儿俩干脆搬到一间屋里住，让高第陪韵梅。

谈过三四个晚上，哥儿俩把要说的话都说了，还不乐意就此罢休。又扯起家事、国事、世界大势，仿佛国家的繁荣昌盛与世界和平，全仗着他俩筹划。等到实在没的可说了，就把已经说过的话，拿出来再重温一遍。

全家都喜欢高第。她已经不是什么"小姐"，样样活儿都乐意干——战争把她调教出来了。她伺候祁老人和天佑太太，做全家的饭。她做饭的手艺不高。可是这难为不了她。不论好歹，饭总算是做出来了，这顿做得不可口，下顿还不能改进改进？

这样韵梅就更觉着自己应当赶快爬起来干活儿，不能让客人替她操持一切。连祁老人也受了感动，忘记了他对冠家的成见。他偷偷对老三说："别让客人来伺候咱们呀，那像什么话呢！"

老三笑了一笑，没说什么。

胜利后第七天，钱诗人打监牢里出来了。

老三打算来次小小的聚会，欢迎欢迎钱伯伯。胜利以来，北平一直冷冷清清，瑞全不喜欢这股子冷清劲儿。

他去跟爷爷商量。爷爷答应了，叮咛说："得买瓶酒，他喜欢喝两口。"

"那是自然，我知道上哪儿弄酒去。"

他还跟韵梅和高第商量，得做上几个菜？韵梅觉乎着，有豆腐干和花生米下酒，就满够了。她安排不了那么些个人的饭食，没什么钱，精神也不济。

"就这么办吧，大嫂，再给沏点儿茶。"

他去找妈妈："妈，钱伯伯要来，您得起来招待招待他。"

天佑太太点了头。

瑞全邀大哥一起去接钱先生。瑞宣当然乐意。他也想到了富善先生。他花了一整天去找这位老朋友，后来听人说，几个月以前，富善先生给弄到山东潍县的集中营里去了。

老三去找金三爷，要他跟钱少奶奶一起到祁家来。然后他又邀了李四大妈，程长顺和小羊圈所有的街坊邻居。老邻居们高兴得跟刚听到胜利的消息时一样。

瑞宣和瑞全把钱先生接了出来。

钱先生，除了一身衣服，什么也没有。他一手扶着老三的胳臂，一手领着孙子，踉踉跄跄走出监牢的门。瑞宣跟在后面。

这回钱先生在牢里过堂的时候，没有受刑。日本人要他投降，他拒绝了他们的"亲善"，他们就把他的孙子偷来，也给下在牢里。他们让爷儿俩每天见一面。钱先生明白，他们是想要利用这个孩子，来对他施加压力。要是他低头，投降了，孙子就有了活命；要是他不肯呢，他们就会当着他的面给孩子用刑。

钱先生一点也没发愁。他一不发脾气，二不惹他们，尽量不让孩子遭罪；当然他更不能为了救孩子而屈服。他那斯斯文文的脸上老带着笑，顺其自然。要是到时候他确实保护不了自己的孙子，那也没有法子。反正也不能投降。打仗嘛，多死一个两个的又怎么样？即便那死去的就是他的孙儿。

孩子初进监牢里来，是又哭又闹。日本人头一回带他见钱先生的时候，他满脸都是泪。他使劲拍打爷爷的腿，喊着："我要妈妈，我要妈妈。"

钱先生，轻轻拍了拍孩子的脑袋，一再说："别闹，乖乖的，别哭了。"孩子安静了一点，问："干吗要把咱们关在这儿？干吗不让咱们回家去？"

"没有道理。"

"怎么没有道理？"

"就是没有道理。"

过了几天，孩子习惯了一点，不再大哭大闹了。每逢人家带着他来看爷爷，他总是特别高兴。他拿好多问题来问爷爷——为什么要打仗，监牢是干什么的，日本人打哪儿来，为什么要到北平来。爷爷很耐心地一一讲给他听。

孙子要求爷爷给起个名字。他记得妈妈常说，他的名字得让爷爷来起。

孩子还没有出世，爷爷就给起好了名字，钱仇——不忘报仇的意思。而这会儿孩子倚在膝下，他又觉得不能让孩子一辈子背着这么一个叫人痛心的名字。老人问孩子："你觉着'仇'字怎么样？"

孙子的小眼睛直眨巴，像是在认真考虑。他能想象出猫、狗、牛是什么样子，然而"仇"，"仇"是什么呢？他闹不明白，一准不是什么好词儿。他说："我不要这个。"

爷爷赶紧道歉："好，等一等，让我再好好想想，一定要给你起个好名字。"

于是有一天，他说了："钱善怎么样，善，是正义、善良的意思，是打我教你的那本《三字经》的头一行上取来的，'人之初，性本善'，记得吗？"孩子同意了。

起初，日本人每次只让孩子跟爷爷在一块儿待几分钟，后来爷爷跟孙子在一块儿待惯了，他们就把时间延长，让他们多谈谈，希望用孩子来打动钱先生。等爷儿俩谈得正热闹，他们就突然把孩子带走，故意让他哭闹。

钱少奶奶和小顺儿站在小羊圈口上，等她的公公和儿子。她模样大变，变得叫人认不出来了；瘦得皮包骨，只有一双眼睛还亮堂堂的，仿佛她把整个生命都注入了这一对眼睛，好去找儿子。这会儿，她知道儿子快要回到她的身边来了，她的眼睛几乎要冒出火星来。

钱少奶奶一见公公和儿子的人影儿，就没命的跑起来。她一下子把小善搂在怀里，紧紧抱住，她蹲在地上，把脸紧紧贴在儿子脸上。

走到一号门口，钱少奶奶习惯地站住了，可是钱先生连朝大门都没瞧一眼，就慢条斯理地走了过去。

祁家大门外站了一群人。大伙儿见了钱先生，都想跑上前来，可是谁也没挪窝。钱先生是大家的好邻居、老朋友、英雄。他穿了一件旧的蓝布僧袍，短得刚刚够得着膝盖。他的头发全白了，乱蓬蓬的，双颊下陷，干巴巴的没有一点血色。他外表上并没有什么英雄气概，浑身满布战争的创伤。大家不禁相互打量了一番，他们自己的衣服也很破烂，每个人的脸都瘦骨棱棱的，白里带青。大家又朝小羊圈扫了一眼，家家户户，大门上的油漆已经完全看不出来了，墙皮也剥落了。一切都显着凄凉，使人不忍得看。

说相声的方六，点起一小挂鞭炮，按老规矩欢迎英雄归来。

大家都想第一个跟钱先生拉手，又都不约而同，一致把优先权让给了祁老人。祁老人双手捧着钱先生的手，只说了一句："到底回来了！"就再也说不出话来。他想起了天佑。在小羊圈，论年纪、身量和人品，就数钱先生跟天佑最相近。

钱先生热烈的握住老人的手，也说不出话来。

老三想把欢迎会弄得热热闹闹的，一个劲儿往里让着街坊："进去吧，里面请，到院子里头喝一盅。"

祁老人转过身来，站在门边让钱先生，嘴里不住地说："请！请！"

钱先生的确想喝一盅。他起过誓，抗战不胜利，他决不沾酒盅儿，今儿他可得喝上一大杯。

他走进大门，边走边跟高第、天佑太太和刘太太打招呼。

祁老人等大家都进了院子，才慢慢跟了进来。瑞全早就跟大家伙儿说笑开了，瑞宣在一边等着搀爷爷。走了几步，老人点了点头，说："瑞宣，街坊都到齐啦？得好好庆祝庆祝。"他脸上逐渐现出了笑容。

"等您庆九十大寿的时候，比这还得热闹呢。"瑞宣说。

小羊圈里，槐树叶儿拂拂的在摇曳，起风了。